**21** 世纪高等学校计算机教育实用规划教材

U0095479

# 计算机组装与系统维护技术

秦杰　主编 许德刚　副主编

清华大学出版社
北京

## 内 容 简 介

本书面向计算机专业低年级学生及普通计算机用户，系统地介绍了个人计算机的选购、零部件组装以及系统维护方面的相关知识和具体操作方法，为选购和日常使用、维护个人计算机提供指导。

全书分为硬件篇和维护篇两部分，共 14 章。硬件篇（第 1 章至第 10 章）详细介绍了当前个人计算机常用硬件（主板、CPU、内存、硬盘、光驱、存储卡、显卡、显示器、机箱、电源、键盘、鼠标、手写板、打印机、扫描仪、数码相机以及常用网络设备）的组成、基本工作原理、分类、关键性能指标以及个人计算机硬件组装过程；维护篇（第 11 章至第 14 章）介绍系统软件安装过程、计算机系统的日常维护、硬件检测以及系统优化等常用工具软件的使用，重点介绍了常见计算机故障的判别和故障处理方法，并对笔记本电脑的主要性能指标、日常维护以及使用技巧进行了介绍。

本书将计算机组装与维护相关的理论与实践经验和方法紧密结合，内容通俗易懂，实用性强，可以作为高等学校计算机专业低年级学生以及非计算机专业学生计算机组装与维护或者计算机系统维护方面的教材，也可以作为普通计算机用户及计算机爱好者了解个人计算机硬件常识，以及计算机维修和日常维护方面的工具书。

**图书在版编目（CIP）数据**

计算机组装与系统维护技术/秦杰主编. —北京：清华大学出版社，2010.3
（21 世纪高等学校计算机教育实用规划教材）
ISBN 978-7-302-21660-5

Ⅰ. ①计…　Ⅱ. ①秦…　Ⅲ. ①电子计算机-组装　②电子计算机-维修　Ⅳ. ①TP30

中国版本图书馆 CIP 数据核字（2010）第 012951 号

责任编辑：梁　颖　李玮琪
责任校对：梁　毅
责任印制：王秀菊

出版发行：清华大学出版社　　　　　　　　　地　　址：北京清华大学学研大厦 A 座
　　　　　http://www.tup.com.cn　　　　　　邮　　编：100084
　　　　　社　总　机：010-62770175　　　　邮　　购：010-62786544
　　　　　投稿与读者服务：010-62776969，c-service@tup.tsinghua.edu.cn
　　　　　质　量　反　馈：010-62772015，zhiliang@tup.tsinghua.edu.cn
印　装　者：北京鑫海金澳胶印有限公司
经　　销：全国新华书店
开　　本：185×260　印　张：21.25　字　数：528 千字
版　　次：2010 年 3 月第 1 版　　　印　　次：2010 年 3 月第 1 次印刷
印　　数：1～4000
定　　价：32.00 元

# 出版说明

  随着我国高等教育规模的扩大以及产业结构调整的进一步完善，社会对高层次应用型人才的需求将更加迫切。各地高校紧密结合地方经济建设发展需要，科学运用市场调节机制，合理调整和配置教育资源，在改革和改造传统学科专业的基础上，加强工程型和应用型学科专业建设，积极设置主要面向地方支柱产业、高新技术产业、服务业的工程型和应用型学科专业，积极为地方经济建设输送各类应用型人才。各高校加大了使用信息科学等现代科学技术提升、改造传统学科专业的力度，从而实现传统学科专业向工程型和应用型学科专业的发展与转变。在发挥传统学科专业师资力量强、办学经验丰富、教学资源充裕等优势的同时，不断更新其教学内容、改革课程体系，使工程型和应用型学科专业教育与经济建设相适应。计算机课程教学在从传统学科向工程型和应用型学科转变中起着至关重要的作用，工程型和应用型学科专业中的计算机课程设置、内容体系和教学手段及方法等也具有不同于传统学科的鲜明特点。

  为了配合高校工程型和应用型学科专业的建设和发展，急需出版一批内容新、体系新、方法新、手段新的高水平计算机课程教材。目前，工程型和应用型学科专业计算机课程教材的建设工作仍滞后于教学改革的实践，如现有的计算机教材中有不少内容陈旧（依然用传统专业计算机教材代替工程型和应用型学科专业教材），重理论、轻实践，不能满足按新的教学计划、课程设置的需要；一些课程的教材可供选择的品种太少；一些基础课的教材虽然品种较多，但低水平重复严重；有些教材内容庞杂，书越编越厚；专业课教材、教学辅助教材及教学参考书短缺，等等，都不利于学生能力的提高和素质的培养。为此，在教育部相关教学指导委员会专家的指导和建议下，清华大学出版社组织出版本系列教材，以满足工程型和应用型学科专业计算机课程教学的需要。本系列教材在规划过程中体现了如下一些基本原则和特点。

  （1）面向工程型与应用型学科专业，强调计算机在各专业中的应用。教材内容坚持基本理论适度，反映基本理论和原理的综合应用，强调实践和应用环节。

  （2）反映教学需要，促进教学发展。教材规划以新的工程型和应用型专业目录为依据。教材要适应多样化的教学需要，正确把握教学内容和课程体系的改革方向，在选择教材内容和编写体系时注意体现素质教育、创新能力与实践能力的培养，为学生知识、能力、素质协调发展创造条件。

  （3）实施精品战略，突出重点，保证质量。规划教材建设仍然把重点放在公共基础课和专业基础课的教材建设上；特别注意选择并安排一部分原来基础比较好的优秀教材或讲义修订再版，逐步形成精品教材；提倡并鼓励编写体现工程型和应用型专业教学内容和课程体系改革成果的教材。

（4）主张一纲多本，合理配套。基础课和专业基础课教材要配套，同一门课程可以有多本具有不同内容特点的教材。处理好教材统一性与多样化，基本教材与辅助教材、教学参考书，文字教材与软件教材的关系，实现教材系列资源配套。

（5）依靠专家，择优选用。在制订教材规划时要依靠各课程专家在调查研究本课程教材建设现状的基础上提出规划选题。在落实主编人选时，要引入竞争机制，通过申报、评审确定主编。书稿完成后要认真实行审稿程序，确保出书质量。

繁荣教材出版事业，提高教材质量的关键是教师。建立一支高水平的以老带新的教材编写队伍才能保证教材的编写质量和建设力度，希望有志于教材建设的教师能够加入到我们的编写队伍中来。

21 世纪高等学校计算机教育实用规划教材编委会

联系人：丁岭 dingl@tup.tsinghua.edu.cn

# 引　言

本书所述"计算机"指个人计算机（PC）。个人计算机已经成为人们日常学习、办公的必备工具，在选购和使用个人计算机的过程中人们遇到了许多问题，因此，关于个人计算机组装与维护方面的课程已经成为普通高等院校信息技术方面的公共基础课程，虽然目前讲授计算机组装与维护的教材已经很多，但现有教材大多偏重电脑配件基本知识的讲解，对于日常使用计算机时的常见问题处理以及常用系统维护工具软件的介绍内容偏少；另外，虽然目前笔记本电脑的应用越来越广泛，但是有关笔记本电脑的使用常识以及日常维护方面的书籍并不多见。全面而又系统地介绍个人计算机的选购、零部件组装以及系统维护方面的相关知识和具体操作方法，为选购和日常使用个人计算机提供指导，正是本书的写作初衷。

在本书作者维修计算机的过程中，以及讲授"计算机组装与维护"这门课程时，发现许多用户和学生对计算机相关部件的发展历程以及常用的计算机专业名词十分感兴趣，而现有教材关于这方面知识的介绍并不多，为了方便对计算机硬件知识感兴趣的学生和读者了解计算机各个部件的发展变化历程，本书在介绍计算机常用部件最新知识的基础上，添加了大量与计算机常用部件相关的知识介绍。例如关于内存方面，不仅介绍了最新的 DDR3 内存的技术规范及其选购要点，还对内存的发展历程进行了通俗易懂的介绍，从而使读者能够对计算机各个部件的来龙去脉有一个感性的认识，能够知其然，而且知其所以然。

本书还侧重介绍在日常使用计算机时的基本常识，以及常见问题和故障的处理方法，提供在选购计算机、组装或者升级计算机时所必需的基本知识和基本方法，基于此种考虑，本书将内容设置为硬件篇和维护篇两部分。硬件篇（第 1 章至第 10 章）详细介绍了当前个人计算机常用硬件（主板、CPU、内存、硬盘、光驱、存储卡、显卡、显示器、机箱、电源、键盘、鼠标、手写板、打印机、扫描仪、数码相机以及常用网络设备）的组成、基本工作原理、分类及其关键性能指标，详细讲解了个人计算机硬件组装过程；维护篇（第 11 章至第 14 章）介绍系统软件安装过程、计算机系统的日常维护、硬件检测以及系统优化等常用工具软件的使用和常见计算机故障的维护维修方法；并对笔记本电脑的主要性能指标、日常维护以及使用技巧进行了介绍。

参与本书编写的老师均为具有多年个人计算机维修经验，并且多次讲授计算机组装与系统维护方面课程的教师，具有较为丰富的实践经验和教学体会，因此能够较为准确地把握初学者的兴趣点以及常见计算机故障的现象及处理方法。本书摆脱了以往计算机组装与维护教材以讲授计算机配件结构和工作原理为重点的编写思路，把认识个人计算机各组成部件、掌握各个部件的选购方法、学会组装个人计算机、了解计算机使用常识以及掌握各种常见故障的处理方法作为编写重点，尽量避免理论的说教，通过简单具体的操作方法来告诉读者如何解决日常使用计算机中常见的问题。

本书将计算机组装与维护相关的理论与实践经验和方法紧密结合，内容准确、权威，参考资料主要从原始技术文档和相关官方网站上翻译、总结而来；内容涉及面较广，且有一定深度。与本书配套的电子教案及习题解答可供教师及学生参考。

本书内容通俗易懂，实用性强。可以作为高等学校计算机专业低年级学生以及非计算机专业学生计算机组装与维护或者计算机系统维护方面的教材，也可以作为普通计算机用户及计算机爱好者了解个人计算机硬件常识，以及计算机维修和日常维护方面的工具书。

本书由秦杰任主编，许德刚任副主编，参加编写工作的还有杨爱梅老师和周德祥老师。其中秦杰老师编写第1、2、12、14章及附录，许德刚老师编写第3、4、5、6、7、8章，杨爱梅老师编写第11、13章，周德祥老师编写第9、10章，全书由秦杰老师负责统稿和最终修改。

由于作者水平所限，错误和不足之处在所难免，欢迎同行和读者提出宝贵意见。

书中参考了互联网上的最新技术资料，在此向相关作者及网站表示感谢。

# 目　录

## 第1篇　硬　件　篇

VII

# 第 2 篇　维　护　篇

# 第1篇　硬　件　篇

# 第 1 章 计算机系统概述

**本章学习目标**

- 了解计算机发展史；
- 了解计算机工作原理及工作过程；
- 熟练掌握计算机硬件组成；
- 掌握计算机组装流程；
- 掌握计算机常用术语。

计算机在现代生产和生活中的作用越来越重要。如何选择一台适用的计算机；如何对计算机进行简单的日常维护，使计算机能够正常发挥理想的性能；当计算机发生故障时如何进行处理，这些对于一般计算机使用者来说十分重要。在许多人眼里，计算机是精密的贵重设备，神秘而高深莫测，使用多年也不敢打开看看机箱里到底有什么。其实，个人计算机的结构并不复杂，只要了解它是由哪些部件组成的，各部件的功能是什么，就能对计算机中的板卡和部件进行维护和升级。本章主要对计算机的基础知识进行讲解。

## 1.1 计算机发展史

计算机是一种能够按照指令对各种数据和信息进行自动加工和处理的电子设备。

自 1946 年世界上第一台电子数字计算机 ENIAC 出现至今的短短半个多世纪，计算机的发展经过了电子管、晶体管、集成电路（IC）和超大规模集成电路（VLSI）四个阶段，计算机的体积越来越小，功能越来越强，价格越来越低，应用越来越广泛，表 1-1 是对计算机各个发展阶段的概括。目前计算机正朝智能化程度更高的第五代计算机方向发展，将出现一些新型计算机，如超导计算机、生物计算机、纳米计算机、光计算机和量子计算机等。

表 1-1 计算机发展史简表

| | 起止年代 | 主要元件 | 主要元件图例 | 速度（次/秒） | 特点与应用领域 |
|---|---|---|---|---|---|
| 第一代 | 20 世纪 40 年代末至 20 世纪 50 年代末 | 电子管 | | 5 千~1 万 | 计算机发展的初级阶段，体积巨大，运算速度较低，耗电量大，存储容量小。主要用来进行科学计算 |
| 第二代 | 20 世纪 50 年代末至 20 世纪 60 年代末 | 晶体管 | | 几万~几十万 | 体积减少，耗电较少，运算速度较高，价格下降，不仅用于科学计算，还用于数据处理和事务管理，并逐渐用于工业控制 |

| | 起止年代 | 主要元件 | 主要元件图例 | 速度（次/秒） | 特点与应用领域 |
|---|---|---|---|---|---|
| 第三代 | 20 世纪 60 年代中期开始 | 中、小规模集成电路 | | 几十万~几百万 | 体积、功耗进一步减少，可靠性及速度进一步提高。应用领域进一步拓展到文字处理、企业管理、自动控制、城市交通管理等方面 |
| 第四代 | 20 世纪 70 年代初开始 | 大规模和超大规模集成电路 | | 几千万~十万亿 | 性能大幅度提高，价格大幅度下降，广泛应用于社会生活的各个领域，进入办公室和家庭。在办公室自动化、电子编辑排版、数据库管理、图像识别、语音识别、专家系统等领域大显身手 |

# 1.2　计算机的工作原理

尽管各种类型计算机的性能、结构、应用等方面存在差别，但是它们的基本组成结构却是相同的。

现在使用的计算机硬件系统的结构一直沿用美籍匈牙利著名数学家冯·诺依曼提出的模型，它由运算器、控制器、存储器、输入设备、输出设备五大功能部件组成，采用的是存储程序结构。

## 1.2.1　冯·诺依曼模型

1944 年 8 月冯·诺依曼提出了一个全新的计算机概念，即冯·诺依曼计算机模型。该模型确立了现代计算机的基本结构，即冯·诺依曼结构，其特点如下。

**1．计算机的硬件结构**

计算机硬件应由运算器、控制器、存储器、输入设备和输出设备五大基本部件组成。

**2．采用二进制**

计算机内部之所以采用二进制，其主要原因是二进制具有以下优点。

① 技术上容易实现。用双稳态电路表示二进制数字 0 和 1 是很容易的事情。

② 可靠性高。二进制中只使用 0 和 1 两个数字，传输和处理时不易出错，因而可以保障计算机具有很高的可靠性。

③ 运算规则简单。与十进制数相比，二进制数的运算规则要简单得多，这不仅可以使运算器的结构得到简化，而且有利于提高运算速度。

④ 与逻辑量相吻合。二进制数 0 和 1 正好与逻辑量"真"和"假"相对应，因此用二进制数表示二值逻辑显得十分自然。

⑤ 二进制数与十进制数之间的转换相当容易。人们使用计算机时可以仍然使用自己所习惯的十进制数，而计算机将其自动转换成二进制数存储和处理，输出处理结果时又将二进制数自动转换成十进制数，这给工作带来极大的方便。

**3．存储程序控制**

所谓存储程序，就是使用者针对待解决问题所需的数据，根据设计好的算法编制程序，并将其以二进制的编码形式存入计算机内，然后利用存储程序指挥、控制计算机自动进行各种操作（取指令、执行指令），直至获得预期的处理结果。计算机自动工作的基础在于这种存储程序控制方式。

## 1.2.2 计算机的工作过程

冯·诺依曼将一台计算机描述成五个部分：运算器、控制器、存储器、输入设备和输出设备。这些部件通过一组一组的排线连接（一组线被用于多种不同意图的数据传输时又被称为总线），并且由一个时钟来驱动（某些其他事件也可能驱动控制电路）。控制器将以上计算机各部分联系起来。其功能是从存储器和输入输出设备中读取指令和数据，对指令进行解码，并向运算器交付符合指令要求的正确输入，告知运算器对这些数据做哪些运算并将结果数据返回到何处。

20 世纪 80 年代以后，运算器和控制器被整合到一块集成电路上，称作中央处理器（CPU）。这类计算机的工作模式很直观：在一个时钟周期内，计算机先从存储器中获取指令和数据，然后执行指令，存储数据，再获取下一条指令。这个过程被反复执行，直至得到一个终止指令。

指令如同数据一样在计算机内部是以二进制来表示的。比如说，10110000 就是一条 Intel x86 系列微处理器的拷贝指令代码。

处理问题的步骤、方法和所需数据的描述称为程序，换句话说，程序就是由多条有逻辑关系的指令按一定顺序组成的对计算过程的描述。在计算机中，程序和数据均以二进制代码的形式存放在存储器中，存放位置由地址指定，地址也用二进制数形式来表示。

计算机工作时，由控制器控制整个程序和数据的存取以及程序的执行，而控制器本身也要根据指令来进行运作，如图 1-1 所示。

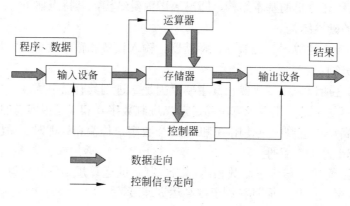

图 1-1　计算机工作过程

根据冯·诺依曼计算机模型，计算机能自动执行程序，而执行程序又归结为逐条执行指令。执行一条指令又可分为以下五个基本操作。

① 取指令：从存储器某个地址单元中取出要执行的指令送到 CPU 内部的指令寄存器暂存。

② 分析指令：或称指令译码，把保存在指令寄存器中的指令送到指令译码器，译出该指令对应的微操作信号。

③ 取操作数：如果需要，发出取数据命令，到存储器取出所需的操作数。

④ 执行指令：根据指令译码，向各个部件发出相应控制信号，完成指令规定的各种操作。

⑤ 保存结果：如果需要保存计算结果，则把结果保存到指定的存储器单元中。

随着信息技术的发展，各种各样的信息，例如：文字、图像、声音等经过编码处理，都可以变成数据。计算机已经能够实现多媒体信息的处理。

## 1.3　计算机系统组成

计算机系统由硬件系统和软件系统两大部分构成。硬件系统包括输入设备、输出设备、存储设备、控制器和运算器。软件系统包括系统软件和应用软件。系统软件是指那些保障计算机系统正常运行的基础环境软件和用来开发新程序的基本工具软件。应用软件是指那些建立在系统软件之上的专门用于解决某个实用问题的软件。图 1-2 给出了计算机系统构成图。

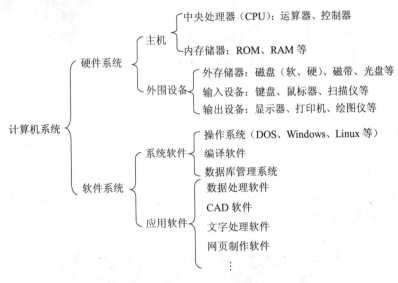

图 1-2　计算机系统的基本组成

## 1.4　微型计算机简介

微型计算机在日常用语中被称为个人电脑、电脑、PC 等，它由多个零部件组成，主要包括中央处理器（CPU）、主板、内存、硬盘、光驱、机箱、电源、显卡、显示器、键盘、鼠标等。

本书后续内容将主要针对微型计算机，即个人计算机进行介绍。

### 1.4.1　硬件系统

计算机硬件系统，是指构成计算机的物理设备，由机械、光、电、磁器件构成的具有计算、控制、存储、输入和输出功能的实体部件。如主机箱内部的 CPU、存储器、硬盘驱动器、光盘驱动器、主板、各种卡以及主机箱外部的键盘、鼠标等各类输入设备，显示器、打印机等各类输出设备。通常，把组成计算机的所有实体称为计算机硬件系统或计算机硬件。

**1. 中央处理器**

中央处理器（Central Processing Unit，CPU）是计算机的核心部件，是整个计算机的控制指挥中心，图 1-3 是 CPU 的常见外观。CPU 作为整个计算机系统的核心，其性能大致上反映了它所配置的计算机的性能。

CPU 的附件：CPU 风扇。由于 CPU 运行速度越来越快，其功率也越来越大，为了使CPU 运行中所产生的热能及时散发，不至于烧坏 CPU，通常在 CPU 上安装一个风扇，图1-4 是常见的 CPU 风扇。

图 1-3　CPU 外观

图 1-4　CPU 风扇

**2. 主板**

主机板简称主板，是计算机中最大的一块多层印刷电路板，上面有 CPU 插槽及其他外设接口电路的插槽、内存插槽，还有 CPU 与内存、外设数据传输的控制芯片（即主板"芯片组"），图 1-5 是一款常见的主板外观。它的性能直接影响整个计算机系统的性能，同时，它与 CPU 密切相关，必须根据 CPU 类型来选购相应的主板。

图 1-5　主板

**3. 内存**

内存也称内存条，是计算机在运行过程中临时存储数据的场所，同时也是沟通 CPU 与其他设备的桥梁。当前使用的内存主要有 DDRⅡ、DDRⅢ内存条，内存形状如图 1-6 所示。

图 1-6　内存条

### 4．硬盘驱动器

计算机中的绝大部分数据存储在硬盘上，如操作系统、应用程序等，几乎所有的用户数据也都存储在硬盘上。硬盘是计算机不可缺少的硬件设备，硬盘外观如图 1-7 所示。

图 1-7　硬盘

### 5．显示卡

显示卡简称显卡，又称显示适配器，是主机与显示器通信的控制电路和接口，负责将主机发出的数字信息转换为模拟的电信号送给显示器显示，图 1-8 是一款常见显卡的外观。

图 1-8　显示卡

### 6. 显示器

显示器是计算机的输出设备。用户输入的命令被计算机执行后的结果最直观的方式就是以显示器显示出来。显示器主要分为 CRT 显示器与液晶显示器，目前液晶显示器已经成为主流，图 1-9 是这两种显示器的外观。

图 1-9　显示器

### 7. 软驱和移动存储设备

软驱曾经是计算机使用最频繁的小容量移动存储工具，主要用于对软磁盘的读写。现在已经被容量更大、速度更快的优盘（U 盘）取代，目前一般计算机上不再安装软驱。以前最常用的是 3.5 英寸容量为 1.44MB 的软驱，图 1-10 为 SONY 的 3.5 英寸软驱外观。

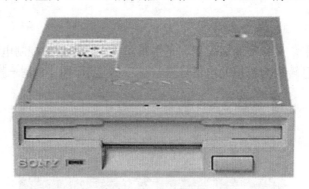

图 1-10　软驱

优盘是一种用 FLASH 芯片作为存储介质的移动存储设备，因其具有容量大、重量轻、体积小、稳定性好等优点，成为目前应用最广泛的移动存储设备之一，使用时插入到相应的 USB 接口即可。图 1-11 为朗科公司出品的优盘。

### 8. 光盘驱动器

光盘驱动器属于外部移动存储设备，用于对光盘的读写操作。光盘具有容量大、易保存、携带方便的特点，是程序、数据、视频等数字信号的主要保存方式之一。光盘驱动器主要有 CD-ROM、CD-R/W 、DVD-ROM，DVD-R/W 等，图 1-12 为 SONY 公司出品的 DVD-ROM 驱动器。

图 1-11　U 盘　　　　　　　　　　　图 1-12　DVD-ROM

　　光盘驱动器与早期的 IDE 硬盘驱动器具有一样的接口，在连接时位置可以互换。CD-ROM 一般在其面板上标识其读取数据的速度；DVD-ROM 在其面板上会标识 DVD，但一般不会标识其读取速度；CD-R/W 上会标识三个速度，分别表示"写入速度/复写速度/读取速度"。

### 9．声卡和音箱

　　声卡是计算机的音频设备，负责将计算机外的 MIC 送入的模拟信号转换为计算机中可以存储的数字音频信号，以及将计算机中数字音频信号转换为模拟声音信号，图 1-13 是一款常见声卡。

　　声卡与主机箱连接一侧有 3～6 个插孔，分别是 Speak Out（音箱输出）、Line out（线路输出）、Line in（线路输入）、Mic In（麦克风输入）、Midi 和 GAME Port（MIDI 接口和游戏控制端口）。

图 1-13　声卡

计算机系统概述

　　音箱是计算机中的发声装置，功能是将声卡送来的模拟音频信号放大并推动喇叭发出声音，图 1-14 是一款具有 5.1 声道的音箱。

图 1-14　音箱

**10．键盘和鼠标**

　　键盘是向计算机输入数据和指令的设备。鼠标是计算机中的定点式输入设备，在图形环境下使用鼠标可以方便计算机的使用，图 1-15 是常见的鼠标和键盘外观。

**11．机箱和电源**

　　机箱的主要作用是保护主机内部的硬件设备，屏蔽机箱里面的各配件免受外界电磁场的干扰。电源负责供给系统硬件所需要的直流电源。图 1-16 是常见的机箱和电源外观。

图 1-15　键盘和鼠标　　　　　　　　图 1-16　机箱和电源

### 1.4.2　软件系统

　　只有配备相应的操作系统和相应的应用软件，计算机才能工作。计算机的软件通常可以分为两大类：即系统软件和应用软件。

　　操作系统是所有软件系统的核心，它是一个庞大复杂的程序，控制和管理计算机的软件资源和硬件资源，可分为单机操作系统和网络操作系统。如 DOS、Windows、UNIX、

MacOS、Linux 等，它们是应用软件与计算机硬件之间的桥梁。个人计算机常用的操作系统是 Windows、Linux。

应用软件是用户利用计算机硬件及操作系统软件为解决各类实际问题而编写的各种计算机程序及其相关文档。办公软件如 WPS、Office（Word、Excel、PowerPoint 等）；数据库系统（FoxPro、Access、SQL Server 等）；软件开发工具；Internet 浏览器（如微软的 IE、Netscape 的 Communicator 等）；网页开发软件（FrontPage、Flash 等）；图像处理软件（如 Photoshop、CorelDRAW、3D Studio MAX 等）；数学软件包（Mathematica、Matlab、MathCAD 等）；计算机辅助设计软件（AutoCAD 等）；多媒体开发软件（Authorware、Director 等）；游戏软件等都属于应用软件。

## 1.5  计算机组装流程

这里首先通过表 1-2 给出组装计算机的整个流程。本书后面章节将对涉及到的各个部件进行详细介绍。

表 1-2  计算机组装步骤

| 步骤 | 工作内容 | 说　明 |
| --- | --- | --- |
| 第 1 步 | 准备工作 | 装机工具、配件以及系统软件、驱动程序等准备齐全 |
| 第 2 步 | 机箱的安装 | 主要是对机箱进行拆封，并且将电源安装在机箱里 |
| 第 3 步 | 主板的安装 | 设置好主板跳线，将主板安装在机箱主板上 |
| 第 4 步 | CPU 的安装 | 在主板处理器插座上插入安装所需的 CPU，并且安装上散热风扇 |
| 第 5 步 | 内存条的安装 | 将内存条插入主板内存插槽中 |
| 第 6 步 | 显卡、声卡及其他板卡的安装 | 根据显卡、声卡以及其他板卡的总线选择合适的插槽 |
| 第 7 步 | 存储设备的安装 | 主要针对硬盘、光驱进行安装 |
| 第 8 步 | 主板连线 | 硬盘、光驱电源线和数据线的连接以及各种指示灯、电源开关线、音频线、PC 喇叭的连接 |
| 第 9 步 | 输入设备的安装 | 连接键盘、鼠标与主机一体化 |
| 第 10 步 | 输出设备的安装 | 显示器、音箱等设备的安装 |
| 第 11 步 | 连接主机电源 | 主机箱、显示器等连接电源，准备进行测试 |
| 第 12 步 | 开机测试 | 给机器加电，若显示器能够正常显示，表明初装已经正确，此时进入 BIOS 进行系统初始设置 |
| 第 13 步 | 安装系统软件 | 利用系统软件可管理使用各种硬件资源，可安装微软或其他公司提供的操作系统 |
| 第 14 步 | 安装驱动程序 | 有了此程序，计算机就可以与设备进行通信 |
| 第 15 步 | 安装应用软件 | 应用软件是为满足用户不同领域、不同问题的应用需求而开发的软件，它可以拓宽计算机系统的应用领域，放大硬件的功能 |

## 1.6  计算机常用术语

### 1.6.1  程序的概念

计算机程序：是由一系列的机器指令组成的，按一定处理步骤编排，能完成一定处理能力的指令序列。简单地说，计算机程序就是指计算机可以识别运行的指令集合。

指令：要计算机执行某种操作的命令。一条指令通常由两个部分组成：操作码和操作数。

操作码：指明该指令要完成的操作的类型或性质，如取数、做加法或输出数据等。

操作数：指明操作对象的内容或所在的存储单元地址（地址码），操作数在大多数情况下是地址码，地址码可以有0~3个。

指令系统计算机所能执行的所有指令的集合，叫做计算机的指令系统，每一台计算机均有自己的特定的指令系统，其指令内容和格式有所不同。

计算机指令系统发展有两个截然相反的方向：RISC和CISC。

RISC是精简指令系统计算机（Reduced Instruction Set Computer）的英文缩写，它尽量简化指令功能，只保留那些功能简单，能在一个节拍内执行完成指令，较复杂的功能用子程序来实现。指令系统指令条数少、寻址方式少、指令长度固定。

CISC是复杂指令系统计算机（Complex Instruction Set Computer）的英文缩写，具有增强指令的功能。设置一些功能复杂的指令，把一些原来由软件实现的、常用的功能改用硬件的指令系统来实现。指令系统丰富，但是使用频率相差悬殊，支持多种寻址方式，具有变长的指令格式。

### 1.6.2 存储单元

为便于对计算机内的数据进行有效的管理和存储，需要对内存单元编号，即给每个存储单元（每个字节）分配地址。每个存储单元存放一个字节的数据。如果需要对某一个存储单元进行存储，必须先知道该单元的地址，然后才能对该单元进行信息的存取。计算机内所有的信息都是以二进制的形式表示的，单位是位（b）。

位：计算机只认识由0或1组成的二进制数，二进制数中的每个0或1就是信息的最小单位，称为"位"（b）。

字节：是衡量计算机存储容量的单位。一个8位的二进制数据单元称一个字节（B）。在计算机内部，一个字节可以表示一个数据，也可以表示一个英文字母或其他特殊字符，二个字节可以表示一个汉字。

字：在计算机中，作为一个整体单元进行存储和处理的一组二进制数。一台计算机，字二进制数的位数是固定的。

字长：一个字中包含二进制数位数的多少称为字长。字长是标志计算机精度的一项技术指标，通常与CPU的寄存器位数有关。字长越长，数的表示范围也越大，精度也越高。机器的字长也会影响机器的运算速度。

机器字长对硬件的造价也有较大的影响。它直接影响加法器（或ALU）、数据总线以及存储字长的位数，所以机器字长的确定不能单从精度和数的表示范围来考虑。

存储器的容量包括主存容量和辅存容量。现代计算机中常以字节的个数来描述容量的大小，因为一个字节已被定义为8位二进制代码，故用字节数便能反映主存容量。同理，辅存容量也可用字节数来表示。常用单位有b、B、KB、MB、GB、TB等，其中b代表位，B代表字节，硬盘容量的单位为兆字节（MB）或吉字节（GB），在计算机中有以下换算。

1B=8b

1KB=1024 Bytes

1MB=1024KB=1 048 576 Bytes

1GB=1024MB=1 073 741 824 Bytes

1TB=1024GB=1 099 511 627 776 Bytes

### 1.6.3　速度单位

计算机的运算速度与许多因素有关，如机器的主频、执行的操作类型、主存的速度（主存速度快，取指、取数就快）等等。早期用完成一次加法或乘法所需的时间来衡量运算速度，不是很合理。现在机器的运算速度，普遍采用单位时间内执行指令的平均条数来衡量，并用 MIPS（Million Instruction Per Second）作为计量单位，即每秒处理的百万级的机器语言指令数，这是衡量 CPU 速度的一个指标。如某机每秒能执行 200 万条指令，则记作 2MIPS。也有用 CPI（Cycle Per Instruction），即执行一条指令所需的时钟周期（主频的倒数）数，或用 FPOPS（Floating Point Operation Per Second），即每秒浮点运算次数来衡量运算速度。

bps 代表每秒钟传输位数，如：100Mbps（b 代表 bit），表示速率为每秒钟传输 1 亿个二进制位，ADSL 的速度为 2Mbps，表示它的传输速率为 250KBps。

## 1.7　本 章 小 结

个人计算机在人类的生产和生活中正在起着越来越重要的作用。因此，如何配置适合自己的计算机，使计算机能够发挥更高的性能；如何对计算机进行日常维护，当发生简单故障时如何维修，就显得十分重要。虽然半个世纪以来，计算机已发展成为一个庞大的家族，各种类型的性能、结构、应用等方面存在着差别，但是它们的基本组成结构却是相同的。现在所使用的计算机硬件系统的结构一直沿用了由美籍匈牙利著名数学家冯·诺依曼提出的模型，它由运算器、控制器、存储器、输入设备、输出设备五大功能部件组成。

本章从计算机发展历史入手，重点介绍了冯·诺依曼计算机的基本结构以及个人计算机的软、硬件组成，最后对个人计算机的组装流程以及计算机常用术语作了简要介绍。其中个人计算机的硬件组成以及组装流程是本章重点。

## 习　题　1

#### 1．填空

（1）_____年，美国宾夕法尼亚大学研制成功了世界上第一台电子计算机_____，标志着电子计算机时代的到来。随着电子技术，特别是微电子技术的发展，依次出现了分别以_____、_____、_____、和_____等为主要元件的电子计算机。

（2）计算机系统通常由_____和_____两个大部分组成。

（3）计算机软件系统分为_____和_____两大类。

（4）中央处理器简称 CPU，它是计算机系统的核心，主要包括_____和_____两个部件。

（5）计算机的外设很多，主要分成三大类，其中，显示器、音箱属于_____，键盘、鼠标、扫描仪属于_____。

（6）计算机硬件和计算机软件既相互相依存，又互为补充。可以这样说，_____是计算机系统的躯体，_____是计算机的头脑和灵魂。

**2．选择题**

（1）下面的（　　）设备属于输出设备。

    A．键盘　　　　　　B．鼠标　　　　　　C．扫描仪　　　　　　D．打印机

（2）目前，世界上最大的 CPU 及相关芯片制造商是（　　）。

    A．Intel　　　　　　B．IBM　　　　　　C．Microsoft　　　　　　D．AMD

（3）微型计算机系统由（　　）和（　　）两大部分组成。

    A．硬件系统　软件系统　　　　　　B．显示器　机箱

    C．输入设备　输出设备　　　　　　D．微处理器　电源

（4）计算机发生的所有动作都是受（　　）控制的。

    A．CPU　　　　　　B．主板　　　　　　C．内存　　　　　　D．鼠标

（5）下列不属于输入设备的是（　　）。

    A．键盘　　　　　　B．鼠标　　　　　　C．扫描仪　　　　　　D．打印机

（6）下列部件中，属于计算机系统记忆部件的是（　　）。

    A．CD-ROM　　　　B．硬盘　　　　　　C．内存　　　　　　D．显示器

（7）通常说一款 CPU 的型号是 Pentium 4 2.8GHz，其中，2.8GHz 是指 CPU 的哪项参数？（　　）

    A．外频　　　　　　B．速度　　　　　　C．主频　　　　　　D．缓存

**3．判断题**

（1）数字计算机中信息是以十进制形式来编码存储的。　　　　　　　　　　（　　）

（2）用高级程序设计语言编写的程序，计算机可以直接执行。　　　　　　　（　　）

（3）既然仅适用计算机的文字处理功能，则系统软件可以不安装。　　　　　（　　）

（4）计算机运行时，CPU 可以直接执行硬盘中的数据。　　　　　　　　　（　　）

（5）PC 也是微机。　　　　　　　　　　　　　　　　　　　　　　　　　（　　）

**4．简答题**

（1）计算机硬件主要有哪些部件组成？

（2）计算机组装的主要步骤有哪些？

<table>
<tr><td>第 2 章</td><td>计算机主板</td></tr>
</table>

**本章学习目标**

- 了解计算机主板的作用及类型；
- 了解主板的各组成部分及其功能；
- 了解主板上的各类接口类型；
- 掌握主板的选购策略；
- 了解主板安装的基本方法。

主板又叫主机板（mainboard）、系统板（systemboard）和母板（motherboard），主板的性能直接影响整个计算机系统的性能。它安装在机箱内，是计算机最基本的也是最重要的部件之一。

## 2.1 主板简介与类型

### 2.1.1 主板简介

主板一般为矩形电路板，上面有 BIOS 芯片、I/O 控制芯片、键盘和面板控制开关接口、指示灯插接件、扩展插槽、主板和插卡的直流电源供电接插件以及各种总线接口单元等元件。主板上的扩展插槽，可供计算机外围设备的控制卡（适配器）插接，通过更换这些插卡，可以对计算机的相应部件进行局部升级，使用户在配置机型方面有更大的灵活性。

主板有多种不同的外观结构，图 2-1 是一种常见主板的外观。其结构决定机箱的选择，接口类型决定 CPU、内存、扩展卡等部件的选择，而主板 BIOS 和芯片组更是对主板所承载的各部件能否发挥其最大功能起着关键作用。主板的类型和档次决定着整个计算机系统的类型和档次。

### 2.1.2 主板的作用

主板实际上就是一块电路板，通过电路连接了各式各样的电子元件。当计算机工作时由输入设备输入数据，由 CPU 来完成大量的数据运算，再由主板负责组织输送到各个设备，最后经输出设备显示出来。输入设备就是键盘、鼠标等，输出设备就是显示器、打印机之类，所有输入输出过程都要靠主板上的系统芯片（南北桥芯片）来控制。

### 2.1.3 主板类型

计算机主板的类型较多，分类方法也很多，通常主板可以按照芯片组、CPU 接口、功能以及印刷电路板的制作工艺等进行分类。

图 2-1　一种常见主板的外观

**1．按芯片组分**

芯片组（Chipset）是主板的核心组成部分，也就是说它是整个身体的躯干，决定着主板的功能。由于芯片组是主板的一部分，无法拆除或对它进行升级，通常主板制造商会对芯片组进行优化以使其与特定的 CPU 配套使用，使得芯片组与 CPU 关系密切。由于 CPU 的型号、种类繁多、功能特点不一，如果芯片组不能与 CPU 良好地协同工作，将严重地影响计算机的整体性能。

目前专为 Intel 处理器提供芯片组的厂商主要有 Intel（美国）、VIA（中国台湾）、SiS（中国台湾）等几家，专为 AMD 处理器提供芯片组的厂商主要有 VIA（中国台湾）、SiS（中国台湾）、NVIDIA（美国）等几家。另外，ULI（中国台湾）、AMD（美国）、ATI（加拿大）、ServerWorks（美国）、IBM（美国）、HP（美国）等几家公司也生产主板芯片。目前 Intel、VIA、NVIDIA、SiS 是市场上主要的芯片组厂商。

1）Intel 的产品

Intel 芯片组专门用于 Intel CPU。图 2-2 是一款采用 Intel 芯片组的微星（MSI）主板。Intel 的主板芯片组经过多年发展，不同时期有不同的产品，仅支持 Intel P4 系列 CPU 的芯片组型号就有 810、820、845、865、915、945、965、P35 等多种。最近的 Intel 系列芯片组采用 1 个英文字母搭配 2 个数字来命名的方法，开头的英文字母代表其针对的市场，2 个数字中的第一个代表其数字家族，后一个数字则代表功能定位。比如 P 代表主流级市场、X 针对高级玩家市场、G 代表内建显示芯片、Q 代表商用市场。

目前 Q45 芯片组是支持 Intel 酷睿™2 CPU 的芯片组中性能最好的芯片组。

2）VIA 的芯片组产品

VIA（威盛电子），是台湾一家芯片组生产商，主要面向中高端以下的用户，其特点

是产品以价格低廉取胜，图 2-3 是一款采用 VIA 芯片组的主板。早期 VIA 只为 AMDCPU
生产芯片组，其主要芯片组有 VIA PT890、Apollo Pro、K8T890 等型号。

图 2-2　采用 Intel 芯片组的 MSI 主板

图 2-3　采用 VIA 芯片组的主板

3）NVIDIA 的芯片组产品

NVIDIA 最初以显示芯片制造厂起家，目前 NVIDIA 的主板芯片组产品主要针对 AMD
CPU，尤其是推出 nForce2 系列芯片组之后，NVIDIA 在芯片组市场的地位迅速提升，从
支持 AMD 的 K7 芯片组开始，逐渐挑战 VIA 的市场占有率，图 2-4 为一款采用 NVIDIA
芯片组的主机板。目前，NVIDIA 只具有中、高端产品，缺乏低端产品，产品线不完整。
主要芯片组有 nForce、nForce2、nForce3 、nForce4 系列。

图 2-4　采用 NVIDIA 芯片组的主板

#### 2. 按 CPU 接口类型分

随着 CPU 的功能日趋强大，其封装形式也在不断变化，CPU 的接口方式也形式多样化，有引脚式、卡式、触点式、针脚式等。因此选择 CPU，就必须选择带有与之对应插槽类型的主板。因主板 CPU 插槽类型不同，在插孔数、体积、形状上都有变化，所以不能互相接插。其中有 Slot 插槽形式的：Slot 1、Slot 2、Slot A；Socket 插座形式的：Socket 7、Socket 370、Socket 423、Socket 462、Socket 478、Lga 775、Socket 754、Socket 939、Socket 940 等。

#### 3. 按功能分

按主板功能分类，也有多种功能各异的主板，下面主要介绍三种。

1）PnP 功能主板

PnP 即 Plug and Play，意即插即用标准。该主板带有 PnP BIOS，配合 PnP 操作系统可以自动配置主机外设，做到"即插即用"。

2）节能功能主板

又称绿色功能主板，一般开机时有能源之星标志，如图 2-5 所示，如果机器长时间不工作，能自动依次进入等待、空闲、休眠、深度休眠等节能状态。

图 2-5　能源之星标志

3）免跳线主板

对 PnP 主板的进一步改进。能自动识别 CPU 类型、工作电压等而免去硬跳线，且一般能利用 BIOS 对 CPU 频率、电压进行设置，功能更强的主板还可以设置 AGP、PCI、内存等设备的频率。

### 4. 按印刷电路板制作工艺分

计算机主板是由众多电子元器件以及各类插槽组合而成的，为了固定这些元器件，需要 PCB 板——印刷电路板。PCB 板的基板是由绝缘隔热、不易弯曲的树脂材料制成的，其表面可以看到的细小线路材料是铜箔，它们是连接各元器件的导线，其中布满元器件的那一面称为"零件面"，另一面则是"焊接面"，如图 2-6 显示的是主板的焊接面。目前常见的主板 PCB 一般有 4～6 层。对于 4 层板来说，最上和最下的两层叫做"信号层"，中间两层则叫做"接地层"和"电源层"。六层板则增加了辅助电源层和中信号层，因此，六层 PCB 的主板抗电磁干扰能力更强，主板性能更加稳定。

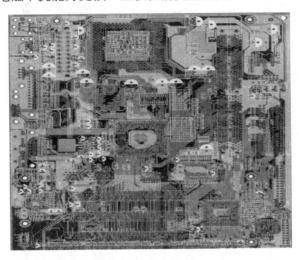

图 2-6　印刷电路板（主板的焊接面）

### 5. 其他的主板分类方法

按结构分：生产主板必须遵循行业规定的技术结构标准，以保证安装时的兼容性和互换性。行业规定的技术结构标准主要有 AT、Baby-AT、ATX、Micro ATX、LPX、NLX、Flex ATX、EATX、WATX 以及 BTX 等结构。其中，AT 和 Baby-AT 是多年前的老主板结构，现在已经淘汰；而 LPX、NLX、Flex ATX 则是 ATX 的变种，多见于国外的品牌机，国内尚不多见；EATX 和 WATX 则多用于服务器/工作站主板；ATX 是目前市场上最常见的主板结构，扩展插槽较多，PCI 插槽数量在 4～6 个，大多数主板都采用此结构；Micro ATX 又称 Mini ATX，是 ATX 结构的简化版，就是常说的"小板"，扩展插槽较少，PCI 插槽数量在 3 个或 3 个以下，多用于品牌机并配备小型机箱；而 BTX 则是 Intel 制定的 ATX 结构的替代者，BTX 规格能够在不牺牲性能的前提下做到最小的体积。

按主板的设计特点分：基于 CPU 的主板、基于适配电路的主板、一体化主板等类型。基于 CPU 的一体化的主板是目前较佳的选择。一体化（All in one）主板上集成了声音，显示等多种电路，一般不需再插卡就能工作。优点是减少了因接触不良而造成的故障，整体设计合理；缺点是不利于升级，一个部件的损坏会造成整个主板的损坏。一体化（All in one）主板通常也被称为集成主板，目前比较多见。

按厂家和品牌分：主板的生产厂家会把主板型号印主板上，可以通过型号来识别。常见的品牌有：华硕（ASUS）、技嘉（GIGABYTE）、微星（MSI）、精英（ECS）、升技（ABIT）、昂达（ONDA）、磐正（EPOX）、双敏（UNIKA）、映泰（BIOSTAR）、华擎（ASRock）、硕泰克（SOLTEK）、捷波（JETWAY）、钻石（DFI）、英特尔（Intel）、菱钻（Daimondata）、蓝宝石（SAPPHIRE）等。部分厂家品牌标识如图 2-7 所示。

图 2-7　部分厂家品牌标识

## 2.2　主板的结构与组成

### 2.2.1　主板的结构

主板上面集成了芯片组、I/O 控制芯片、扩展槽、电源插座等各种部件。所谓主板结构就是根据主板上各元器件的布局排列方式、尺寸大小、形状、所使用的电源规格等制定出的通用标准，所有主板厂商都必须遵循。不同的结构之间的差别主要包括尺寸大小和形状、元器件的布局、所使用的电源规格等。

ATX 是目前市场上最常见的主板结构，标准 ATX 主板的尺寸为"横长竖短"，俗称"大板"，如图 2-8 所示，主要特点是将串口、并口、鼠标和键盘接口都固定在主板上，内置声卡功能，并将声卡的接口做在主板上。ATX 主板必须使用 ATX 结构的机箱电源，这样才能保证 ATX 主板的定时开机、Modem 唤醒、键盘开机等特殊功能的实现。

图 2-8　ATX 结构主板

ATX 主板是在 AT 主板的基础上发展起来的，与 AT 主板的结构有很大的区别。与 AT 主板相比，主要优点如下。

① 主板的长边紧贴机箱后部，使更多的外设接口可以集成到主板上。

② 优化了内存及 CPU 的位置，有利于安装和散热。

③ 标准的主板上有两个串行输出口、一个 PS/2 鼠标口、一个 PS/2 键盘口和一个并行输出口，有些主板还固化了声卡及游戏接口。

④ 优化了软硬盘接口位置。

⑤ 对主板上的元件高度作了规定，增强了电源管理。

Micro ATX 保留了 ATX 标准主板背板上的外设接口位置，与 ATX 兼容，如图 2-9 所示。Micro ATX 主板把扩展插槽减少为 3～4 个，DIMM 插槽为 2～3 个，从横向减小了主板宽度，其总面积减小约 0.92 平方英寸，比 ATX 标准主板结构更为紧凑。

图 2-9　Micro ATX 结构主板

BTX 是 Intel 提出的新型主板架构 Balanced Technology Extended 的简称，可能是 ATX 结构的替代者，BTX 规范能够在不牺牲性能的前提下做到更小的主板体积，并对接口、总线、设备提出了新的要求。

BTX 主板有如下特点。

① 支持 Low-profile，即窄板设计，主板结构更加紧凑。

② 针对散热和气流的运动，对主板的线路布局进行了优化设计。

③ 主板的安装更加简便，机械性能也经过最优化设计。

得益于新技术的不断应用，将来的 BTX 主板还将完全取消传统的串口、并口、PS/2 等接口。

### 2.2.2　主板的组成

计算机主板除了包括电路布线的 PCB 板外，还有插槽、芯片、电阻、电容等部件。当主机加电时，电流会在瞬间通过 CPU、南北桥芯片（下面介绍）、内存插槽、AGP 插槽、PCI 插槽、IDE 接口以及主板边缘的串口、并口、PS/2 接口等，如图 2-10 所示。主板会根据 BIOS（基本输入输出系统）来识别各种硬件，并引导操作系统工作。

#### 1. CPU 插座与 CPU 插槽

CPU 需要通过某个接口与主板连接才能工作。CPU 插座 Socket 或插槽 Slot 是用来安

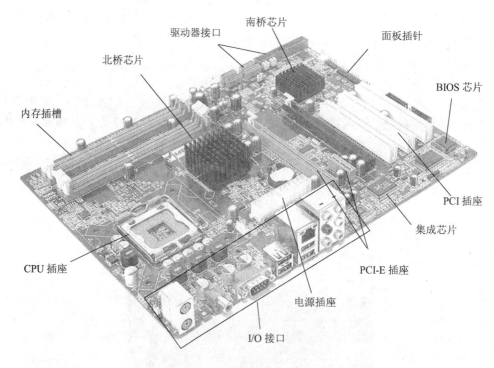

图 2-10　计算机主板结构

装 CPU 的接口。

　　1）Socket 插座

　　Socket 插座是方形插座，插座上分布着数量不等的针脚孔或金属触须，是目前最流行的 CPU 接口，如图 2-11 所示。Socket 在英文里就是插座的意思，也称之为零插拔力（ZIF）插座，特点是通过一个小杠杆将 CPU 卡紧，安装拆卸 CPU 都很方便。

图 2-11　针脚孔或金属触须类型的 CPU 插座

　　CPU 有多种接口方式，从外观上看，这些插座都差不多。由于很多 CPU 的针脚排列大致成对称的方形，为了安装方便，目前的 CPU 及 CPU 插座都采用了防"插反"设计——如图 2-11 左图中 CPU 插座左下方的边角，与其他三个角是不一样的。

2）Slot 插槽

主板上的一条细长插槽，早期 CPU 常采用此接口，如图 2-12 所示。主要有支持 Intel P Ⅱ、PⅢ CPU 的 Slot 1 和 Slot 2 插槽，支持 AMD CPU 的 Slot A 插槽，它们之间互不兼容。

图 2-12　Slot 插槽类型主板

## 2．内存插槽

按内存条与内存插槽的连接情况，内存插槽分为 SIMM（Single Inline Memory Module，单内联内存模块）和 DIMM（Dual Inline Memory Module，双内联内存模块）两种。目前 SIMM 已被淘汰。

采用 DIMM 的内存条有 SDRAM（Synchronous Dynamic RAM，同步动态随机存取存储器）、RDRAM（Rambus Dynamic RAM，总线式动态随机存取存储器）和 DDR（Double Data Rate，双倍数据速率）SDRAM、DDR2 SDRAM、DDR3 SDRAM。这五种内存条的引脚、工作电压、性能都不相同，与之配套的内存插槽也不同，如图 2-13 所示。

SDRAM 为 168 线，槽口有两个分隔。RDRAM 是 184 线，槽口也有两个分隔，但与 168 线 SDRAM 分隔的位置不同。DDR 内存也采用 184 线，但槽口只有一个分隔。

DDR2 和 DDR3 内存都是 240 线，也都只有一个分隔，但二者分隔的位置不同。

## 3．BIOS 芯片、CMOS 芯片

1）BIOS 芯片

BIOS（Basic Input Output System，基本输入输出系统），负责从开始加电（开机）到完成操作系统引导之前的各个部件和接口的检测、运行管理。操作系统引导完成后，在 CPU 的控制下完成对存储设备和 I/O 设备的各种操作、系统各部件的能源管理等。

由于主板在生产时，很多新设备正在开发中，所以早期版本的 BIOS 对新型设备的支持无法实现，但只要新设备正式投入使用，主板制造商就可以将对新设备的识别和支持增

加到 BIOS 中，因此主板厂商在主页上公布的 BIOS 版本越新，所能识别和支持的 CPU、内存或其他设备的类型就越多，主板的功能也就越全，出现不兼容的问题就越少，这也就是在实际使用主板的过程中有时需要进行 BIOS 版本升级的原因。常见的 BIOS 芯片有 Award、AMI、Phoenix、MR 等。

① 168 线 SDRAM 内存插槽
② 184 线 RDRAM 内存插槽
③ 184 线 DDR SDRAM 内存插槽
④ 240 线 DDR2 SDRAM 内存插槽
⑤ 240 线 DDR3 SDRAM 内存插槽

图 2-13　内存插槽

早期 DIP（双列直插式）封装的 BIOS 芯片，采用 PROM（可编程 ROM），不能升级 BIOS 程序，之后改进为 EPROM（可擦除可编程 ROM），改写时，在芯片的石英玻璃窗口处用紫外线灯照射 10～30 分钟，芯片中原保存信息全部丢失，然后用专用编程器写入新的内容。为使写好的信息不丢失，通常在窗口上都贴有不干胶避光纸，以防止外界紫外线照射，如图 2-14 所示。为了方便更换，还有安装在插座上的 BIOS，如图 2-15 所示。为了保证安全性，还有采用双 BIOS 芯片设计的，两个 BIOS 芯片中保存相同的信息，如图 2-16 所示。当第 1 个 BIOS 芯片损坏时，第 2 个 BIOS 芯片接替工作。

图 2-14　石英玻璃窗口及贴有避光纸标签的 BIOS

图 2-15　安装在插座上各种类型的 BIOS 芯片

图 2-16　主板上双 BIOS 芯片

2）CMOS 芯片

CMOS 是 Complementary Metal Oxide Semiconductor 的缩写，本意是"互补金属氧化物半导体存储器"，是一种大规模应用于集成电路芯片制造的原料，这里 CMOS 的准确含义是指一种用电池供电的可读写的 RAM 芯片，芯片内部保存着当前系统中硬件的配置信息，以备下次启动机器时完成硬件自检。CMOS RAM 芯片中内容由于具有断电后存储内容丢失的特点，为保证存在其中的参数保持不变，在关机后一般采用电池为其供电。也正是由于它的存在，计算机的内部时钟不会因为断电而停止，系统 CMOS 中的硬件配置信息也不会因为断电而丢失。

早期的主板，CMOS RAM 芯片是一块独立芯片，现在一般都把 CMOS RAM 集成到南桥芯片中，因此现在主板上已看不到单独的 CMOS RAM 芯片了。

**4．芯片组**

主板芯片组是主板的灵魂与核心，芯片组性能的优劣，决定了主板性能的好坏与级别的高低。主板芯片组厂商一般都将芯片组卖给主板厂商，由主板厂商来进行主板的生产。

芯片组的作用：在 BIOS 和操作系统的控制下，按规定的技术标准和规范通过主板为 CPU、内存条、显卡等部件建立可靠、正确的安装、运行环境，为各种接口的存储设备以及其他外设提供方便、可靠的接口。芯片组将 CPU 与主板的其他部分连接，继而与计算机的其他部分相连。

芯片组从功能上由两个基本部分——北桥和南桥组成，一般情况下北桥和南桥各有一个芯片组，实际上，芯片组按其所包含的芯片个数来分，一共有三种结构：单片式、两片式、三片式。

1）两片式

两片式即采用南北桥架构的主板，如图 2-17 所示。北桥通过前端总线（FSB）直接连接到处理器。内存控制器位于北桥上，通过北桥芯片，可以使 CPU 快速访问内存。北桥还连接到 AGP 或 PCI Express 总线并与内存连接。

南桥比北桥速度慢，CPU 中的信息必须经过北桥才能到达南桥。南桥主要负责管理 PCI 总线、USB 端口以及 IDE 或 SATA 硬盘接口。

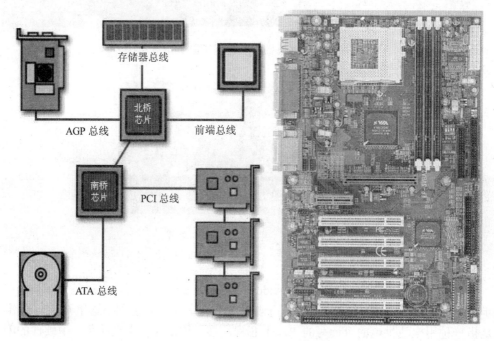

图 2-17　两片式芯片组主板

（1）北桥芯片组

北桥芯片离 CPU 较近且表面积较大，一般配有散热片或风扇，主要负责管理 CPU、内存、AGP 显卡、PCI 等高速设备。主板支持的 CPU 类型、内存条类型及容量、AGP 模式等都由北桥芯片决定，如图 2-18 所示。

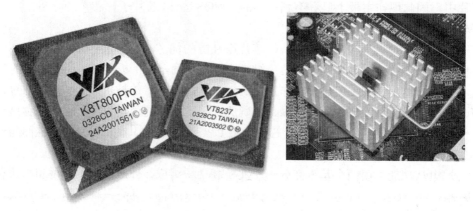

图 2-18　北桥芯片组

（2）南桥芯片组

南桥芯片离 CPU 较远，主要负责管理 IDE 接口、USB 接口及 K/M 控制器（Keyboard and Mouse controller，键盘控制器）、实时时钟控制器等相对低速的部件。

2）三片式

三片式芯片组除了南桥、北桥芯片以外，还增加了中心加速型芯片组，如图 2-19 所示，它是 Intel 公司专利，主要整合了 AGP 显示芯片的 i810、i815 、i820 系列等。

在中心加速型芯片组中，GMCH（Graphic Memory Controller Hub）芯片负责 CPU、内存、显示和 PCI 总线接口的支持，ICH（I/O Controller Hub）芯片负责 IDE、USB、Super I/O 和传统的串、并口设备的支持，FWH 芯片（英语"固件"的缩写）目前只使用其中的 BIOS 功能（部分其他功能还没开发应用）。因此中心加速型芯片组在功能分配和电路结构等方面实际上仍然和南、北桥结构芯片组差不多。

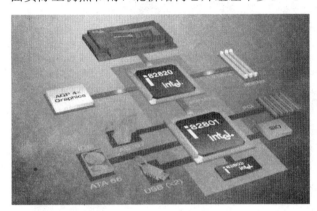

图 2-19　三片式芯片组

3）单片式

单片式芯片组将控制芯片组的作用整合到一个芯片中。在主板芯片组领域中，单芯片具有更加紧密的应用集成和更高的性价比。目前单芯片主板芯片组领域最活跃的厂商就是矽统（SiS）。SiS 首款采用单芯片高整合性的芯片组是 SiS 630，在这款产品中首次将传统的南北桥芯片组整合为单一的芯片。从 SiS 630 开始，SiS 推出了多款单芯片的主板芯片组。对于采用这种芯片组的主板，只能在主板的中央看到一块芯片，如图 2-20 所示。

不过，目前 SiS 新推出的主板芯片组又回到了"南北桥"双芯片的架构，因为这样在生产主板时，灵活性更好。

**5. 总线**

CPU 和主板上的芯片进行通信，就要有导线相连，这些导线的集合就叫总线。从功能上讲，总线分为 3 类：地址总线、控制总线、数据总线，这些总线统称为外部总线；而在 CPU 内部，也就是寄存器、运算器、控制器之间的通信是通过内部总线实现的。

总线上的数据传输速度取决于该总线的运行时钟频率，一般情况下时钟频率越高，则总线的数据传输率越高。总线的最大数据传输率也叫数据带宽，通常用公式：速率=总线数据宽度×时钟信号频率/8 计算，计算结果表示了每秒传送多少字节数。公式中的总线数据宽度取决于总线的技术标准。例如 Pentium Ⅱ 电脑的内存总线数据宽度为 64 位，时钟信号与 CPU 外频频率相同，当 CPU 使用 66MHz 外频时，内存总线的最大数据传输率：532MB=64×66.6（MHz）/8；但当 CPU 使用 100MHz 外频时，数据传输速率则提高到：800MB=64×100（MHz)/8。这表明在保持总线数据宽度不变的情况下，可以通过提高总线时钟频率来相对提高最大数据传输速率。这也是目前 CPU 的外频频率和内存总线频率逐年攀高的原因之一。

图 2-20  单片式芯片组

1）数据总线 DB（Data Bus）

数据总线用于 CPU 与主存储器、CPU 与 I/O 接口之间传送数据。数据总线的宽度等于计算机的字长。

2）地址总线 AB（Address Bus）

地址总线用来传送存储单元或输入输出接口的地址信号，地址总线的条数反映了一个计算机系统可安装的最大内存容量。如 16 位地址总线的寻址数为 $2^{16}=65536$，即内存的最大容量为 64KB。地址总线的宽度决定了 CPU 的寻址能力。

3）控制总线 CB（Control Bus）

控制总线用于传送 CPU 对主存储器和外部设备的控制信号。它分为两类：一类是由 CPU 向内存或外设发送的控制信号；另一类是由外设或有关接口电路向 CPU 送回的信号，包括内存的应答信号。

**6．CACHE**

cache 是高速缓冲存储器，是一种特殊的存储器，它由 cache 存储部件和 cache 控制部件组成。cache 存储部件一般采用与 CPU 同类型的半导体存储器件，存取速度比内存快几倍甚至十几倍。由于 cache 的存取速度远远快于一般内存，因此在 CPU 与内存之间加入 cache，cache 中存放 CPU 经常访问的数据，可以大大提高 CPU 的工作效率。

在早期 486 主板上，cache 大多是以独立芯片形式集成在主板上，一般是 28 个引脚的芯片，在 486 以后 cache 被集成到 CPU 中，叫 L1 即一级缓存（Internal Cache）和 L2 即二级缓存（External Cache），现在的大多数主板上有三级缓存，三级缓存集成在北桥芯片中。一般来说 L1、L2、L3 的容量逐渐递增，访问速度逐渐递减。

**7．扩展插槽**

主板上各种扩展插槽是用来连接各种输入输出设备，使外部设备与主板之间进行数据交换的通道。这些扩展槽都采用标准化接口，便于模块结构设计，可以得到更多硬件厂商的支持，便于生产与之兼容的外部设备和软件。

1）ISA 总线

ISA（Industrial Standard Architecture）总线标准是 IBM 公司 1984 年为推出 PC/AT 机而建立的系统总线标准，其外形如图 2-21①所示。它是对 XT 总线的扩展，以适应 8/16 位数据总线要求。在早期的 AT 型主板上常见，为黑色，具有 24 位地址线，8 位或 16 位的数据线，时钟频率为 8.33MHz，传输率为 16.67MBps（最大数据传输率= 时钟频率×数据线的宽度÷8）。

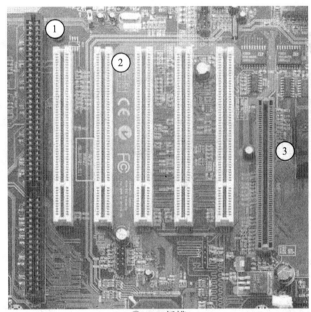

① ISA 插槽
② PCI 插槽
③ AGP 插槽

图 2-21　三种总线插槽

2）EISA 总线

EISA（Enhanced Industry Standard Architecture，扩展标准工业结构总线）是 1988 年由 Compaq 等 9 家公司联合推出的总线标准。EISA 总线是在 ISA 总线的基础上使用双层插座，在原来 ISA 总线的 98 条信号线上又增加了 98 条信号线，也就是在两条 ISA 信号线之间添加一条 EISA 信号线。在实用中，EISA 总线完全兼容 ISA 总线信号，是早期 AT 型主板上最长的总线，颜色为前黑后棕。具有 32 位地址总线和数据总线，时钟频率为 8.33MHz，最大传输率为 33MBps，是专门为 486 计算机设计的。

计算机主板

3）VESA 总线

VESA（Video Electronics Standard Association）总线是 1992 年由 60 家附件卡制造商联合推出的一种局部总线，简称为 VLB（VESA Local Bus）总线。该总线系统考虑到 CPU 与主存和 Cache 的直接相连，通常把这部分总线称为 CPU 总线或主总线，其他设备通过 VLB 总线与 CPU 总线相连，所以 VLB 总线被称为局部总线。它定义了 32 位数据线，且可通过扩展槽扩展到 64 位，使用 33MHz 时钟频率，最大传输率达 132MBps，可与 CPU 同步工作。在当时，它是一种高速、高效的局部总线，可支持 386SX、386DX、486SX、486DX 及奔腾微处理器。

4）PCI 总线

PCI（Peripheral Component Interconnect）总线是当前最流行的总线之一，是由 Intel 公司推出的一种局部总线，如图 2-22 所示。它定义了 32 位数据总线，且可扩展为 64 位。PCI 总线主板插槽的体积比原 ISA 总线插槽还小，功能比 VESA、ISA 有极大的改善，支持突发读写操作，最大传输速率可达 132MBps，可同时支持多组外围设备。 PCI 总线不兼容 ISA、EISA、MCA（Micro Channel Architecture）总线。

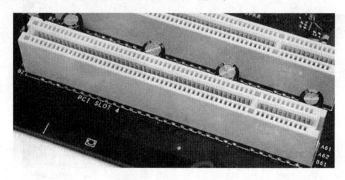

图 2-22　PCI 总线插槽

5）AGP 插槽

AGP（Accelerated Graphics Port，图形加速端口）插槽是显卡插槽，它在内存与显卡间提供数据通道，其外形如图 2-23 所示。

图 2-23　AGP 插槽

AGP 不是总线，是点对点的连接，它使控制芯片与 AGP 显卡直接相连，是 Intel 公司为提高计算机系统的 3D 显示速度而开发的，仅用于 AGP 显卡。它将显示卡同主板内存芯片组直接相连，大幅度提高了计算机对 3D 图形的处理速度，AGP 扩展槽为棕色，其工作模式有：AGP1X、AGP2X、AGP4X 和 AGP8X 四种，对应的数据传输率为 266MBps、

532MBps、1064MBps 和 2GBps。其中 AGP4X 的插槽和金手指与 AGP1X、AGP2X 都不一样。支持 AGP4X 的插槽中没有了原先的隔断，但金手指部分的缺口却多了一个。

6）Compact PCI

以上所列举的几种系统总线一般都用于商用 PC 中，在计算机系统总线中，还有另一大类为适应工业现场环境而设计的系统总线，比如 STD 总线、VME 总线、PC/104 总线等。这里仅介绍当前工业计算机的热门总线之一——Compact PCI。

Compact PCI 的意思是"坚实的 PCI"，是当今第一个采用无源总线底板结构的 PCI 系统，是 PCI 总线的电气和软件标准加欧式卡的工业组装标准，是一种新的工业计算机标准。Compact PCI 是在原来 PCI 总线基础上改造而来的，它利用 PCI 的优点，提供满足工业环境应用要求的高性能核心系统，同时还考虑充分利用传统的总线产品，如 ISA、STD、VME 或 PC/104 来扩充系统的 I/O 和其他功能。

7）PCI-E 总线

PCI-E 即 PCI Express，是串行总线，增加带宽可通过增加 PCI Express 传输通道实现。比起 PCI 以及更早期的计算机总线的共享并行架构，每个设备都有自己的专用连接，不需要向整个总线请求带宽，而且可以把数据传输率提高到一个很高的频率，达到比 PCI 更高的带宽。相对于传统 PCI 总线在单一时间周期内只能实现单向传输，PCI Express 的双单工连接能提供更高的传输速率和质量。

PCI-E 的主要优势是数据传输速率高，目前最高可达到 10GBps 以上，而且还有很大的发展潜力。能满足现在和将来一定时间内出现的低速设备和高速设备的需求。目前能支持 PCI Express 的主要是 Intel 的 i915 和 i925 系列芯片组。当然要实现全面取代 PCI 和 AGP 也需要一个相当长的过程。

由于 PCI Express 是点对点的双向传输连接，两个设备之间的带宽是独立的，所以增加通道不会使性能下降。PCI-E 在规格上目前有五种模式：X1、X2、X4、X8 和 X16。其中，X16 数据带宽最大，X2 用于内部接口而非插槽模式。图 2-24 所示为拥有 PCI-E X16 和 PCI-E X1 两种接口类型的主板。

图 2-24　PCI-E X16、PCI-E X1 主板

目前，PCI Express 最高标准是 PCI-E 2.0。PCI-E 2.0 插槽能向下兼容 PCI-E 1.0 和 PCI-E 1.1 标准的卡。

PCI-E 1.0 带宽为 256 MBps，PCI-E 2.0 带宽提高了一倍即 512 MBps，PCI-E X16 2.0 数据带宽理论值可达到 8 GBps。

此外，X1 扩展卡可以插入 X4、X8 等插槽，即较短的 PCI-E 卡可以插入较长的 PCI-E 槽中使用。

8）IDE 接口

IDE（集成电子驱动器）接口也称 PATA（并行高级技术附件）接口，用来连接硬盘、光驱等设备。一般主板上有两个 40 针的 IDE 接口，分别标注为 IDE1、IDE2 或 Primary IDE、Secondary IDE。为防插错，去掉第 20 针，且围栏设置缺口，如图 2-25 所示。

图 2-25　IDE 接口

IDE1 称为第一 IDE 接口，一般连接装有操作系统的硬盘；IDE2 称为第二 IDE 接口，一般连接光驱或第二块硬盘。每个 IDE 接口可连接两个 IDE 设备，这两个 IDE 设备有主盘与从盘之分。

PATA 接口标准称为 Ultra ATA 或 Ultra DMA 标准，共有 7 个标准。最为典型的是第 4 标准 UDMA33 或称 ATA-33。UDMA33 接口的硬盘与主板芯片组以 33MBps 的带宽交换数据。第 5 标准 UDMA66 或称 ATA-66，数据带宽为 66MBps。

用于连接符合 UDMA33 标准 IDE 设备的 40 线数据线也称为 ATA-33 数据线，ATA-66 数据线是 80 线，如图 2-26 所示。80 线中增加了 40 条地线插入数据线之间，以减小传输数据信号之间的电磁干扰，提高数据传输率。

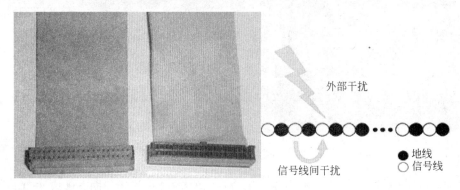

外部干扰

信号线间干扰

● 地线
○ 信号线

图 2-26　IDE 数据线

ATA-133 数据线带屏蔽层，称为导流散热排线，如图 2-27 所示。导流散热排线的数据线外层是普通材料保护层；向里一层是金属屏蔽层，它能有效地屏蔽来自数据线外部的电磁干扰，使数据传输速率提高，并且确保数据的准确性；内部的数据线按矩形排列，较带状排线宽度减小了 30%；每条数据线按横向和纵向与地线交错排列，能够有效地减小数据线间的信号干扰，使数据传输率进一步提高。

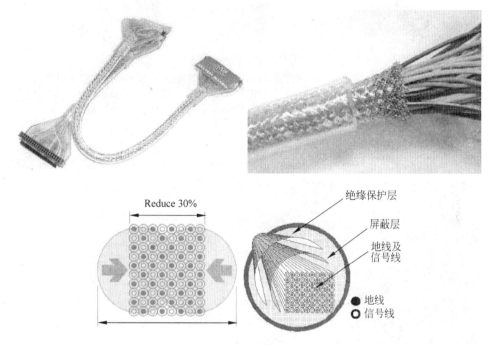

图 2-27　导流散热排线

导流散热排线结构便于收线整理，使数据线对机箱空气流通造成的阻碍降到最小，保证风道通畅，还可以避免灰尘在数据线上堆积，有利于提高机箱内硬件系统的整体散热效果。

9）软驱接口

软驱接口用来连接软驱，如图 2-28 所示。一般主板上有一个 34 针（无第 5 针）的软驱接口，可连接两个软驱，标注为 FDC 或 FDD 或 Floppy。由于软盘驱动器速度慢，随着 USB 设备的普及，目前的主板上已经取消了软驱接口。

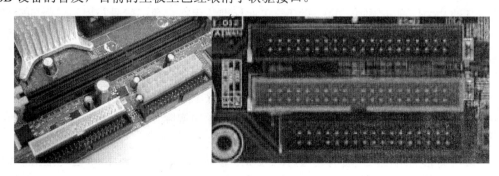

图 2-28　软驱接口

计算机主板

10）SATA 接口

SATA（Serial ATA）接口是串行 ATA 接口，主要用于连接硬盘、光驱和 IDE 阵列等存储设备，如图 2-29 所示。

图 2-29　SATA 接口

SATA 是 7 引脚接线柱槽，通过 7 线数据线缆与 IDE 设备相连。与 IDE 接口相比，具有数据传输速率高（SATA 2.0 为 3Gbps，PATA-133 最高为 1.33Gbps）、支持热插拔（SATA 2.0 为即插即用）、结构简单等优点。

11）AMR、CNR、ACR 接口

AMR（Audio Modem Riser，声音和调制解调器插卡）规范，是 1998 年 Intel 公司发起并号召其他相关厂商共同制定的一套开放工业标准，旨在将数字信号与模拟信号的转换电路单独做在一块电路卡上。AMR 和 CNR（Communication Network Riser，通信网络插卡）都是在 Intel i810 芯片组问世后根据 AC'97 规范所设计的声卡、通信和网络专用插槽，尺寸只有 PCI 槽的一半，一般设置在 AGP 槽旁边，或者紧靠 ISA 槽，如图 2-30 所示。

AMR 槽的开发早于 CNR，使用时需占用一个 PCI 槽的资源，支持符合 AC'97 规范的软声卡和软 Modem。由于 AMR 不支持局域网卡，用户实际使用和厂家支持都不多，目前已被逐步淘汰而被 CNR 所代替。

为顺应宽带网络技术发展的需求，弥补 AMR 规范设计上的不足，Intel 公司推出了 CNR 标准，用来代替 AMR。与 AMR 规范相比，新的 CNR 标准应用范围更加广泛，它不仅可以连接专用的 CNR Modem，还能使用专用的家庭电话网络（Home PNA），并符合 PC 2000 标准的即插即用功能，比 AMR 略长，但与 AMR 卡不兼容，如图 2-31 所示。

图 2-30　AMR 插槽

图 2-31　CNR 插槽

　　CNR 插槽是 Intel 公司推出 i815 芯片时同时开发的，CNR 与 AMR 槽外形相似，在主板上的位置也相同。但 CNR 槽仅占用 ISA 槽资源，为用户节约了一个 PCI 扩展槽。CNR 同样支持软声卡和软 Modem，但另增加对局域网卡的支持，并且符合 PC'99、PC'2000 规范。

　　ACR 是 Advanced Communication Riser（高级通信插卡）的缩写，它是 VIA（威盛）公司为了与 Intel 公司的 AMR 相抗衡而联合 AMD、3Com、Lucent（朗讯）、Motorola（摩托罗拉）、NVIDIA、Texas Instruments 等世界著名厂商于 2001 年 6 月推出的一项开放性行业技术标准，其目的是为了拓展 AMR 在网络通信方面的功能。如图 2-32 所示，图中最左侧的插槽为 ACR 插槽，注意其与右侧 5 个 PCI 插槽的区别。

图 2-32　ACR 插槽

　　在选购主板产品时，扩展插槽的种类和数量的多少是决定是否购买的一个重要指标。有多种类型和足够数量的扩展插槽就意味着今后有足够的可升级性和设备扩展性，反之则会在今后的升级和设备扩展方面碰到障碍。这点对初学者尤其重要。例如不满意整合主板的游戏性能，想升级为独立显卡却发现主板上没有 AGP 插槽；想添加一块视频采集卡，却发现使用的 PCI 插槽都已插满等等。但扩展插槽也并非越多越好，过多的插槽会导致主板成本上升，从而加大购买成本，而且过多的插槽对许多用户而言并没有作用，例如一台只需要做文本处理和上网的办公电脑却配有 6 个 PCI 插槽而且配有独立显卡，就是一种典型的资源浪费，这种类型的电脑只用整合型的 Micro ATX 主板就能完全满足使用要求。所以在具体产品的选购上要根据自己的需要来决定，符合自己的才是最好的。

### 8. 输入输出接口

输入输出接口（I/O 接口）是主板上用于连接各种机箱外部设备的接口。通过这些接口，可以把键盘、鼠标、打印机、扫描仪、优盘、移动硬盘等设备连接到计算机上，还可以实现计算机间的互连。

目前主板上常见的输入输出接口有键盘接口、鼠标接口、串行接口、并行接口、PS/2 接口、USB 接口、IEEE 1394 接口等，如图 2-33 所示。

图 2-33　输入输出接口

1）串行接口

串行接口又称 COM 接口，一次只能传送一位数据，虽然数据传输速率较低（最高 115.2 Kbps），但传送距离较长。ATX 结构主板一般有两个 9 针 D 型串口插座，如图 2-34 所示，用于连接 9 芯的大口鼠标及外置的串口设备，如 Modem 等。

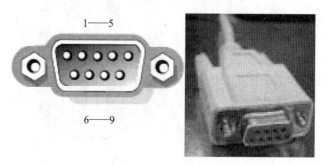

图 2-34　串行接口

2）并行接口

因并行接口主要连接打印机，所以也称打印口，记作 LPT 或 PRN。它支持多位数据同时传输，速度相对较快（EPP 模式为 200～1000Kbps），用于短距离通信。并行接口是一个 25 针 D 型插座，如图 2-35 所示。

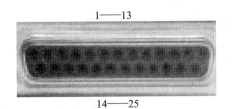

图 2-35 并行接口

3）PS/2 接口

ATX 结构的主板一般有两个 6 芯 PS/2 接口，俗称小口，如图 2-36 所示。其中紫色的接键盘，绿色的接鼠标。PS/2 接口的传输速度比串行接口稍快。

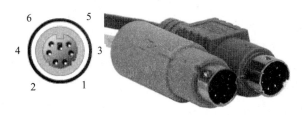

图 2-36 PS/2 接口

4）USB 接口

USB（通用串行总线）接口是一个 4 芯接口，支持热插拔，如图 2-37 所示。一个 USB 接口可同时支持高速和低速 USB 外设的访问，理论上可连接 127 个 USB 设备，由一条 4 芯电缆连接，其中两条是正负电源线，两条是数据线。USB 1.0 高速外设的传输速率为 12 Mbps，USB 2.0 的最高传输速率为 480 Mbps。

USB 3.0 是由 Intel 等公司于 2008 年 11 月 17 日发布的最新的 USB 规范，USB 3.0 简要规范如下。

① 提供了更高的每秒 4.8Gbps 传输速度。

② 对需要更大电力支持的设备提供了更好的支撑，最大化了总线的电力供应。

③ 增加了新的电源管理职能。

④ 全双工数据通信，提供了更快的传输速度。

⑤ 向下兼容 USB 2.0 设备。

图 2-37 USB 接口

由于 USB 接口的传输速率高于串口、并口和 PS/2 口，外设的安装简单，提供总线供电，又支持热插拔，所以许多主板已经用 USB 接口取代了以上各个接口，为了转换方便，不同类型的接口均可以利用转换器转接成 USB 接口，如图 2-38 所示。

计算机主板

串并口转换　　　　PS/2 口转 USB 口　　　USB 口转并口

图 2-38　各种类型的转换器

主板上的 USB 接口插座，通过连接线与机箱面板上的 USB 前端接口相连，如图 2-39 所示。

5）IEEE 1394 接口

IEEE 1394 是高速串行总线接口，1394a 规范的最高传输速率为 400Mbps，1394b 规范的传输速率为 800Mbps、1Gbps 和 1.6Gbps。

Apple 公司称该接口为火线（Fire Wire），Sony 公司称其为 i.Link，Texas Instruments 公司称其为 Lynx。

IEEE 1394 接口支持热插拔和菊花链连接方式，最多可连接 63 个设备，每个设备相距可达 4.5m，能同时传送数字视频信号和数字音频信号，主要用在数码摄像机和高速存储驱动器上。

图 2-39　主板上 USB 插座

大多数 1394 接口通过一条 6 芯电缆与外设连接，也有的用 4 芯电缆，图 2-40 是两种外形的 IEEE 1394 接口外观。两者的区别在于：6 芯电缆除包含一对视频信号线和一对音频信号线外，还向所连设备提供电源（8～40V），而 4 芯电缆不包含电源线，不为设备提供电源。

图 2-40　两种外形的 IEEE 1394 接口

主板上的 1394 接口插座，通过连接线与机箱面板上的前端 1394 接口相连，如图 2-41 所示。

6）eSATA 接口

eSATA 是外置 SATA 接口，用来连接外部 SATA 设备，如图 2-42 所示。

**9．面板插针**

在使用计算机时，只需按一下机箱上的电源开关就能启动计算机，而且机箱上还有电源、硬盘工作指示灯，机器启动时还能听到"嘀"的一声响。那么机箱上的这些按键、指示灯以及喇叭是怎样与主板相连接的呢？

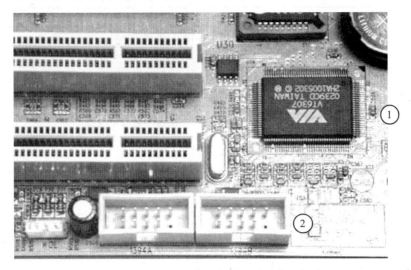

图 2-41　IEEE 1394 接口控制芯片和接口插座
① IEEE1394 控制芯片　VT6307，支持两个 1394 接口
② 1394 接口

图 2-42　eSATA 接口

　　在主板边上能找到一排插针，而机箱中有一些带插槽的电缆。这些电缆就是用来与主板上的插针连接的，主板上插针及电缆上的插槽都标有英文字母，图 2-43 是主板插针的两种形式，其中英文简写所表示的功能如表 2-1 所示。

图 2-43　两种不同主板上的插针

表 2-1　插针连接功能对应表

| 序号 | 英文简写 | 功　能 |
|---|---|---|
| 1 | POWER LED | 电源指示灯 |
| 2 | SPEAKER | 铃（扬声器） |
| 3 | HDD LED | 硬盘指示灯 |
| 4 | TURBO LED | 跳频指示灯 |
| 5 | TURBO SW | 跳频控制按键插针 |
| 6 | RESET SW Reset | 复位控制按键插针 |
| 7 | POWER SW | 电源控制按键插针 |
| 8 | KEYLOCK | 键盘锁 |

**10．电源接口**

1）主电源接口

计算机电源通过电缆连接主板电源接口为主板供电。电源接口类型依电源版本或主板标准而定，图 2-44 是两种不同的主机电源接口外观。

ATX 12V 版本标准使用的 20 针主电源接口　　　ATX 12V 2.2 版本标准使用的 24 针主电源接口

图 2-44　主机电源接口

2）CPU 电源接口

目前使用最为广泛的 CPU 电源接口是 4 针 12V CPU 电源接口，如图 2-45 所示。CPU 12V 电源送给其供电电路后，必须经过滤波和稳压才能供 CPU 使用。多采用两相以上供电电路，每相电路由 LC（电感电容）滤波器和 MOSFET（金属-氧化物场效应晶体管）稳压芯片及 MOSFET 驱动芯片组成，也有主板采用 LC 滤波器与集成电源模块组成电源电路。

图 2-45　4 针 12V CPU 电源接口电路

随着 CPU 功耗的不断增加，对 CPU 供电电路的功率及电压稳定性都提出了更高的要求。因此，选用高质量的滤波电感和电容至关重要，高质量的滤波电感和电容可以减小输出电流纹波，提高电压稳定性。图 2-46 显示的是高质量的固态电感。

图 2-46　固态电感

为了增加 CPU 供给功率，也可以通过增加相数（即提供电流的支路）实现，如图 2-47 为输出功率大而增加散热器的八相电路。

图 2-47　带有散热器的八相 CPU 电源接口电路

3）CPU 风扇电源接口

CPU 风扇电源接口分为 3 针或 4 针插座。3 针分别为 GND（接地）、+12V 及风扇转速检测，4 针中多的 1 针为控制端 PWM（脉宽调制），通过该控制信号可以控制风扇的转速为高速或低速，图 2-48 是两种 CPU 风扇电源接口。

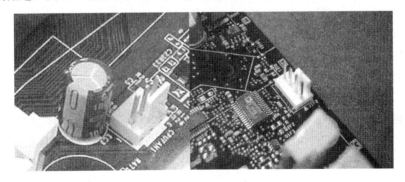

图 2-48　CPU 风扇电源接口

Intel CPU 在其内部还配备了 TCC（温度控制电路），实现了 CPU 温度内外双监控模式，一旦 CPU 内部温度接近极限，TCC 会降低 CPU 的主频以降低其功耗。有些 CPU 还能够在最紧急状态下，强制关闭计算机电源以保护硬件。

4）北桥芯片风扇电源接口

有些主板北桥芯片的散热器带有风扇，主板上会为该风扇提供一个 2 针或 3 针电源接口，如图 2-49 所示。

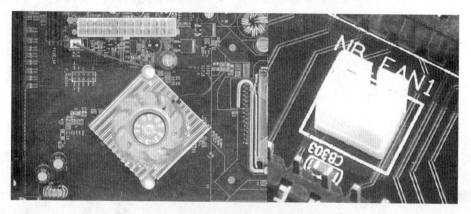

图 2-49  北桥芯片风扇电源接口

5）机箱风扇电源接口

有的主板为机箱风扇提供了一个 3 针电源接口，如图 2-50 所示。

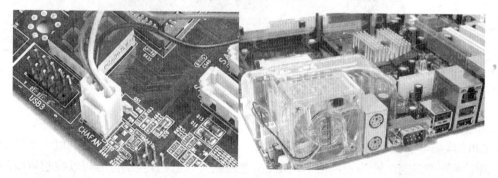

图 2-50  为机箱风扇提供的电源接口

**11．I/O 芯片**

I/O 芯片提供对键盘、鼠标、软驱、并口、游戏摇杆等输入输出外围设备的支持，如：Winbond W83627EHF 可支持键盘、鼠标、软驱、并口、游戏摇杆等传统功能，也提供对 CPU 温度的监控以及过压保护（OVP 和 OTP）。图 2-51 是三种不同型号的 I/O 芯片。

**12．时钟电路**

主板时钟产生电路由石英晶体振荡器与振荡电路模块（分频器）共同组成，为 CPU、内存、PCI 总线等提供时钟信号，如图 2-52 所示。

图 2-51　三种不同型号的 I/O 芯片

图 2-52　时钟电路
① 石英晶体振荡器　② 分频器

**13．跳线开关**

跳线是在主板上可以进行各种硬件设置的设备，通过这些设置可以规定主板安装什么型号和规格的硬件。新型的主机板需要跳线的地方越来越少。

跳线开关（JP）由跳针和跳线帽（也称跳线环、短路环）组成，主要用于设置 CPU 外频、倍频、电压、清除 CMOS 内容等。为了跳线方便也有主板提供了 DIP 开关跳线。如图2-53 所示。

跳针及跳线帽　　　　　　　　　　　DIP 开关跳线

图 2-53　跳线开关

# 2.3 主板的新技术简介

**1．双通道内存控制技术**

双通道内存控制技术（简称双通道内存技术）是主板控制和管理内存的技术，能有效地提高内存总带宽，从而适应 CPU 的数据传输、处理的需要。它的技术核心在于：芯片组（北桥）可以在两个不同的数据通道上分别寻址、读取数据，内存可以达到 128 位的带宽，如图 2-54 所示。

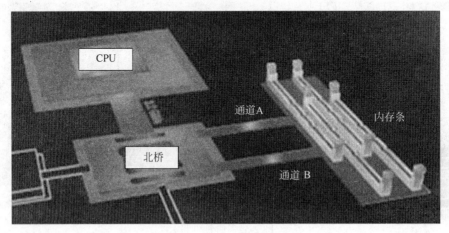

图 2-54　双通道内存技术

内存控制器是北桥芯片的一个重要组成部分，是否支持双通道内存取决于芯片组而不是内存。而 AMD 公司自 Athlon 64 CPU 起，将内存控制器集成到了 CPU 中。

**2．HyperTransport**

HyperTransport 最初由 AMD 公司在 1999 年提出，随着 AMD 64 位平台的发布和推广，其应用也越来越广泛。

HyperTransport 是一种为主板上的集成电路互连而设计的端到端的总线技术，它可以在内存控制器、磁盘控制器以及 PCI 总线控制器之间提供更高的数据传输带宽。HyperTransport 采用类似 DDR 的工作方式，即在一个系统时钟周期传输两次数据，这样在400MHz 工作频率下，相当于 800MHz 的传输频率。

HyperTransport 的另一特点就是当数据位宽并非是 32bit 时，可以分批传输数据来达到与 32bit 相同的效果。例如，16bit 数据可以分两批传输，8bit 数据分四批传输，这种数据分包传输的方法，给了 HyperTransport 在应用上更大的弹性空间。

当 HyperTransport 应用于内存控制器时，其作用类似于传统的前端总线 FSB，因此对于将 HyperTransport 技术用于内存控制器的 CPU 来说，其 HyperTransport 的频率也就相当于前端总线的频率。

**3．硬件错误侦测**

由于硬件的安装错误、不兼容或硬件损坏等原因引起的硬件错误，轻则导致运行不正常，重则导致系统无法工作。碰到此类情况，以前只能通过 POST 自检时的 BIOS 报警提示音，硬件替换法或通过 DEBUG 卡来查找故障原因。但这些方法使用起来很不方便，而且对用户的专业知识也要求较高，对普通用户并不适用。针对此问题，主板厂商在主板上增加了许多人性化的设计，以方便用户快速、准确地判断故障原因。

例如，主板特别设计了硬件加电自检故障的语言播报功能。以华硕的"POST 播报员"为例，这个功能主要由华邦电子的 W83791SD 芯片，配合华硕自己设计芯片组合而成。可以监测 CPU 电压、CPU 风扇转速、CPU 温度、机壳风扇转速、电源风扇是否失效、机箱入侵警告等。这样能够较好地保持计算机的最佳工作状态。当系统有某个设备出故障时，POST 播报员就会用语音提醒该配件出了故障。

在硬件侦错报警方面，一些主板大厂都有独到的设计，譬如微星主板，用四支 LED 来反映主板的故障所在。而有的主板则干脆引入了 Debug 侦错卡的侦错技术，采用了更为直接的数码管来指出故障所在。

另外，主板厂商还为主板设计了 AGP 保护电路，除了起显卡保护作用之外，保护电路还用一个 LED 发光二极管来告诉用户故障是否由显卡引起。

## 2.4　主板的选购

性能优良的主板能将 CPU、内存等相关部件的性能和潜力更好地发挥出来。下面介绍选择主板的注意事项。

**1．制造工艺**

主板制造工艺很直观，一般的主板都是多层的印刷电路板。一些主板厂商为了降低成本，采用的手段之一就是减少主板中电路板层数，比如采用四层板，目前主流的高档主机板一般采用六层以上的印刷电路板。目前最复杂的电路设备已经超过了 112 层。

还要看主板做工是否精细，焊点是否整齐标准，走线是否简洁清晰；看设计结构布局是否合理，是否有利于其他配件的散热；看主板所选用的电容、电阻等元件，如电容是储存电荷的容器，它的作用是保证电源对主板及相关配件的供电稳定性，过滤掉电流中的杂波，再将纯净的电流输出给 CPU 和内存等配件，好的主板在 CPU 和 AGP 插槽附近使用大量高容量的电容（最好是钽电容），一般来讲，电容小而多比大而少输出的电流更纯净和稳定。

**2．芯片组的选择**

芯片组是主板的灵魂，对系统性能的发挥影响极大。不同的芯片组，性能有较大差别，比如使用 Intel CPU，最好选用 Intel 芯片组，而如果使用的是 AMD CPU，则应当选用 NVIDIA、VIA 芯片组的产品。如果计算机处理 3D 图像较少的话，可以考虑整合显卡、声卡的芯片组。

**3．升级和扩充**

主板的扩展性也比较重要。由于受到价格和体积的影响，主板上不可能什么接口都有。一些具有特殊接口的主板，如带有 IEEE1394 接口、红外接口或 USB 2.0 接口的主板等，不是一般用户所需要的。而且这些带特殊接口的主板成本较高，应根据自己的需求选择，否则会造成浪费。

一般说来，买主板时都要考虑电脑和主板将来升级扩展的能力，比如扩充内存和增加扩展卡、升级 CPU 等方面的能力。主板插槽越多，扩展能力就越好，价格也更贵。

**4. 注意散热性**

热量是 CPU 的杀手，直接影响其稳定性。有些主板设计不合理，CPU 插座和附近的电解电容距离太近，不能安装较大的散热器。还有一些主板的电源接口不合理，电源线横跨 CPU 上方，阻碍了空气的流动，直接影响了散热效果。这些问题在挑选主板时也应当注意。

**5. BIOS 的调节能力**

性能好的主板通常具有较为丰富的 BIOS 调节功能，通过对 BIOS 的合理设置可以充分发挥硬件的整体性能。一般的主板都具有 CPU 外频、倍频等调节功能。也有一部分主板提供了 AGP、RIMM 甚至 PCI 电压调节，这些选项可以大大提高整个系统的工作效率。

**6. 留意主板的特色功能**

主板的功能越来越强大，在选择主板时除了要注意它的常用功能、技术参数、价格、售后质保等方面外，还要注意特色功能和个性设计，否则会造成资源的浪费，如 Dual BIOS 设计、D-LED 侦错灯、Liev BIOS、三相电源转换电路、语音报警功能、测温端口、DEBUG 侦错卡等特色功能，可以根据自己的需要加以选择。

**7. 附带的驱动及补丁是否完善**

一些芯片组的主板需要安装补丁和驱动程序才能正常工作，所以购买主板时要留意主板是否附带有完备的驱动和补丁光盘。

## 2.5　本　章　小　结

计算机主板是一块长方形的多层印刷的集成电路板，它上面集成了芯片组、总线控制、BIOS 芯片、I/O 控制芯片、键盘和面板控制开关接口、指示灯插接件、扩充插槽、主板和插卡的直流电源供电接插件以及各种总线接口等单元，在计算机系统中扮演了举足轻重的角色，其性能直接影响整个计算机系统的性能。本章主要介绍计算机主板的分类、接口类型，以及主板所涉及的主要技术和选购方法。

计算机主板是计算机硬件平台的基础，掌握主板的主要技术指标对于下一步学习计算机其他部件的作用与功能十分必要。

## 习　题　2

**1. 填空**

（1）计算机主板按 CPU 接口类型分为引脚式、卡式、_____、_____等。

（2）计算机主板是由众多电子元器件以及各类插槽组合而成的，为了固定这些元器件，需要_____。

（3）_____负责从开始加电（开机）到完成操作系统引导之前的各个部件和接口的检测、运行管理。

（4）_____指的是一种大规模应用于集成电路芯片制造的原料，但在计算机主板中其准确含义是指一种用电池供电的可读写的 RAM 芯片，芯片内部保存着可将当前系统中的硬件配置信息，以备下次启动机器时完成硬件自检。

（5）芯片组从功能上由两个基本部分_____和_____组成，一般情况下它们各由一个芯片组成。

（6）_____技术其实是一种内存控制和管理技术，它依赖于芯片组的内存控制器发生作用，在理论上能够使两条同等规格内存所提供的带宽增长一倍。

**2．简答题**

（1）计算机主板接口主要有哪些类型？

（2）简述双通道内存技术的特点。

（3）选购计算机主板时应注意哪些方面？

# 第3章 | 中央处理器

**本章学习目标**

- 了解 CPU 的发展历史;
- 熟练掌握 CPU 的结构及工作原理;
- 掌握 CPU 的主要技术指标;
- 了解 CPU 散热器的组成及安装;
- 了解 CPU 常见故障及处理方法。

中央处理器（Central Processing Unit，CPU）又称微处理器,是计算机的核心部件,是整个计算机的控制指挥中心,其功能主要是解释计算机指令以及处理计算机软件中的数据。其重要性好比人的大脑。

## 3.1 CPU 简 介

CPU 主要由运算器、控制器、寄存器组和内部总线等构成。

CPU 作为计算机的核心,负责整个计算机系统的协调、控制以及程序运行。伴随着大规模集成电路的技术革命以及微电子技术的发展,其中所集成的电子元件也越来越多,比如 Intel E8200 内部集成了 4.1 亿个晶体管。

CPU 对整个计算机系统的运行是极其重要的,主要具有如下四方面的基本功能。

① 指令控制:也称程序的顺序控制,控制程序严格按照规定的顺序执行。

② 操作控制:将取出的指令产生的一系列控制信号(微指令),分别送往相应的部件,从而控制这些部件按指令的要求进行工作。

③ 时间控制:有些控制信号在时间上有严格的先后顺序,如读取存储器的数据,只有当地址线信号稳定以后,才能通过数据线将所需的数据读出,这样计算机才能有条不紊地工作。

④ 数据加工:对数据进行算术运算和逻辑运算处理。

## 3.2 CPU 的发展历史

下面介绍目前两大 CPU 巨头——Intel 和 AMD 的产品发展历程。

### 3.2.1 Intel 系列 CPU

#### 1. 8088, 8086

Intel 公司于 1978 年推出 8086 微处理器,属于 16 位微处理器,同时还生产出与之相配合的数学协处理器 8087。次年，Intel 推出了 8088 微处理器，在图 3-1 中，左图为 8086 微处理器，右图为 8088 微处理器。这两种 16 位的微处理器比以往的 8 位机功能大大增强，有 20 条地址线，内存寻址范围为 1MB。它们的区别在于：8086 外部的数据是 16 位，而 8088 的外部数据为 8 位。1981 年 8088 芯片首次用于 IBM PC 中，开创了微型计算机时代，从 8088 开始，PC（Personal Computer，个人计算机）的概念开始在全世界范围内发展起来。

图 3-1　8086 与 8088 CPU

### 2．80286

1982 年，Intel 公司推出了 80286 芯片，如图 3-2 所示。80286 比 8086 和 8088 有了飞 跃的发展，虽然它仍旧是 16 位结构，但是它含有 13.4 万个晶体管，其频率比 8086 更高，有 24 条地址线，内存寻址范围可达到 16MB。

### 3．80386

从 80386 开始，Intel 系列微处理器进入了 32 位时代，80386 CPU 外观如图 3-3 所示。

80386 属于 32 位 CPU，其内部和外部数据总线都是 32 位，地址总线也是 32 位，可寻址 4GB 内存。它增加了一种叫虚拟 86 的工作方式，可以通过同时模拟多个 8086 处理器来提供多任务能力。

图 3-2　80286 CPU

图 3-3　80386 CPU

80386 主要有以下型号：

① 80386-SX，是准 32 位处理器，数据总线是 16 位，其内部 32 位寄存器必须分两个 16 位的总线来读取。是 286 计算机与 386DX 计算机之间的过渡产品。

② 80386-DX 是真正的 32 位处理器，数据总线和内部寄存器都是 32 位，还可以配上

80387 数学协处理器，以提高计算速度。

③ 80386-SL，是 1990 年推出的低功耗版本，基于 80386-SX。增加了系统管理方式（SMM），具有电源管理功能，可以自动降低运行速度乃至休眠状态以实现节能。

④ 80386-DL，1990 年推出的低功耗版本，基于 80386-DX，与 80386-SL 类似。386 处理器的主频有 16、20、25、33、40MHz 五种。另外除 Intel 公司生产 386 芯片外，AMD、Cyrix、Ti、IBM 等厂商也生产与 386 兼容的 CPU。

### 4．80486

1989 年 Intel 公司推出了 80486，也属于 32 位处理器，内部集成了 120 万个晶体管，图 3-4 是 486 CPU 外观。80486 时钟频率从 25MHz 逐步提高到 33MHz、50MHz，它将 80386 和数学协处理器 80387 以及一个 8KB 的高速缓存集成在一个芯片内，并且在 80X86 系列中首次采用了 RISC 技术，可以在一个时钟周期内执行一条指令。486 CPU 采用了突发总线方式，大大提高了 CPU 与内存的数据交换速度。

图 3-4　80486 CPU

### 5．Pentium

Pentium（奔腾）是 Intel 公司于 1993 年推出的微处理器，为了防止别的公司侵权，就将新 CPU 命名为 Pentium，而没有继续叫 586，图 3-5 是 Pentium CPU 外观。它的内部集成了 310 万个晶体管，拥有 64 位数据总线，16KB 的高速缓存。Pentium 微处理器使用更高的时钟频率，最初为 60MHz 和 66MHz，后提高到 200MHz。

图 3-5　Pentium CPU

Pentium CPU 的出现进一步加速了 CPU 的更新速度，随后，Intel 公司又推出了 Pentium Pro，中文称作高能奔腾，它使用大量新技术，在 Pentium Pro 的一个封装中除 Pentium Pro 芯片外还包括有一个 256KB 的二级缓存芯片，两个芯片之间用高频宽的内部通信总线互连，处理器与高速缓存的连接线路也被安置在该封装中，这样就使高速缓存能更容易地运行在更高的频率上。为了增强 CPU 在音像、图形和通信应用方面的处理能力，Intel 公司又推出了使用 MMX 技术的 Pentium MMX，中文称作多能奔腾。它增加了 57 条多媒体指令，内部高速缓存增加到 32KB，最高频率是 233MHz。MMX 是 Multimedia Extension 的缩写，意即多媒体扩展，一种基于多媒体计算以及通信功能的技术，它能生成高质量的图像、视频和音频，加速对声音图像的处理。

Cyrix 6x86、Cyrix Media GX 和 AMD K5 和 Pentium 是同一级别的 CPU；AMD-K6 和 Cyrix 6x86MMX 属于 Pentium MMX 同一级别的 CPU。

### 6. Pentium Ⅱ

1997 年 5 月，Intel 公司推出 Pentium Ⅱ 处理器，其外观如图 3-6 所示。Pentium Ⅱ 采用与 Pentium Pro 相同的核心结构，继承了原有 Pentium Pro 处理器的 32 位性能，但它加快了段寄存器写操作的速度，并增加了 MMX 指令集，以加速 16 位操作系统的执行速度。在 Pentium Ⅱ 芯片内部，750 万个晶体管被压缩到一个 203 $mm^2$ 的印模上。Pentium Ⅱ 只比 Pentium Pro 大 6 $mm^2$，但却比 Pentium Pro 多容纳了 200 万个晶体管。在接口技术方面，为了击垮竞争对手，并获得更加大的内部总线带宽，Pentium Ⅱ 首次采用了新的 Solt1 接口标准，不再用陶瓷封装，而是采用了一块带金属外壳的印刷电路板，该印刷电路板不但集成了处理器部件，而且还包括 32KB 的一级缓存。

1998 年为了争夺低端市场，Intel 公司推出性价比更强的赛扬处理器 Celeron。Intel 公司把 Pentium Ⅱ 的二级缓存和相关电路抽离出来，再把塑料盒子也去掉，就构成了第一代赛扬处理器，图 3-7 是第一代赛扬处理器。

图 3-6    Pentium Ⅱ CPU

图 3-7    Celeron CPU

### 7. Pentium Ⅲ

1999 年初，Intel 公司发布了第三代的 Pentium 处理器——Pentium Ⅲ，如图 3-8 所示。仍然保留 Pentium Ⅱ 的 Slot1 架构，采用 0.25/0.18 μm 工艺、100MHz/133MHz 的外频、512KB 的二级缓存（以 CPU 的半速运行），更新了名为 SSE 的多媒体指令集，这个指令集在 MMX 的基础上添加了 70 条新指令，以增强三维和浮点应用，并且可以兼容以前的所有 MMX 程序。

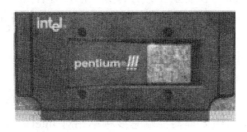

图 3-8    Pentium Ⅲ CPU

2000 年，推出了 Coppermine 128 核心的 Celeron 处理器，俗称 Celeron2，由于采用了 0.18 的工艺，Celeron 的超频性能得到了一次飞跃，超频幅度可以达到 100%。

**8. Pentium 4**

2000 年 11 月，Intel 公司发布了第四代的 Pentium 处理器——Pentium 4，简称 P4，如图 3-9 所示。P4 采用全新的设计，包括 400MHz 前端总线（100×4）、SSE2 指令集、256K-512KB 的二级缓存、全新的超管线技术及 NetBurst 架构，起步频率为 1.3GHz。 P4 最大的技术提升是处理器支持了 SSE2，SSE3 和 EMT64 技术，采用了 65nm 制造技术，并且有了超线程技术，支持模拟的双核心，进一步提升了多任务能力。

在低端 CPU 方面，Intel 公司发布了第三代的 Celeron 核心，代号为 Tualatin，这个核心采用 0.13 微米工艺，与此同时二级缓存的容量提高到 256KB，外频也提高到 100MHz。

**9. Pentium D**

为了应对 AMD 的双核处理器，Intel 公司采用了在同一硅晶圆内集成两个或两个以上处理器核心的技术，2005 年推出了首批双核台式机处理器奔腾 D 处理器（Pentium D），如图 3-10 所示。

图 3-9　Pentium 4 CPU　　　　　　　图 3-10　Pentium D CPU

Pentium D 具有两个独立的执行核心以及两个 1MB 的二级缓存，两执行核心共享 800MHz 的前端总线与内存连接，共享相同的封装和芯片组/内存接口。这一技术 通过提供可扩展计算机性能（更高的吞吐量和并行计算）的额外计算资源来提供价值。同样，使用 Pentium D 的计算机，用户可执行多个任务，例如同时下载音乐和玩游戏。

**10. Pentium E**

由于 Pentium D，耗电量大、单位处理性能差，需要用高频来弥补。2007 年 Intel 公司发布了 Pentium E 系列处理器，其外观如图 3-11 所示。Pentium E 由移动版 Pentium MBanias 发展而来，功耗较低，采用超线程技术，基于 Core 微架构，双核心设计，主要是面向低端用户。由于成本的原因，双核处理器前端总线频率相对 Intel 高端双核产品 Core 2 有所降低，二级缓存也有所减少，但总的说来，各项指标大大强于 Pentium D。

**11. Core**

Intel 公司针对桌面、移动和服务器市场的处理器基于不同的架构，2006 年 Intel 公司第一次在所有平台上使用了统一的构架，即 Core（酷睿）微体系架构，其针对桌面、笔记本和服务器推出的产品代号分别是 Conroe、Merom 和 Woodcrest，都拥有 64 位处理能力，并且是双核产品。

Core 制造工艺为 65nm 或 45nm，全线产品均为双核心，L2 缓存容量提升到 4MB，晶体管数量达到 2.91 亿个，核心尺寸为 143mm$^2$，性能提升 40%，能耗降低 40%，主流产品的平均能耗为 65 W，采用无引脚的 LGA775 封装，如图 3-12 所示。

图 3-11　Pentium E CPU

图 3-12　Core CPU

Core 采用的是节能的微架构，目的是为了提升 CPU 的性能，提高每瓦特性能（所谓的能效比）。为了进一步降低功耗，优化电源使用，可以智能地打开当前需要运行的子系统，而其他部分则处于休眠状态，这样将大幅降低处理器的功耗及发热。Core 采用了共享二级缓存的做法，两个核心可以共享二级缓存，大幅提高了二级高速缓存的命中率，从而可以较少通过前端串行总线和北桥进行外围交换。Core 还加入一项名为内存消歧的能力，它可以对内存读取顺序做出分析，智能地预测和装载下一条指令所需要的数据，这样能够减少处理器的等待时间，减少闲置，同时降低内存读取的延迟，而且它可以侦测出冲突并重新读取正确的资料及重新执行指令，保证运算结果不会出错误，大大提高了执行效率。

**12．Core 2**

Intel 公司于 2006 年 7 月 27 日推出的新一代基于 Core 微架构 64 位的产品——酷睿 2（Core 2 Duo），如图 3-13 所示。从字面上看 Core 2 就是 Core 的升级版，主要在以下几个方面作了改进：

① Core 2 CPU 支持移动 64 位计算模式，为以后运算速度更快的时代提供了坚实的硬件基础。

② Core 2 的二级高速缓存为 4MB，比 Core 的 2MB 高出一倍，更大的二级缓存意味着多任务处理能力更为强劲，处理的时间将会大大缩短。

③ Core 2 CPU 还加入对 EM64T 与 SSE4 指令集的支持，由于对 EM64T 的支持使得其可以拥有更大的内存寻址空间，能够更好地支持 VISTA 操作系统。此外，SSE4 指令集相比于 Core 的 SSE3 指令集，对多媒体的处理速度有多处优化。

Core 2 分为 Solo（单核，只限笔记本电脑）、Duo（双核）、Quad（四核）及 Extreme（极致版）等型号。

图 3-13　Core 2 CPU

### 3.2.2　AMD 系列 CPU

AMD（Advanced Micro Devices，超威半导体）是一家集成电路设计和生产的公司，成立于 1969 年，专为计算机、通信及电子消费类市场供应各种芯片产品，其中包括用于通信及网络设备的微处理器、闪存以及基于硅片技术的解决方案等。

AMD 是目前唯一可与 Intel 匹敌的 CPU 厂商。AMD CPU 的特点是以较低的核心时脉频率产生相对比较高的运算效率，其主频通常会比同效能的 Intel CPU 低。自从 Athlon XP 上市以来，AMD 与 Intel 的技术差距逐渐缩小。特别是 2003 年，AMD 抢先于 Intel 公司发表了具有 64 位寻址能力的 Athlon 64 中央处理器，使得 AMD 的技术已经与 Intel 公司相当，甚至在某些方面已经领先于 Intel 公司。在 2005 年 AMD 公司发布了拥有两个核心的中央处理器——Athlon 64 X2，该系列产品与 Intel 公司稍后推出的 Core 2 系列改良版双核心处理器，是当时个人计算机选用 CPU 时效能最佳的两套方案。AMD 系列 CPU 的发展经历可以总结成三个阶段。

#### 1．第一阶段

从涉足个人计算机微处理器产品至 K6 阶段。初期的产品策略主要是以较低廉的产品价格为主，虽然最高性能不比同期的 Intel 产品弱，但却拥有较佳的性价比。图 3-14 展示了从 1981 年的 16 位 CPU 到 K6 系列 CPU 阶段的产品。

图 3-14　AMD 第一阶段的系列 CPU

## 2．第二阶段

K7 阶段。K7 的性能尤其是在浮点运算能力方面，受到不少 DIY（自行组装计算机）用户的欢迎，如图 3-15 所示。相对于 Intel，AMD 对于 CPU 的倍频锁定限制较松，因此深受许多超频用户的欢迎。但由于缺乏过热保护，超频过度的 K7 系列 CPU 有较高的烧毁风险，导致部分消费者对其稳定度的信心偏低。

图 3-15　AMD 第二阶段的系列 CPU

## 3．第三阶段

K8 阶段，是 AMD 第 8 代处理器系列的通称，也是从 32 位的 x86 平台到 64 位的 AMD64 平台的过渡的时代，如图 3-16 所示由于先于 Intel 进入 64 位 CPU 的市场，使得 AMD 在 64 位 CPU 的领域有比较早的发展优势，此阶段的 AMD 产品仍采取了一贯的低主频高性能策略，重点解决因为电气性能有限所导致 CPU 不稳定和发热量、耗电功率过大的问题。

AMD 第 8 代处理器系列主要有 Athlon 64 X2、Athlon 64 FX、 Athlon 64、Sempron（K8）（有一部分型号为 K7 系列）Opteron（K8）Turion 64（K8）等。

在 K8 系列的变化中，较值得注意的地方是其整合内存控制器与 x86-64 指令。 K8 架构原先分为 Socket754、Socket939 和 Scoket940 接口，Socket754 主要面向桌面中低端用户，Socket939 面向桌面中高端主流用户，而 Socket940 为早期服务器 Opteron 专用（后来服务器也改用 Socket939 接口）。新 K8 处理器统一为 Socket AM2（940 针）接口。

图 3-16　AMD 第三阶段的系列 CPU

## 3.3 CPU 的结构

从外部物理构造的角度上看，目前的 CPU 主要由基板、内核、针脚、基板之间的填充物以及散热器装置、支撑垫等组成，如图 3-17 所示。

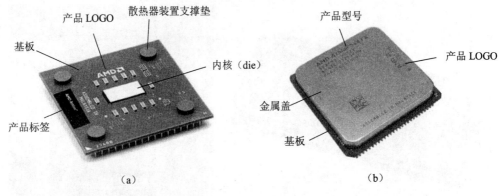

图 3-17　CPU 结构图

### 1. CPU 内核

CPU 内核（Die）又称为内核，是 CPU 最重要的组成部分。CPU 中心那块隆起的芯片就是核心，是由单晶硅以一定的生产工艺制造出来的，CPU 所有的计算、接受/存储命令、处理数据都由内核执行。

目前绝大多数 CPU 都采用了一种翻转内核的封装形式，也就是说平时所看到的 CPU 内核其实是这颗硅芯片的底部，它是翻转后封装在陶瓷电路基板上的，这样的好处是能够使 CPU 内核直接与散热装置接触。CPU 核心的另一面，也就是被盖在陶瓷电路基板下面的那面要和外界的电路相连接。

现在的 CPU 都有以千万计算的晶体管，它们都要连到外面的电路上，而连接的方法则是将每若干个晶体管焊上一根导线连到外电路上。例如 Pentium 4 的数量为 5000 条，用于服务器的 64 位处理器 Itanium 则达到了 7500 条。这么小的芯片上要安放这么多的焊点，这些焊点必须非常的小，设计起来也要非常的小心。由于所有的计算都要在很小的芯片上进行，所以 CPU 内核会散发出大量的热，核心内部温度可以达到上百度，而表面温度也会有数十度，一旦温度过高，就会造成 CPU 运行不正常甚至烧毁，因此 CPU 需要专门配上散热装置。

### 2. 基板

CPU 基板是承载 CPU 内核用的电路板，是核心和针脚的载体。它负责内核芯片和外界的一切通信，并决定这一颗芯片的时钟频率，在它上面，有经常在计算机主板上见到的电容、电阻，还有决定了 CPU 时钟频率的电路桥，在基板的背面或者下沿，还有用于和主板连接的针脚或者卡式接口。

比较早期的 CPU 基板都是采用陶瓷制成的，而新型的 CPU，都采用专用的有机物制造，它能提供更好的电气和散热性能。

### 3. 填充物

CPU 内核和 CPU 基板之间往往还有填充物，填充物的作用是缓解来自散热器的压力以及固定芯片和电路基板，由于它连接着温度有较大差异的两个方面，所以必须保证十分的稳定，它的质量的优劣有时会直接影响到整个 CPU 的质量。

### 4．CPU 封装

封装对于芯片来说是必需的，也是至关重要的。因为芯片必须与外界隔离，以防止空气中的杂质对芯片电路的腐蚀而造成电气性能下降。另一方面，封装后的芯片也更便于安装和运输。封装也可以说是指安装半导体集成电路芯片用的外壳，它不仅起着安放、固定、密封、保护芯片和增强导热性能的作用，而且还是沟通芯片内部世界与外部电路的桥梁——芯片上的接点用导线连接到封装外壳的引脚上，这些引脚又通过印刷电路板上的导线与其他器件建立连接。图 3-18 为 Intel Core 2 Duo 处理器封装前后的芯片外观。

图 3-18　Intel Core 2 Duo 处理器封装前后的芯片

目前采用的 CPU 封装多是用绝缘的塑料或陶瓷材料包装起来，其作用：固定、密封、保护芯片和增强导热性能，以及通过封装引脚使芯片内部电路与其他部件相连接。由于现在处理器芯片的内频越来越高，功能越来越强，引脚数越来越多，封装的外形也不断在改变。

封装时主要考虑的因素如下。

① 为提高封装效率，芯片面积与封装面积之比尽量接近 1∶1。

② 为减小传输延迟引脚尽量短，为减少相互干扰引脚间距离尽量远。

③ 基于散热要求，封装越薄越好。

基于以上因素，随着 CPU 集成度的提高以及越来越突出的散热问题，CPU 的封装形式也在不断变化。下面介绍几种常见的封装。

1）PGA 封装

该技术也叫插针网格阵列封装技术（Ceramic Pin Grid Arrau Package），由这种技术封装的芯片内外有多个方阵形的插针，每个方阵形插针沿芯片的四周间隔一定距离排列，根据管脚数目的多少，可以围成 2～5 圈。安装时，将芯片插入专门的 PGA 插座。为了使得CPU 能够更方便地安装和拆卸，从 486 芯片开始，出现了一种 ZIF CPU 插座，专门用来满足 PGA 封装的 CPU 在安装和拆卸上的要求。PGA 封装技术一般用于插拔操作比较频繁的场合。早先的 80486 和 Pentium、Pentium Pro 等 CPU 均均采用 PGA 封装形式，如图 3-19 所示。

2）FC-PGA 封装

FC-PGA 封装是反转芯片针脚栅格阵列的缩写，这种封装中有针脚插入插座。这些芯片被反转，以致片模或构成计算机芯片的处理器部分被暴露在处理器的上部。通过将片模暴露出来，使热量解决方案可直接用到片模上，这样就能实现更有效的芯片冷却。为了通过隔绝电源信号和接地信号来提高封装的性能，FC-PGA 在处理器的底部的电容放置区域（处理器中心）安有离散电容和电阻。芯片底部的针脚是锯齿形排列的。此外，针脚的安排方式使得处理器只能以一种方式插入插座。FC-PGA 封装用于稍后的 Pentium Ⅲ和 Intel 赛扬处理器，它们都使用 370 针，如图 3-20 所示。

图 3-19 PGA 封装形式

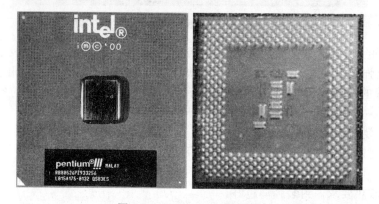

图 3-20 FC-PGA 封装形式

3）FC-PGA2 封装

FC-PGA2 封装与 FC-PGA 封装类型很相似，除了处理器还具有集成式散热器（HIS）。集成式散热器是在生产时直接安装到处理器片上的。由于 IHS 与片模有很好的热接触并且提供了更大的表面积以更好地发散热量，所以它显著地增加了热传导。FC-PGA2 封装用于后期的 Pentium Ⅲ和 Intel 赛扬处理器（370 针）和 Pentium 4 处理器（478 针），如图 3-21 所示。

4）mPGA 封装

mPGA，微型 PGA 封装，目前只有 AMD 公司的 Athlon 64 和 Intel 公司的 Xeon（至强）系列 CPU 等少数产品采用，而且都是些高端产品，是一种先进的封装形式，如图 3-22 所示。

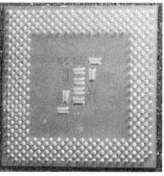

图 3-21　FC-PGA2 封装形式

图 3-22　mPGA 封装形式

5）LGA 封装

LGA 全称是 Land Grid Array，直译过来就是栅格阵列封装，与 Intel 处理器之前的封装技术 Socket 478 相对应，也被称为 Socket T。它具有跨越性的技术革命，主要体现在用金属触点式封装取代了以往的针状插脚，而 LGA775，顾名思义，就是有 775 个触点，如图 3-23 所示。

图 3-23　LGA775 封装形式

因为从针脚变成了触点，所以采用 LGA775 接口的处理器在安装方式上也与现在的产品不同，它不能利用针脚固定接触，而是需要用一个安装扣架固定，让 CPU 可以正确地压

第 3 章

*中央处理器*

在 Socket 露出来的具有弹性的触须上。

6）S.E.C.C.封装

S.E.C.C.（Single Edge Contact Cartridge，单边接触卡盒）封装为了与主板连接，处理器被插入一个插槽。它不使用针脚，而是使用"金手指"触点，处理器使用这些触点来传递信号。S.E.C.C. 被一个金属壳覆盖，这个壳覆盖了整个卡盒组件的顶端，如图 3-24 所示。卡盒的背面是一个热材料镀层，充当了散热器。S.E.C.C. 内部，大多数处理器有一个被称为基体的印刷电路板连接起处理器、二级高速缓存和总线终止电路。S.E.C.C. 封装用于有 242 个触点的 Intel Pentium Ⅱ 处理器，有 330 个触点的 Pentium Ⅱ Xeon 处理器和 Pentium Ⅲ Xeon 处理器。

图 3-24　S.E.C.C.封装形式

7）S.E.C.C.2 封装

S.E.C.C.2 封装与 S.E.C.C. 封装相似，S.E.C.C.2 使用更少的保护性包装并且不含有导热镀层。S.E.C.C.2 封装用于一些较晚版本的 Pentium Ⅱ 处理器和 Pentium Ⅲ 处理器（242 触点），如图 3-25 所示。

图 3-25　S.E.C.C.2 封装形式

**5．接口类型**

CPU 和主板连接的接口目前主要类型有引脚式、卡式、触点式、针脚式等，对应到主板上就有相应的插槽（Slot）或插座（Socket）。图 3-26 显示了插座形式的针脚式和触点式 CPU 接口。

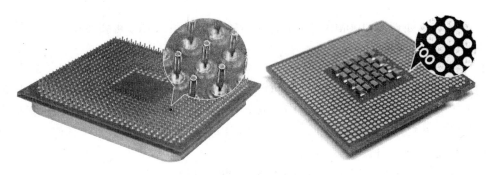

图 3-26　针脚式和触点式 CPU 接口

卡式接口，称为 Slot，卡式接口的 CPU 像平常经常用的各种扩展卡一样，例如显卡、声卡、网卡等，是竖立插到主板上的，当然主板上必须有对应 Slot 插槽。针脚式接口，称为 Socket，Socket 接口的 CPU 有数百个针脚一一对应插在主板 CPU 插座的针孔上。CPU 的接口和主板插座必须完全吻合，例如 Slot 1 接口的 CPU 只能连在具备 Slot 1 插槽的主板上，Socket 478 接口的 CPU 只能连在具备 Socket 478 插座的主板上。

注意：接口类型不同，金手指指数、插针数或触点数，以及接点的布局、形状等就不同，不能互相接插。

## 3.4　CPU 的主要技术指标

### 1．主频

主频即 CPU 内核工作的时钟频率（CPU Clock Speed），单位是 MHz 或 GHz。通常所说的某某 CPU 是多少兆赫的，指的就是"CPU 的主频"。很多人认为 CPU 的主频就是其运行速度，其实不然。CPU 的主频表示在 CPU 内数字脉冲信号震荡的速度，与 CPU 实际的运算能力并没有直接关系。主频和实际的运算速度存在一定的关系，但目前还没有一个确定的公式能够定量两者的数值关系，因为 CPU 的运算速度还要看 CPU 的流水线的各方面的性能指标（缓存，指令集，CPU 的位数等等）。

### 2．外频

外频是 CPU 的基准频率，单位是 MHz，为系统总线的工作频率（系统时钟频率），具体是指 CPU 到芯片组之间的总线速度，因此 CPU 的外频决定着整块主板的运行速度。目前的绝大部分计算机系统中外频也是内存与主板之间的同步运行的速度,在这种方式下，可以理解为 CPU 的外频直接与内存相连通，实现两者间的同步运行状态。

### 3．前端总线（FSB）频率

前端总线（FSB）频率（即总线频率）直接影响 CPU 与内存直接数据交换速度。有一条公式可以计算，即数据带宽=总线频率×数据位宽÷8，数据传输最大带宽取决于所有同时传输的数据的宽度和传输频率。例如，支持 64 位的 Xeon Nocona，前端总线是 800MHz，按照公式，它的数据传输最大带宽是 6.4GBps。

外频与前端总线频率的区别：前端总线的速度指的是数据传输的速度，外频是 CPU 与主板之间同步运行的速度。也就是说，100MHz 外频特指数字脉冲信号在每秒钟震荡一千

万次；而 64 位处理器 100MHz 前端总线指的是每秒钟 CPU 可接受的数据传输量是
100MHz×64bit/8 = 800MBps。

#### 4. 倍频系数

CPU 的倍频，全称是倍频系数。CPU 的核心工作频率与外频之间存在着一个比值关系，这个比值就是倍频系数，简称倍频。理论上倍频是从 1.5 一直到无限的，但需要注意的是，倍频以 0.5 为一个间隔单位。外频与倍频相乘就是主频，所以其中任何一项提高都可以使 CPU 的主频上升。

本来没有倍频概念，CPU 的主频和系统总线的速度是一样的，但 CPU 的速度越来越快，倍频技术也就应运而生。它可使系统总线工作在相对较低的频率上，而 CPU 速度可以通过倍频来无限提升。那么 CPU 主频的计算方式变为：主频 = 外频×倍频。也就是倍频是指 CPU 和系统总线之间相差的倍数，当外频不变时，提高倍频，CPU 主频也就越高。

一个 CPU 默认的倍频只有一个，主板必须能支持这个倍频。因此在选购主板和 CPU 时必须注意这点，如果两者不匹配，系统就无法工作。此外，现在 CPU 的倍频很多已经被锁定，无法修改。

#### 5. CPU 的位和字长

位：在数字电路和计算机技术中采用二进制，代码只有 0 和 1，其中无论是 0 还是 1 在 CPU 中都是一"位"。

字长：计算机技术中对 CPU 在单位时间内（同一时间）能一次处理的二进制数的位数叫字长。所以能处理字长为 8 位数据的 CPU 通常就叫 8 位的 CPU。同理 32 位的 CPU 就能在单位时间内处理字长为 32 位的二进制数据。字节和字长的区别：由于常用的英文字符用 8 位二进制就可以表示，所以通常就将 8 位称为一个字节。字长的长度是不固定的，对于不同的 CPU、字长的长度也不一样。8 位的 CPU 一次只能处理一个字节，而 32 位的 CPU 一次就能处理 4 个字节，同理字长为 64 位的 CPU 一次可以处理 8 个字节。

#### 6. 缓存（Cache）

cache 是 CPU 缓存（Cache Memory），位于 CPU 与内存之间的临时存储器，它的容量比内存小，但存取速度比内存快。缓存中的数据实际上是内存中的一小部分，计算机工作时，CPU 需要重复读取同样的数据块，如果每次都从内存中读取，由于 CPU 速度远高于内存速度，内存就会成为计算机工作的瓶颈，cache 正是在这种情况下出现的。

缓存的工作原理：当 CPU 要读取一个数据时，首先从缓存中查找，如果找到就立即读取并送给 CPU 处理；如果没有找到，就从速度相对慢的内存中读取，同时把这个数据所在的数据块调入缓存中，以便以后能够快速地从缓存中读取该数据，而不必再去读内存，如图 3-27 所示。

正是这样的读取机制使 CPU 读取缓存的命中率非常高（大多数 CPU 可达 90%左右），也就是说 CPU 下一次要读取的数据 90%都在缓存中，只有大约 10%需要从内存读取。这样可以大大节省 CPU 读取数据的时间。

早期的 CPU 缓存是直接固定在主板上的存储块，从 80486 开始缓存加入到了 CPU 内部，但容量很小，起初只有几千字节，Intel 公司从 Pentium 开始把缓存进行了分类。当时集成在 CPU 内核中的缓存容量小，但存取速度快，由于当时制造工艺的限制不可能大幅度提高 CPU 中缓存的容量。就把 CPU 内核集成的缓存称为一级缓存（L1 Cache），而主板上集成的缓存称为二级缓存（L2 Cache）。一级缓存可以进一步分为数据缓存（D-Cache）和指令缓存（I-Cache），分别用来存放数据和执行这些数据的指令，可以同时被 CPU 访问，能够减少争用 cache 所造成的冲突，提高了处理器效能。

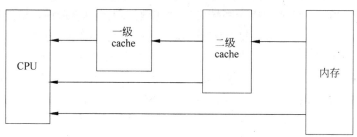

图 3-27　cache 工作原理图

随着 CPU 制造工艺的发展，二级缓存也被集成到 CPU 内核中，容量也在逐年提升，目前 CPU 中还集成了三级缓存（L3 Cache）。截至 2009 年 10 月，已经面世的 CPU 中 L1 缓存的容量在 32KB 到 256KB 之间，L2 缓存在 256KB 到 3MB 之间，目前 L3 缓存最大为 24MB。

一级缓存可分为一级指令缓存和一级数据缓存。一级指令缓存用于暂时存储并向 CPU 递送各类运算指令；一级数据缓存用于暂时存储并向 CPU 递送运算所需数据，二级缓存就是一级缓存的缓冲器：一级缓存制造成本很高因此它的容量有限，二级缓存的作用就是存储那些 CPU 处理时需要用到一级缓存又无法存储的数据。同样的道理，三级缓存和内存可以看作是二级缓存的缓冲器，它们的容量递增，但单位制造成本却递减。需要注意的是，无论是二级缓存、三级缓存还是内存都不能存储处理器操作的原始指令，这些指令只能存储在 CPU 的一级指令缓存中，而余下的二级缓存、三级缓存和内存仅用于存储 CPU 所需数据。

**7．指令集**

CPU 依靠指令来计算和控制系统，每款 CPU 在设计时就规定了一系列与其硬件电路相配合的指令系统。指令的强弱也是 CPU 的重要指标，指令集是提高微处理器效率的最有效工具之一。从现阶段的主流体系结构讲，指令集可分为复杂指令集和精简指令集两部分，而从具体运用看，如 Intel 公司的 MMX（Multi Media Extended）、SSE、SSE2（Streaming-Single instruction multiple data-Extensions 2）和 AMD 公司的 3DNow!等都是 CPU 的扩展指令集，分别增强了 CPU 的多媒体、图形图像和 Internet 等的处理能力。这里通常会把 CPU 的扩展指令集称为"CPU 的指令集"。

1）CISC 指令集

CISC 指令集，也称为复杂指令集（Complex Instruction Set Computer，CISC）。在 CISC 微处理器中，程序的各条指令是按顺序串行执行的，每条指令中的各个操作也是按顺序串行执行的。顺序执行的优点是控制简单，但计算机各部分的利用率不高，执行速度慢。从具体应用来看，英特尔生产的 x86 系列（也就是 IA-32 架构）CPU 及其兼容 CPU，如 AMD、VIA，即使是现在新起的 x86-64（也被称为 AMD64）都属于 CISC 的范畴。

2）RISC 指令集

RISC 是英文 Reduced Instruction Set Computing 的缩写，中文意思是"精简指令集"。它是在 CISC 指令系统基础上发展起来的，有人对 CISC 进行测试表明，各种指令的使用频度相当悬殊，最常使用的是一些比较简单的指令，它们仅占指令总数的 20%，但在程序中出现的频度却占 80%。复杂的指令系统必然增加微处理器的复杂性，使处理器的研制时间长，成本高，并且复杂指令需要复杂的操作，必然会降低计算机的速度。基于上述原因，20 世纪 80 年代 RISC 型 CPU 诞生了，相对于 CISC 型 CPU，RISC 型 CPU 不仅精简了指令系统，还采用了一种叫做"超标量和超流水线结构"，大大增加了并行处理能力。RISC 指令集是高性能 CPU 的发展方向。与传统的 CISC 相对比而言，RISC 的指令格式统一，种类较少，寻址方式也比复杂指令集少，当然处理速度就提高很多了。目前在中高档服务器中普遍采用这一指令系统的 CPU。RISC 指令系统更加适合高档服务器的操作系统 UNIX，RISC 型 CPU 与 Intel 公司和 AMD 公司的 CPU 在软件和硬件上都不兼容。

目前，在中高档服务器中采用 RISC 指令的 CPU 主要有以下几类：PowerPC 处理器、SPARC 处理器、PA-RISC 处理器、MIPS 处理器、Alpha 处理器。

3）MMX 指令集

1997 年 Intel 公司推出了多媒体扩展指令集（MMX），它包括 57 条多媒体指令。MMX 指令主要用于增强 CPU 对多媒体信息的处理能力，提高 CPU 处理 3D 图形、视频和音频信息的能力。

4）SSE 指令集

由于 MMX 指令并没有带来 3D 游戏性能的显著提升，所以，1999 年 Intel 公司在 Pentium Ⅲ CPU 产品中推出了数据流单指令序列扩展指令（SSE）。SSE 兼容 MMX 指令，它可以通过 SIMD（单指令多数据技术）和单时钟周期并行处理多个浮点来有效地提高浮点运算速度。

在 MMX 指令集中，借用了浮点处理器的 8 个寄存器，这样导致了浮点运算速度降低。而在 SSE 指令集推出时，Intel 公司在 Pentium Ⅲ CPU 中增加了 8 个 128 位的 SSE 指令专用寄存器。而且 SSE 指令寄存器可以全速运行，保证了与浮点运算的并行性。

5）SSE2 指令集

在 Pentium 4 CPU 中，Intel 公司开发了新指令集 SSE2。这一次新开发的 SSE2 指令一共 144 条，包括浮点 SIMD 指令、整型 SIMD 指令、SIMD 浮点和整型数据之间转换、数据在 MMX 寄存器中转换等几大部分。其中重要的改进包括引入新的数据格式，如：128 位 SIMD 整数运算和 64 位双精度浮点运算等。为了更好地利用高速缓存在 Pentium 4 中还新增加了几条缓存指令，允许程序员控制已经缓存过的数据。

6）SSE3 指令集

SSE3 相对于 SSE2 又新增加了 13 条新指令，此前它们被统称为 PNI（Prescott New Instructions）。13 条指令中，一条用于视频解码，两条用于线程同步，其余用于复杂的数学运算、浮点到整数转换和 SIMD 浮点运算。

7）SSE4 指令集

SSE4 相对于 SSE3 又增加了 50 条新的增加性能的指令，这些指令有助于编译、媒体、字符/文本处理和程序指向加速。

SSE4 指令集将作为 Intel 公司未来"显著视频增强"平台的一部分。该平台的其他视频增强功能还有 Clear Video 技术（CVT）和统一显示接口（UDI）支持等，其中前者是对 ATi AVIVO 技术的回应，支持高级解码、后处理和增强型 3D 功能。

8）3D Now!指令集

3D Now! 指令集是 AMD 公司开发的多媒体扩展指令集，共有 21 条指令。针对 MMX 指令集没有加强浮点处理能力的弱点，重点提高了 AMD 公司 K6 系列 CPU 对 3D 图形的处理能力。由于指令有限，3D Now!指令集主要用于 3D 游戏，而对其他商业图形应用处理支持不足。

### 8. CPU 内核和 I/O 工作电压

从 Pentium 处理器开始，CPU 的工作电压分为内核电压和 I/O 电压两种，核心电压即驱动 CPU 核心芯片的电压，I/O 电压则指驱动 I/O 电路的电压。通常 CPU 的核心电压小于等于 I/O 电压。其中内核电压的大小是根据 CPU 的生产工艺而定，一般制作工艺越小，内核工作电压越低，I/O 电压一般都在 1.6～5V。目前 CPU 的工作电压有一个非常明显的下降趋势，较低的工作电压主要有以下三个优点：

① 采用低电压的 CPU 的芯片总功耗降低了。功耗降低，系统的运行成本就相应降低，这对于便携式和移动系统来说非常重要，使其现有的电池可以工作更长时间，从而使电池的使用寿命大大延长。

② 功耗降低，致使发热量减少，运行温度不过高的 CPU 可以与系统更好地配合。

③ 降低电压是提高 CPU 主频的重要因素之一。

### 9. 制造工艺

随着 CPU 技术的不断发展，微电子设计技术也越来越先进。目前的 CPU 内部晶体管数目已经数亿。晶体管的增多需要微电子技术的进步，因为只有更高集成度的工艺，才能降低晶体管增加带来的功耗，而且更高的集成度意味着制作成本的降低。衡量集成度的标准是制造工艺，制造工艺是指集成电路内电路与电路之间的距离。芯片制造工艺在 1995 年以后，从 0.5 μm、0.35 μm、0.25 μm、0.18 μm、0.15 μm、0.13 μm、90 nm、65 nm、45 nm，一直发展到目前最新的 32 nm，15 nm 制造工艺将是下一代 CPU 的发展目标。

先进的制造工艺使 CPU 的性能和功能一直增强，而价格则一直下滑。更先进的制造工艺会在 CPU 内部集成更多的晶体管，使处理器实现更多的功能和更高的性能；更先进的制造工艺会使处理器的核心面积进一步减小，在相同面积的晶圆上可以制造出更多的 CPU 产品，直接降低 CPU 的产品成本，从而降低 CPU 的售价；先进的制造工艺还会减少处理器的功耗，从而减少其发热量，解决处理器性能提升的障碍。

### 10. 超流水线与超标量

在解释超流水线与超标量前，先了解流水线（pipeline）。流水线是 Intel 公司首次在 486 芯片中开始使用的。流水线的工作方式就像工业生产上的装配流水线。在 CPU 中由 5～6 个不同功能的电路单元组成一条指令处理流水线，然后将一条 X86 指令分成 5～6 步后再由这些电路单元分别执行，这样就能实现在一个 CPU 时钟周期完成一条指令，因此提高 CPU 的运算速度。Pentium 每条整数流水线都分为四级流水，即指令预取、译码、执行、写回结果，浮点流水又分为八级流水。

超标量通过内置多条流水线来同时执行多个处理器，其实质是以空间换取时间。而超流水线通过细化流水、提高主频，可以在一个机器周期内完成一个甚至多个操作，其实质是以时间换取空间。例如 Pentium 4 的流水线就长达 20 级。将流水线设计的步（级）越长，其完成一条指令的速度就越快，因此才能适应工作主频更高的 CPU。但是流水线过长也带来了一定的副作用，很可能会出现主频较高的 CPU 实际运算速度却较低的现象，Intel 公司的 Pentium 4 就出现了这种情况，虽然它的主频可以高达 1.4GB 以上，但其运算性能却远远比不上 AMD 1.2GB 的速龙甚至 Pentium Ⅲ。

**11．多线程（SMT）**

同时多线程 Simultaneous Multithreading，简称 SMT。SMT 可通过复制处理器上的结构状态，让同一个处理器上的多个线程同步执行并共享处理器的执行资源，可最大限度地实现宽发射、乱序的超标量处理，提高处理器运算部件的利用率，缓和由于数据相关或 Cache 未命中带来的访问内存延时。当没有多个线程可用时，SMT 处理器几乎和传统的宽发射超标量处理器一样。SMT 最大的特点是只需小规模改变处理器核心的设计，几乎不用增加额外的成本就可以显著地提升效能。多线程技术则可以为高速的运算核心准备更多的待处理数据，减少运算核心的闲置时间。Intel 公司从 3.06GHz Pentium 4 开始，所有处理器都将支持 SMT 技术。

**12．SMP**

SMP（Symmetric Multi-Processing），对称多处理结构的简称，是指在一个计算机上汇集了一组处理器（多 CPU），各 CPU 之间共享内存子系统以及总线结构。在这种技术的支持下，一个服务器系统可以同时运行多个处理器，并共享内存和其他的主机资源。像双 Xeon，这是在对称处理器系统中最常见的一种（Xeon MP 可以支持到四路，AMD Opteron 可以支持 1～8 路），也有少数是 16 路的。但是一般来讲，SMP 结构的机器可扩展性较差，很难做到 100 个以上多处理器，常规的一般是 8～16 个，不过这对于多数的用户来说已经够用了。在高性能服务器和工作站级主板架构中最为常见，像 UNIX 服务器最多可支持 256 个 CPU 的系统。

要组建 SMP 系统，对 CPU 有很高的要求，首先，CPU 内部必须内置 APIC（Advanced Programmable Interrupt Controllers）单元。Intel 多处理规范的核心就是高级可编程中断控制器（Advanced Programmable Interrupt Controllers–APICs）的使用；再次，相同的产品型号，同样类型的 CPU 核心，完全相同的运行频率；最后，尽可能保持相同的产品序列编号，因为两个生产批次的 CPU 作为双处理器运行的时候，有可能会发生一颗 CPU 负担过高，而另一颗负担很少的情况，无法发挥最大性能，更糟糕的是可能导致死机。

**13．多核心**

多核心，也指单芯片多处理器（Chip multiprocessors，CMP），是由美国斯坦福大学提出的，其思想是将大规模并行处理器中的 SMP（对称多处理器）集成到同一芯片内，各个处理器并行执行不同的进程。从体系结构的角度看，SMT 比 CMP 对处理器资源利用率要高，在克服延迟影响方面更具优势。CMP 相对 SMT 的最大优势还在于其模块化设计的简洁性。复制简单设计非常容易，指令调度也更加简单。同时 SMT 中多个线程对共享资源的争用也会影响其性能，而 CMP 对共享资源的争用要少得多，因此当应用的线程级并行性较高时，CMP 性能一般要优于 SMT。此外在设计上，更短的芯片连线使 CMP 比长导线集中式设计的 SMT 更容易提高芯片的运行频率，从而在一定程度上起到性能优化的效果。

**14. CPU 核心类型**

为了便于 CPU 设计、生产、销售的管理，CPU 制造商会对各种 CPU 核心给出相应的代号，这也就是所谓的 CPU 核心类型。

不同的 CPU（不同系列或同一系列）都会有不同的核心类型（例如 Pentium 4 的 Northwood，Willamette 以及 K6-2 的 CXT 和 K6-2+的 ST-50 等等），甚至同一种核心都会有不同版本的类型（例如 Northwood 核心就分为 B0 和 C1 等版本），核心版本的变更是为了修正上一版本存在的一些错误，并提升一定的性能，而这些变化普通消费者是很少去注意的。每一种核心类型都有其相应的制造工艺（例如 0.25μm、0.18μm、0.13μm 以及 0.09μm 等）、核心面积（这是决定 CPU 成本的关键因素，成本与核心面积基本上成正比）、核心电压、电流大小、晶体管数量、各级缓存的大小、主频范围、流水线架构和支持的指令集（这两点是决定 CPU 实际性能和工作效率的关键因素）、功耗和发热量的大小、封装方式（例如 S.E.P、PGA、FC-PGA、FC-PGA2 等等）、接口类型（例如 Socket 370，Socket A，Socket 478，Socket T，Slot 1、Socket 940 等等）、前端总线频率（FSB）等等。因此，核心类型在某种程度上决定了 CPU 的工作性能。

一般说来，新的核心类型往往比老的核心类型具有更好的性能（例如同频的 Northwood 核心 Pentium 4 1.8A GHz 就要比 Willamette 核心的 Pentium 4 1.8GHz 性能要高），但这也不是绝对的，这种情况一般发生在新核心类型刚推出时，由于技术不完善或新的架构和制造工艺不成熟等原因，可能会导致新的核心类型的性能反而还不如老的核心类型的性能。例如，早期 Willamette 核心 Socket 423 接口的 Pentium 4 的实际性能不如 Socket 370 接口的 Tualatin 核心的 Pentium Ⅲ 和赛扬，现在的低频 Prescott 核心 Pentium 4 的实际性能不如同频的 Northwood 核心 Pentium 4 等，但随着技术的进步以及 CPU 制造商对新核心的不断改进和完善，新核心的中后期产品的性能必然会超越老核心产品。

**15. NUMA 技术**

NUMA 即非一致访问分布共享存储技术，它是由若干通过高速专用网络连接起来的独立节点构成的系统，各个节点可以是单个的 CPU 或是 SMP 系统。在 NUMA 中，cache 的一致性有多种解决方案，需要操作系统和特殊软件的支持。

**16. 乱序执行技术**

乱序执行（out-of-orderexecution），是指 CPU 允许将多条指令不按程序规定的顺序分开发送给各相应电路单元处理的技术。这样将根据各电路单元的状态和各指令能否提前执行的具体情况分析后，将能提前执行的指令立即发送给相应电路单元执行，在这期间不按规定顺序执行指令，然后由重新排列单元将各执行单元结果按指令顺序重新排列。采用乱序执行技术的目的是为了使 CPU 内部电路满负荷运转并相应提高 CPU 的运行程序的速度。

# 3.5　本　章　小　结

中央处理器（CPU）作为计算机的核心，负责整个计算机系统的协调、控制以及程序运行。伴随着大规模集成电路的技术革命以及微电子技术的发展，CPU 发展日新月异、种类繁多，其中集成的电子元件也越来越多、速度越来越快、功能越来越强。一般从功能组成上讲，CPU 由控制器和运算器两大功能部件组成；从结构组成上讲，CPU 由基板、内核、针脚、基板之间的填充物以及散热器装置支撑垫等组成。

CPU 在一定程度上决定着计算机的档次。在选择 CPU 时，应该熟悉它的主要技术指标。

# 习　题　3

**1．填空**

（1）CPU 主要由_____、_____、寄存器组和内部总线等构成，再配上储存器、输入输出接口和系统总线组成完整的计算机系统。

（2）从_____开始，Intel 系列微处理器进入了 32 位时代。

（3）CPU 中的_____是计算机的控制指挥中心，它协调和指挥整个计算机系统的操作。

（4）CPU 中的_____负责对信息进行加工和运算，它也是控制器的执行部件。

（5）_____封装技术具有跨越性的技术革命，主要体现在它用金属触点式封装取代了以往的针状插脚。

（6）计算机技术中对 CPU 在单位时间内能一次处理的二进制数的位数叫_____。

（7）CPU 的风冷散热器主要有_____、_____、_____组成。

**2．简答题**

（1）简述计算机的主要技术指标。

（2）以 Intel 公司 CPU 为例，简要说明 CPU 产品的技术进展。

（3）CPU 的主要封装形式有哪些？

# 第4章　内　存

**本章学习目标**

- 了解存储器工作原理；
- 了解内存的发展历史及相应产品类型；
- 掌握内存的主要技术指标。

内存分为随机存取存储器（Random Access Memory，RAM）和只读存储器（Read Only Memory，ROM）两种，RAM 的一个主要特征是断电后数据会丢失，用于暂时存放计算机工作时所需要的程序和数据，平时说的内存就是特指这一种。ROM 的一个主要特征是断电后数据不会丢失。例如每次开机首先启动的就是存于主板上 ROM 中的 BIOS 程序。

本章介绍的内存特指 RAM，内存容量的大小、速度的高低、质量的优劣等指标直接影响计算机运行的速度和稳定性。

## 4.1　存储系统概述

存储系统是计算机中存放程序和数据的各种存储设备、控制部件及管理信息调度的设备（硬件）和算法（软件）的总称。计算机存储系统为层次结构，由高层到低层分别称为寄存器堆、高速缓冲存储器（Cache）、主存储器（简称主存 Main Memory 或内存）和外存（Secondary Memory，也称辅助存储器）。上述这四个层次的存储器容量依次逐渐增大，读写速度依次逐渐降低。

寄存器堆集成在 CPU 内部，用来存放 CPU 工作时直接使用的指令和数据。高速缓冲存储器用来保存在内存中被频繁使用的数据块，用来改善主存储器与中央处理器的速度匹配问题，目前也已经集成到 CPU 内部。

通常所说的存储系统主要指内存和外存。外存通常是磁性介质或光盘，如硬盘，U 盘、光盘、软盘，磁带等，能长期保存信息，数据存取速度与 CPU 相比慢得多。内存是相对于外存而言的，因其安装在计算机主机内部，故称为内存。在计算机运行过程中，内存主要存放当前正在使用的（即执行中）的数据和程序，内存是由一组或多组具备数据输入输出和数据存储功能的集成电路芯片组成的，相对于外存而言，内存具有速度快、容量小、断电信息会丢失等特点。

CPU 工作时把需要使用的程序或者数据加载到 RAM 中。

内存中最为常见的一种存储器是动态随机存取存储器（DRAM），在 DRAM 中晶体管和电容器合在一起就构成一个存储单元，代表一个数据位元。电容器保存信息位——0 或 1。晶体管起到了开关的作用，它能让内存芯片上的控制线路读取电容上的数据，或改变其状态。动态 RAM 需要不间断地进行刷新，否则就会丢失它所保存的数据。这一刷新动作的缺点就是费时，并且会降低内存速度。

静态 RAM（SRAM）使用触发器来储存信息。存储单元使用的触发器是由引线将 4～6 个晶体管连接而成的，无须刷新。使得静态 RAM 速度比动态 RAM 快。但由于构造比较复杂，静态 RAM 存储单元要比动态 RAM 占据更多的芯片空间。所以单个静态 RAM 芯片的存储量会小一些，也使得静态 RAM 的价格要贵得多。

静态 RAM 速度快但价格贵，动态 RAM 相对便宜，但速度较慢。因此，静态 RAM 常用来组成 CPU 中的高速缓存，而动态 RAM 能组成容量更大的内存。

# 4.2　内存的发展历程

在计算机诞生初期并不存在内存条的概念，计算机内存经历了由内存芯片到内存条的演变。

## 4.2.1　内存芯片

最早的内存以磁芯的形式排列在线路上，每个磁芯与晶体管组成的一个双稳态电路作为一比特（bit）的存储器。后来出现了焊接在主板上的集成内存芯片，以内存芯片的形式为计算机的运算提供直接支持。那时的内存芯片容量都特别小，最常见的是256KB×1bit、1MB×4bit。

早期内存芯片采用 DIP（Dual ln-line Package，双列直插式封装）封装，DIP 芯片通过安装在插在总线插槽里的内存卡与系统连接，此时还没有正式的内存插槽。DIP 芯片安装起来很麻烦，而且随着计算机工作时间的增加，系统温度的反复变化，由于热胀冷缩的作用，它会逐渐从插槽里偏移出来。随着每日频繁的计算机启动和关闭，芯片不断被加热和冷却，慢慢地会偏离出插槽。最终导致接触不好，产生内存错误。

另外，早期还有一种安装内存的方法：把内存芯片直接焊接在主板或扩展卡里，这样有效避免了 DIP 芯片偏离的问题，但无法再对内存容量进行扩充，而且如果一个芯片发生损坏，整个系统都将不能使用，只能重新焊接一个芯片或更换包含坏芯片的主板，此种方法付出的代价较大，也极不方便。

## 4.2.2　内存条

当 286CPU 出现后，出现了模块化的条状内存，每一个内存条上可以集成多块内存芯片，在主板上设计了相应的内存条插槽，如图 4-1 所示。这样便于内存条的安装和拆卸，内存的维修、升级也很简单，内存难以安装和更换的问题得以解决。

内存条发展速度很快。从 286 计算机时代的 30pin SIMM 内存、486 时代的 72pin SIMM 内存，到 Pentium 时代的 EDO DRAM 内存、Pentium Ⅱ 时代的 SDRAM 内存，到 Pentium4 时代的 DDR 内存和目前的 DDR2、DDR3、DDR4 内存。内存条从规格、技术、总线带宽等方面不断更新换代，其目标是不断提高内存的带宽，以满足 CPU 不断攀升的带宽要求、避免成为 CPU 运算的瓶颈。

图 4-1　内存条与内存插槽

根据内存条接口形式的不同可以把内存条分为两种：单列直插内存条（Single Inline Memory Module，SIMM）分为 30 线、72 线两种。双列直插内存条（Dual Inline Memory Module，DIMM）与 SIMM 内存条相比引脚增加到 168 线。DIMM 可单条使用，不同容量可混合使用，SIMM 必须成对使用。

根据内存的工作方式，内存又有 FPA、EDO、DRAM 和 SDRAM（同步动态 RAM）等形式。

FPA（Fast Page Mode）RAM 快速页面模式随机存取存储器，是较早的计算机使用的内存，每隔三个时钟脉冲周期传送一次数据。EDO（Extended Data Out）RAM 扩展数据输出随机存取存储器，EDO 内存取消了主板与内存两个存储周期之间的时间间隔，每隔两个时钟脉冲周期输出一次数据，大大地缩短了存取时间，存储速度比原先提高 30%。EDO 一般是 72 脚，EDO 内存已经被 SDRAM 所取代。

S（Synchronous）DRAM 同步动态随机存取存储器为 168 脚，是 Pentium 及以上机型使用的内存。SDRAM 将 CPU 与 RAM 通过一个相同的时钟锁在一起，使 CPU 和 RAM 能够共享一个时钟周期，以相同的速度同步工作，每一个时钟脉冲的上升沿便开始传递数据，速度比 EDO 内存提高 50%。DDR（Double Data Rage）RAM 是 SDRAM 的更新换代产品，允许在时钟脉冲的上升沿和下降沿传输数据，这样不需要提高时钟的频率就能加倍提高内存的速度。RDRAM（Rambus Dram）存储器总线式动态随机存取存储器是 Rambus 公司开发的具有系统带宽，芯片到芯片接口设计的新型 DRAM，能在很高的频率范围内通过一个简单的总线传输数据，使用低电压信号，在高速同步时钟脉冲的两边沿传输数据。由于这种内存的价格太过昂贵，在 PC 上已经见不到它的踪影。DDR2（Double Data Rate 2）SDRAM 是由 JEDEC（电子设备工程联合委员会）开发的内存技术标准，与上一代 DDR 内存技术标准最大的不同是，DDR2 内存拥有两倍于上一代 DDR 内存预读取能力（即 4bit 数据读预取）。即 DDR2 内存每个时钟能够以 4 倍外部总线的速度读/写数据，并且能够以内部控制总线 4 倍的速度运行。此外，由于 DDR2 标准规定所有 DDR2 内存均采用 FBGA 封装形式，而不同于目前广泛应用的 TSOP/TSOP-Ⅱ 封装形式，FBGA 封装可以提供更为良好的电气性能与散热性，为 DDR2 内存的稳定工作提供了坚实的基础。

## 4.2.3　SIMM 内存

80286 主板推出后，内存条采用 SIMM（Single In-line Memory Modules，单列接触内存模组）接口，所谓单列是指内存模块电路板与主板插槽的接口只有一列引脚（即内存条上的金属线，也就是常说的"金手指"），引脚数目为 30 根。容量最大为 256 KB，

图 4-2 是 30 根引脚的 SIMM 内存条。

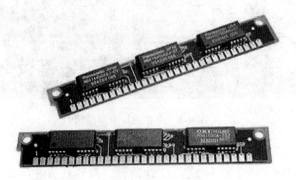

图 4-2　30 根引脚的 SIMM 内存

当计算机进入 386 时代后，30 根引脚的 SIMM 内存无法满足 CPU 的工作需求，于是 72 根引脚 SIMM 内存出现了，如图 4-3 所示。

图 4-3　72 根引脚的 SIMM 内存

72 根引脚的 SIMM 内存单条容量分别为 512KB、1MB 和 2MB，要求两条内存同时使用。

### 4.2.4　EDO DRAM 内存

EDO DRAM（Extended Date Out RAM，外扩充数据模式存储器）内存是在 1991 年到 1995 年之间比较流行的内存条，EDO-RAM 速度要比普通 DRAM 快 15%～30%。工作电压一般为 5V，带宽 32bit，速度在 40ns 以上，主要应用在 486 计算机及早期的 Pentium 计算机上，其外观如图 4-4 所示。

图 4-4　EDO DRAM 内存条

EDO 内存也属于 72pin SIMM 内存，不过它采用了全新的寻址方式。单条 EDO 内存的容量最高达到 32MB。由于 Pentium 及更高级别的 CPU 数据总线宽度都是 64bit 甚至更高，所以 EDO RAM 必须成对使用。

## 4.2.5 SDRAM 内存

随着 Intel Celeron 系列和 AMD K6 处理器以及相关的主板芯片组的推出，出现了 SDRAM 内存。

SDRAM（Synchronous Dynamic Random Access Memory，同步动态随机存取存储器）的工作速度与系统总线速度同步，也就是与系统时钟同步，这样就避免了不必要的等待周期，减少数据存储时间，同步还使存储控制器知道在哪一个时钟脉冲期由数据请求使用，因此数据可在脉冲上升期便开始传输。图 4-5 为一款常见的 SDRAM 内存条，工作电压为 3.3V，DIMM 接口的引脚为 168 针，带宽为 64bit。SDRAM 不仅应用在内存上，也应用在显存上。

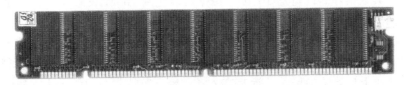

图 4-5　SDRAM 内存

第一代 SDRAM 内存为 PC 66 规范，很快被 PC 100 内存取代，随着 133MHz 外频的 Pentium III 以及 K7 CPU 的出现，PC133 内存随之出现，传输速度达到 1100MBps，图 4-6 是一款 PC 133 SDRAM 内存。由于 SDRAM 的带宽为 64b，正好对应 CPU 的 64b 数据总线宽度，因此只需一条内存便可工作。由于其输入输出信号保持与系统外频同步，因此速度明显超越 EDO 内存。

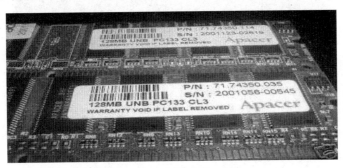

图 4-6　PC 133 SDRAM 内存

SDRAM 内存由早期的 66MHz，发展到后来的 100MHz、133MHz，为了方便用户超频的需求，市场上还出现了 PC 150、PC 166 规范的内存，图 4-7 是一款 PC 150 SDRAM 内存条。

图 4-7　PC 150 SDRAM 内存

### 4.2.6　Rambus DRAM 内存

RDRAM（Rambus DRAM）是美国 RAMBUS 公司开发的一种内存。采用了串行的数据传输模式。其数据存储位宽是 16 bit，频率可以达到 400MHz 以上。在一个时钟周期内传输两次数据，传输速度达到 1.6GBps。

由于 RDRAM 彻底改变了以往内存的传输模式，无法与原有的内存制造工艺兼容，而且生产 RDRAM 还必须要缴纳一定专利费用，再加上其本身制造成本等因素，导致 RDRAM 价格高昂，普通用户无法接受，虽然 RDRAM 曾受到英特尔公司的大力支持，但始终没有成为主流。图 4-8 是 Rambus DRAM 内存外观。

图 4-8　Rambus DRAM 内存

### 4.2.7　DDR 内存

DDR 内存是 DDR SDRAM（Double Data Rate SDRAM）的简称。DDR 是 SDRAM 的升级版本，SDRAM 在一个时钟周期内只传输一次数据，而 DDR 内存则是在一个时钟周期内传输两次数据，在时钟的上升期和下降期各传输一次数据，使得 DDR 的数据传输速度为传统 SDRAM 的两倍，因此也称为双倍速率同步动态随机存储器。

外形体积上 DDR 与 SDRAM 差别不大，具有同样的尺寸和同样的针脚距离。但 DDR 为 184 针脚，比 SDRAM 多 16 个针脚，主要包含了新的控制、时钟、电源和接地等信号。DDR 内存采用的是支持 2.5V 电压的 SSTL2 标准。

DDR 内存的频率可以用工作频率和等效频率两种方式表示，工作频率是内存颗粒实际的工作频率，但是由于 DDR 内存可以在脉冲的上升和下降沿都传输数据，因此传输数据的等效频率是工作频率的两倍。

第一代 DDR 200 规范没有得到普及，第二代 PC 266 DDR SRAM（133MHz 时钟×2倍数据传输＝266MHz 带宽）是由 PC 133 SDRAM 内存衍生出的，其外观如图 4-9 所示。DDR333 内存是一种过渡产品，如图 4-10 所示。DDR400 内存是 DDR2 内存的主流产品，如图 4-11 所示。双通道 DDR400 内存成为 800FSB 处理器搭配的基本标准，后来 DDR2 内存还出现了 DDR500、DDR533 内存产品。表 4-1 是 DDR 各种内存的技术参数。

图 4-9　DDR266 内存　　　　　　　　图 4-10　DDR333 内存

图 4-11　DDR400 内存

表 4-1　DDR 内存各种规格的技术参数

| DDR 规格 | 传输标准 | 实际频率（MHz） | 等效传输频率（MHz） | 数据传输率（MBps） |
| --- | --- | --- | --- | --- |
| DDR2000 | PC1600 | 100 | 200 | 1600 |
| DDR266 | PC2100 | 133 | 266 | 2100 |
| DDR333 | PC2700 | 166 | 333 | 2700 |
| DDR400 | PC3200 | 200 | 400 | 3200 |
| DDR433 | PC3500 | 216 | 433 | 3500 |
| DDR533 | PC4300 | 266 | 533 | 4300 |

## 4.2.8　DDR2 内存

与 DDR 相比，DDR2（Double Data Rate 2）内存最主要的改进是可以提供相当于 DDR 内存两倍的带宽。DDR2 采用全新定义的 240 引脚 DIMM 接口标准，完全不兼容于 DDR 的接口标准。

DDR2 的工作电压为 1.8V，发热量进一步降低。此外，DDR2 还融入了 CAS、OCD、ODT 等性能指标和中断指令，以提升内存带宽的利用率。DDR2 内存拥有 266MHz、

333MHz、400MHz、533MHz、667MHz、800MHz、1000MHz 等不同的规格，相对应的工作频率分别是 133/166/200/266/333/400/500MHz。为了加强散热效果，个别厂家在内存条上加了散热器，如图 4-12 所示。

图 4-12　加装散热器的 DDR2 内存

### 4.2.9　DDR3 内存

DDR3 内存于 2006 年进入市场，相对于 DDR2 内存，只是规格上的提高，并没有真正地全面换代。DDR3 同 DDR2 接触针脚数目相同。DDR3 内存存储容量可以达到 4GB 以上，主要针对 64 位操作系统的应用，2010 年以后可能成为主流。

DDR3 内存外观如图 4-13 所示。DDR3 在 DDR2 的基础上采用了以下新型设计。

（1）8bit 预取设计，而 DDR2 为 4bit 预取，这样 DRAM 内核的频率只有接口频率的 1/8，DDR3-800 的核心工作频率只有 100MHz。

（2）采用点对点的拓扑架构，以减轻地址/命令与控制总线的负担。

（3）采用 100nm 以下的生产工艺，将工作电压从 1.8V 降至 1.5V，增加异步重置（Reset）与 ZQ 校准功能。

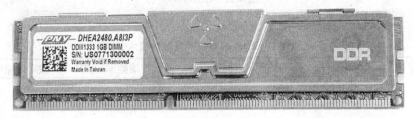

图 4-13　DDR3 内存条

DDR3 内存电压的降低，对以省电为目的的笔记本计算机而言，电池续航力增加，电池寿命及热量可得到更好的改善。

## 4.3　笔记本内存

笔记本使用的内存与台式机内存在性能上没有差异，但接口有所不同，目前笔记本内存采用的基本上是 DDR2 和 DDR3 内存条，其 DIMM 插槽接口为 200 针，如图 4-14 所示，注意其引脚缺口的差异。

图 4-14　两种笔记本内存

## 4.4　内存条结构

内存条主要由芯片（颗粒）和 PCB 电路板两大部分构成，其中 PCB 电路板表面还分布有很多电容、电阻等元气件，如图 4-15 所示。无论是 DDR、DDR2 还是 DDR3 内存，其基本结构大致相同。

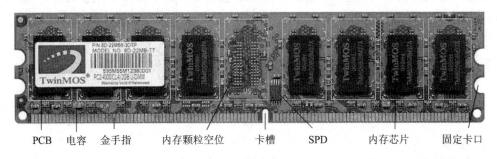

PCB　电容　金手指　内存颗粒空位　卡槽　SPD　内存芯片　固定卡口

图 4-15　内存条结构

### 1. 内存 PCB

PCB 电路板是承载内存芯片的重要部件，其重要指标就是层数多少及布线工艺。主流 DDR2 内存基本采用 6 层电路板，不少高规格、高频率产品甚至使用了 8 层 PCB 电路板。8 层 PCB 的 DDR 内存，信号抗干扰能力更强，稳定性更高。高质量的原厂内存 PCB 表面线路都使用 135 度折角处理，保证了引线长度一致，局部使用蛇行布线，符合国际电气学设计规范要求。

### 2. 内存芯片

内存芯片又称内存颗粒，决定了内存条的性能、速率、容量，是内存条中最重要的部分，不同的内存芯片性能也不同。目前世界上生产内存芯片的厂商主要有三星、美光（Micron）、尔必达、海力士（Hynix）、奇梦达（Qimonda）等。

### 3．电容和电阻

电阻和电容的作用是提高内存信号传输的稳定性。直观挑选内存的方法之一就是看金手指上方和芯片周围的电阻、电容的数量，尤其是位于芯片旁边的效验电容和第一根金手指引脚上的滤波电容的数量多少。

### 4．内存颗粒空位

内存颗粒空位作为预留空位，可以安放 ECC 校验模块芯片。

### 5．金手指

在内存的 PCB 电路板下部有一排镀金触点，因其表面镀金，而且导电触片排列如手指状，所以称为“金手指”（Connecting Finger）。金手指是内存条上与内存插槽之间的连接部件，所有的信号都是通过金手指进行传送的。金手指制作工艺有两种：电镀金和化学镀金。电镀金比化学镀金金层更厚，能够提高抗磨损性和防氧化性。

不过因为金昂贵的价格，目前较多的内存都采用镀锡来代替，目前主板、内存和显卡等设备的“金手指”几乎都采用锡材料，只有部分高性能服务器/工作站的配件接触点才会继续采用镀金的做法，由于这些金属触点比较容易脱落或者氧化，因此使用时要注意，由于金手指接触不良，容易引起隐性故障。

### 6．卡槽

卡槽也称缺口，用来指示内存条插入的方向，区分不同线数和规格的内存条。

### 7．SPD

SPD 是 8 针 $E^2PROM$（电擦写可编程 ROM），保存内存相关资料，如容量、芯片生产商、内存模组厂商、工作速率、是否具有 ECC 校验等。支持 SPD 的主板每次开机，BIOS都自动读取 SPD 信息并以此设定内存工作参数，使之工作状态最佳，确保系统稳定。

## 4.5　内存条的技术指标

内存对计算机整体性能影响较大，性能参数也比较多，这里介绍几种最重要的技术指标。

### 1．容量

内存容量是指内存条的存储容量，是内存条的关键性参数。内存容量以 MB 或 GB 作为单位。内存的容量一般都是 2 的整次方倍，比如 256MB、512MB、1GB、2GB、4GB 等，一般而言，内存容量越大越有利于系统的运行。

计算机系统中内存的容量等于插在主板内存插槽上所有内存条容量的总和，内存容量的上限由主板芯片组和内存插槽决定。不同主板芯片组可以支持的容量不同，主板内存插槽的数量也会对内存容量造成限制，比如使用 1GB 一条的内存，主板有两个内存插槽，最高可以使用 2GB 内存。因此在选择内存时要考虑主板内存插槽数量，并且要考虑将来有升级的余地。2009 年主流内存条容量为 2GB。

### 2．存取时间

存取时间（tAC，Access Time from CLK），是指最大 CAS 延迟时的最大数输入时钟，以纳秒为单位，表示存取一次数据所需时间，反映内存存取数据的快慢，单位为纳秒（ns），与内存时钟周期是完全不同的概念。存取时间（tAC）代表着读取、写入的时间，而时钟频率则代表内存的速度。例如 PC 100 规范要求在 CL=3 时 tAC 不大于 6ns。某些内存编号的位数表示的是这个值。目前大多数内存条的存取时间都小于 5ns。

### 3. 内存频率

内存频率和 CPU 主频一样，也被用来表示内存的速度，它代表着该内存所能达到的最高工作频率。内存主频以 MHz（兆赫）为单位。内存主频越高在一定程度上代表着内存所能达到的速度越快。内存主频决定着该内存最高能在什么样的频率下正常工作。

### 4. CL

CL（列地址译码器打开时间）是 CAS（Column Address Strobe 或者 Column Address Select）的等待时间，是指 CAS 信号需经多少个时钟周期才能读写数据。内存负责向 CPU 提供运算所需的原始数据，而目前 CPU 运行速度超过内存数据传输速度很多，因此很多情况下 CPU 都需要等待内存提供数据，这就是常说的"CPU 等待时间"。内存传输速度越慢，CPU 等待时间就会越长，系统整体性能受到的影响就越大。因此，快速的内存是有效提升 CPU 效率和整体性能的关键之一。

### 5. 带宽

内存的数据带宽是指它一次能够处理的二进制数据位（比特）数。

### 6. 物理 Bank

传统内存系统为了保证 CPU 的正常工作，必须一次传输完 CPU 在一个传输周期内所需要的数据。而 CPU 在一个传输周期能接收的数据容量就是 CPU 数据总线的位宽，单位是 bit（位）。这个位宽称为物理 Bank（Physical Bank）。内存必须要组织成物理 Bank 与 CPU 打交道。比如在 Pentium 计算机上，需要两条 72pin 的 SIMM 计算机才能工作，因为一条 72pin-SIMM 只能提供 32bit 的位宽，不能满足 Pentium 的 64bit 数据总线的需要。直到 168pin-SDRAM DIMM 上市后，才可以使用一条内存开机。

### 7. Parity（奇偶校验）

在每个字节（Byte）上加一个数据位（bit）对数据进行检查的一种方式。奇偶校验位主要用来检查其他 8 位（1Byte）上的错误，但是它不像 ECC（Error Correcting Code 错误更正码），Parity 只能检查出错误但不能更正错误。

### 8. ECC（Error Correcting Code）错误更正码

ECC 也可以解释为 Error Checking and Correcting，即错误检查和纠正。由于 ECC 具有自动校正更正的能力，它是用来检验存储在 DRAM 中的整体数据的一种电子方式。ECC 在设计上比 Parity（奇偶校验）更精巧，它不仅能检测出多位数据错误，同时还可以指出出错的数位并改正。通常 ECC 每个字节使用 3 个 bit 来纠错，而 Parity 只使用一个 bit。一般多应用在服务器及图形工作站上，这将使整个计算机系统在工作时更趋于安全稳定。

### 9. 芯片密度

每一个内存芯片是一个很小的矩形单元。每个单元包括了一位信息。密度是指一个芯片可以容纳信息的多少，例如一个 128 兆比特的芯片有 1.28 亿个单元并且可以容纳 1.28 亿比特数据。

### 10. 内存电压

内存电压是指内存正常工作所需要的电压值，不同类型的内存电压不同，但各自均有自己的规格，超出其规格，会造成内存损坏。SDRAM 内存一般工作电压都在 3.3 V 左右，上下浮动额度不超过 0.3 V；DDR SDRAM 内存一般工作电压在 2.5 V 左右，上下浮动额度不超过 0.2 V；DDR2 SDRAM 内存的工作电压一般在 1.8V 左右，而 DDR3 SDRAM 为 1.5V。

在允许的范围内浮动，略微提高内存电压，有利于内存超频，但同时发热量大大增加，有损坏硬件的风险。

## 4.6　内存条的选购

品质好的内存性能稳定，与主板兼容性好，可长时间稳定、可靠地运行。实际上，计算机的性能瓶颈不在于 CPU 或者其他部件，而在于内存存取速度的快慢。由于操作系统、应用软件越做越大，对于计算机硬件环境的要求也越来越高，而升级内存是计算机硬件升级中最有效、最实用的提升计算机速度的方法。因此在选购内存时，除了应当了解内存的主要技术指标之外，以下方面也需要注意。

**1. 按需购买**

选择内存首先要明确一点：确定计算机的用途。目前对于一般的办公使用 2GB 内存足够，如果经常需要进行快速复杂的计算可以选择 4GB 的内存。

**2. 识别真假**

有些小型内存条生产商把低档内存芯片上的标示打磨掉，再写上一个新标示，这种情况叫做 Remark，从而把低档产品当高档出售。由于要打磨或腐蚀芯片的表面，一般都会在芯片的外观上表现出来。正品的芯片表面一般都很有质感，要么有光泽或荧光感，要么就是亚光的。如果觉得芯片的表面色泽不纯甚至比较粗糙、发毛，那么这颗芯片就有可能是 Remark 的。

**3. 仔细查看电路板**

PCB 电路板是承载内存芯片的重要部件，其重要指标是层数多少及布线工艺。对于主流 DDR2 内存来说，6 层电路板是最基本的，很多高规格、高频率产品甚至使用了 8 层 PCB 电路板。通常，PCB 电路板层数越多，其信号抗干扰能力就越强，对内存稳定性也越有帮助。

此外，PCB 表面线路布局也很重要，按照国际电气学设计规范要求，PCB 表面线路必须使用 135 度折角处理，而且为了保证引线长度一致，局部应该使用蛇行布线。

PCB 电路板下部为一排镀金触点即金手指，金手指部分应该光亮，没有发白或者发黑的现象。

目前金手指制作工艺有两种，一种是电镀金，另一种是化学镀金。电镀金比化学镀金金层更厚，能够提高抗磨损性和防氧化性。

在 PCB 金手指上方和芯片周围会有一些很小的电子元件，它们就是电容和电阻。一般说，电阻和电容越多对于信号传输的稳定性越好，尤其是位于芯片旁边的效验电容和第一根金手指引脚上的滤波电容。

**4. 看品牌**

内存条中最重要的部件是内存芯片，它的质量对整个内存条的影响是至关重要的。目前世界上有能力生产内存芯片的厂商主要有三星、美光（Micron）、尔必达、海力士（Hynix）、奇梦达（Qimonda）等。挑选内存时首先看内存芯片是否是上述这些厂家的产品。另外，质量比较可靠的内存条品牌主要有金士顿、威刚、金邦、宇瞻、现代、胜创、黑金刚、海盗船、三星（Samsung）、金泰克等。

**5. 售后服务**

品质好的内存条通常有精美的独立包装，如果选择用橡皮筋扎成一捆进行销售的内存条，虽然能够使用，但通常没有完善的售后服务，一旦出现故障，售后服务很难保证。应当选择信誉良好的内存经销商，一旦购买的产品在质保期内出现质量问题，只需及时去更换即可。

## 4.7　本章小结

内存安装在计算机主板上，又称主存。在计算机运行过程中，内存主要存放当前正在使用的（即执行中）数据和程序，它的实质是一组或多组具备数据输入输出和数据存储功能的集成电路，相对于外存，内存具有速度快、容量小、断电信息丢失等特点。

因内存与 CPU 之间数据交换的频繁性，其性能直接影响计算机工作的效率。本章首先对计算机存储系统作了简要的概述，从内存的发展历史入手，重点介绍了内存的分类、组成，以及技术指标等内容，学习本章的目的是了解内存的发展历程，掌握内存条的选购方法。

## 习　题　4

**1. 填空**

（1）相对于外存，内存具有_____、_____、断电信息丢失等特点。

（2）_____内存的工作速度是与系统总线速度同步的。

（3）Cache、_____、_____构成了分层次存储体系。

（4）传统内存系统为了保证 CPU 的正常工作，必须一次传输完 CPU 在一个传输周期内所需要的数据。如果内存位数不够，那么内存必须要组织成_____来与 CPU 打交道。

**2. 简答题**

（1）简述采用分层次存储体系结构的原因。

（2）简述 DRAM 和 SRAM 的异同。

# 第 5 章 计算机外部存储器

**本章学习目标**

- 了解硬盘的类型及其组成结构;
- 掌握硬盘的主要技术指标;
- 了解光驱的工作原理组成结构及其主要技术指标;
- 了解移动硬盘、U 盘、Flash 盘的特点;
- 了解计算机外部存储器的发展趋势。

外部存储器即外存,也称辅存,其作用是保存需要长期存放的系统文件、应用程序、各种电子文档和数据等。当 CPU 需要执行某部分程序和数据时,由外存调入内存供 CPU 使用。

最常用的外存有硬盘、软盘(已经淘汰)、光盘和移动存储器等。通常一台计算机至少安装一个硬盘存储器和一个光盘存储器。和内存相比,外部存储器具有容量大、数据存取速度较慢、成本低、信息能够在断电状态下长久保存、存储体可更换的特点。

## 5.1 硬　　盘

### 5.1.1 硬盘概述

硬盘(Hard Disk,HDD)具有存储容量大、读写速度(比软驱、光驱)快、价格便宜、密封性好、可靠性高、使用方便等特点。常用的操作系统(如 Windows XP/2003/Vista 等)和各种应用软件、游戏程序及各种电子数据等都在硬盘中存放。

1956 年 9 月 IBM 公司推出第一台磁盘存储系统 IBM 350 RAMAC,是现代硬盘的雏形,容量为 5MB,体积相当于两个冰箱。

1968 年 IBM 公司开发出"温彻斯特"(Winchester)磁盘,简称温盘,温盘的特点是部件全部密封,磁盘片位置固定并高速旋转,磁头沿盘片径向移动,磁头悬浮在高速转动的盘片上方,不与盘片直接接触,是现代硬盘的原型,图 5-1 是常见硬盘的内部结构及外观。硬盘使用附有磁性介质的硬质盘片,而软盘使用的是柔软的塑料薄片。目前主流硬盘容量一般在 320GB～1.5TB 之间,存取速度比早期的硬盘有了很大的提高,是计算机系统配置中必不可少的外存储器,对于计算机整体性能的影响也越来越重要。

1980 年,希捷(SEAGATE)公司开发出 5.25 英寸规格的 5MB 硬盘,这是首款面向台式机的产品。

20 世纪 80 年代末,IBM 公司推出 MR(Magneto Resistive,磁阻)技术令磁头灵敏度大幅提升，使盘片的储存密度较之前的 20Mbpsi（字/平方英寸）提高了数十倍，该技术为硬盘容量的巨大提升奠定了基础。1991 年,IBM 公司应用该技术推出了首款 3.5 英寸的 1GB 硬盘。

1970 年到 1991 年，硬盘盘片的储存密度以每年 25%～30%的速度增长；从 1991 年开始每年增长 60%～80%；目前，硬盘储存密度每年大约能够提升 100%～200%，从 1997 年开始的硬盘储存密度提升得益于 IBM 公司的 GMR（Giant Magneto Resistive，巨磁阻）技术，它使磁头灵敏度进一步提升，进而提高了储存密度。

1995 年，为了配合 Intel 公司的 LX 芯片组，昆腾（Quantum）与 Intel 公司共同发布 UDMA 33 接口——EIDE 标准将原来接口数据传输率从 16.6MBps 提升到了 33MBps。同年，希捷公司开发出液态轴承（Fluid Dynamic Bearing，FDB）马达。FDB 将陀螺仪上的技术引进到硬盘生产中，用厚度相当于头发直径十分之一的油膜取代金属轴承，减轻了硬盘噪音与发热量。

硬盘相关技术发展迅速，如磁头从薄膜磁头技术发展到 MR、GMR、TMR 磁头等，盘片材料以玻璃取代铝合金材料等，以及垂直磁记录技术（PMR）等。

图 5-1　硬盘的内部结构及外观

## 5.1.2　硬盘的分类

硬盘类型通常按照容量、转速、尺寸、接口等进行划分。

### 1．根据转速分类

转速（Rotation Speed），是硬盘内电机主轴的旋转速度，也就是硬盘盘片在一分钟内所能完成的最大转数，单位表示为 RPM（Rotation Per Minute），即转/分钟。RPM 值越大，内部传输率就越快，访问时间就越短，硬盘的整体性能也就越好。

目前家用的硬盘的转速主要有 5400rpm、7200rpm 两种，7200rpm 为高转速硬盘，另外，希捷公司还推出了 5900rpm 低功耗硬盘；笔记本电脑硬盘有 4200rpm、5400rpm 以及 7200rpm，服务器对硬盘性能要求更高，使用的 SCSI 硬盘转速基本采用 10 000rpm、15 000rpm，性能超出家用产品很多。

计算机外部存储器

### 2．根据尺寸分类

根据盘片直径尺寸可分为 1.8 英寸、2.5 英寸、3.5 英寸和 5.25 英寸硬盘，图 5-2 给出了各种尺寸的硬盘外观。目前台式计算机一般用 3.5 英寸硬盘，笔记本计算机一般用 2.5 英寸硬盘，5.25 英寸硬盘已被淘汰。

一般将小于 1.8 英寸的硬盘称为微硬盘，同等容量的硬盘，体积越小价格越高。微硬盘主要应用在数码相机等计算机外部设备中。随着各种大容量 U 盘、存储卡的出现，微硬盘的优势逐渐丧失。

大容量小体积成为移动存储设备的发展趋势。所以这个时候微硬盘的概念诞生了，如图 5-3 所示。微型硬盘可以用于更小型的移动设备中，也为磁介质的硬盘扩大了适用范围、延长了使用寿命。

5.25 英寸硬盘　　　　　　　　　　　　3.5 英寸硬盘和 2.5 英寸硬盘

1.8 英寸微硬盘　　　　　　　　　　　　0.85 英寸微硬盘

图 5-2　各种尺寸的硬盘

### 3．根据接口分类

硬盘所采用的接口方式很大程度上影响硬盘的最大外部数据传输率，从而影响计算机的整体性能。硬盘与计算机之间的数据接口主要有 ATA（IDE）、SATA、SCSI、USB 等。

1）IDE 接口

IDE（Integrated Drive Electronics），即"电子集成驱动器"，是把"硬盘控制器"与"盘体"集成在一起的硬盘驱动器。IDE 也称 ATA（Advanced Technology Attachment，高

级技术附加装置）。把盘体与控制器集成在一起减少了硬盘接口的电缆数目与长度，数据传输的可靠性得到了增强，硬盘制造起来更容易，安装也更为方便，并具有价格低廉、兼容性好的优点，但也有速率慢、只能内置使用、对接口电缆长度限制严格的缺点。

IDE 代表着硬盘的一种类型，习惯上称最早出现的 IDE 类型硬盘为 ATA-1，这种类型的接口已被淘汰，其后发展分支出更多类型的硬盘接口，如 ATA、Ultra ATA、DMA、Ultra DMA 等接口都属于 IDE 硬盘。IDE 接口采用 40 针的数据线连接硬盘和光驱，图 5-3 左侧图片为 IDE 硬盘接口，右侧为主板上的 IDE 信号线接口。

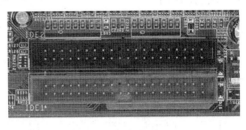

图 5-3　IDE 接口

EIDE（Enhanced IDE）是 IDE 的改进，针对硬盘的 EIDE 规范被称为 Fast ATA，EIDE 规范还制定了连接光盘等非硬盘产品的标准。这个连接非硬盘的 IDE 标准，又称为 ATAPI 接口。之后不断推出更快的接口，名称都带有 ATA 的标记，如 Ultra ATA、ATA/66、ATA/100 等。

需要说明的是：对 ATA 66 以及以上的 IDE 接口传输标准，必须使用专门的 80 芯 IDE 排线，其与早期的 40 芯 IDE 排线相比，增加了 40 条地线以提高信号的稳定性。

表 5-1 给出了 IDE（ATA）硬盘的主要类型及其技术参数。

表 5-1　ATA 硬盘的主要类型及技术参数

| ATA 硬盘接口规格 | | | |
| --- | --- | --- | --- |
| 接口名称 | 传输模式 | 传输速率 | 电缆 |
| ATA-1 | 单字节 DMA 0 | 2.1 MBps | 40 针电缆 |
|  | PIO-0 | 3.3 MBps | |
|  | 单字节 DMA 1，多字节 DMA 0 | 4.2 MBps | |
|  | PIO-1 | 5.2 MBps | |
|  | PIO-2，单字节 DMA 2 | 8.3 Bps | |
| ATA-2 | PIO-3 | 11.1 MBps | 40 针电缆 |
|  | 多字节 DMA 1 | 13.3 MBps | |
|  | PIO-4，多字节 DMA 2 | 16.6 MBps | |
| ATA-3 | PIO-4，多字节 DMA 2 | 16.6 MBps | 40 针电缆 |
| ATA-4 | 多字节 DMA3，Ultra DMA 33 | 33.3 MBps | 40 针电缆 |
| ATA-5 | Ultra DMA 66 | 66.7 MBps | 40 针 80 芯电缆 |

| ATA 硬盘接口规格 | | | |
|---|---|---|---|
| 接口名称 | 传输模式 | 传输速率 | 电缆 |
| ATA-6 | Ultra DMA 100 | 100.0 MBps | 40 针 80 芯电缆 |
| ATA-7 | Ultra DMA 133 | 133.0 MBps | 40 针 80 芯电缆 |

2）SATA 接口

SATA（Serial ATA）接口硬盘又叫串口硬盘，是一种完全不同于并行 ATA 的硬盘接口类型。图 5-4 是 SATA 接口硬盘及主板上的接口外观。SATA 硬盘采用串行传输方式，以连续串行的方式传送资料，在同一时间点内只有 1 比特数据传输，这样能减小接口的针脚数目，用 4 个针就完成了所有的工作（第 1 针发出、2 针接收、3 针供电、4 针地线）。线缆连接简洁，性能更高，支持热插拔。同时还能降低电力消耗，减小发热量，

2001 年，由 Intel、APT、Dell、IBM、希捷、迈拓几大厂商组成的 Serial ATA 委员会提出了 Serial ATA 1.0 规范。Serial ATA 1.0 定义的数据传输率为 150MBps，比并行 ATA（即 ATA/133）的最高数据传输率 133MBps 还高。

2002 年，Serial ATA 2.0 提出，其主要特征是外部传输率提高到了 3Gbps（300MBps），最终 SATA 将实现 600MBps 的最高数据传输率。此外还包括 NCQ（Native Command Queuing，原生命令队列）、端口多路器（Port Multiplier）、交错启动（Staggered Spin-up）等一系列的技术特征。

图 5-4　SATA 接口硬盘及主板上的接口

3）SCSI 接口

SCSI（Small Computer System Interface，小型计算机系统接口）最早出现于 1979 年，当时是专为小型机研制的一种接口技术，因其传输速率快，在高端计算机、工作站、服务器上常用作硬盘及其他存储装置的接口。

SCSI 硬盘的外观与普通硬盘基本一致，如图 5-5 所示，现在 SCSI 硬盘的最高转速为 15000rpm，平均寻道时间在 6ms 左右，数据传输率可达到 160Mbps；SCSI 接口中的设备可以同时使用数据总线进行数据传输，而 IDE 接口中连接在同一条数据线上的设备只能交替（占用数据线）进行传输；IDE 只能连接四块设备，而 SCSI 接口可以连接 7 至 15 台设备。

SCSI 接口可以利用 SCSI 控制器本身的硬件设备对数据传输进行管理，因而对 CPU 的占用率较低，仅为 5%左右，且数据传输率高，能在高使用强度的情况下正常工作达 2、3年之久，但是价格高，需要另外配置 SCSI 卡才能使用，所以主要用在服务器及高档 PC 中。由于 SATA 硬盘的出现，SCSI 接口硬盘的优势基本消失。

图 5-5　SCSI 接口硬盘

　　4）USB 接口

　　得益于 USB 接口的广泛普及，出现了 USB 接口的硬盘，如图 5-6 所示。

　　5）IEEE 1394 接口

　　IEEE 1394 接口的硬盘可以达到 100Mbps、200Mbps、400Mbps、800Mbps 甚至1600Mbps、3200Mbps 的传输速率，图 5-7 为一款具有 IEEE 1394/USB 双接口的硬盘外观。

图 5-6　USB 接口硬盘　　　　　　　　图 5-7　拥有 IEEE 1394/USB 双接口

## 5.1.3　硬盘的结构

　　硬盘是将磁头、盘片、电机等驱动装置密封成一体的精密机电装置，这个密封装置外部包括接口、控制电路、固定面板等，内部结构包括盘片、磁头、马达等。硬盘内部结构如图 5-8 所示。

空气过滤装置

主轴

盘片

读写磁头

传动轴

磁头驱动装置

轴毂

磁头载入载出轨道

浮动磁头组建

控制电路

图 5-8　硬盘内部结构图

### 5.1.4　硬盘的技术指标

**1．硬盘容量（volume）**

硬盘容量的单位是 GB 或 TB，对硬盘格式化后，系统显示出来的硬盘容量往往比硬盘的标称容量小，这是由不同的单位转换关系造成的。在操作系统中对容量的计算是以每 1024 字节为 1KB，每 1024KB 为 1MB，每 1024MB 为 1GB；而硬盘厂商在计算容量方面是以每 1000 字节为 1KB，每 1000KB 为 1MB，每 1000MB 为 1GB，二者在进制上的差异造成了硬盘容量"缩水"。以 120GB 的硬盘为例：

厂商容量计算方法：120GB=120 000MB=120 000 000KB=120 000 000 000 字节

换算成操作系统计算方法：120 000 000 000 字节/1024=117 187 500KB/1024=11 444 091 796 875 MB=114GB

以下是几个与硬盘相关的常用术语。

① 磁道（track）：磁面上均匀分布的同心圆存储轨迹。最外层为 0 磁道。

② 扇区（sector）：磁道上等弧度划分的扇段。一般一个扇区的存储容量为 512 字节。

③ 柱面（cylinder）：各个盘面上同一编号磁道的组合。

硬盘格式化后的容量可用下式算出：

格式化容量（B）=512B×每磁道扇区数×每面磁道数×磁头数（柱面数）

**2．转速**

硬盘转速（rotational speed）是指硬盘主轴电机的转速，单位是 rpm（rotations per minute）。转速是决定硬盘内部数据传输率的关键因素之一，也是区分硬盘档次的重要指标。硬盘转速越快，硬盘的传输速度也会提高，寻找文件的速度也越快。但过高的转速会导致发热量增大、控制困难。

目前常见的硬盘转速有 5400rpm、7200rpm、10000rpm、12000rpm、15000rpm 等。

**3．平均寻道时间**

硬盘的平均寻道时间是指硬盘的磁头从初始位置移动到盘面指定磁道所需的时间，单位是 ms（毫秒），是影响硬盘内部数据传输率的重要技术指标。硬盘的平均寻道时间越小，硬盘的性能越高。目前主流硬盘的平均寻道时间为 7～9ms。

### 4．内部数据传输率

内部数据传输率也称持续传输率，指磁头至硬盘缓存间的最大数据传输率，单位为兆位/秒（Mbps）。它取决于硬盘的盘片转速和盘片线密度（指同一磁道上的数据容量）。一般来讲，硬盘的转速相同时，单碟容量大的硬盘内部传输率高；在单碟容量相同时，转速高的硬盘内部传输率高。

内部数据传输率又称持续数据传输率，是指磁头与硬盘缓存之间的最大数据传输率，单位为兆位/秒（Mbps）。

### 5．外部数据传输率

外部数据传输率也称为突发数据传输率，它是指从硬盘缓冲区读取数据的速率，单位为 MBps。外部数据传输率和硬盘的接口方式有关。外部数据传输率又称突发数据传输率，是指从硬盘缓冲区读取数据的速率，单位为兆字节/秒（MBps）。

### 6．硬盘缓存

缓存（cache memory）是硬盘控制器上的一块内存芯片，具有极快的存取速度，是硬盘内部存储和外界接口之间的缓冲器。由于硬盘的内部数据传输速度和外界传输速度不同，缓存在其中起到一个缓冲的作用。缓存的大小与速度是直接关系硬盘的传输速度的重要因素，能够大幅度地提高硬盘整体性能。当硬盘存取零碎数据时需要不断地在硬盘与内存之间交换数据，如果有大缓存，则可以将那些零碎数据暂存在缓存中，减小系统的负荷，提高数据的传输速度。目前常见的硬盘缓存有 4MB、8MB、16MB。

### 7．单碟容量

单碟容量是仅次于硬盘转速的重要因素。增加硬盘的容量有两种方法：一种是增加盘片的数量，另一种是提高单碟的容量。大容量硬盘采用的是 GMR 巨磁阻磁头，使记录密度大大提高，硬盘的单碟容量也相应提高。提高单碟容量已成为提高硬盘容量的主要手段，也是反映硬盘技术水平的一个主要指标。

提高单碟容量的另一个重要意义在于可提高硬盘的内部数据传输率。硬盘单碟容量的提高得益于数据记录密度的提高，而数据记录密度同数据传输率是成正比的。单碟容量越大，硬盘的内部数据传输率也就越高。

### 8．SMART 技术

SMART（Self-Monitoring Analysis and Reporting Technology，硬盘自动监测分析报告技术），通过这种技术硬盘可以监测和分析自己的工作状态和性能，并显示出来，使用户可以随时了解硬盘工作情况。该技术需要主板 BIOS 配合。

### 9．MTBF

MTBF 即连续无故障工作时间，指硬盘从开始使用到第一次出现故障的最长时间，单位为小时。

## 5.1.5 硬盘的主流品牌

硬盘市场主要由希捷（Seagate），日立（HITACHI），西部数据（Western Digital）和三星（Samsung）等 4 家厂商占据。

### 1．日立

日立硬盘（Hitachi）由日立环球存储科技公司生产。自 1956 年磁盘存储技术面世以来，IBM 和日立公司一直引领着硬盘技术的发展。从 2003 年初，日立合并了 IBM 的硬盘部门，便承继了 IBM 公司在硬盘方面的许多专利技术。IBM 公司曾是全球存储器的龙头企业，许多突破性存储器技术都出于 IBM 公司，如最典型的现代硬盘（即"温氏"硬盘）的雏形就是 IBM 公司研发的。后来得到广泛使用的 MR（磁阻），GMR（巨磁阻）磁头，以及著名的 Pixie Dust（仙尘）技术也是 IBM 公司研发的。

### 2．希捷

希捷科技（Seagate Technology）是世界上最大的磁盘驱动器、磁盘和读写磁头生产厂家，是 IBM，COMPAQ，SONY 等的硬盘供应商。3D 防护技术和 Soft Sonic 降噪技术是希捷硬盘的特色，用于提高产品的安全性并降低工作噪音。希捷硬盘的性价比较高。

### 3．西部数据

西部数据（Western Digital）早期专门为品牌机代工生产硬盘，2002 年前后进入中国市场。性能方面虽然不是最好的，但是噪音和发热量控制出色。

### 4．三星

三星（Samsung）硬盘推出的时间较短，但它通过提供 5 年的超长质保期迅速吸引了相当数量的用户。

## 5.1.6　硬盘的选购

选购硬盘时，考虑的基本因素主要是接口、容量、速度、稳定性、缓存、发热问题、售后服务。

### 1．接口

目前一般选用 SATA 接口的硬盘。

### 2．容量

硬盘的容量是购买时首先要考虑的因素。随着硬盘容量的增加，每单位容量所付的费用就越低。单碟容量也是需要参考的一个标准。每块硬盘通常是由若干张碟片组成的，所有碟片的容量之和称为硬盘总容量，单碟容量是指硬盘内每张碟片的最大容量。单碟容量越大，就可以用更少的碟片数实现更大的容量，从而有效地降低成本和故障发生概率。因此，相同容量的硬盘所使用的盘片数越少，其相对的平均寻道时间也越短，故障率越低。

### 3．转速

转速是指硬盘碟片转动的速度，直接影响数据读取的速度。现在市场上主流的硬盘一般为 7200rpm。硬盘转速越快，硬盘的数据传输速度也越快。

### 4．稳定性

运行时的稳定性也是需要考虑的因素。若硬盘稳定性太差，使用过程中会造成很多不便，如数据丢失，出现坏道等。在选购之前最好参考相关硬盘的一些权威测试数据。尽量不要选择技术最新的硬盘，因其技术新，难免有缺陷，应当选择技术相对成熟的硬盘。

**5．缓存容量（cache）**

缓存是硬盘与外部总线交换数据的场所，硬盘的读过程是经过磁信号转换成电信号后，通过缓存的一次次填充与清空、再填充、再清空才一步步地按照 PCI 总线周期送出去的，所以缓存的容量直接关系到硬盘的传输速度。目前常见硬盘的缓存容量有 2MB、4MB、8MB、16MB 等规格。当然，缓存越大的硬盘价格也越高。

**6．发热问题**

硬盘随着转速的提升，发热量也不断升高。若散发的热量不能及时传导出去，硬盘就会急剧升温，一方面会使硬盘的电路工作在不稳定的状态，另一方面硬盘的盘片与磁头长时间在高温下工作也很容易使盘片出现读写错误和坏道，而且对硬盘使用寿命也会有一定影响。所以选购时，应当挑选发热量相对较小的硬盘。也可以尝试在硬盘上装一个硬盘散热风扇。

**7．售后服务**

硬盘用于存储数据时，由于读写操作比较频繁，出故障的几率比较大。所以保修问题更为突出。一般情况下，硬盘提供的保修服务是三年质保（一年包换、两年保修），所以买硬盘应通过一些正规的渠道，这样在出了问题的时候才能得到及时的服务。

# 5.2 光盘驱动器

光盘存储技术是 20 世纪 70 年代初开始发展起来的。光盘存储具有存储密度高、容量大、可随机存取、保存寿命长、工作稳定可靠、轻便易携带等一系列其他记录媒体无可比拟的优点，特别适于大数据量信息的存储和交换。光盘存储技术不仅能满足信息存储的需要，还能够存储声音、文字、图形、图像等多种媒体的信息。

## 5.2.1 光盘

光盘（CD-ROM）是一种只读的光存储介质，是从原本用于音频 CD 的 CD-DA（Digital Audio）格式发展起来的。CD-ROM 与普通常见的 CD 光盘外形相同，但 CD-ROM 存储的是数据而不是音频。CD-ROM 驱动器读取数据与 CD 播放器方式相似，主要区别在于 CD-ROM 驱动器电路中引进了检查纠错机制，保障读取数据时不发生错误。其他的格式，如 CD-R（CD-Recordable）和 CD-RW（CD-ReWritable）则是使光盘增加了可写入的能力。

CD-ROM 具有存储容量大、保存时间长、工作稳定可靠、便于携带、价格低廉等优点。盘片厚 1.2mm，直径有三种规格：12cm（4.75 英寸）、14cm（5.25 英寸）、8cm（3.5 英寸）。其中，12cm 盘片用的最多，能够保存 74～80 分钟的高保真音频，或 682MB（74 分钟）/737MB（80 分钟）的视频信息。

图 5-9 为 12cm 光盘的外形结构。中心直径为 15mm，圆孔向外 13.5mm，区域内不保存信息，再向外 38mm 区存放数据，最外侧 1mm 为无数据区。

计算机外部存储器

图 5-9  光盘外形

**1. 光盘的存储原理**

CD-ROM 光盘主要由聚碳酸脂塑料做成，上层为印刷层，下层为数据层。在盘基上浇铸了螺旋状的物理光道，道密度约为 630 条/毫米，从光盘的内部一直螺旋到最外圈，螺旋线圈间距为 1.6μm，线宽为 0.6μm，螺旋线总长约 5km。磁道内部排列着一个个蚀刻的"凹陷"，"凹坑"深 0.12μm，最小"凹坑"长仅为 0.834μm，由这些"凹坑"和"平地"构成了存储的数据，可以保存 650MB 数据。由于读光盘的激光会穿过塑料层，因此需要在其上面覆盖一层金属反射层（通常为铝合金）使它可以反射光，然后再在铝合金层上覆盖一层丙烯酸树脂（亚克力）的保护层，用于保护反射金属以避免出现裂纹、划痕。注意：CD-ROM 光盘的表面变脏和划伤时都会降低其可读性。

光盘沿光道存储数据，光道与磁道不同，它是由中心逐渐向外沿展开的渐开线。当激光束照射到凹坑时，反射光束强弱发生变化，读出的数据为 1；当激光束照射到平坦部分时，反射光强弱没有发生变化，读出的数据为 0。

**2. 光盘规范**

光盘规范很多，下面介绍几种常见的光盘规范。

① CD-ROM（Read Only Memory）：只读型光盘，1985 年推出的黄皮书标准。存储数字化文字、声音、图形、图像、动画和数据。在 DVD 诞生以前，CD-ROM 驱动器一直都被认为是大多数计算机的标准设备，采用 780 nm 的激光束进行读写，现在已经逐步被波长更小的 DVD-ROM、BD-ROM 所取代。

② VCD（Video CD）：1993 年制定的白皮书规范，用于保存 MPEG 标准的声音、视频信号，可以存储长达 74 分钟的动态图像。能在 CD-ROM 和 VCD 播放器上使用，CD-ROM 光驱在 MPEG 解压卡或解压软件下可以重现视频、音频信号。

③ CD-R（Recordable）：橙皮书标准，即一次写入、多次读出 CD 盘。写入后的光盘可以在 CD-ROM 驱动器上读取。CD-R 与 CD-ROM 的工作原理相同。

CD-R 盘与 CD-ROM 盘有许多共同之处，都是通过激光照射到盘片上的"凹陷"和"平地"时其反射光的变化来读取的，不同之处在于 CD-ROM 的"凹陷"是印制的，而 CD-R 是刻录机烧制而成，用有机染料作为记录层。CD-R 盘片是在聚碳酸酯制成的片基上喷涂了一层染料层，激光头在软硬件的控制下根据刻写数据的不同，控制发射激光束的功率，使部分染料受热分解，在空白的盘片上用高温"烧刻"出可供读取的反光点。

当 CD-R 光盘片记录数据时，CD-R 驱动器内部的激光头发出高功率的激光照射到 CD-R 盘片的一个特定部位上，其中的有机染料层就会被融化并发生化学变化，而这些被破坏掉的部位无法顺利反射 CD-R 光盘机所发出的激光。没有被高功率激光射过的地方可以依靠盘片本身的黄金层反射激光。

当写入激光束聚焦到记录层上时，染料被加热后烧熔，形成一系列代表信息的凹坑。这些凹坑与 CD-ROM 盘上的凹坑类似。

CD-R 驱动器中使用的光学读/写头与 CD-ROM 的光学读出头类似，只是其激光功率受写入信号的调制。CD-R 驱动器刻录时，在要形成凹坑的地方，半导体激光器的输出功率变大；不形成凹坑的地方，输出功率变小。在读出时，与 CD-ROM 一样，要输出恒定的小功率。

CD-R 与 CD-ROM 完全兼容，CD-R 盘上的信息可在 CD-ROM 驱动器上读取。CD-R 光盘适于存储数据、文字、图形、图像、声音和电影等多种媒体，并且具有存储可靠性高、寿命长和检索方便等突出优点。

④ CD-RW（Rewritable）：可擦除多次重写的 CD。CD-RW 可以进行文件的复制、删除等操作，方便灵活。CD-RW 光盘与 CD-R 光盘主要有四个方面不同：可重写，价格更高，写入速度慢，反射率更低。

CD-RW 盘片使用一种特殊的相变染料来存储信息。同样也利用大功率激光束的照射对 CD-RW 盘片进行局部瞬间加温，使盘片上的记录层由低反射率的非晶状态转变为高反射率的结晶体状态，从而记录下数据信息。

为了实现反复擦写数据，CD-RW 刻录机使用了 3 种能量不相同的激光。

高能激光：又称写入激光，可使染料层达到非结晶体状态。

中能激光：也称擦除激光，可使染料层融化并将它转化为结晶体。

低能激光：也称读出激光，它不能改变染料层的状态，通常用于读取盘片数据。

激光温度高于染料层融化点温度（500～700℃）时，被照射区域内的所有原子迅速移动而成液态。然后，又在很短的时间内充分冷却下来，这种液体状态就是非结晶态。

由于激光束的温度未达到染料融化点，但又高于结晶温度（200℃），照射一段充足的时间后（至少长于最小结晶时间），又会回到结晶态。

CD-RW 光盘反射率低，比普通的 CD-ROM 盘片对物理损伤更为敏感。

⑤ DVD（Digital Video Disk，数字通用光盘）：DVD 是由飞利浦、索尼公司与松下、时代华纳两大 DVD 阵营制订的数据存储标准，容量更大，用途类似 CD-ROM，是 CD-ROM 光盘的换代产品。

DVD 激光头采用波长为 650纳米（nm）的红光进行读写操作，光道道宽为 0.74 μm，采用了 0.41 μm/bit 高密度记录线技术，线间距为 0.74μm，使得其密度更高、容量更大。DVD-ROM 光盘最小"凹坑"长仅为 0.4μm，由两层 0.6mm 基层粘成，依记录方式区分有单面单/双层与双面单/双层的规格，依照规格的不同，有不同的容量，根据容量的不同可将 DVD 分成四种规格，分别是 DVD-5、DVD-9、DVD-10 与 DVD-18。目前市面上比较常见的是 DVD-5 和 DVD-9 碟片，DVD-10 和 DVD-18 （双层 DVD）目前还没有完全流行。

DVD-5 规格：单面单层，标准的容量为 4.7GB。目前市场中以这种规格的 DVD 光盘居多。

DVD-9 规格：单面双层，也就是将数据层增加到两层，中间夹入一个半透明反射层，读取第二层数据时，不需要将 DVD 盘片翻面，直接切换激光读取头的聚焦位置就可以了。

理论容量可以达到 9.4GB，但是由于双层的构造会干扰信号的稳定度，所以实际上的最高资料记录量只能够达到 8.5GB。

DVD-10 规格：双面单层，正反面都可以储存数据，标准容量为 9.4GB，为 DVD-5 的两倍。

DVD-18 规格：双面双层，是 DVD-9 的双面，容量可达 17GB。

⑥ DVD-R（Recordable）：一次写入、永久读出，类似 CD-R，DVD-R 盘可以在标准的 DVD-ROM 驱动器上使用。单面容量为 3.95GB，约为 CD-R 容量的 6 倍，双面盘的容量还要加倍。

⑦ DVD-RW（Rewritable）：相变可擦除格式，可在大部分 DVD 光驱上使用，初始容量 4.7GB。

⑧ BD（Blu-ray Disc）-DVD：一种只读光盘，能够存储大量数据的外部存储媒体，由于它采用的激光束波长为 405 nm，刚好是光谱之中的蓝光，因此称为蓝光 DVD（Blu-ray Disc）或蓝光光盘。单层蓝光光盘容量为 25GB 或 27GB，双层可达到 46GB 或 54GB，4 层及 8 层容量甚至可达到 100GB 或 200GB。蓝光光盘分为 BD-ROM、BD-R、BD-RE 等格式。其之所以能储存庞大容量，主要是通过缩小激光光点以增加容量，蓝光光盘构成 0 和 1 数字数据的"凹坑"变得更小，达到 0.15μm；利用不同反射率达到多层写入效果；沟轨并写方式，增加记录空间。

⑨ HD DVD：是一种数字光储存格式的光盘产品，是高清 DVD 标准之一。外观与蓝光光盘相似。HD DVD 由东芝、NEC、三洋电机等企业组成的 HD DVD 推广协会推广，HD DVD 分为四类：只读 HD DVD-ROM，单次写入的 HD DVD-R，多次写入的 HD DVD-RW 和 HD DVD-RAM。2008 年东芝公司宣布终止 HD DVD 的生产。

### 5.2.2 光盘驱动器的分类

光盘驱动器，简称光驱，是一个结合光学、机械及电子技术的产品。

光驱主要有 CD-ROM、CD-R、CD-RW、DVD-ROM、COMBO（康宝）、DVD-R、DVD-R/RW、BD-ROM、BD-R/RW、HD-ROM、HD-R/RW。

不同规格的驱动器兼容性不同。一般来说是向下兼容，向上不兼容，如 DVD 光驱可兼容大部分 CD 光盘格式。康宝光驱（COMBO）能读取 CD-ROM、DVD-ROM，还能够刻录 CD-R 盘；BD/HD-ROM 光驱能够兼容读取 BD 和 HD DVD 光盘，其刻录功能向下兼容，具体的兼容性还取决于具体的产品。

根据光驱的放置位置不同，可以分为内置式和外置式。外置式光驱，就是放置在主机箱外部的光驱，图 5-10 是常见的外置式光驱外观。早期笔记本电脑通常配备外置式光驱。

光驱的速度有单速、2 速、4 速、6 速、8 速、16 速、32 速、36 速、40 速、42 速、48 速、50 速、52 速、56 速等。

图 5-10　外置式光驱

### 5.2.3 光驱的性能指标

光驱的性能指标主要包括接口类型、数据传输率、平均寻道时间、内部数据缓冲、支持光盘的格式等。

**1．倍速**

倍速表示光驱传输数据的速度，是 CD-ROM 光驱最基本的性能指标。最早出现的 CD-ROM 的数据传输速率只有 150KBps，当时国际电子工业联合会规定该速率为单速，而随后出现的光驱速度与单速标准是一个倍率关系，比如 2 倍速的光驱，其数据传输速率为 300KBps，CD-ROM 光驱有 4 倍速、8 倍速、24 倍速、48 倍速、52 倍速等。倍速越高的光驱，传输数据的速度越快。

DVD-ROM 的单速是 1385KBps，约为 CD-ROM 的 9 倍。对于刻录机 CD-R 来说，其标称一般有 3 个：写/复写/读。如 CD-R 刻录机面板标出 40X/10X/48X，表示刻录 CD-R 时速度为 40 倍速，复写 CD-RW 速率为 10 倍速，读取 CD-ROM 时为 48 倍速。康宝光驱的标称速率有四个，如 48X/16X/48X/24X，表示读取 CD-ROM 时为 48 倍速，读取 DVD-ROM 时为 16 倍速，刻录 CD-R 时速度为 48 倍速，复写 CD-RW 速率为 24 倍速。

**2．平均寻道时间**

平均寻道时间为光驱查找一条位于光盘可读取区域中间位置的数据道所花费的平均时间，单位为 ms，也是衡量光驱性能的一个重要指标，平均寻道时间越短越好。

**3．高速缓存**

高速缓存对光驱的整个性能也起着非常重要的作用，缓存配置得高不仅可以提高光驱的传输性能和传输效率，而且对于光驱的纠错能力也有很大帮助。目前绝大多数驱动器缓存的大小介于 1MB 和 8MB 之间，根据驱动器速度和制造商的不同而稍有差异，如刻录机的缓存能达到 8MB。缓存主要用于临时存放从光盘中读取的数据，然后再发送给计算机系统进行处理。这样就可以确保计算机系统能够一直接收到稳定的数据流量。使用缓存缓冲数据可以允许驱动器提前进行读取操作，满足计算机的处理需要，缓解控制器的压力。如果没有缓存，驱动器将会被迫试图在光盘和系统之间实现数据同步。如果遇到 CD 上有刮痕，驱动器无法在第一时间内完成数据读取的话，结果非常明显，将会出现信息的中断，直到系统接收到新的信息为止。

**4．数据接口**

常见的光驱接口有 IDE、SCSI、SATA 和 USB 接口，其中 USB 接口主要用于外置光驱。

**5．刻录方式**

1）整盘刻录（DAO，Disk At Once）

用于光盘的复制，一次将整张光盘刻录完成。

特点：盘片剩余空间无法再使用。

2）区段刻录（SAO，Session At Once）

一次只刻录一个区段而不是整张光盘，余下的空间可以续继使用。

3）轨道刻录（TAO，Track At Once）

一次以一个轨道为单位的刻录方式。

特点：可多次写入，但是轨与轨之间会产生 Gap（每轨之间多了 2～3s 的空隙）。

4）飞盘（OTF，On The Fly）

将数据转换成使用 ISO-9660 格式映像文件后，再刻录。

5）封装刻录（PW，Packet Writing）

可以任意对盘片进行复制、改名、移动、删除等操作。真正能够用来存放数据的空间只有 80%左右。

主要是制作 UDF 或 CD-RES 光盘所用的一种格式。

6）多轨道刻录（Multi Session）

允许分多次数据刻录到 CD-R 光盘上。优点：可以充分利用 CD-R 的剩余空间。

### 5.2.4 光驱的选购

当前市场主流光驱有两类：DVD-ROM 和 DVD 刻录机，在选购时需要注意以下方面。

**1．全钢机芯**

购买光驱首先是选择机芯，全钢机芯是首选。采用全钢机芯的光驱比采用普通塑料机芯的整体上的使用寿命长很多。全钢机芯能够在高温、高湿的情况下长时间工作。

**2．纠错能力**

纠错能力强即光驱读盘能力强。选择时不能只凭厂家的宣传，应当随身携带几张普通的光盘，直接进行验证。

**3．速度**

速度是衡量光驱读写数据快慢的标准，选择时不必要追求最高速度，选择主流速度即可，比如 2009 年主流的 DVD 光驱速度为 16 倍速和 18 倍速。

**4．缓存大小**

光驱工作时，计算机首先将需要读写的数据存入光驱的缓存，光驱再从缓存中读取数据供激光头读写。缓存可以协调数据传输的速度，保证数据传输的稳定性和可靠性。缓存越大越好，同等价格，建议优先考虑缓存大的产品。

**5．减缓震动**

当 DVD 刻录机达到 16 倍速的时候，马达的转速已经接近极限，要在以接近 10 000 转/分钟飞速旋转的盘片表面准确地记录信息，这对于高速运转的 DVD 刻录机而言，震动是不可避免的，而震动所带来的不仅仅是噪音，更不利于盘片的平衡和光头组件的精确定位。要想确保刻录的品质，就必须解决好整体减震和光头精确定位这两大难题。为此，各个光存储厂商都开发出了自己独特的设计和技术。在选择时要对不同品牌的光驱减震措施加以关注。比如，索尼 DVD 光驱针对高速转动盘片的震动问题，设计出了 PSDV 结构，防止盘片因共振带来颤动，在光驱的金属顶盖靠近后端的部分，新增了一道凹槽，这道凹槽的作用就是改变驱动器内部的气流方向，从而改变内部气流震动的频率，避免共振的出现。

**6．品牌**

品牌是质量的保障。不同品牌产品寿命不同而且质保时间也不同。如今光驱品牌非常之多，但质量过硬的品牌并不多。给选购光驱带来一定的难度，还可以通过以后的口碑了解各种品牌的实际情况，之后综合厂家的生产实力、保修时间、渠道和售后服务方面是否完善等方面来考虑。

目前市场中主流品牌有三星、飞利浦、索尼、先锋、NEC、明基、HP、LG、松下、华硕和建兴等。

### 5.2.5　光驱的使用与维护

光驱是目前计算机的标准配置，是计算机使用中损耗较大的部件，而且光驱在计算机硬件中也比较容易出故障，因此在光驱的日常维护中应注意以下几点。

（1）对光驱的任何操作都要轻缓。尽量按光驱面板上的按钮来进出托盘，不宜用手推动托盘进盒。光驱中的机械构件大多是塑料制成的，任何过大的外力都可能损坏进出盒机构。

（2）当光驱进行读取操作时，不要按弹出按钮强制弹出光盘。因为光驱进行读取时光盘正在高速旋转，若强制弹出，光驱经过短时间延迟后出盒，但光盘还没有完全停止转动，在弹出的过程中光盘与托盘发生摩擦，很容易使光盘产生划痕。

（3）不使用光盘时，应及时将光盘取出，以减少磨损。因为有时光驱即使已停止读取数据，光盘还会转动。

（4）注意防尘。灰尘会损坏光驱，应保持光盘清洁。尽量不要使用脏的、有灰尘的光盘，而且每次打开光驱后要尽快关上，不要让托盘长时间露在外面，以免灰尘进入光驱内部。

（5）不要使用劣质的光盘或已变形光盘，如磨毛、翘曲、有严重刮痕的光盘，这些光盘会损坏光驱。

（6）清洗激光头时，不要用酒精，因为酒精会腐蚀光头。

## 5.3　移动存储器

移动存储器是外部存储器的一个重要分支，近年来发展迅速，具有体积小、使用、携带方便等特点。常见的移动存储器有光盘、软盘、移动硬盘、闪存盘、存储卡等。闪存盘（俗称 U 盘）具有体积小、速度快、抗震性高等特点，并且便于携带，U 盘已经取代以前的软盘。目前适用于 32GB 以下的数据存储，而移动硬盘能够提供更大的存储空间，存储卡容量与 U 盘近似，主要用在数码相机等设备中。

### 5.3.1　移动硬盘

在所有的存储设备中，硬盘的容量是最大的。移动硬盘就是以硬盘为存储介质，同时便于携带和移动的存储产品。移动硬盘实际上是由普通硬盘外加一个移动硬盘盒组装而成。移动硬盘盒分为 2.5 英寸和 3.5 英寸两种。2.5 英寸移动硬盘盒使用笔记本电脑硬盘，没有外置电源。3.5 英寸的硬盘盒使用台式电脑硬盘，体积较大，一般都自带外置电源和散热风扇，便携性相对较差，因此 2.5 英寸移动硬盘较为常见。

相对于普通硬盘，移动硬盘抗震性较高，具有大容量、便携性、安全性、易用性、高速度等特点，图 5-11 为一款常见的 2.5 英寸移动硬盘外观。

移动硬盘对数据的读写模式与标准硬盘相同，多采用 USB 接口，另外也有 IEEE 1394、SATA 等接口的产品。

计算机外部存储器

图 5-11　移动硬盘

目前主流 2.5 英寸品牌移动硬盘的读取速度约为 15～25MBps，写入速度约为 8～15MBps。如果以 20MBps 的读取速度从移动硬盘中复制一部 4GB 的 DVD 电影到计算机主机硬盘的话，需要时间约为 3 分 20 秒。

通常 2.5 英寸品牌移动硬盘的读写速度由硬盘、读写控制芯片、USB 端口类型三种关键因素决定。2.5 英寸笔记本硬盘根据速度快慢分为 4200 转和 5400 转两种类型，读写缓存为 2MB、4MB 以及 8MB 等，在容量相同情况下，缓存大的移动硬盘读写速度较快。较为常见的 2.5 英寸笔记本硬盘品牌有日立、希捷、西部数据、三星等，它们之间的性能差异不明显。

移动硬盘容量主要有 120GB、160GB、250GB、320GB、500GB、1TB、2TP 和 4TP。

### 5.3.2　闪存盘

闪存（Flash Memory）是一种长寿命的非易失性（在断电情况下仍能保持所存储的数据信息）固态存储器，所谓固态存储，主要是指其中没有运动的部件。闪存采用半导体存储介质，芯片的内部是由记忆行与记忆列交叉而成的网栅，在网栅的交点处有一个由两个晶体管构成的存储单元。数据删除不是以单个的字节为单位而是以固定的区块为单位。闪存是电子可擦除只读存储器（$E^2PROM$）的变种，$E^2PROM$ 与闪存不同的是，它能在字节水平上进行删除和重写而不是整个芯片擦写，这样闪存就比 $E^2PROM$ 的更新速度快。由于其断电时仍能保存数据，闪存通常被用来保存设置信息，如在电脑的 BIOS（基本输入输出程序）、PDA（个人数字助理）、数码相机、掌上型电脑等中保存资料等。

闪存盘又称 U 盘或优盘，是由闪存作为存储介质以及 USB 作为接口的微型高容量移动存储设备，可以通过 USB 接口与计算机连接，即插即用。闪存盘体积小，重量轻，适合随身携带。闪存盘中无任何机械装置，抗震性能强。另外，闪存盘还具有防潮防磁、耐高低温等特性。MP3、MP4 播放器可以做得很小的原因就是采用了这种存储技术。

### 5.3.3　存储卡及读卡器

存储卡是用于手机、数码相机、便携式电脑、MP3 和其他数码产品上的独立存储介质，一般是卡片的形态，故统称为"存储卡"，也称"数码存储卡"、"数字存储卡"、"储存卡"等。存储卡种类较多，图 5-12 是常见的几种存储卡外观。与闪存盘类似，存储卡具有良好的兼容性，便于在不同的数码产品之间交换数据。近年来，随着数码产品的不断发展，存储卡的存储容量不断提升，应用范围也越来越广。

图 5-12　各类存储卡

### 1．常见的存储卡类型

CF 卡（Compact Flash）是目前市场上历史悠久的存储卡之一，优点是存储容量大、成本低、兼容性好，缺点是体积较大。由美国 SanDisk、日立、东芝、德国 Ingentix、松下等 5C 联盟在 1994 年推出。

由于传统的 CF 卡体积较大，所以 Infineon 和 SanDisk 公司在 1997 年推出了一种全新的存储卡产品 MultiMedia Card 卡（简称 MMC 卡），MMC 卡的尺寸为 32mm×24mm×1.4mm，采用 7 针的接口，没有读写保护开关。主要应用在数码相机、手机和一些 PDA 产品上。

SD（Secure Digital）卡，从字面理解就是安全卡，它比 CF 卡以及 SM 卡在安全性能方面更加出色。是由日本的松下公司、东芝公司和 SanDisk 公司共同开发的一种存储卡产品，其最大特点是通过加密功能，保证数据资料的安全保密。其外形尺寸为 32mm×24mm×2.1mm。SD 卡可看作是 MMC 的升级，两者的外形和工作方式都相同，只是 MMC 卡的厚度稍微要薄一些，使用 SD 卡的机器都可以使用 MMC 卡。

MS（Memory Stick），记忆棒是 Sony 公司在 1999 年推出的存储卡产品，外形酷似口香糖，长度与普通 AA 电池相同，重量仅为 4 克。采用了 10 针接口结构，内置写保护开关。按照外壳颜色的不同，记忆棒有蓝条与白条两种。白条记忆棒有 MagicGate 版权保护功能，常用于媒体播放器。记忆棒主要应用在数码相机、PDA 和数码摄像机中。

### 2．读卡器

读卡器是读取存储卡的设备，有插槽可以插入存储卡，有端口可以连接到计算机。把适合的存储卡插入插槽，端口与计算机相连并安装所需的驱动程序之后，计算机把存储卡当作一个可移动存储器，从而可以通过读卡器读写存储卡。按所兼容存储卡的种类分可以分为 CF 卡读卡器、SM 卡读卡器、PCMICA 卡读卡器以及记忆棒读写器等，还有双槽读卡

计算机外部存储器

器可以同时使用两种或两种以上的卡；按端口类型分可分为串行口读卡器（速度很慢，极少见）、并行口读卡器（适合于早期主板的计算机）、USB 读卡器（速度快，使用方便）。

为便于使用，读卡器一般采用多合一设计，适合连接不同格式的闪存卡，也称为多功能读卡器。读卡器的体积一般都不大，分内置和外置两种。外置的便于携带，使用 USB 接口，如图 5-13 所示。

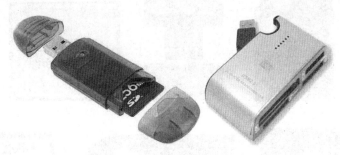

图 5-13　外置读卡器

# 5.4　本章小结

本章主要介绍了计算机外部存储设备中的磁盘存储器、光盘存储器以及闪存等移动存储器，着重介绍硬盘的基本常识、接口类型、各种性能指标等，从中可以了解硬盘选购的技术要点。存储卡种类繁多，通过本章的介绍可以了解不同存储卡的作用。

外部存储器是存放计算机中需要长期保存的程序、数据等的存储设备，它的容量和数据传输速度是关注的重点。选购外部存储器时，首先应当了解它的基本特性和适用场合。

# 习　题　5

**1．填空**

（1）转速是硬盘内电机主轴的旋转速度，也就是硬盘盘片在一分钟内所能完成的最大转数，单位表示为＿＿＿＿。

（2）硬盘所采用的接口方式很大程度上会影响硬盘的最大外部数据传输率，从而影响计算机的整体性能。硬盘与计算机之间的数据接口，一般可分为＿＿＿＿、＿＿＿＿、＿＿＿＿、＿＿＿＿等硬盘。

（3）＿＿＿＿硬盘接口采用串行连接方式，具有结构简单、支持热插拔的优点。

（4）硬盘磁面上均匀分布的＿＿＿＿存储轨迹构成的磁道，而光盘沿光道存储数据，与磁道不同的是由＿＿＿＿构成的存储轨迹。

（5）硬盘的＿＿＿＿时间是指硬盘的磁头从初始位置移动到盘面指定磁道所需的时间。

（6）＿＿＿＿是一种长寿命的非易失性固态存储器。

**2．简答题**

（1）简述光驱的种类。

（2）简述闪存盘的特点。

# 第6章

# 显卡和显示器

**本章学习目标**
- 了解显卡的类型、结构组成及主要技术指标;
- 了解显示器的分类;
- 了解 CRT 显示器的工作原理;
- 了解 LED 显示器的工作原理;
- 掌握显卡、显示器的选择方法。

计算机的显示系统由显卡与显示器构成。显卡是连接主机与显示器的接口卡,是主机与显示器之间连接的"桥梁",它的主要作用是将 CPU 提供的指令和数据进行相应的处理变成显示器能够接收的文字或图像,之后通过显示器显示出来。

## 6.1 显 卡 概 述

显卡又称为视频卡、视频适配器、图形加速卡、图形适配器和显示适配器等,是连接主机与显示器的接口卡,其作用是将主机的输出信息转换成字符、图形和颜色等信息,传送到显示器上显示。显卡分为 ISA 显卡、PCI 显卡、AGP 显卡、PCI-E 显卡等类型,ISA 显卡、PCI 显卡已淘汰,AGP 显卡也面临淘汰,PCI-E 显卡是最新型的显卡。现在有不少主板带有集成显卡,即主板上集成了显卡的功能。

### 6.1.1 显卡的组成

显卡主要由显示芯片(Graphic Processing Unit,GPU 即图形处理芯片)、显示存储器(也称显示缓存,简称显存)、数字模拟转换器(RAMDAC)、显卡 BIOS、总线接口、输出接口及其他外围元器件等组成,图 6-1 是一款常见显卡的外观。

#### 1. 显示芯片

显示芯片 GPU 是显卡上最大的芯片,是显卡的核心部件。GPU 在显卡中的地位,相当于电脑中 CPU 的地位,GPU 的主要任务是处理系统输入的视频信息并对其进行构建、渲染等。GPU 的性能直接决定显示卡性能的高低,不同的显示芯片,不论从内部结构还是其性能,都存在差异,价格差别也很大。一般来说,越贵的显卡,性能越好。因为显示芯片的复杂性,目前设计、制造显示芯片的厂家只有 NVIDIA、ATI、SIS、VIA 等公司。家用娱乐性显卡都采用单芯片设计的显示芯片,而部分专业的工作站显卡上采用多个显示芯片组合的方式。每个显示芯片厂家都会推出一系列的芯片产品如 nVIDIA 公司的 TNT2、GeForce2、GeForce MX 以及 GeForce 4 等。

显存 ——————

显卡 BIOS ——————

—————— 显示芯片

—————— 总线接口

输出接口 ——————

图 6-1　显卡的组成结构

显示芯片的主要作用是处理软件指令，完成某些特定的绘图功能。由于显示芯片发热量巨大，因此往往在其上都会覆盖散热片并通过散热风扇进行散热。

早期显卡分为 2D 和 3D 显卡。2D 显卡其芯片在处理三维图像和特效时，主要依赖 CPU 的处理能力，称为"软加速"。3D 显卡芯片集成了三维图形和特效处理功能，能承担许多原来由 CPU 处理的三维图形的任务，从而减轻 CPU 的负担，加快三维图形的处理速度，称之为"硬加速"。后来，由于显示芯片集成了能够对 3D 对象进行几何处理的逻辑单元而被称为 GPU。现在的显示芯片也被称为 GPGPU（通用计算图形处理单元），不仅能处理 3D 图形数据，还能利用其可编程性实现处理 3D 图形以外的计算应用，如音频处理、流体模拟等。

**2. 显存**

显存是显卡的关键部件之一，其性能和容量直接关系到显卡的最终性能表现。如同计算机的内存一样，显存是用来存储要处理的图形信息的部件。在显示屏上看到的画面是由一个个的像素点构成的，而每个像素点都以 4、8、16、32 位甚至 64 位二进制数来控制它的亮度和色彩，这些数据必须通过显存来保存，再交由显示芯片和 CPU 调配，最后把运算结果转化为图形输出到显示器上。

显存位宽与存取速度对显卡的整体性能有着非常大的影响，直接影响显示的分辨率及色彩位数，其容量越大，所能显示的分辨率及色彩位数就越高。它的优劣和容量大小会直接关系到显卡的最终性能表现。可以说显示芯片决定了显卡所能提供的功能和其基本性能，而显卡性能的发挥则很大程度上取决于显存。无论显示芯片的性能如何出众，最终都要通过配套的显存来发挥。

显存主要有三种：SGRAM、SDRAM、DDR。早期的显存采用 SDRAM（同步动态随机存储器）和 SGRAM（同步图形随机存储器）。SDRAM 封装采用 TSOP（Thin Small Outline Package，薄型小尺寸封装），SGRAM 则采用 PQFP（Plastic Quad Flat Package，塑料方块平面封装）。目前上述两类显存基本不再使用，而由 DDR（Double Data Rate）显存取代。DDR 显存包括 GDDR1、GDDR2、GDDR3 及 GDDR4。GDDR3 采用 MBGA

（Micro Ball Grid Array Package，微型球栅阵列封装），GDDR4 采用 FBGA（底部球形引脚封装）封装，相对 TSOP 和 PQFP 引线引脚，其底部微小球状引脚可减小信号干扰和电磁干扰，并且这类封装可以使内部器件的间隔制作得更小，使信号传输延迟变小，有利于频率的提高。图 6-2 给出了不同显存的外观。

| TSOP | PQFP |
| MBGA | FBGA |

图 6-2　各种封装形式的显存

目前常用的显卡显存为 GDDR2、GDDR3。最新的显卡芯片支持 GDDR4 显存。韩国三星公司生产的 80nm 512MB GDDR4 SRAM 显存，运行频率为 2GHz，最大传输速率可达 4Gbps。

### 3．随机存取存储器数/模转换器 RAMDAC

RAMDAC 的作用是将显存中的数字信号转换成显示器能够识别的模拟信号。RAMDAC 的数/模转换速率影响显卡的刷新频率和最大分辨率。刷新频率越高，图像越稳定。分辨率越高，图像越细腻。

分辨率和刷新频率与 RAMDAC 转换速率之间的关系为：

RAMDAC 转换速率=刷新频率×分辨率×1.344（折算系数）÷1.06

早期显卡的 RAMDAC 一般为 300MHz，后来达到 350MHz，目前主流的显卡 RAMDAC 都能达到 400MHz，足以满足和超过目前大多数显示器所能提供的分辨率和刷新率。早期的显卡，RAMDAC 是一独立芯片，新型显卡将 RAMDAC 集成到了显示芯片中。

### 4．显卡 BIOS

显卡 BIOS 芯片用来保存显卡 BIOS 程序，和主板 BIOS 一样，显卡 BIOS 是储存在

BIOS 芯片中的，而不是储存在磁盘中。芯片中储存了显卡的硬件控制程序和相关信息，如显卡采用的显示芯片参数、显存的默认工作频率、图形处理芯片的型号规格、VGA BIOS 的版本和编制日期等。开机后显卡 BIOS 中的数据被映射到显存中，并控制整个显卡的工作。

显卡 BIOS 程序除了保存显卡的主要技术信息外，主要用于显卡上各器件之间正常运行时的控制和管理，所以 BIOS 程序的技术质量（合理性和功能）必将影响显卡最终的产品技术特性。显卡 BIOS 芯片比较容易区分，因为这类芯片上通常都贴有标签，但在个别显卡如 Matrox 公司的 MGA G200 上就看不见，原因是它与图形处理芯片集成在一起了。另外，在集成显卡的主板中，显卡的 BIOS 被集成在主板的 BIOS 中。

通常计算机在加电后首先显示显卡 BIOS 中所保存的相关信息，然后显示主板 BIOS 版本信息以及主板 BIOS 对硬件系统配置进行检测的结果等，由于显示 BIOS 信息的时间很短，所以必须注意观察才能看清显示的内容。目前许多显卡上的图形处理芯片表面都已被安装的散热片所遮盖，根本无法看到芯片的具体型号，但可以通过显卡 BIOS 显示的相关信息了解有关图形处理芯片的技术规格或型号。

各种显卡分别对应自己的 BIOS 和驱动程序，这样显示卡才能发挥最佳的效果。厂商在设计和生产显示卡时，就为显示卡配备了 BIOS，但随着用户的使用和计算机软件的更新升级，显卡一些不完善的小问题就会暴露出来。这时，厂商就会重新设计、完善和升级显示卡 BIOS 和驱动程序，这就需要对显卡的 BIOS 进行升级。由于目前显卡产品研制开发的日程越来越短，更新频率越来越快，在显卡推出时难免显卡 BIOS 没有全面发挥出显卡的性能，必要的升级能让显卡 BIOS 发挥更强的功能。

**5．输出接口**

显卡所处理的信息最终都要输出到显示器上，显卡的输出接口就是电脑与显示器之间的桥梁，它负责向显示器输出相应的图像信号。

显卡的输出接口主要有 VGA（视频图形阵列）接口、DVI（数字视觉接口）和 TV Out 接口、S-Video 接口。

1）VGA 接口

VGA（Video Graphics Array）接口，也叫 D-Sub 接口。VGA 接口是一种 D 形接口，上面共有 15 针空，分成三排，每排五个，如图 6-3 所示，与显示器 15 针 Mini-D-Sub（又称 HD15）插头相连，用于输出来自显卡 RAMDAC 的模拟信号。CRT 显示器因为设计制造上的原因，只能接收模拟信号输入，这就需要显卡能输入模拟信号。VGA 接口就是显卡上输出模拟信号的接口。VGA 接口是显卡上应用最为广泛的接口类型，绝大多数的显卡都带有此种接口。

图 6-3　VGA 接口及插头

2）DVI 接口

DVI（Digital Visual Interface）是 1999 年由 Silicon Image、Intel、Compaq、IBM、HP、NEC、Fujitsu 等公司共同组成 DDWG（Digital Display Working Group，数字显示工作组）推出的接口标准。以 Silicon Image 公司的 PanalLink 接口技术为基础，基于 TMDS（Transition Minimized Differential Signaling，最小化传输差分信号）电子协议作为基本电气连接。TMDS 是一种微分信号机制，可以将像素数据编码，并通过串行连接传递。显卡产生的数字信号由发送器按照 TMDS 协议编码后通过 TMDS 通道发送给接收器，经过解码送给数字显示设备。一个 DVI 显示系统包括一个传送器和一个接收器。传送器是信号的来源，可以内建在显卡芯片中，也可以以附加芯片的形式出现在显卡 PCB 上；而接收器则是显示器上的一块电路，它可以接收数字信号，将其解码并传递到数字显示电路中，通过这两者，显卡发出的信号成为显示器上的图像。

显卡 DVI 接口分为两种，一种是 DVI-D 接口，只能接收数字信号，不兼容模拟信号。接口上只有 3 排 8 列共 24 个针脚，如图 6-4 所示，其中右上角的一个针脚为空。

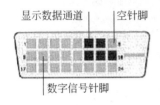

图 6-4　DVI-D 接口

DVI-I 接口，可同时兼容模拟和数字信号，如图 6-5 所示。当然兼容模拟信号并不意味着模拟信号的接口 D-Sub 接口可以连接在 DVI-I 接口上，而是必须通过一个转换接头才能使用，一般采用这种接口的显卡都会带有相关的转换接头。

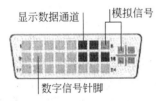

图 6-5　DVI-I 接口

考虑到兼容性问题，目前显卡一般采用 DVD-I 接口，这样可以通过转换接头连接普通的 VGA 接口。而带有 DVI 接口的显示器一般使用 DVI-D 接口，因为这样的显示器一般也带有 VGA 接口，因此不需要带有模拟信号的 DVI-I 接口。当然也有少数例外，有些显示器只有 DVI-I 接口而没有 VGA 接口。显示设备采用 DVI 接口主要具有两大优点。

（1）速度快

DVI 传输的是数字信号，数字图像信息不需经过任何转换，就会直接被传送到显示设备上，因此减少了数字→模拟→数字的繁琐的转换过程，大大节省了时间，因此它的速度更快，能有效消除拖影现象。而且使用 DVI 进行数据传输，信号没有衰减，色彩更纯净，更逼真。

（2）画面清晰

计算机内部传输的是二进制的数字信号，使用 VGA 接口连接液晶显示器的话就需要先把信号通过显卡中的 D/A（数字/模拟）转换器转变为 R、G、B 三原色信号和行、场同步信号，这些信号通过模拟信号线传输到液晶内部还需要相应的 A/D（模拟/数字）转换器将模拟信号再一次转变成数字信号才能在液晶上显示出图像来。在上述的 D/A、A/D 转换和信号传输过程中不可避免会出现信号的损失和受到干扰，导致图像出现失真甚至显示错误，而 DVI 接口无需进行这些转换，避免了信号的损失，使图像的清晰度和细节表现力都得到了大大提高。

3）TV Out 接口

视频输出接口，此接口为电视机提供视频输入信号，支持 TV Out 功能的显卡有专门的信号处理、转换电路，如图 6-6 所示。早期 TV Out 芯片是一块独立芯片，新型显卡将其集成到显示芯片中。

图 6-6　TV Out 接口

4）S-Video 接口

S-Video 接口也称 S 端子或二分量视频接口，是用来将视频亮度信号和色度信号分离输出的接口，主要功能是克服了视频信号复合输出时亮度跟色度的互相干扰，其接口外形如图 6-7 所示。S 端子的亮度和色度分离输出可以提高画面质量，可以将显示器屏幕上显示的内容非常清晰地输出到投影仪、电视机之类的显示设备上。

图 6-7　S-Video 接口

### 6.1.2　显卡工作原理

　　显卡工作的步骤为：CPU 将数据通过总线传送到显示芯片，显示芯片对数据进行处理，并将处理的结果存放在显存中，显存将数据传送到数/模转换器（RAMDAC）并进行数/模转换，RAMDAC 将模拟信号通过专用接口输送到显示器。

　　显卡接到 CPU 送来的显示指令后，GPU 开始按照指令对有关数据进行处理，处理完后的图形数据保存在显存中，随后 RAMDAC 从显存中读取数据并将这些数字信号转换为模拟信号，再通过显卡上的输出接口将信号输出至显示器。

### 6.1.3　集成显卡与独立显卡的区别

　　独立显卡单独安装有显存，一般不占用系统内存，在技术上也较集成显卡先进得多，比集成显卡能够得到更好的显示效果和性能，容易进行显卡的硬件升级；其缺点是系统功耗有所加大，发热量也较大，需额外花费购买显卡的资金。

　　集成显卡将显示芯片、显存及其相关电路都做在主板上，与主板融为一体；集成显卡的显示芯片有单独的，但现在大部分都集成在主板的北桥芯片中；一些主板集成的显卡也在主板上单独安装了显存，但其容量较小。出于制造成本的考虑，绝大部分的集成显卡不具备单独的显存，而使用内存来充当显存，其使用量由系统自动调节；集成显卡的显示效果与性能较差，不能对显卡进行硬件升级；其优点是系统功耗有所减少，不用花费额外的资金购买显卡。

### 6.1.4　显卡的分类

　　显卡的种类繁多，显卡从出现至今，按照总线接口方式的不同主要出现过 ISA、PCI、AGP、PCI Express 等几种接口，所能提供的数据带宽依次增加。其中 2004 年推出的 PCI Express 接口已经成为主流。ISA、PCI 接口的显卡已经基本淘汰。显卡总线接口是指显卡与主板总线连接所采用的方式，决定着显卡与系统之间数据传输的最大带宽，也就是单位时间所能传输的最大数据量。只有在主板上有相应接口的情况下，显卡才能使用。

　　**1. ISA 接口**

　　ISA（Industry Standard Architecture，工业标准结构）接口是由 Intel 公司、IEEE 协会和 EISA 集团为了能够更合理地开发外插接口而联合开发的一种总线接口。

　　ISA 接口显卡的主要性能指标：可直接寻址的容量为 16MB、8/16 位数据线、62/36 引脚、最大位宽为 16b、最高时钟频率为 8MHz、最大稳定传输速率为 16MBps、允许多个物理设备共享系统资源 ISA 插槽。

　　由于 ISA 接口传输速率过低、CPU 占用率高，因此 ISA 接口的显卡已被淘汰。图 6-8 为 ISA 接口的显卡。

　　**2. PCI 接口**

　　PCI（Peripheral Component Interconnect）总线是一种高性能局部总线，是为了满足外设间以及外设与主机间高速数据传输而提出来的。PCI 接口的显卡在 33MHz 的时钟频率下，32 位的 PCI 总线，峰值数据传输可以达到 132MBps；64 位的 PCI 总线可达 264MBps。64 位的 66MHz 时钟的 PCI 总线，可以达到 528MBps，远远大于标准 ISA 的 5MBps 和 EISA

的 33MBps 传输率。同时具有与处理器和存储器子系统完全并行操作的能力。但 PCI 显卡仍然不能适应 CPU 的图形处理需求，也已经被 AGP 显卡所替代。图 6-9 为 PCI 接口的显卡。

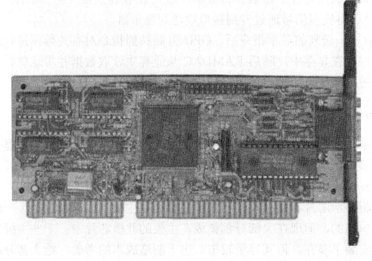

图 6-8　ISA 接口的显卡

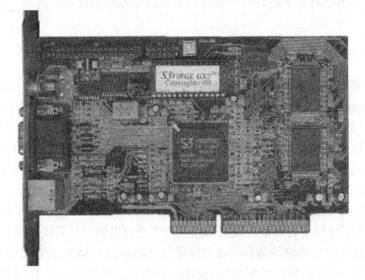

图 6-9　PCI 接口的显卡

### 3．AGP 接口

AGP（Accelerated Graphics Port，图形加速端口）是显示卡的专用扩展插槽，是在 PCI 图形接口的基础上发展而来的。AGP 不是一种总线，而是一种接口方式。这是一种与 PCI 总线迥然不同的图形接口，完全独立于 PCI 总线之外，直接把显卡与主板控制芯片连在一起，从而很好地解决了低带宽 PCI 接口造成的系统瓶颈问题。

AGP 规范由 Intel 公司提出，图 6-10 是一款常见的 AGP 显卡。

图 6-10　AGP 接口的显卡

　　PCI 显卡处理 3D 图形有两个主要缺点，一是 PCI 总线最高数据传输速度不能满足处理 3D 图形对数据传输率的要求。二是需要足够多的显存来进行图像运算，导致显示卡的成本很高。AGP 接口把显示部分从 PCI 总线上拿掉，使其他设备可以得到更多的带宽，并为显示卡提供高达 1064MBps（AGP 4X）的数据传输速率。AGP 以系统内存为帧缓冲（Frame Buffer），可将纹理数据存储在其中，从而减少了显存的消耗，实现了高速存取，能够有效解决 3D 图形处理的瓶颈问题。

　　AGP 标准分为 AGP 1.0、AGP 2.0 和 AGP 3.0 三种规格。

　　1）AGP 1.0 规范

　　AGP 1.0 规范由英特尔于 1996 年 7 月发布，分为 1X 和 2X 两种模式。1X 模式的 AGP 是在 66MHz PCI2.1 规范基础上经过扩充和加强而形成的，工作频率达到了 PCI 总线的两倍——66MHz，传输带宽理论上可达到 266MBps，工作电压为 3.3V。

　　AGP 2X 工作频率同样为 66MHz，由于使用了正负沿（一个时钟周期的上升沿和下降沿）触发的工作方式。在一个时钟周期的上升沿和下降沿各传送一次数据，使得一个工作周期先后被触发两次，达到了使传输带宽加倍的目的。而这种触发信号的工作频率为 133MHz，这样 AGP 2X 的传输带宽就达到了 266MBps×2（触发次数）=533MBps 的水准。

　　虽然 AGP 1.0 规范在一段时间内满足了显示设备与系统交换数据的需要，但显示芯片的迅速发展，使得 AGP 1.0 规范难以满足技术的进步，由此 AGP 2.0 应运而生。

　　2）AGP 2.0 规范

　　1998 年 5 月，AGP 2.0 规范正式发布，工作频率依然是 66MHz，但工作电压降低到 1.5V，并增加了 4X 模式。AGP 4X 利用两个触发信号在每个时钟周期的下降沿分别引起两次触发，从而达到了在一个时钟周期中触发 4 次的目的，理论上可以达到 266MBps×2（单信号触发次数）×2（信号个数）=1064MBps 的带宽。

　　与 AGP 2.0 同时推出的还有一个规范：AGP Pro。该规范专为高端图形工作站设计，该技术的图形接口主要的特点是比 AGP 4X 略长一些，其加长部分可容纳更多的电源引脚，使得这种接口可以驱动功耗更大（25～110w）或者处理能力更强大的 AGP 显卡，完全兼容 AGP 4X 规范，使得 AGP 4X 的显卡也可以插在这种插槽中正常使用，但 AGP Pro 显卡就不能插入一般的 AGP4X 插槽。

AGP Pro 在原有 AGP 插槽的两侧进行延伸，提供额外的电能。它增强了现有 AGP 插槽的功能。根据所能提供能量的不同，可以把 AGP Pro 细分为 AGP Pro110 和 AGP Pro50。功耗在 25～50W 范围内的 AGP 显示卡称为 AGP Pro50 显卡，要求留有足够的散热空间，由于其能耗较小，发热量也较小，所以邻近的一个 PCI 槽就能满足要求，它的输入、输出托架也只有两个插槽的宽度。AGP Pro110 则是能耗在 50～100W 之间的显示卡，要求在其正面有足够的自身冷却空间，因此必须空出邻近的两个 PCI 插槽，这两个空置的 PCI 槽能提供 55mm 的空间，并且 AGP Pro110 高能耗显卡的一端安装有一个特殊的有三个插槽宽的输入、输出托架来保证其专用空间。

3）AGP 3.0 规范

2000 年 8 月，Intel 公司推出 AGP 3.0 规范，增加了 8X 模式，AGP 8X 规范仍然使用触发模式，触发信号的工作频率变成 266MHz，两个信号触发点也变成了每个时钟周期的上升沿，单信号触发次数为 4 次，这样它在一个时钟周期所能传输的数据就从 AGP 4X 的 4 倍变成了 8 倍，理论传输带宽可达 266MBps×4（单信号触发次数）×2（信号个数）=2128MBps。

在提升传输带宽同时，AGP 3.0 的工作电压降到了 0.8V。而 AGP 1.0 规范工作电压是 3.3V，AGP 2.0 是 1.5V。由于 AGP 8X 的标准工作电压只有 0.8V，它能向下兼容到 1.5V 标准，即在 1.5V 的电压下也可以正常运行，但无法兼容在 3.3V 的电压下工作的是 AGP 1X、2X 显卡。

AGP 8X 支持超大影像对映区（Large Aperture Size）、超大 4MB 分页寻址（4MB Paging）与虚拟寻址能力，可以控制到 2 的 40 次方=1TB（=1024GB）的地址空间，AGP 8X 的影像内存容量上限，理论上是 AGP 4X（仅 2 的 32 次方=4GB）的 256 倍；同时内存管理以及读写效率更加优化。针对视频编码与译码播放的串流化、流畅化，AGP8X 规格中预留了等速同步频宽机制，使系统的性能得以全面地发挥，而不会在数据读取上浪费太多的资源。

**4．PCI Express 接口**

PCI Express（以下简称 PCI-E）最大的特点是允许设备间采用点对点串行连接，即允许每个设备都有自己的专用连接，不需要向整个总线请求带宽，同时利用串行的连接特点能将数据传输速度提到一个很高的频率。相对于传统 PCI 总线在单一时间周期内只能实现单向传输，PCI-E 的双单工连接能提供更高的传输速率和质量，它们之间的差异跟半双工和全双工类似。

PCI-E 的接口根据总线位宽不同而有所差异，包括 X1、X4、X8 以及 X16，而 X2 模式将用于内部接口而非插槽模式。PCI-E 规格从 1 条通道连接到 32 条通道连接，有非常强的伸缩性，以满足不同系统设备对数据传输带宽不同的需求。此外，较短的 PCI-E 卡可以插入较长的 PCI-E 插槽中使用，PCI-E 接口还能够支持热拔插，这也是个不小的飞跃。PCI-E X1 的 250MBps 传输速度已经可以满足主流声效芯片、网卡芯片和存储设备对数据传输带宽的需求，但是远远无法满足图形芯片对数据传输带宽的需求。因此，用于取代 AGP 接口的 PCI-E 接口位宽为 X16，能够提供 5GBps 的带宽，即便有编码上的损耗但仍能够提供约为 4GBps 的实际带宽，远远超过 AGP 8X 的 2.1GBps 的带宽。

尽管 PCI-E 技术规格允许实现 X1（250MB/秒），X2，X4，X8，X12，X16 和 X32 通道规格，但是依目前形式来看，PCI-E X1 和 PCI-E X16 已成为 PCI-E 主流规格，同时很多芯片组厂商在南桥芯片当中添加对 PCI-E X1 的支持，在北桥芯片当中添加对 PCI-E X16 的支持。除去提供极高数据传输带宽之外，PCI-E 因为采用串行数据包方式传递数据，所以 PCI-E 接口每个针脚可以获得比传统 I/O 标准更多的带宽，这样就可以降低 PCI-E 设备生产成本和体积。另外，PCI-E 也支持高阶电源管理，支持热插拔和数据同步传输，为优先传输数据进行带宽优化。

在兼容性方面，PCI-E 在软件层面上兼容目前的 PCI 技术和设备，支持 PCI 设备和内存模组的初始化，也就是说过去的驱动程序、操作系统无需推倒重来，就可以支持 PCI-E 设备。目前 PCI-E 已经成为显卡接口的主流，不过早期有些芯片组虽然提供了 PCI-E 作为显卡接口，但是其速度是 4X 的，而不是 16X 的，例如 VIA PT880 Pro 和 VIA PT880 Ultra，当然这种情况极为罕见。

表 6-1 是 PCI E 与 AGP 传输速率比较。

**表 6-1　PCI Express 与 AGP 传输速率比较**

| 类型 | PCI Express 传输带宽 | 类型 | AGP 传输带宽 |
| --- | --- | --- | --- |
| X1 | 250MBps（单工）；500MBps（全双工） | AGP1X | 266MBps |
| X2 | 500MBps（单工）；1GBps（全双工） | AGP2X | 533MBps |
| X4 | 1GBps（单工）；2GBps（全双工） | AGP4X | 1.06GBps |
| X8 | 2GBps（单工）；4GBps（全双工） | AGP8X | 2.1GBps |
| X16 | 4GBps（单工）；8GBps（全双工） | | |

# 6.2　显卡的选购

显卡选购的好坏直接关系到整机的性能，也与购机预算和用途有密切的关系。对于游戏发烧玩家而言，显卡就相当于游戏的生命。选购显卡可以从客观和主观两方面进行，主观方面需要明白显卡的最终用途是什么，只有明白了显卡的用途，才会更有针对性地选择显卡。另外就是要确定购买显卡的预算，确定了显卡购买的用途和预算之后，基本上就可以把显卡的选择锁定在一个比较小的范围内。

## 6.2.1　显卡技术指标

显卡的综合性能由分辨率、色深、刷新频率、显存位宽、显存容量等多方面的情况所决定。

**1. 分辨率**

分辨率是指显卡在显示器屏幕上所能描绘的像素数目，用"横向像素点数×纵向像素点数"表示，典型值有 640×480、800×600、1024×768、1280×1024、1600×1200 等。分辨率越高时，图像像素越多，图像越细腻。

**2. 色深**

色深也称颜色数，是指在一定分辨率下每一个像素能够表现出的色彩数量，一般用颜色的数量或存储每一像素信息所使用的编码位数来表示，24 位称为真彩色。例如，设置

VGA 显卡在 1024×768 分辨率下的颜色质量为 24 位，表示颜色数为 $2^{24}$，也称 16M 色。当现存容量一定时，增加色深，会使显卡处理的数据剧增，刷新频率降低。

### 3. 刷新频率

刷新频率是指图像在屏幕上的更新速率，即每秒钟图像在屏幕上出现的次数，也称帧数，单位为 Hz。刷新频率越高，屏幕图像越稳定。

### 4. 显存容量

显卡容量也叫显示内存容量，是指显示卡上的显示内存的大小。显示内存的主要功能是将显示芯片处理的资料暂时储存在显示内存中，然后再将显示资料映像到显示屏幕上，显示卡达到的分辨率越高，屏幕上显示的像素点就越多，所需的显示内存也就越多。

显示卡至少需要具备 512KB 的内存，显示内存随着显卡的进步而不断地跟进。显存的种类经历了 DRAM、SDRAM、DDR 至 DDR2 以及 DDR3 的演变。显存容量也由 512KB、1MB、2MB、4MB、8MB、16MB、32MB、64MB、128MB、256MB、320MB、512MB 直至目前的 1GB。显存容量越大，所能支持显示的最大分辨率越高，颜色数越多。目前主流显存容量为 512MB 和 1GB。

### 5. 显存位宽

显存位宽是指显存在一个时钟周期内所能传送数据的位数，位数越大所能传输的数据量就越大，是显存的重要参数之一。显存位宽对于显卡数据处理能力的影响比较大。显存带宽由显存位宽和频率决定。具体计算公式为：显存带宽=显存位宽×频率/8。

显存的位宽主要有 64b、128b 和 256b 三种，习惯上叫的 64 位显卡、128 位显卡和 256 位显卡就是指其相应的显存位宽。显存位宽越高，性能越好，价格也就越高，因此 256 位宽的显存更多应用于高端显卡，而目前主流显卡基本采用 128 位显存。

### 6. 显存频率

显存速度一般以 ns（纳秒）为单位。常见的显存速度有 7ns、6ns、5.5ns、5ns、4ns、3.6ns、2.8ns 以及 2.2ns。显存的理论工作频率计算公式为：额定工作频率（MHz）=1000/显存速度×$n$（$n$ 因显存类型不同而不同，如果是 SDRAM 显存，$n$=1；DDR 显存 $n$=2；DDR2 显存 $n$=4）。

### 7. 核心频率

显卡的核心频率是指显示核心的工作频率，其工作频率在一定程度上可以反映出显示核心的性能。

在同样级别的芯片中，核心频率高的则性能要强一些，提高核心频率是显卡超频的方法之一。显示芯片主流的制造商只有 ATI 和 NVIDIA 两家，两家都提供显示核心给第三方的厂商。在同样的显示核心下，部分厂商会适当提高其产品的显示核心频率，使其工作在高于显示核心固定的频率上以达到更高的性能。

## 6.2.2 显示卡的选购

虽然显示芯片的主流生产厂商只有 NVIDIA 和 ATI 两家，但基于这两家的显卡产品却种类繁多。在选购显卡时应当了解显卡的主要性能指标，另外需要注意以下事项。

① 尽量选购有研发能力的公司的产品。

② 尽量选购有自己的制造工厂的公司的产品，至少在品质上有保证。

③ 尽量选购主板厂商生产的显卡，因为他们一般都有很好的条件来测试主板和显卡的兼容性，而且主板厂商往往能很早拿到新的甚至还未正式公布的主板芯片，所以他们生产的显卡对未来的主板兼容性问题较少，且一旦发生问题也容易解决。

④ 有些小的做工方面，能反映出设计该产品的用心程度。如：采用风扇还是散热片，风扇或散热片同显示芯片之间的填充物是什么。用风扇散热，中间填充导热胶的做工一定比用双面胶粘上去的散热片要好很多。

⑤ 千万要注意显卡的金手指部分，做工用料差别很大。从侧面看，做工好的显卡金手指镀得厚，有明显的突起；而且经反复插拔也不易驳落。

# 6.3 显示器分类

显示器是计算机系统中最基本的输出设备，根据显示原理的不同，可以分为 CRT 显示器、LCD 显示器、LED 显示屏和等离子显示器。

## 1. CRT 显示器

阴极射线管显示器（Cathode Ray Tube，CRT），是一种依靠高电压激发的游离电子轰击显示屏而产生各种各样的图像的显示器，是目前技术最成熟、应用最广泛的显示器之一。CRT 纯平显示器具有可视角度大、无坏点、色彩还原度高、色度均匀、可调节的多分辨率模式、响应时间极短等优点，而且 CRT 显示器价格要比 LCD 显示器便宜。

CRT 显示器按照显像管结构不同，可分为球面、平面直角、柱面和纯平显像管。

（1）球面管技术最为成熟。缺点是随着观察角度的改变，屏幕上的图像会发生歪斜，而且非常容易引起外部光线的反射，降低对比度。

（2）平面直角管采用扩张技术，使传统球面管在水平和垂直方向向外扩张，且荧屏平坦很多，对防光线反射和暗光有所改进，但不是真正的平面管。

（3）柱面管从水平方向看呈曲线状，垂直方向为平面，采用条形荫罩和带状荧屏技术，透光性好，亮度高，色彩鲜明，适合对色彩表现要求高的场合。缺点是条栅状荫栅抗冲击性能差。

（4）纯平管在水平、垂直方向上是真正的平面，屏幕面越平，人眼观看的聚焦范围越大，图像越逼真，感觉越舒服。其又可以分为视觉纯平管和物理纯平管。视觉纯平管玻璃外表面是物理平面，内表面对于折射做了精密计算的曲度补偿，即外面纯平里面弧形；物理纯平管是真正的纯平，显示屏内外及荧光层和荫罩板都是完全平面。显示更清晰真实，长时间使用眼睛不会疲劳。

显示器的尺寸通常是指显示屏的屏幕尺寸，显示屏的尺寸一般指的是显示屏对角线的尺寸，是指显示屏的大小，不是它的显示面积，但对于用户来说，关心的是显示器的可视面积，也就是能够看到的屏幕的实际大小尺寸，单位是英寸。

CRT 显像管的屏幕尺寸与画面尺寸不同，真正能显示画面的尺寸称为可视面积，一般来说，15 英寸 CRT 显示器，其可视面积一般为 13.8 英寸，17 英寸的 CRT 显示器，其可视面积一般为 16 英寸，19 英寸的 CRT 显示器，其可视面积一般为 18 英寸。

### 2. LCD 显示器

液晶显示器（Liquid Crystal Display，LCD）是一种采用了液晶控制透光度技术来实现色彩的显示器。优点是机身薄，占地小，辐射小，耗电少。15 英寸 LCD 的显示面积与传统的 17 英寸 CRT 显示器的可视面积相当。

### 3. LED 显示屏

LED 显示屏（Light Emitting Diode Panel，LED panel），LED 是发光二极管的英文缩写。是一种通过控制半导体发光二极管的显示方式。最初，LED 只是作为微型指示灯，在计算机、音响和录像机等高档设备中应用，随着大规模集成电路和计算机技术的不断进步，LED 显示器正在迅速崛起，近年来逐渐扩展到证券行情股票机、数码相机、PDA 以及手机领域。

LED 显示屏集微电子技术、计算机技术、信息处理于一体，以其色彩鲜艳、动态范围广、亮度高、寿命长、工作稳定可靠等优点，成为最具优势的新一代显示媒体，可以满足不同环境的需要。

### 4. 等离子显示器

PDP（Plasma Display Panel，等离子显示器）是采用等离子平面屏幕技术的显示设备。

等离子显示技术的成像原理是在显示屏上排列上千个密封的小低压气体室，通过电流激发使其发出肉眼看不见的紫外光，然后紫外光碰击后面玻璃上的红、绿、蓝 3 色荧光体发出肉眼能看到的可见光，以此成像。

## 6.4　CRT 显示器

下面简单介绍一下 CRT 显示器的主要性能指标。

### 1. 点距

点距是一个衡量画面清晰度的指标。它以毫米为单位，点距越小，图像就越清晰，指屏幕上两个相邻同色荧光点的距离，一般 17 英寸以下管用荫罩型，20 英寸以上管用荫栅型。点距越小，显示器显示图像越清晰。点距的测量方式取决于所使用的技术，如图 6-11 所示。

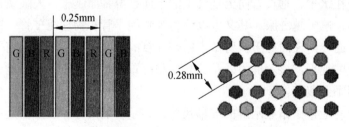

图 6-11　荫罩式和光栅式显示器点距测量方法

在荫罩式 CRT 显示器中，点距是指两个颜色相同的磷光点之间的对角距离。有些制造商也提供水平点距，是指颜色相同的两个磷光点之间的水平距离。

光栅显示器的点距是指两个颜色相同的磷光点之间的水平距离。这种点距也称为栅距。

磷光点越小，彼此间的距离越短，图片就越真实，清晰度也就越高。当这些点距离较远时，就会从屏幕上显现出来，使图像看起来更加粗糙。

**2．分辨率**

分辨率指显示器所能显示的像素数，用"水平方向像素点数×垂直方向像素点数"表示，例如 640×480、1024×768、1280×1024 等。由于图像由若干个像素点构成，所以像素越多，图像越细腻越精美。

显示器分辨率不仅与屏幕尺寸有关，还受显像管点距、视频带宽、刷新频率及显卡等因素影响，其中与显示器刷新频率关系最密切。可用软件设置分辨率，但有最高分辨率限制，最高分辨率是指当刷新频率为"无闪烁刷新频率"时显示器所能达到的最大分辨率。

**3．刷新频率**

刷新频率包括垂直刷新频率和水平刷新频率。

刷新频率一般是指垂直刷新频率，刷新频率是指显示器每秒的成像次数，单位是赫兹（Hz）。如果 CRT 显示器的刷新频率是 72 赫兹（Hz），则说明它每秒可从顶部像素到底部像素循环 72 次。刷新频率控制着显示器的闪烁速度。刷新频率越高越好。如果每秒的循环太少，显示器的闪烁就会非常明显，很容易使人头晕并产生视觉疲劳。低于 60Hz 时屏幕会有明显抖动，一般到 72Hz 以上才有较好的视觉感受。

水平刷新频率，又称行频，表示显示器从左到右绘制一条水平线所用时间，单位为 kHz。

**4．视频带宽**

视频带宽简称带宽，指电子枪每秒能扫描的像素总数，以 MHz 为单位，即：带宽=水平分辨率×垂直分辨率×场频（MHz）。例如，在 1024×768×85Hz 模式下，带宽为 90MHz。带宽值越大，显示器性能越好。

每一种分辨率都对应着一个最小可接收的带宽。如果带宽小于该分辨率的可接收数值，显示出来的图像会因损失和失真而模糊不清。CRT 显示器的带宽一般在 110～203MHz 之间。

**5．高亮显示和显亮显示**

高亮显示和显亮显示都是关于显示器亮度的技术。高亮技术是指三星公司的技术，通过对硬件技术的改进，使显示器在显示画面时可以达到较高的亮度，同时设置了多个亮度模式，用户可以根据不同情况进行调节。显亮技术由飞利浦公司推出，通过软硬件的共同作用，实现显示画面亮度的智能调节。

**6．环保认证**

由于显示器工作时消耗电能并有辐射，因此，人们对显示器在辐射、节电和环保等方面的要求也越来越苛刻，促进了各种环保认证标准的发展。

现在显示器最标准的安全认证有 TCO 系列和 MPR 系列认证。除此之外，还有一种 EPA 标准（Environmental Protection Agency，美国环保局），经常在开机时看到的"能源之星"标志就是符合该局标准的认证标志。

1）MPR 认证

MPR 标准是由 SWEDAC（Swedish National Board For Measurement And Testing，瑞典国家技术部）制订的电磁场辐射规范（包括电场、静电场强度）。包括著名的 MPR Ⅰ、MPR Ⅱ。MPR Ⅰ诞生于 1987 年，由瑞典国家测量测试局就电场和磁场对人体健康的影响而提出的一个标准。1990 年，MPR I 进一步扩展变成 MPR II，详细列出了 21 项显示器标准，包括闪烁度、跳动、线性、光亮度、反光度及字体大小等，对 ELF（超低频）和 VLF（甚低频）辐射提出了最大限制，已经成了一种比较严格的电磁辐射标准。市场上的低辐射显示器，一般都符合这一标准。

2）TCO 认证

TCO 认证是由瑞典专业雇员协会（Swedish Federation of Professional Employees，TCO）推行的一种显示器认证标准。要通过这个由瑞典劳工联盟提出的认证标准，必须在生态（ecology）、能源（energy）、辐射（emissions）以及人体工学（ergonomics）四个方面都达到标准才可以。从这四个 e 不难看出，TCO 认证是针对人体健康和生态环境所设定的标准，直接关系显示器对使用者健康的影响。

TCO 于 1992 年首次推出的认证标准称为 TCO'92，接着又陆续推出 TCO'95、TCO'99 和 TCO'01 三项认证标准，始终保持着持续更新规格要求标准的精神，而在 2002 年年底确定的 TCO'03 标准则是最新的认证标准，图 6-12 给出了 TCO 系列认证标志。

图 6-12    TCO 系列认证标志

## 6.5    LCD 显示器

液晶显示器（Liquid Crystal Display，LCD）一种是采用液晶控制透光度技术实现色彩的显示器。液晶显示器的显示物质是液晶。液晶是一种介于液体和固体之间的具有规则性分子排列的有机化合物，既具有液体的流态性质又具有固体的光学性质。如果把它加热会呈现透明的液体状态，把它冷却则会出现结晶颗粒的混浊固体状态。当液晶受到电压作用时会发生形变，导致通过它的光的折射角度也发生变化而产生色彩。

LCD 显示器由于通过控制是否透光来控制亮和暗，当色彩不变时，液晶也保持不变，这样就无须考虑刷新率的问题。对于画面稳定、无闪烁感的液晶显示器，刷新率不高但图像很稳定。LCD 显示器还通过液晶控制透光度的技术原理让底板整体发光，做到了真正的完全平面。一些高档的数字 LCD 显示器采用了数字方式传输数据、显示图像，不会产生由于显卡造成的色彩偏差或损失。完全没有辐射，即使长时间观看 LCD 显示器屏幕也不会对眼睛造成很大伤害。体积小、能耗低也是 CRT 显示器无法比拟的，一般一台 15 寸 LCD 显示器的耗电量也就相当于 17 寸纯平 CRT 显示器的三分之一。

与 CRT 显示器相比，LCD 显示器图像质量仍不够完善，在色彩表现和饱和度方面，LCD 显示器都在不同程度上输给了 CRT 显示器，而且液晶显示器的响应时间比 CRT 显示器长，当画面静止的时候还可以，一旦用于玩游戏、看影碟这些画面更新速度快而剧烈的显示时，画面延迟会产生重影、脱尾等现象，严重影响显示质量。

概括起来，液晶显示器具有以下特点。

① 低压微功耗。

② 平板型结构，超轻超薄。

③ 被动显示型，无眩光，不刺激人眼，不会引起眼睛疲劳。

④ 易于彩色化，在色谱上可以非常准确地复现。

⑤ 体积小、能耗低。

⑥ 无电磁辐射，对人体安全。

⑦ 响应时间长、画面有延迟现象。

## 6.5.1　LCD 显示器的类型

液晶显示器根据其液晶屏物理结构可以分为扭曲向列型（Twisted Nematic，TN）、超扭曲向列型（Super TN，STN）、双层超扭曲向列型（Dual Scan Tortuosity Nomograph，DSTN）以及薄膜晶体管型（Thin Film Transistor，TFT）4 类。市场上产品主要有 DSTN-LCD 和 TFT-LCD 两种。DSTN（双层超扭曲向列）显示器因屏幕上每个像素的亮度和对比度不能独立控制，只能显示颜色的深度，与传统的 CRT 显示器的颜色相比相距甚远，因而也称为伪彩显。TFT（薄膜晶体管）显示器的每个液晶像素点都由集成在像素点后面的薄膜晶体管控制，使每个像素都能保持一定电压，可以做到高速度、高亮度、高对比度、可视角度大、色彩丰富的显示，TFT 型显示器是目前液晶显示器产品方面的绝对主流类型。

目前，TFT 显示屏因采用不同技术，又细分为 4 种。

TN（扭曲向列型）是 6 位屏，显示 RGB 各 64 色，最大色彩仅 262144 种，通过"抖动"技术可超 1600 万，只能显示 0-252 灰阶三原色，实际显示 16.2 M 色。因色数少，难提高对比度且可视角度小。优点是响应时间少。TN 屏生产成本低廉，在中低端液晶显示器中广泛使用。

VA（垂直配向）类屏是 8 位屏，16.7M 色和大可视角度。价格比 TN 屏贵，高端液晶显示器应用较多。VA 屏又分 MVA（多象限垂直配向型）和 PVA（图案状垂直配向型），后者是前者的改良。VA 屏正视对比度最高，但屏幕均匀度不好，会发生颜色漂移。

IPS（平面转换）俗称 Super TFT，最大特点是两极在同一平面，任何状态下液晶分子都与屏幕平行，减少了透光率，因此需要更多的背光灯。优点是可视角度大，响应速度快，色彩还原准确，价格便宜。缺点是黑色纯度不够，比 PVA 稍差。

CPA（连续焰火状排列）屏严格说也属于 VA 类屏，其液晶分子朝中心电极呈放射焰火状排列，是一种广视角液晶屏。

TN、VA、CPA 显示屏属于"软屏"，用手轻轻划会出现水纹状。IPS 屏较"硬"，用手轻轻划一下不容易出现水纹样变形，因此又称为"硬屏"。

## 6.5.2　液晶显示器的基本参数

### 1. 最佳分辨率（真实分辨率）

液晶显示器属于数字显示方式，其显示原理是直接把显卡输出的模拟信号处理为带具体地址信息的显示信号。任何一个像素的色彩和亮度信息都是跟屏幕上的像素点直接对应的，正是由于这种显示原理，所以液晶显示器不能像 CRT 显示器那样支持多个显示模式，液晶显示器只有在显示跟该液晶显示板的分辨率完全一样的画面时，才能达到最佳效果。而在显示小于最佳分辨率的画面时，液晶显示器则采用两种方式来显示，一种是居中显示，比如在显示 800×600 次分辨率时，显示器就只是以其中间那 800×600 个像素来显示画面，周围则为阴影，这种方式由于信号分辨率是一一对应，所以画面清晰，唯一遗憾就是画面太小。另外一种则是扩大方式，就是将该 800×600 的画面通过计算方式扩大为 1024×768 的分辨率来显示，由于此方式处理后的信号与像素并非一一对应，虽然画面大，但是比较模糊。

目前 13 寸、14 寸、15 寸的液晶显示器的最佳分辨率都是 1024×768，17 寸的最佳分辨率则是 1280×1024。19 寸宽屏液晶显示器放入最佳分辨率为 1440×900，22 寸 16：10 屏幕的液晶显示器分辨率为 1680×1050。

### 2. 亮度和对比度

液晶显示器亮度以坎/平方米 $cd/m^2$ （流明）或者 Nits（尼特）为单位。台式机液晶显示器由于在背光灯的数量上比笔记本电脑的显示器要多，所以亮度看起来明显比笔记本电脑的要亮。亮度普遍在 150～210Nit 之间，已大大超过 CRT 显示器。

需要注意的是，低档液晶显示器存在严重的亮度不均匀的现象，中心的亮度和距离边框部分区域的亮度差别比较大。

对比度是直接体现该液晶显示器能否体现丰富的色阶的参数，对比度越高，还原的画面层次感就越好，即使在观看亮度很高的照片时，黑暗部位的细节也可以清晰体现，目前液晶显示器的对比度普遍在 150：1 到 350：1 之间，高端的液晶显示器可以达到 500：1。

### 3. 响应时间

响应时间是液晶显示器的一个重要的参数，是液晶显示器对于输入信号的反应时间，组成整块液晶显示板的最基本的像素单元"液晶盒"。在接收到驱动信号后从最亮到最暗的转换是需要一段时间的，而且液晶显示器从接收到显卡输出信号后，处理信号，把驱动信息加到晶体驱动管也需要一段时间，在大屏幕液晶显示器上尤为明显。液晶显示器的这项指标直接影响到对动态画面的还原。跟 CRT 显示器相比，液晶显示器由于过长的响应时间导致其在还原动态画面时有比较明显的托尾现象（在对比强烈而且快速切换的画面上十分明显），在播放视频节目的时候，画面没有 CRT 显示器那么生动。响应时间是目前液晶显示器尚待进一步改善的技术难关，目前的液晶显示器响应时间一般在 5ms 左右。

### 4. 可视角度

液晶显示器画面在不同的角度观看的颜色效果不相同，这是由于液晶显示器可视角度过低导致的失真所致。液晶显示器属于背光型显示器件，其发出的光由液晶模块背后的背光灯提供。而液晶主要是靠控制液晶体的偏转角度来"开关"画面，这必然导致液晶显示器只有一个最佳的欣赏角度——正视。当从其他角度观看时，由于背光可以穿透旁边的像素而进入人眼，所以会造成颜色的失真。液晶显示器的可视角度就是指能观看到可接收失真值的视线与屏幕法线的角度。

目前正规厂家生产的液晶显示器的水平可视角度一般在 120°以上，并且左右对称。而垂直可视角度则比水平可视角度要小。目前高端液晶显示器可视角度可以做到水平和垂直都是 170°。

**5．最大显示色彩数**

液晶显示器的色彩表现能力当然是消费者最关心的一个重要指标，市面上的 13、14、15 寸的液晶显示器像素一般是 1024×768 个，每个像素由 RGB 三基色组成，低端的液晶显示板，各个基色只能表现 6 位色，即 2 的 6 次方=64 种颜色。可以很简单地得出，每个独立像素可以表现的最大颜色数是 64×64×64=262 144 种颜色，高端液晶显示板利用 FRC 技术使得每个基色则可以表现 8 位色，即 2 的 8 次方=256 种颜色，则像素能表现的最大颜色数为 256×256×256=16 777 216 种颜色。这种显示板显示的画面色彩更丰富，层次感也好。目前市面上的液晶显示器中，这两种显示板都有采用，消费者选购的时候务必向厂商或者经销商询问清楚。

**6．刷新频率**

液晶显示器没有闪烁的原因是因为它不像 CRT 的扫描方式是由左至右，逐行扫描。因此，对于 LCD 来说，由于液晶板本身并不发光，只是液晶分子控制光线的偏转或通过，发光的是背光源即荧光灯管，在使用的时候即使把刷新率调到 60Hz 也不会感到屏幕在闪烁，刷新频率对 LCD 来说已经没有太多意义。

**7．屏幕坏点**

屏幕坏点最常见的就是白点或者黑点。黑点的鉴别方法是将整个屏幕调成白屏，黑点就无处藏身了；白点则正好相反，将屏幕调成黑屏，白点就会现出原形。通常一般坏点 3 点以内的为 A 屏，3 点以上 10 点以内或带轻斑的算 B 屏，带重斑的和带线的算 C 屏。

**8．厚度**

由于液晶显示屏自身的面板厚度都是一样的，因此，影响液晶显示屏厚度的主要因素是电路控制屏的技术、塑料外壳设计、机内空间压缩。另外，采用尖端液晶技术，采用最新的超薄型液晶板和更轻薄的高亮度冷阴极荧光灯，以及更集成化的控制 IC 设计和更优化的散热处理，也能缩小外形尺寸。

# 6.6　显示器的选购

显示器的质量关系到视觉效果和身体健康，所以选择显示器最好一步到位。

目前市场上主要有 CRT 和 LCD 显示器，两者各有特点。CRT 显示器价格便宜，颜色丰富，响应时间短，但体积大，刷新频率要求高，功耗较大，电磁辐射大；LCD 显示器体积小，外观漂亮，功耗小，辐射小，价格相对较高。应根据自己的实际情况进行选择。如果每天要长时间面对显示屏，最好选择 LCD 显示器。

## 6.6.1　CRT 的选购

CRT 显示器由于价格便宜，短期内仍然有市场需求。目前主流的 CRT 显示器是 17 寸、19 寸的纯平产品。

**1．考虑对分辨率和刷新率的需求**

分辨率是显示器垂直和水平方向的像素个数，分辨率越高，屏幕上看到的信息就越多。

刷新率指的是显示器每秒钟重画屏幕的次数，刷新率越高，意味着屏幕的闪烁越小，对人眼睛产生的刺激越小。一般人眼对于 75Hz 以上的 CRT 显示器刷新率基本感觉不到闪烁，85Hz 以上则完全没有闪烁感。

目前几乎所有的 CRT 显示器都能满足一般的用户需求。

**2．在购买大屏幕 CRT 时，要从显卡的支持度考虑**

在购买大屏幕 CRT 时，往往会忽略显卡所能支持的最高分辨率及刷新率。因为显示器的屏幕越大，其最佳分辨率及刷新率会越高，而如果使用的显卡落后的话，可能达不到如此高的分辨率及刷新率，即使是分辨率上去了，但刷新率却达不到要求。显卡内决定其能如何驱动显示器的关键组件，是 RAMDAC（随机存取内存数字模拟转换组件）的速度。

**3．最高分辨率与最佳分辨率的区别**

CRT 显示器的频率和分辨率可以做各种调整。但 CRT 显示器在特定分辨率下表现会较佳，而在其他分辨率下的显示效果不佳，或者影响显示器寿命，比如一台最佳状态分辨率为 1600×1200 的显示器，在 1024×768 的分辨率下的显示效果就没有在 1600×1200 下好。

另外由于 CRT 显示器面临淘汰，选购 CRT 显示器时，还要注意是否是翻新的二手显示器。

## 6.6.2　LCD 的选购

目前市场上的液晶显示器大都属于 TFT 液晶面板。在选购液晶显示器时，除了应当了解主流液晶显示器的技术参数之外，以下几点需要注意。

**1．买前信息**

购买显示器之前要先做好准备工作，比如对显示器品牌、不同型号以及市场价位等要有大概了解，并根据自己的需要选择一款或几款相对中意的产品，最好在网络上查找些与之相关的资讯和用户评价，从而了解更多关于产品的市场行情。这样，购买时可以尽量避免被欺骗。

**2．外观**

在购买显示器时应当重视外观的重要性，品质好的产品通常外观也比较时尚亮丽。

**3．品质性能**

显示器品牌繁多、价格诱惑等诸多因素会导致用户陷入选购困境，关键还是要货比三家、对比性能，无论如何产品，专业品质才是重点。一般来说，知名的主流品牌产品品质比较过硬。如三星、LG、优派、冠捷等都属于专业显示器制造商。

**4．谨防上当受骗**

任何新产品一经推出，就会不断出现被仿冒的现象，因此常常会出现虚假产品泛滥的情况，对于价格偏低的同等型号的显示器一定要亲自验证，认准包装，注意生产日期，谨防经销商拿旧型号冒充新型号售卖。因此，最好选择成熟的产品。

**5．售后服务**

显示器的质保时间由厂商自行制定，一般有 1～3 年的全免费质保服务。目前越来越多的厂商承诺三年全免费质保，无疑质保承诺时间越长，显示器的质量越有保障。

## 6.7  本 章 小 结

本章主要介绍计算机显示系统的工作原理及组成。计算机显示系统主要包括显卡和显示器。显卡是显示器与主机通信的控制电路和接口电路，负责将从 CPU 获得的二进制数据处理成显示器可以识别的信息，再通过显示屏形成影像。显示器是计算机系统中最基本的输出设备。

本章重点是显卡、显示器的主要技术指标，目的是使读者掌握挑选合适的显卡和显示器的具体方法。

# 习  题  6

**1. 填空**

（1）_____是计算机系统必备的装置，负责将 CPU 送来的影像资料处理成显示器可以了解的格式，再送到屏幕上形成影像。

（2）显卡发展至今主要出现过_____、PCI、_____、PCI Express 等几种接口，提供的数据带宽依次增加。

（3）_____是显卡上最大的芯片，是显卡的核心部件，主要负责图形数据的处理。它决定显卡的档次和部分性能，又称_____。

（4）_____显示器是一种依靠高电压激发的游离电子轰击显示屏而产生各种各样的图像的显示器，是目前技术最成熟、应用最广泛的显示器之一。

（5）_____是一个衡量画面清晰度的指标，以毫米为单位，指的是屏幕上两个相邻同色荧光点的距离。

（6）_____显示器一种是采用液晶控制透光度技术来实现色彩的显示器。

**2. 简答题**

（1）简述显卡的工作原理及结构组成。

（2）简述 CRT 显示器的工作原理及主要技术指标。

（3）简述 LCD 显示器的工作原理及主要技术指标。

显卡和显示器

# 第7章　　多媒体设备

**本章学习目标**

- 掌握声卡的结构组成及主要技术指标;
- 了解音箱和麦克风的分类及选购方法;
- 了解数码相机和扫描仪的工作原理及主要技术指标;
- 了解摄像头的组成;
- 了解视频卡、电视卡、SCSI 卡以及 IEEE 1394 卡的用途。

多媒体技术是指能够同时捕捉、处理、编辑、存储和播放两种以上不同类型信息媒体的技术。常见的信息媒体类型包括文本、图形、图像、动画、音频、视频等。随着多媒体技术的发展，声卡、音箱、麦克风、数码相机、扫描仪、摄像头等形式多样的多媒体设备不断普及。这些多媒体设备使计算机拥有了越来越多的多媒体处理功能，使计算机不仅具备了"看"、"听"等各类信息的能力，而且还具备"说话"、"交流"的能力，本章对目前常见的多媒体设备进行介绍。

## 7.1　声　卡

世界上第一块声卡当时被称为声霸卡，是由新加坡创新公司发明的。后来出现了各种各样的声卡。

### 7.1.1　声卡简介

声卡（sound card）也叫音频卡，是最基本的多媒体设备，是实现音频模拟信号与数字信号相互转换的一种硬件设备，图 7-1 是一款常见声卡。

图 7-1　常见声卡的外观

声卡作为计算机中负责进行声音处理的设备，有三个基本功能：一是音乐合成发音功能；二是混音器（Mixer）功能和数字声音效果处理器（DSP）功能；三是模拟声音信号的输入和输出功能。声卡处理的声音信息在计算机中以文件形式存储。

声卡把来自麦克风、磁带、光盘的原始声音信号变成数字信号交给计算机处理并以文件形式存储，还可以把数字信号还原成为真实的声音输出到耳机、扬声器、扩音机、录音机等声响设备，或通过音乐设备数字接口（MIDI）使乐器发出声音。

声卡主要包括模数转换电路和数模转换电路两部分，模数转换电路负责将麦克风等声音输入设备采集到的模拟声音信号转换为计算机能处理的数字信号；而数模转换电路负责将计算机使用的数字信号转换为喇叭等设备能使用的模拟信号。

## 7.1.2  声卡的分类

声卡主要有两种形式：一种是直接集成在主板上的，称为板载声卡，俗称集成声卡；另一种是将声音处理芯片及其他元器件集成在一块印制电路板上，通过总线扩展接口与主板连接，称为独立声卡或插卡式声卡。

独立声卡产品涵盖低、中、高各档次，售价从几十元至上千元不等。早期的独立声卡为 ISA 接口，由于此接口总线带宽较低、功能单一、占用系统资源过多，已被淘汰；目前 PCI 接口的声卡已成为主流，图 7-1 为常见的 PCI 接口声卡。

以前集成声卡的音质比独立声卡要差，但随着芯片制造技术的不断提高，集成声卡的音质也在不断改善，另外带集成声卡的主板性价比更有优势，所以普及很快。目前除了对声音有特殊需求的用户外，一般用户都选择带集成声卡的主板。

集成声卡又分为集成软声卡和集成硬声卡。集成软声卡主板没有声卡处理主芯片，只有一个编码芯片称为 Codec 芯片，通过 CPU 的运算来代替声音处理芯片的作用，CPU 占用率较高。通常集成软声卡都符合 AC'97 规范，也称为 AC'97 声卡。AC'97 全称 Audio Codec'97，是由 Intel、Yamaha 等多家公司联合研发并制定的一个音频电路系统标准。

但 AC'97 标准相对于新的 DVD-Audio、SACD 等高品质多声道的音乐编码显得有些过时，2004 年 Intel 联合其他 80 多家企业推出了一个新的数字音频标准 HD Audio。HD Audio 具有高弹性、机动性、低成本、高稳定性等特征，并且预留充足的升级空间。Realtek 公司的 ALC883 Codec 芯片，能够提供高品质的 8 声道音效输出，支持 HD Audio。

除了上述两种声卡之外还有一种外置式声卡，通过 USB 接口与计算机连接，而通过 USB 接口供电，不用使用额外的电源即可工作，具有使用方便、便于移动等优势。这类声卡主要用于特殊环境或对音质有特殊要求的用户，如连接笔记本实现更好的音质或支持高品质音箱等。

## 7.1.3  声卡的组成结构

为了获得更好的音质，大多数中高端计算机使用独立声卡。独立声卡主要由声音处理芯片（组）、功率放大器芯片、总线接口、输入输出接口、MIDI/游戏摇杆接口（共用一个）、CD 音频连接器等主要部件组成。

**1．声音处理芯片**

声音处理芯片决定声卡的性能和档次，其基本功能包括对输入音频模拟信号进行采样和编码、对声波回放的控制、处理 MIDI 指令等，有的声音处理芯片还具有混响、合声、音场调整等功能。

**2．功率放大芯片**

从声音处理芯片出来的信号不能直接使喇叭放出声音，而是通过功率放大芯片（简称功放）来实现这一功能。由于它在放大声音、音乐等信号的过程中也同时放大了噪音信号，所以从其输出端（Speaker Out）输出的噪音较大。因此在功放前端加有滤波器来滤掉高频的噪音信号，可是这样一来也滤掉了很多高频的音乐信号。因此，完全依靠声卡上的功放芯片带来良好的音质是不现实的。一般可以利用声卡上的线路输出（Line Out）端口连接音响，这样，音质的好坏就直接取决于声音处理芯片和外接的音响设备（一般是有源音箱）的档次了。

**3．总线连接端口**

把声卡插入到计算机主板上的那一端称为总线连接端口，它是声卡与计算机交换信息的"桥梁"。根据总线的不同，把声卡分为两大类，一种是 ISA 声卡，另一种是 PCI 声卡。

**4．输入输出端口**

声卡要有录音和放音功能。声卡上一般有 5～6 个插孔，分别是 Speaker、Line Out、Line In、Mic In、MIDI 及游戏摇杆接口，如图 7-2 所示。有的声卡 Speaker Out 与 Line Out 共用一个插孔。

图 7-2　声卡的 I/O 接口

Line In 接口：线路输入接口，将音响设备如录音机、CD 机等的输出信号输入到声卡，实现录制和回放等功能。

Mic In 接口：麦克风输入端口。用于连接麦克风（话筒），可以将声音录制下来，或实现远程聊天。

Line Out 接口：线性输出端口。用于外接音箱。个别高端声卡还有第二个线性输出端口，一般用于连接四声道以上的后端音箱。

Speaker 接口：接口扬声器输出端口，或简称为 SPK。用于插外接音箱的音频线插头，一般此类音箱不带有功放。

MIDI 及游戏摇杆接口，标记为 MIDI。该接口可以配接游戏摇杆、模拟方向盘，也可以连接电子乐器上的 MIDI 接口，实现 MIDI 音乐信号的直接传输。

**5．CD 音频连接器**

位于声卡的中上部，通常是 3 针或 4 针的小插座，与光驱的相应端口连接，可以实现 CD 音频信号的直接播放。

CD-IN 接口用于与光驱对应的模拟信号输出口相连，以实现光驱直接播放 CD 的功能。通常在购买光驱时，会附带这根音频连接线。如图 7-3 所示。

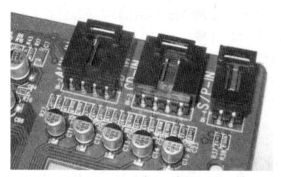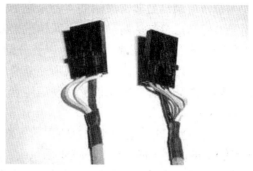

图 7-3　CD-IN 接口与音频连接线

TAD 接口用于与 Modem 相连，实现电话自动应答功能。

AUX-IN 接口主要用于与 MPEG 卡、电视卡等视频卡相连。

## 7.1.4　声卡的主要技术指标

无论什么类型的声卡，其基本原理都是声波/数字信号的相互转换，所以可以从声卡的主要技术指标来了解声卡的性能。

**1．采样位数与采样频率**

采样位数是指声卡在采集和回放声音文件时所使用的数字声音信号的二进制位数，即用几位二进制数表示某一时刻采集到的声音信号。采样位数越多，录制和回放的声音越真实，声音质量越高。目前声卡的主流产品多为 16 位，专业级声卡可到 32 位。

采样频率简称采样率，是指输入采样电路在一秒钟内对声音信号的采样次数。采样率越高，声音的还原就越真实自然。声卡的采样率一般分为 22.05kHz、44.1kHz、48kHz 三个等级。22.05kHz 为 FM 广播的声音品质，44.1kHz 是理论上的 CD 音质界限，48kHz 的音质则更加精确一些。

**2．动态范围**

动态范围是指当声音骤然变化时设备所能承受的最大变化范围，单位是分贝（dB）。该数值越大，表示声卡的动态范围越大，越能表现出音乐作品的情绪和起伏，一般声卡的动态范围在 85dB 左右。

**3．信噪比**

信噪比（SNR）是指输出信号电压与同时输出的噪声电压之比，单位是分贝（dB），是衡量声卡音质的一个重要指标。信噪比越大，表示输出信号中混入的噪音越少，音质越纯。

**4．复音数**

复音数是指播放 MIDI 音乐时声卡在一秒钟内能发出的最多声音数量。复音数越大，音色越好，播放 MIDI 音乐时可以听到更多更细腻的声部。

**5．声道**

声卡的声道是指录制声音或回放声音过程中相互独立的音频信号。分为单声道、双声道、多声道。

单声道录制是非常原始的声音录制形式，即使通过两个扬声器回放单声道信息，也会明显地感觉声音是从两个音箱中间传过来的，缺乏位置感。

立体声技术在录制声音时将声音分配成两个声道，使回放达到了很好的声音定位效果，欣赏音乐时很有用，可以清晰地分辨出各种乐器来的方向。

四声道环绕音频技术能够实现三维音效。四声道回放发音点分别为前左、前右、后左、后右。

5.1 声道为四声道的改进，即由前置双声道、后置双声道、中置声道（5 声道）和低音声道（1 声道）构成的 5.1 环绕声场系统。6.1 声道比 5.1 音效系统多一个后中置音箱。7.1 声道是在 5.1 音效系统基础上同时增加两个侧中置音箱，主要负责侧面声音的回放，原后置音箱则可以更加专注于后方声音的回放。

# 7.2　音　　箱

计算机系统中使用的音箱称为多媒体音箱。它的功能是将声卡传送来的音频信号放大后驱动扬声器发声。

## 7.2.1　音箱的常见类型

音箱又称扬声器系统，是将音频信号还原成声音的一种设备，是音响系统中极为重要的一个设备。在由优质音源、优质放大器和扬声器系统组成的音响系统中，放音质量主要取决于音箱。

音箱的分类方法有很多种，分别按照使用场合、放音频率、用途、箱体结构、扬声器个数以及箱体材质可以将常见的音箱分为六种。根据使用场合的不同，分为专业音箱与家用音箱两大类。按照放音频率的不同，分为全频带音箱、低音音箱和超低音音箱。根据使用用途的不同，分为扩声音箱、监听音箱、舞台音箱、包房音箱等。按照箱体结构的不同，分为密封式音箱、倒相式音箱、迷宫式音箱和多腔谐振式音箱等。根据扬声器单元数量的多少，分为 2.0 音箱、2.1 音箱、5.1 音箱等；根据箱体材质的不同，分为木质音箱、塑料音箱、金属材质音箱等，图 7-4 给出了常见音箱的外观。

## 7.2.2　音箱的主要性能指标

音箱背后一般都贴有一张标签，主要是音箱的功率、频率范围、频率响应、灵敏度、失真度、信噪比及阻抗等技术指标。

| 2.0 音箱 | 2.1 音箱 | 5.1 音箱 | 7.1 音箱 |

| 木质音箱 | 塑料材质音箱 | 金属材质音箱 |

图 7-4　各类音箱

### 1．功率

指音箱所能发出的最大声音强度。音箱功率分为额定功率与峰值功率。额定功率是指在额定失真范围内，音箱能够持续输出的最大功率。峰值功率是指允许音箱在瞬间达到的最大功率值。

### 2．频率范围

指音箱的最高有效回放频率与最低有效回放频率间的差值，单位为 Hz。人耳的听觉范围为 20Hz～20kHz，但由于制作工艺的原因，多媒体音箱的频率范围一般在 60Hz～20kHz。

### 3．频率响应

将一个恒压音频信号输入音箱系统时，音箱产生的声音信号强度随频率的变化而发生增大或衰减、相位随频率而发生变化，声音信号强度和相位与频率的相关联的变化关系称为频率响应。一般只给声音信号强度的频率响应，单位是分贝（dB）。分贝值越小说明音箱的失真越小，性能越高。

### 4．灵敏度

指在音箱输入端输入功率为 1W、频率为 1kHz 的信号时，在距音箱扬声器平面垂直中轴前方 1m 处测得的声压级，单位为分贝（dB），值越大，音箱灵敏度越高。

### 5．失真度

指音频信号被功放放大前后的差异，一般用百分数表示，失真度越小越好。一般音箱的失真度为 10%，高档音箱低于 5%。

### 6．信噪比

指音箱回放声音信号与噪声信号的比值。信噪比越小，噪音影响越严重，特别是输入音频信号较小时，有用声音信号会被噪声信号淹没。相反，信噪比越大，表明混在声音信号里的噪声越小，音质越好，音箱的性能也就越好。音箱的信噪比应大于 80dB。

**7. 阻抗**

阻抗是指扬声器输入信号的电压与电流的比值。阻抗越高，音质越好。一般音箱输入阻抗在 $4\sim16\Omega$ 之间。

## 7.2.3　音箱的选购

选购音箱时除了上述基本的技术指标应当了解之外，还有一些经验值得参考。

**1. 看**

是指看外形、颜色、尺寸等，看的内容主要包括：看整个外形表面是否平滑顺畅，前后壳配合绝不允许有断差或台阶；看音箱外壳的品质是否色泽圆润、平顺细腻、用料上乘；看箱体夹缝是否严密均匀，旋钮、插座与箱体是否配合适中，制模、注塑工艺是否精湛；看箱体每一个面、每一条线，每一个清角位是否都显得精致舒展；看箱体正反表面雕刻或丝印的标记是否清晰、端正、平滑均匀；看前板上的功能键是否足够满足自己的要求。

进一步，可打开音箱，细致观察箱体内侧是否平和光洁，柱位、骨位是否精细，内部走线是否合理简洁，拆装方式是否方便等。

**2. 摸**

用手摸箱体表面，结合眼观，可知箱体的制作水平及表面处理技术的高低；旋动各旋钮、开关，看是否有摩擦相碰不顺的感觉，好的电位器应该手感顺畅、均匀，阻力适当，手感过轻或过重都不理想；将各连接线的插头与音箱的输入、输出等插口试插，看是否自然顺畅，过紧易损坏机器，过松又不可靠；用手去敲击箱体，听其发声。声音铿锵有力，说明箱体结实耐用，声音失真就小。若敲击声有松破感，失真很大，则不宜选购。

另外，掂一下箱体重量，好的音箱应有足够的重量。好的音箱一般使用密度板作为箱体材料，而使用塑料作为箱体的音箱声音一般不会太好。箱体的重量也是衡量音质的重要标志，由于有源音箱中包含了功放，功放的变压器功率越大，也就越重，所以从另一个方面来说，音箱越重，表示承载功率也越大。对于 2.X 音箱，由于功放通常放在其中一个箱体内，感受一下两个音箱的重量差也能衡量出功放的好坏。

**3. 听**

打开音箱的电源，在不接入任何音源的情况下，将音量、高低音调节钮全部旋至最大，贴近音箱听，是否有明显的"咝咝"声或低频交流声，噪音越小，说明音箱的质量越好。正常情况下，人耳离开音箱 10cm 左右，应没有明显的察觉，否则为噪音过高。

# 7.3　麦　克　风

麦克风（Microphone），也称传声器、拾音器、MIC 等，俗称话筒。麦克风是将声音信号转换为电信号的能量转换器件。

常用的麦克风按其工作原理分为晶体式麦克风和电容式麦克风两种。

电容式麦克风阻抗极高，当麦克风输出线较长时，极易捡拾外界噪音，因此麦克风的连接线越短越好。电容式麦克风具有音质效果好、频率响应宽广、频率响应好、灵敏度高、触摸杂音较低、噪声低、耐摔与耐冲击、适合装配无线麦克风等优点，应用较为广泛。

# 7.4 数码相机

数码相机（Digital Camera，DC）是一种利用电子传感器把光学影像转换成电子数据的照相机，是集光学、机械、电子于一体化的产品。它集成了影像信息的转换、存储和传输等部件，具有数字化存取模式，与计算机交互处理和实时拍摄等特点。数码相机最早出现在美国，20多年前，美国曾利用它通过卫星向地面传送照片，目前数码相机已经成为一种主要的计算机外部设备。

## 7.4.1 数码相机的工作原理

数码相机是一种利用电子感光元件把光学影像转换成电子数据的照相机。感光元件能对光照做出反应并把反应的强度转换成相应的数值。当光从红、绿、蓝滤镜中穿过时，就可以得到每种色光的反应值。然后，再使用软件对得到的数据进行处理，就可确定每一个像素点的颜色。图7-5是数码相机工作原理。

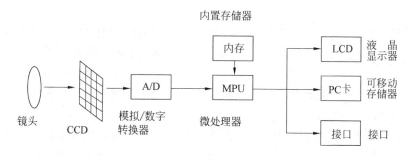

图 7-5　数码相机工作原理图

数码相机一般使用闪存作为存储器，闪存相当于普通相机中的胶卷。

## 7.4.2 数码相机的种类

根据数码相机的用途可以简单分为：单反相机，卡片相机，长焦相机和家用相机。

### 1．单反相机

单反数码相机的一个很大的特点就是可以交换不同规格的镜头。单反是指单镜头反光，即 SLR（Single Lens Reflex），在单反数码相机中，光线透过镜头到达反光镜后，折射到上面的对焦屏并结成影像，透过接目镜和五棱镜，可以在观景窗中看到外面的景物。而一般数码相机只能通过 LCD 屏或者电子取景器（EVF）看到所拍摄的影像。显然直接看到的影像比通过处理看到的影像更利于拍摄。图7-6为未安装镜头的单反相机机身。

拍摄时，当按下快门钮，反光镜便会往上弹起，感光元件（CCD或CMOS）前面的快门幕帘便同时打开，通过镜头的光线便投影到感光原件上感光，然后反光镜便立即恢复原状，观景窗中再次可以看到影像。单镜头反光相机的这种构造，确定了它是完全透过镜头对焦拍摄的，它能使观景窗中所看到的影像和胶片上永远一样，它的取景范围和实际拍摄范围基本上一致，十分有利于直观地取景构图。

图 7-6　单反相机机身

## 2．卡片相机

卡片数码相机可以随身携带，卡片相机的优点是：外观时尚、大屏幕液晶屏、机身小巧纤薄，操作便捷。缺点是：手动功能相对薄弱、液晶显示屏耗电量较大、镜头性能较差。

## 3．长焦相机

长焦数码相机的主要特点是通过镜头内部镜片的移动而改变焦距，其原理和望远镜差不多，主要用于拍摄远处的景物。图 7-7 是一款长焦数码相机。焦距越长则景深越浅，和光圈越大景深越浅的效果是一样的，浅景深的好处在于突出主体而虚化背景，这样使照片拍出来更加专业。一些镜头越长的数码相机，内部的镜片和感光器移动空间更大，所以变焦倍数也更大。数码相机的光学变焦倍数大多在 3～12 倍，即可把 10m 以外的物体拉近至 5～3m 近；也有一些数码相机拥有 10 倍的光学变焦效果。家用摄录机的光学变焦倍数在 10～22 倍，能比较清楚地拍到 70m 外的东西。使用增倍镜能够增大摄录机的光学变焦倍数。如果光学变焦倍数不够，还可以在镜头前加增距镜，其计算方法为：一个 2 倍的增距镜，套在一个有 4 倍光学变焦的数码相机上，则这台数码相机的光学变焦倍数由原来的 1 倍、2 倍、3 倍、4 倍变为 2 倍、4 倍、6 倍和 8 倍，即以增距镜的倍数和光学变焦倍数相乘。

图 7-7　长焦数码相机

### 7.4.3 数码相机的主要技术指标

传统相机使用"胶片"作为其记录信息的载体，而数码相机依靠感光元件来记录图像信息。目前数码相机的感光元件主要有两种：一种是 CCD，另一种是 CMOS。

#### 1. CCD

CCD（Charge Coupled Device，电荷耦合器件图像传感器）由一个类似马赛克的网格、聚光镜片以及垫于最底下的电子线路矩阵组成，其结构如图 7-8 所示。它使用一种高感光度的半导体材料制成，能把光线转变成电荷，通过模数转换器芯片转换成数字信号，数字信号经过压缩以后由相机内部的闪速存储器或内置硬盘卡保存。CCD 由许多感光单位组成，通常以百万像素为单位。当 CCD 表面受到光线照射时，每个感光单位会将电荷反映在组件上，所有的感光单位所产生的信号加在一起，就构成了一幅完整的画面。

图 7-8　CCD

目前有能力制作 CCD 的多为日本厂商，以索尼为首，还有富士、柯达等。各厂商之间在设计和制造方面存在差异，主要与 CCD 产品定位有关。

#### 2. CMOS

CMOS（Complementary Metal-Oxide Semiconductor，互补性氧化金属半导体）是在数码相机中可记录光线变化的半导体。CMOS 的制造技术和一般计算机芯片没有差别，主要是利用硅和锗元素所做成的半导体，使其在 CMOS 上共存着带 N（带–电）和 P（带+电）级的半导体，这两个互补效应所产生的电流即可被处理芯片记录和解读成影像。

目前，CMOS 器件不断推陈出新，高动态范围 CMOS 器件已经出现，这一技术消除了对快门、光圈、自动增益控制及伽马校正的需要，使之接近，甚至超越了 CCD 的成像质量。另外，由于 CMOS 可塑性较强，可以做出高像素的大型 CMOS 感光器，而且成本不高。

上述两类感光元件之间存在的差异主要体现在：CCD 将电荷传送到芯片上并在矩阵的某个角落读取电荷。接着由模数转换器（ADC）测量每个感光单元的电荷数量并将测量结果转换为二进制形式，从而将每一个像素的值转换为二进制数值。而 CMOS 装置则在每一个像素中使用几个晶体管，并借助电路将电荷放大并移动。由于 CMOS 信号是数字信号，因此无需使用 ADC。

**3. 最大像素**

像素是相机感光器件上的感光最小单位。就像是光学相机的感光胶片的银粒一样，记忆在数码相机的"胶片"（存储卡）上的感光点就是像素；要想得到高分辨率（也就是细腻的照片），就必须保证有一定的像素数。

最大像素（Maximum Pixels）是经过插值运算后获得的。插值运算由设在数码相机内部的图像处理芯片完成，在需要放大图像时用最临近法插值、线性插值等运算方法，在图像内添加图像放大后所需要增加的像素。插值运算后获得的图像质量不能够与真正感光成像的图像相比。

**4. 有效像素**

有效像素（Effective Pixels）与最大像素不同，有效像素数是指真正参与感光成像的像素值。最高像素的数值是感光器件的真实像素，这个数据通常包含了感光器件的非成像部分，而有效像素是在镜头变焦倍率下所换算出来的值。以美能达的 DiMAGE7 为例，其 CCD 像素为 524 万（5.24Megapixel），因为 CCD 有一部分并不参与成像，有效像素只有 490 万。

选择数码相机时，应注重数码相机的有效像素值，有效像素的数值是决定图片质量的关键。

注意：并不是像素高的相机拍出的照片就一定比像素低的相机拍出的照片清晰。因为照片的清晰度不是取决于像素数，而是取决于像素的"点密度"（就是图片的分辨率，用 ppi 表示，单位是"像素/英寸"），"像素数"和"点密度"是两个概念，"像素数"（点数）是感光点的总量，而"点密度"是单位面积上的点数（像素点），只有单位面积上的感光点数越多，拍出的照片才越细腻。所以，反映照片清晰程度的参数是"点密度"（图片分辨率），而非总的点数。像素虽高，若印的照片也很大，其"点密度"并不高，照片也不细腻；相反，像素不高，若只印很小幅面的照片，也可以得到很细腻的照片。确切地说，像素高，意味着能拍出幅面大的照片；"像素"的高低，表示着照片幅面的大小；购买相机时，要考虑准备拍摄的照片的最大尺寸是多大，再决定要求的像素数。若准备开影楼或做广告，需要放大很大幅面的照片，就需要选择"最高像素"高的相机；若只是家庭使用，不准备放大很大的照片，也就不必追求太高的像素数。另外，高像素的代价是高价位，所以在选择相机时，既要考虑实际需要，也要考虑经济承受能力。

**5. 最高分辨率**

数码相机能够拍摄最大图片的面积，就是这台数码相机的最高分辨率。对于相同尺寸的照片来说，分辨率越大，图片的实际面积越大，对应的图片文件（容量）也越大。

分辨率是用于度量位图图像内数据量多少的一个参数。包含的数据越多，图形文件占用的存储空间越大，也就能表现更丰富的细节。然而，假如图像分辨率较低，图片就会显得粗糙，尤其是把图像放大为一个较大尺寸观看时。因此，在拍摄图片时，必须根据图像最终的用途决定其恰当的分辨率。

分辨率通常被表示成水平和竖直方向上的像素数量的乘积，比如 640×480 等。在某些情况下，也可以表示成"每英寸像素数"（Pixel per inch，ppi）。

分辨率和图像的像素有直接的关系，比如一张分辨率为 640×480 的图片，它的分辨率为 30 万像素（640×480=307200），而一张分辨率为 1600 ×1200 的图片，它的像素就是 200 万像素（1600 ×1200）。

**6．光学变焦**

光学变焦（Optical Zoom）是指数码相机依靠光学镜头结构来实现变焦。通过镜片移动来放大与缩小需要拍摄的景物，光学变焦倍数越大，能拍摄的景物就越远。

光学变焦是通过镜头、物体和焦点三方的位置发生变化而产生的。当成像面在水平方向运动的时候，视觉和焦距就会发生变化，更远的景物变得更清晰，让人产生向物体递进的感觉。

改变视角有两种办法，一种是改变镜头的焦距，即光学变焦。通过改变变焦镜头中的各镜片的相对位置来改变镜头的焦距。另一种是改变成像面的大小，即成像面的对角线长短，称为数字变焦。数字变焦并没有改变镜头的焦距，只是通过改变成像面对角线的角度来改变视角，从而产生了"相当于"镜头焦距变化的效果。

镜头越长的数码相机，内部的镜片和感光器移动空间越大，所以变焦倍数也更大。而一些超薄型数码相机，一般光学变焦功能较差，因为其机身内根部不允许感光器件的移动。

家用数码相机的光学变焦倍数大多在 3～10 倍。另外如果光学变焦倍数不够，可以使用增倍镜增大数码相机的光学变焦倍数。

**7．数字变焦**

数字变焦也称数码变焦（Digital Zoom），是指通过数码相机内的处理器，把图片内的每个像素面积增大，从而达到放大目的。这种方法就如同用图像处理软件把图片的面积改大，将感光元件上的像素用插值算法将画面放大。

通过数码变焦，拍摄的景物放大了，但它的清晰度会有一定程度的下降，所以数码变焦并没有太大的实际意义。

**8．显示屏尺寸**

数码相机与传统相机最大的一个区别就是它拥有一个可以随时浏览图片的屏幕，称为数码相机的显示屏，一般为液晶显示屏（Liquid Crystal Display，LCD）。数码相机显示屏尺寸即数码相机显示屏的大小，一般用英寸来表示。如 1.8 英寸、2.5 英寸、3.0 英寸等。数码相机显示屏越大，取景效果越好；但另一方面，显示屏越大，使得数码相机的耗电量也越大。

## 7.4.4　数码相机的选购

选购数码相机时除了上述技术指标之外，还要兼顾它的数字特性和光学特性。

**1．镜头**

设计优良的高档相机镜头由多组镜片构成，并含有非球面镜片，可以显著地减少色偏和最大限度抑制图形畸变、失真，镜片选用价格昂贵的萤石或玻璃，而家用和半专业相机的镜头为减轻重量和降低成本，镜片采用的是用合成树脂。

由于数码相机的镜头规格比较特殊，无法由这个数据预测可以拍摄的景物范围，厂商大多会在镜头焦距参数后增加相当于 35mm 传统相机焦距数值。焦距也称焦长，是指透镜轴心线上的中心点至影像可清晰成像时的距离长度，在相机中则指整个镜头组的焦距，单位是 mm（毫米）。焦距越长，镜头可视范围的角度越窄，但具有放大、接近的效果，就像望远镜的镜头一样；焦距越短，拍摄范围就越大，相对物体会较小，适合在近距离拍摄较大的场景，也就是常说的广角镜头。

**2．光圈和快门**

光圈是影响曝光的重要机制之一，指镜头内约 5 到 9 片的金属薄片所组成的控制装置，可以形成大小不同的圆圈以控制进入镜头内的光线多少。光圈越大，单位时间进入的光线越多。光圈的大小以数字表示，数字越大表示光圈越小，也就是进入的光线量越少。而镜头标示的都是指该镜头的最大光圈，也就是全开状态下的值，比如在变焦镜头上 9.2-28mm 1∶2.8-3.9 的标示，表示在焦距为 9.2mm 时的最大光圈是 F2.8，而焦距为 28mm 时的最大光圈则为 F3.9。

快门用来调整相机的曝光时间，单位是秒，是以倒数来表示的，例如：30、250 的含义是 1/30s、1/250s，即数字越小快门速度越慢。快门速度越快，越容易捕捉高速移动的影像，拍摄时不容易因晃动而导致影像模糊；但速度过快可能导致进光量不足，通常高速快门必须在光线较强时使用，或将光圈配合放大。光线不足时，速度慢的快门比较适合。数码相机快门能支持 2～1/1000s 已经可以符合一般需求，如果能有更宽广的快门范围，则更能符合各种严格的拍摄条件，如拍摄高速移动的物体或静夜星空等。

**3．电池及耗电量**

数码相机由于带有显示屏和闪光灯，因而电池消耗量比传统相机大。因此，最好选择配备可充电的锂电池机型。

**4．白平衡**

物体的颜色会由于投射光线颜色而产生改变，在不同光线的场合下拍摄出的照片会有不同的色温，白平衡就是指在所得到的照片中能正确地以"白"为基色来还原其他颜色。

自动白平衡通常为数码相机的默认设置，相机中有一结构复杂的矩形图，它可决定画面中的白平衡基准点，以此来达到白平衡调校。

**5．曝光补偿**

由于相机的自动曝光功能以中灰色所反射光线的进光量为比较标准，因此在拍摄画面中，如果白色太多（反射光多），进光量会高于测光标准值，相机便被误导，以为光线很强而缩小光圈，造成照片曝光不足，白色部分变得不够白的现象。而曝光补偿则针对这种情况，将曝光度往上加 1 或 2 格，形成明亮、正确的影像。反过来，大部分是黑色状况下，需把曝光量下降 1 或 2 格。

**6．附加功能**

功能越多，意味着使用数码相机的乐趣更多、用途更广。例如许多数码相机有视频输出功能，可以接到电视上浏览照片；有的可以像手机一样自行设置开机图片和快门声音；有的可以有短时的数码录像功能。数码相机的驱动程序的安装应当十分简便，并能够快速下载图片、拥有照片预览等。例如佳能数码相机附带的软件功能就十分的完善，可以分类管理图片，打印时的设置更是多种多样，还可以简单修改图片等。

## 7.4.5　数码相机的使用

使用数码相机应当遵循一定的规则，而且掌握一定的拍摄技巧，对于拍摄高品质的照片来说也很重要。

## 1. 保养

保持相机干净。镜头上的污迹会严重降低图像质量。同时尽量避免手指碰镜头，尽量防止灰尘和沙砾落到光学装置上。

当镜头上出现灰尘或者其他污物时，应当及时进行清洗。清洗工具为镜头纸或是带有纤维布的精细工具、镜头刷和清洗套装等。不能用硬纸、纸巾或餐巾纸来擦拭镜头，因为含有刮擦性的木质纸浆，会严重损害相机镜头上的易碎涂层。

冷热天气也会影响相机。如果将相机从较为寒冷的室外环境，带到一个较为湿热的室内环境中，镜头和取景器上就会有雾点出现，这时就要用合适的镜头纸或纤维布来擦拭镜头上的雾气。遇到类似情况，最好在使用前先把相机放在相机包里，过一段时间再使用。

## 2. 拍摄技巧

常见的数字相机的光学取景器是旁轴式的，从光学取景中看到的景物与镜头实际拍摄的照片不是通过同一个光轴的，被摄物越近视差就越明显。光学取景器中往往有一些近摄补偿标志告诉拍摄者大致的误差。

和使用传统胶片相机一样，拍好照片的重要前提是拿稳相机、对准焦点，另外，还要防止手指挡住闪光灯。

为了保证卡片机照片的效果，建议使用全自动模式。同时还要注意拍摄距离，超出闪光灯距离范围后，拍摄的照片容易产生背景明亮而主体曝光不足的问题。

1）微距摄影

进行微距摄影前，要注意曝光量的掌握、拍摄角度等问题，如有可能应稍微使用光学变焦来减小广角端的畸变现象，并尽量找地方固定相机，比如三脚架、桌面等，同时将相机设置在强制不闪光状态，避免主体曝光过度。

2）风光摄影

选定风光模式，使用相机的广角端进行拍摄，如果运用变焦，则失去了风光摄影的意义。在拍摄过程中特别要注意光线的入射方向，尽量避免大背光角度的拍摄，但为了不产生光晕现象，也不要让阳光折射到镜头。在某些特殊时段甚至需要手动调整白平衡效果，比如阴天、日出、夕阳等环境，这些都需要拍摄者灵活调整。

3）人像摄影

选择人像模式后，相机会根据拍摄距离调用该焦距段下的最大光圈，若是最大程度的背景虚化，则必须使用广角端拍摄。拍摄人像，测光点最好位于脸部，如果是拍摄脸部特写，则以眼部对焦为最佳。如果在室内拍摄人像，需要注意相机曝光不足的问题以及防抖，并视环境光线的强弱决定是否启动防红眼功能。

4）夜景红眼

在光线较暗的环境中，人眼瞳孔会放大让更多的光线通过，这样在照片中就会出现红眼。在这种情况下，如果拍摄时打开了闪光灯，眼底视网膜上毛细血管就会被拍摄下来，在照片上的反映就是人眼发红。

许多数码相机都有消除红眼的装置，可根据说明书设定好这个拍摄模式，它就会在拍照之前先预闪一次，使被拍者的瞳孔缩小，然后才正式闪灯拍照。如果相机没有此功能的话，可以连续拍两张，第二张一般不会有红眼。

**3. 光线处理**

正确利用光源，尽量避免逆光拍照，可降低拍照的失败率；另外，在阳光直射时，主体人物的脸部容易生硬，表情不佳，此时改变一下角度或在稍有阴影之处拍照，会得到较佳的效果；逆光时往往因为背后光线太强，容易使主体过暗，如果相机有"强制闪光"装置，使用此装置可以解决很多光线方面的问题，当主题很暗而背景很亮的时就可启用"强制闪光"装置。

# 7.5 扫 描 仪

扫描仪是一种计算机输入设备，它对原稿进行光学扫描，然后将光学图像传送到光电转换器中变为模拟电信号，又将模拟电信号变换成为数字电信号，最后通过计算机接口送至计算机中。图 7-9 是常见的扫描仪外观。照片、文本页面、图纸、美术图画、照相底片、菲林软片，甚至纺织品、标牌面板、印制板样品等三维对象皆可作为扫描对象。

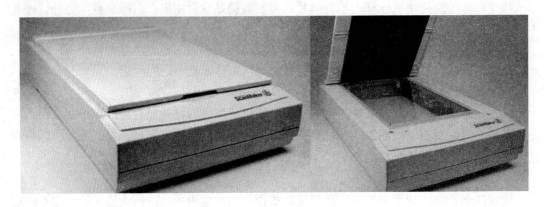

图 7-9　扫描仪

## 7.5.1 扫描仪的类型

扫描仪主要分为三大类型：滚筒式扫描仪、平面扫描仪以及笔式扫描仪。

密度范围又称像素深度，代表扫描仪所能分辨的亮光和暗调的范围，通常滚筒扫描仪的密度范围大于 3.5，而平面扫描仪的密度范围一般在 2.4～3.5 范围之间。密度范围是扫描仪非常重要的性能参数。

滚筒式扫描仪一般使用光电倍增管 PMT（Photo Multiplier Tube），它的扫描密度范围较大，能够分辨出图像更细微的层次变化；平面扫描仪使用的则是光电耦合器件（Charged-Coupled Device，CCD），它的扫描的密度范围较小。CCD 是一长条状感光元器件，在扫描过程中用来将图像反射过来的光波转化为数位信号，平面扫描仪使用的 CCD 大都是具有日光灯线性陈列的彩色图像感光器。

笔式扫描仪出现较晚，体积小、携带方便，其外观如图 7-10 所示。使用时，贴在扫描对象上一行一行地扫描，主要用于文字识别，可以实现无需连接计算机的脱机扫描，可以扫描彩色照片，名片等。

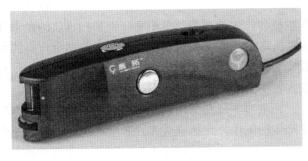

图 7-10　笔式扫描仪

## 7.5.2　扫描仪的主要技术指标

了解扫描仪的主要技术指标，对于选购扫描仪来说是必需的。这些指标主要有分辨率、扫描方式、灰度级、色彩数、接口类型、扫描速度、扫描幅面等。

### 1．分辨率

分辨率是扫描仪最主要的技术指标，它表示扫描仪对图像细节上的表现能力，决定了扫描仪所记录图像的细致度，用每英寸长度上扫描图像所含有像素点的个数来表示，单位为 DPI（Dots Per Inch）。一般使用横向分辨率来判定扫描仪的精度，因为纵向分辨率可通过扫描仪的步进电机来控制（如图 7-11 所示），而横向分辨率则完全由扫描仪的 CCD 精度决定。常见的扫描仪分辨率在 300～2400DPI 范围内。DPI 数值越大，扫描的分辨率越高，扫描图像的品质也就越高。当分辨率大于某一特定值时，只会使图像文件增大而不易处理，而不能对图像质量产生显著的改善。对于丝网印刷应用而言，扫描到 6000DPI 就已经足够了。

图 7-11　步进电机的精度决定了纵方向采样率

扫描分辨率一般有二种：真实分辨率（又称光学分辨率）和插值分辨率。

光学分辨率就是扫描仪的实际分辨率，它决定了图像的清晰度和锐利度的关键性能指标。

插值分辨率则是通过软件运算的方式来提高分辨率的数值，即用插值的方法将采样点周围遗失的信息填充进去，因此也被称作软件增强的分辨率。例如扫描仪的光学分辨率为300DPI，则可以通过软件插值运算法将图像提高到600DPI，插值分辨率所获得的细节资料要少些。尽管插值分辨率不如真实分辨率，但它却能大大降低扫描仪的价格，且对一些特定的工作，如扫描黑白图像或放大较小的原稿时十分有用。

图像的清晰度除了分辨率外，还取决于镜头所用的光学器件的质量以及光源的亮度。比如明亮的疝气灯和高质量透镜产生的图像，比标准荧光灯和普通透镜产生的图像要清晰得多。

### 2. 扫描方式

扫描方式主要是针对感光元件而言，感光元件也叫扫描元件，是扫描仪中完成光电转换的部件。目前市场上扫描仪所使用的感光器件主要有四种：电荷耦合元件 CCD、接触式感光器件 CIS、光电倍增管 PMT 和互补金属氧化物导体 CMOS。CCD 由于体积小、造价低，因而应用广泛。CMOS 是一种新型的图像传感技术，其结构简单，制造成本比 CCD 低。CIS 扫描仪体积也比 CCD 扫描仪小，制造成本也更少，但扫描质量一般。

目前 CCD 扫描仪最为常见。

### 3. 灰度级

灰度级表示图像的亮度层次范围。级数越多扫描仪图像亮度范围越大、层次越丰富，目前多数扫描仪的灰度为 256 级。256 级灰阶可以真实呈现出比肉眼所能辨识出来的层次还多的灰阶层次。

### 4. 色彩数

色彩数表示彩色扫描仪所能产生颜色的范围。通常用表示每个像素点颜色的二进制数据位数（bit）表示。

色彩位数是扫描仪所能捕获色彩层次信息的重要技术指标，高的色彩位可得到较高的动态范围，对色彩的表现也更加艳丽逼真。色彩位数的变化经历了 8bit、16bit、24bit、36bit、48bit 的演变。色彩位数值越大越好。虽然目前市场上的家用扫描仪多为 36bit，但 48bit 的扫描仪正在逐渐成为主流。

### 5. 接口类型

扫描仪的接口是指扫描仪与计算机主机的连接方式，经历了从 SCSI 接口到 EPP（Enhanced Parallel Port）接口的变化，目前扫描仪基本采用 USB 2.0 接口。

### 6. 扫描速度

扫描速度有多种表示方法，因为扫描速度与分辨率，内存容量，图像大小有关，通常用指定的分辨率和图像尺寸下的扫描时间来表示。

### 7. 扫描幅面

表示扫描图稿尺寸的大小，常见的有 A4、A3、A0 幅面等。

### 8. 软件配置及其他

扫描仪的软件配置包括图像处理软件、OCR 和矢量化软件等，OCR 是目前扫描仪市场比较重要的软件技术，它实现了将印刷文字扫描得到的图片转化为文本文字的功能，提供了一种全新的文字输入手段，大大提高了用户工作的效率，同时也为扫描仪的应用带来了进步。

新型扫描仪还有其他一系列辅助的技术指标，来增强扫描仪的易用性和辅助功能。如

Microtek 系列扫描仪中配备自动预扫描功能、GO 快捷键设计、节能设计等。快捷功能键的出现，简化了用户使用扫描仪的步骤。

### 7.5.3 扫描仪的使用和维护

在日常使用扫描仪时需要注意以下方面。

① 对于 SCSI、EPP 接口的扫描仪，通电后，不要插拔 SCSI、EPP 接口的电缆，这样会损坏扫描仪或计算机。

② 扫描仪在工作时不要中途切断电源，一般要等到扫描仪的镜组完全归位后，再切断电源。

③ 扫描过程中注意不要划伤扫描仪玻璃。

④ 当不使用扫描仪时，建议切断扫描仪的电源。

⑤ 扫描仪应摆放在远离窗户的位置，因为窗户附近灰尘较多，而且易受阳光直射，会减少扫描仪的使用寿命。

⑥ 由于扫描仪在工作中会产生静电，从而吸附大量灰尘进入机体影响正常工作。因此，不要用容易掉渣儿的织物来覆盖（绒制品，棉织品等），可以用丝绸或蜡染布等进行覆盖。另外，房间保持适当的湿度也可以避免灰尘对扫描仪的影响。

# 7.6 摄 像 头

## 7.6.1 摄像头简介

摄像头（CAMERA）是一种视频输入设备，种类繁多，如图 7-12 所示。

图 7-12 各种类型摄像头

摄像头的工作原理为：景物通过镜头（LENS）生成的光学图像投射到图像传感器表面，转为电信号，经过模数转换（A/D）后变为数字图像信号，送到数字信号处理芯片（DSP）中加工处理，再通过接口传输到计算机中处理，并通过显示器显示。

## 7.6.2 摄像头的分类

按工作原理分类，摄像头分为数字摄像头和模拟摄像头两大类。模拟摄像头可以将视频采集设备产生的模拟视频信号转换成数字信号，进而将其储存在计算机里。模拟摄像头捕捉到的视频信号必须经过特定的视频捕捉卡将模拟信号转换成数字模式，并加以压缩后才可以转换到计算机上运用。数字摄像头可以直接捕捉影像，然后通过串、并口或者 USB 接口传到计算机里。目前常见的摄像头基本上是数字摄像头，数字摄像头大多采用 USB 接口。除此之外还有一种与视频采集卡配合使用的摄像头，但目前还不是主流。下面主要介绍 USB 接口的数字摄像头。

根据摄像头的形态的不同，可以将摄像头分为桌面底座式、高杆式及液晶挂式三大类型。

根据摄像头功能的不同，还可以分为防偷窥型摄像头、夜视型摄像头。防偷窥摄像头的原理是在摄像头上增加一个电源开关，在不使用的时候把摄像头的电源切断，从而避免黑客远程启动摄像头，达到反偷窥的目的。夜视型是指摄像头是否具备 LED 灯或红外夜视功能，主要用于弥补低照度下光线的不足，夜视型摄像头外观如图 7-13 所示。

图 7-13　夜视型摄像头

另外，根据摄像头是否需要安装驱动，可以分为有驱型与无驱型摄像头。有驱型指的是不论在什么系统下，都需要安装对应的驱动程序。无驱型则是指在 Windows XP 以上的操作系统中，无需安装驱动程序，插入计算机即可使用。无驱型由于使用的便捷，已经成为主流。

### 7.6.3　摄像头的组成及主要性能指标

镜头、感光芯片与主控芯片是摄像头三个主要的关键元器件。

**1. 镜头**

镜头（LENS）是透镜结构，由几片透镜组成，透镜越多，效果越好，成本越高。透镜一般有塑胶透镜或玻璃透镜，玻璃透镜比塑胶透镜贵，但成像效果比塑胶镜头好。

降成本的摄像头，一般采用塑胶镜头或半塑胶半玻璃镜头。

**2. 感光芯片**

感光芯片（SENSOR）是数码摄像头的重要组成部分，同数码相机、扫描仪一样分为 CCD 和 CMOS 两种。

目前 CCD 元件的尺寸多为 1/3 英寸或者 1/4 英寸，在相同的分辨率下，元件尺寸较大的性能较好。

CCD 的优点是灵敏度高，噪音小，信噪比大。但是生产工艺复杂、成本高、功耗高。CMOS 的优点是集成度高、功耗低（不到 CCD 的 1/3）、成本低。但噪音比较大、灵敏度较低、对光源要求高。

在相同像素下，CCD 的成像往往通透性、明锐度都很好，色彩还原、曝光可以保证基本准确。而 CMOS 的产品通透性一般，对实物的色彩还原能力偏弱，曝光也较差。

**3．主控芯片**

主控芯片主要控制摄像头在视频时的传输速度，即图像的流畅性。

**4．图像解析度/分辨率**

图像解析度/分辨率（Resolution）即传感器像素，俗称摄像头的像素，是衡量摄像头性能的一个重要指标，摄像头的像素越高，拍摄出来的图像品质就越好，但它记录的数据量也会越大，对存储设备的要求也就越高。由于 CMOS 成像效果在高像素上并不理想，因此高像素摄像头主要是 CCD 摄像头。

需要注意的是，有些分辨率的标识是指该产品利用软件所能达到的插值分辨率，虽然说也能适当提高所得图像的精度，但和硬件分辨率相比还有着一定的差距。

**5．视频捕获速度**

视频捕获能力也是摄像头的重要功能之一。目前摄像头的视频捕获都是通过软件实现的，对画面的要求不同，捕获能力也不尽相同。常见摄像头捕获画面的最大分辨率为 640×480，在这种分辨率下数字摄像头很难达到 30 帧/秒的捕获效果，因而画面会产生跳动现象。有些摄像头在 320×240 分辨率下依靠硬件与软件的结合达到标准速率的捕获指标，目前对于完全的视频捕获速度，只是一种理论指标。

**6．内置麦克风**

有的摄像头内置麦克风，在视频交谈时可以与音频同步。

# 7.7 视 频 卡

视频卡也叫视频采集卡、视频捕捉卡，它将摄像机、录像机、LD 视盘机、电视机等输出的视频数据或者视频音频的混合数据输入计算机，并转换成计算机可辨别的数字数据，存储在计算机中，成为可编辑处理的视频数据文件。其外观如图 7-14 所示。

图 7-14　视频采集卡

### 7.7.1 视频卡简介

视频采集卡能在捕捉视频信息的同时获得伴音，使音频部分和视频部分在数字化时同步保存、同步播放。一些视频卡还具备硬压缩功能，采集速度快，能够实现每秒 30 帧、全屏幕、视频的数字化抓取，但在回放时，还需要相应的硬件支持。

视频卡不但能把视频图像以不同的视频窗口大小显示在计算机的显示器上，而且还能提供许多特殊效果，如冻结、淡出、旋转、镜像以及透明色（即允许选择一个变成透明的颜色）处理。

视频卡的主要功能是将视频源的模拟信号通过处理转变成数字信号（即 0 和 1），并将这些数字信息存储在计算机硬盘等存储设备上。这种模拟/数字转变是通过视频卡上的采集芯片进行的。在采集过程中，对数字信息进行一定形式的实时压缩处理，较高档的采集卡依靠特殊的处理芯片进行硬件实时数据压缩处理；而没有实时硬件压缩功能的卡，则通过计算机的 CPU 进行被称为软件压缩的处理。

### 7.7.2 视频卡的种类

视频卡按照其用途可分为广播级视频卡、专业级视频卡、民用级视频卡。它们的区别主要是采集的图像指标以及采集图像的质量不同。

广播级视频采集卡特点是采集的图像分辨率高，视频信噪比高，缺点是视频文件所需硬盘空间大。每分钟数据量至少要消耗 200MB，广播级模拟信号采集卡都带分量输入输出接口，此类设备是视频采集卡中最高档的，一般多用于录制电视台所制作的节目。

专业级视频卡的级别比广播级视频采集卡的性能稍微低一些。分辨率基本能达到广播级，但压缩比稍微大一些，其最小压缩比一般在 6∶1 以内。输入输出接口为 AV 复合端子与 S 端子。此类产品适用于专业人员视频、广告、多媒体等节目或软件的制作。

民用级视频卡的动态分辨率较小，通常采用 NTSC 制。输入端子为 AV 复合端子与 S 端子，绝大多数不具有视频输出功能。

另外，还有一类比较特殊的视频卡，如 VCD 制作卡，从用途上来说应该算在专业级之内，而从图像指标上来说只能算做民用级产品。它采集的视频文件一般为 MPEG 文件，采用 MPEG1 压缩算法，所以文件尺寸较小，但视频指标低于 AVI 文件。

### 7.7.3 视频采集卡的性能参数

视频卡规格很多，适用环境以及应用场合都有很大的区别，但其主要的功能和技术指标相似。

**1. 接口**

视频卡的接口包括与计算机的接口以及与模拟视频设备的接口。视频卡与计算机的连接通常采用 PCI 总线接口，插到计算机主板的扩展槽中，以实现视频卡与计算机的通信与数据传输。视频卡至少要具有一个复合视频接口（Video In）与模拟视频设备相连。高性能的采集卡一般具有一个复合视频接口和一个 S-Video 接口。一般的采集卡都支持 PAL 和 NTSC 两种电视制式。

**2．功能**

计算机通过视频卡可以接收来自视频输入端的模拟视频信号，对该信号进行采集、量化成数字信号，然后压缩编码成数字视频序列。大多数视频卡都具备硬件压缩的功能，在采集视频信号时首先在卡上对视频信号进行压缩，然后通过 PCI 接口把压缩的视频数据传送到计算机中。一般的计算机视频卡采用帧内压缩的算法把数字化的视频存储成 AVI 文件，高档一些的视频采集卡还能直接把采集到的数字视频数据实时压缩成 MPEG-1 格式的文件。

不同档次的视频卡具有不同质量的采集压缩性能。

**3．驱动和应用程序**

视频卡一般都配有硬件驱动程序以实现计算机对采集卡的控制和数据通信。根据不同的采集卡所要求的操作系统环境，相应的驱动程序也不同。只有把视频卡插在计算机的主板扩展槽并正确安装了驱动程序以后才能正常工作。视频卡一般都配有采集应用程序以控制和操作采集过程。也有一些通用的采集程序，如数字视频编辑软件 Adobe Premiere 等也带有采集功能，但这些应用软件都必须与采集卡硬件配合使用，即只有视频卡硬件和驱动正常安装以后才能使用。

# 7.8　电　视　卡

电视卡是使计算机具有接收电视节目功能的一种配件，它可以将电视片段保存到硬盘中进行视频编辑；还可以把保存的节目制作成 VCD、DVD 影碟。

电视卡主要有四种：电视盒、PCI 电视卡、USB 电视盒以及视频转换盒。

电视盒外观为如图 7-15 所示的盒状，有 VGA 接口、电视信号接口，可与显示器直接连接，无须接计算机主机。面板的按钮有电视调台的相关功能。

PCI 电视卡：插在计算机主机板的 PCI 插槽中，具有采集电视信号的功能，外观如图 7-16 所示。在用计算机看电视时，需要使计算机主机开机。

图 7-15　电视盒

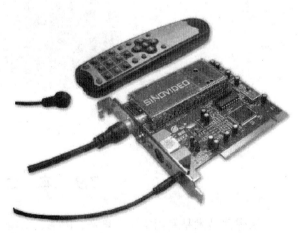

图 7-16　PCI 电视卡

USB 电视盒：直接插入计算机的 USB 插槽中，就能接收电视信号，并通过显示器看电视，外观如图 7-17 所示。

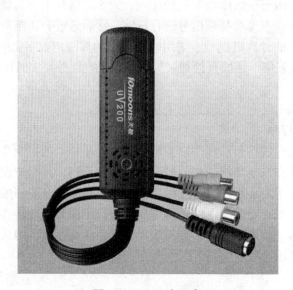

图 7-17　USB 电视盒

视频转换盒：将计算机中的数字信号转换成电视能接收的视频信号，通过它可直接从电视屏幕中看到计算机屏幕上的信息，甚至可以把电视机当作显示器来用。外观如图 7-18 所示。

图 7-18　视频转接盒

## 7.9　本　章　小　结

多媒体技术是利用文字、声音、图形、图像、视频、动画等多种媒体展示信息的技术。声卡、音箱、麦克风、数码相机、扫描仪、摄像头等都是目前计算机常用的多媒体设备。

本章主要对声卡、音箱、数码相机、摄像头、扫描仪等目前常见的多媒体设备的分类、工作原理及其技术指标进行了介绍。了解多媒体设备的技术指标是合理选购相关设备的前提。

# 习　题　7

**1．填空**

（1）_____是多媒体技术中最基本的组成部分，是实现声波/数字信号相互转换的一种硬件。

（2）普通声卡在安装挡板上一般有 5～6 个插孔，分别是 Speaker、Line Out、Line In、Mic In、MIDI 及游戏摇杆接口，其中_____接口用于外接音箱功放或带功放的音箱。

（3）将一个恒压音频信号输入音箱系统时，音箱产生的声音信号强度随频率的变化而发生增大或衰减，相位随频率而发生变化，声音信号强度和相位与频率的相关联的变化关系称为_____。

（4）_____是一种利用电子感光元件把光学影像转换成电子数据的设备。

（5）_____是一种计算机外部仪器设备，其通过捕获图像并将之转换成计算机可以显示、编辑、储厚和输出的数字化输入设备。

（6）根据摄像头的形态，可以分为桌面底座式、_____及液晶挂式三大类型。

（7）_____的主要功能是将视频源的模拟信号通过处理转变成数字信号（即 0 和 1），并将这些数字信息存储在计算机硬盘等存储设备上。

**2．简答题**

（1）简述声卡的工作原理。

（2）简述音箱的主要技术指标以及选购时的注意事项。

（3）简述扫描仪的结构组成。

多媒体设备

# 第8章　　计算机其他基本设备

## 本章学习目标

- 了解键盘、鼠标的结构组成及工作原理;
- 了解计算机电源及机箱的关键指标和挑选方法;
- 掌握电源及机箱的挑选方法;
- 了解打印机的结构组成及技术指标;
- 掌握激光打印机的使用方法;
- 了解手写板的工作原理。

本章介绍计算机其他基本设备的工作原理及关键技术指标以及选购的注意事项。这些设备主要包括键盘、鼠标、手写板、机箱、电源、打印机等。

## 8.1　键　　盘

键盘是最常用也是最主要的输入设备,通过键盘,可以将英文字母、数字、标点符号等输入到计算机中,向计算机发出命令、输入数据等。

### 8.1.1　键盘的分类

键盘种类繁多,可以根据按键数、按键工作原理、接口类型、键盘外形等进行分类。

根据按键数目不相同,先后出现的有 83 键、93 键、96 键、101 键、102 键、104 键、107 键以及网络键盘等。早期的 PC 使用 83 键键盘,后来随着 Windows 操作系统的流行出现了 101 键、102 键、104 键和 107 键等。目前家用计算机的标准键盘为 107 键,比 104 键增加了睡眠键、唤醒键、开机键,107 键,外观如图 8-1 所示。

图 8-1　标准 107 键盘

网络键盘比标准的 107 键盘增加了上网快捷键、电子邮件快捷键等,便于快速上网,如图 8-2 所示。

图 8-2　网络键盘

多功能键盘为了迎合用户的特色需求，在键盘上加入了手写输入、多媒体控制等功能，如图 8-3 所示。

图 8-3　多功能键盘

不管键盘形式如何变化，基本的按键排列一直保持不变，分为主键盘区、数字辅助键盘区、F 键功能键盘区、控制键区，多功能键盘增添了快捷键区。键盘有 Caps Lock（字母大小写锁定）、Num Lock（数字小键盘锁定）、Scroll Lock 三个指示灯，标志键盘的当前状态。这些指示灯一般位于键盘的右上角。

根据键盘按键工作原理分类，常规键盘有机械式按键和电容式按键两种，工控机中还有一种轻触薄膜按键的键盘。机械式键盘是最早被采用的，工作原理类似金属接触式开关，使触点导通或断开，工艺简单、维修方便、手感一般、噪声大、易磨损。大部分廉价的机械键盘采用铜片弹簧作为弹性材料，铜片易折、易失去弹性，长时间使用，容易出现故障，已被淘汰。电容式键盘的原理是通过按键改变电极间的距离产生电容量的变化，暂时形成震荡脉冲允许通过的条件。这种键盘是无触点非接触式的，磨损率小，没有接触不良的隐患，噪音小，但工艺较机械结构复杂。用于工控机的键盘为了完全密封采用轻触薄膜按键，只适用于特殊场合。

根据键盘的外形不同，键盘又分为标准键盘和人体工程学键盘。人体工程学又叫人类工学或人类工程学，它以人机关系为研究对象。具体到产品上，就是在产品的设计和制造方面完全按照人体的生理功能量身定做，更加有益于人体的身心健康。常用的标准键盘，使用时手腕放在台面上，由于键盘的键面高于工作台面，腕部要上翘，时间长会引起腕关节疼痛；而悬腕或悬肘的操作虽然灵活，但手部缺乏支撑，手臂或肩背的肌肉保持紧张，不能持久，易疲劳。人体工程学对这个问题的研究结论是"键盘自台面至中间一行键的高度应尽量降低"，即通过减薄键盘本身的厚度和在键盘前增加手部的支撑件来解决。

根据以上研究结果，人体工程学键盘在标准键盘上将指法规定的左手键区和右手键区这两大板块左右分开，并形成一定角度，使操作者不必有意识地夹紧双臂，保持一种比较自然的形态，可以有效地减少腕部疲劳，这种键盘被微软公司命名为自然键盘（Natural Keyboard），图 8-4 是一款常见的人体工程学键盘。这种键盘对于习惯盲打的用户来说，可以有效地减少左右手键区的误击率，如字母"G"和"H"。有的人体工程学键盘还有意加大常用键如空格键和 Enter 键的面积，在键盘的下部增加护手托板，给悬空手腕以支持点，减少由于手腕长期悬空导致的疲劳。

图 8-4    人体工程学键盘

按照键盘接口类型不同进行分类，有 AT 接口键盘、PS/2 接口键盘、USB 接口键盘和无线键盘等。AT 接口键盘已被淘汰；PS/2 接口键盘使用较为普遍，接口颜色为紫色；USB 接口键盘因为支持热插拔，使用也越来越多；无线键盘与计算机间没有直接的物理连线，通过红外线或无线电波将输入信息传送给计算机。

## 8.1.2  键盘的选购

键盘面板根据档次的不同，采用不同的塑料压制而成，优质键盘的底部采用较厚的钢板以增加键盘的质感和刚性，而廉价键盘采用塑料底座。键盘的底部设有折叠的支持脚，展开支撑脚可以使键盘保持一定倾斜度，不同质量的键盘会提供单段、双段甚至三段的角度调整，以适应不同用户的需要。

在选购键盘时，需要注意以下方面。

**1．手感**

手感好的键盘可降低手指疲劳，还可以提高学习和工作效率。一般说来，电容式键盘手感较轻，机械式键盘手感稍显生硬。好键盘弹性适中，按键无晃动，按键弹起速度快，灵敏度高。

另外键盘还有带托盘的，及人体工程学键盘，这两种键盘都可以缓解腕部疲劳，托盘式键盘适合大量输入的用户，而人体工程学键盘价格偏高、面积较大，可以根据自身的需求选择。

**2．键盘做工**

键盘做工的好坏直接影响它的使用寿命。做工好的键盘用料讲究，无毛刺、无异常凸起、无松动，键帽上的字母印刷清晰，而且耐磨。有些做工好的键盘为了防止意外进水，还设置了导水槽。

**3．接口类型**

键盘多为 PS/2、USB 两种接口类型，PS/2 接口的键盘比较普遍，主板上都有支持它的接口，USB 键盘支持即插即用，应为首选。

# 8.2 鼠 标

鼠标诞生于 1968 年，目前是计算机最基本的输入设备，在图形界面的软件中广泛使用。使用者通过鼠标按键和滚轮装置对光标所经过位置的屏幕元素进行操作，也可以对屏幕上的光标进行定位，使计算机的操作更加简便，可在一定程度上取代键盘繁琐的操作指令。

## 8.2.1 鼠标的分类

可以根据鼠标与计算机的接口类型、工作原理以及外形来对鼠标进行分类。

### 1. 按接口类型分类

根据接口类型的不同有串口鼠标、大口鼠标、PS/2 鼠标、USB 鼠标和无线鼠标等，如图 8-5 所示。串口鼠标通过串行口与计算机相连，有 9 针接口和 25 针接口两种；大口鼠标比 PS/2 口鼠标略大，称其为大口鼠标，串口鼠标和大口鼠标已被淘汰；PS/2 鼠标比大口鼠标接口略小，也称小口鼠标，使用较多，接口颜色为绿色，但不支持热插拔；USB 鼠标支持热插拔，可通过任意一个 USB 接口，直接插在计算机上，正在取代 PS/2 鼠标。无线式鼠标与主机间不需连线，分为红外型和无线电型两种。红外型鼠标的方向性要求比较严格，一定要将鼠标红外线发射器与连接主板的红外线接收器对准后才能操作；而无线电型鼠标的方向性要求不太严格，可以偏离一定角度。

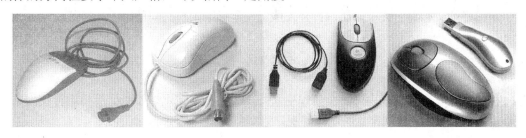

串口鼠标　　　　　PS/2 接口鼠标　　　　　USB 接口鼠标　　　　　无线鼠标

图 8-5　各种接口类型的鼠标

### 2. 按工作原理分类

根据工作原理的不同，鼠标分为机械鼠标、光机鼠标和光电鼠标。早期鼠标多为机械鼠标。光机鼠标又称为半光电鼠标，主要由滚球、辊柱和光栅信号传感器组成。当拖动鼠标时，带动滚球转动，滚球又带动辊柱转动，装在辊柱端部的光栅信号传感器产生的光电脉冲信号反映出鼠标器在垂直和水平方向的位移变化，再通过电脑程序的处理和转换来控制屏幕上光标箭头的移动。光电鼠标用光电传感器代替了滚球，通过检测鼠标器的位移，将位移信号转换为电脉冲信号，再通过程序的处理和转换来控制屏幕上的光标箭头的移动。

### 3. 按外形分类

按外形的不同，鼠标分为两键鼠标、三键鼠标、滚轴鼠标、感应鼠标以及 3D 鼠标和轨迹球鼠标。两键鼠标和三键鼠标的左右按键功能一致，三键鼠标的中间按键在使用某些特殊软件时（如 AutoCAD 等），会起一些作用；滚轴鼠标和感应鼠标在笔记本电脑上用得很普遍，往不同方向转动鼠标中间的小圆球，或在感应板上移动手指，光标就会向相应方向移动，当光标到达预定位置时，按一下鼠标或感应板，便可执行相应功能。3D 鼠标，具有全方位立体控制能力，能够前、后、左、右、上、下六个方向移动，而且可以组合出前右，左下等的移动方向。轨迹球鼠标主要应用于鼠标活动范围有限的环境，把鼠标下面的滚球设计到了鼠标上面，操作时用手来拨动滚球实现移动。

### 8.2.2 选购鼠标

选购鼠标主要有以下方面需要注意。

**1．质量**

无论鼠标的功能有多强大、外形多漂亮，质量是首选因素。

一般名牌产品质量较好，但要注意名牌产品的假冒产品较多。识别假冒产品的方法很多，可以从外包装、鼠标的做工、序列号、内部电路板、芯片，也可以螺钉的外观、按键的声音来分辨。

**2．接口**

最常见的鼠标有两种接口形式：PS/2 口、USB 口。通常应当选择 USB 接口的鼠标。但如果计算机的 USB 接口较少，可以买 PS/2 接口的鼠标，这样可以省出一个 USB 口供其他外部设备使用。

如果选择无线鼠标，则还应当考虑鼠标的通信灵敏度、耗电量及重量、价格等因素。

**3．手感**

手感好的鼠标握上去很贴切，符合人体工程学标准，长时间使用不易疲劳。

## 8.3 机 箱 电 源

机箱电源安装在机箱内部，主要作用是将 220V 的交流电转换为计算机运行使用的低压直流电，图 8-6 是几款常见的电源外观。

图 8-6　计算机电源

### 8.3.1 计算机电源标准

机箱电源分为 ATX 和 AT 两种，由于现在主板都是 ATX 的，所以 AT 机箱电源已不多见。

早期计算机使用的是 AT 电源，功率一般为 150～250W，有四路输出（5V、12V），另向主板提供一个 P.G（Power Good）信号。输出线为两个 6 芯插头和几个 4 芯的插头，两个 6 芯插座（标记为 P8、P9，有反正区别，管脚分别是 P8：5V、5V、5V、–5V、GND、GND，P9：GND、GND、–12V、12V、5V、PG）给主板供电。AT 电源采用切断的方式关机，也就是"硬关机"。

ATX（AT Extend）规范是 1995 年 Intel 公司制定的新主机板结构标准，是 AT 扩展标准，ATX 电源就是根据这一规格设计的电源。ATX 电源共有六路输出，分别是+5V、–5V、+12V、–12V、+3.3V 及+5VSB。

与 AT 电源相比，ATX 电源外形尺寸变化不大，但内部结构变化较大，增加了±3.3V、+5VSB 两路输出和一个 PS-ON 信号，并将电源输出线改为一个 20 芯的电源线为主板供电。其与 AT 电源最显著的区别是，取消了传统的市电开关，依靠+5VSB、PS-ON 控制信号的组合来实现电源的开启和关闭。利用此功能，可以直接通过软件或键盘关机，在网络上通过 Modem 或网卡远端控制开关机。

ATX 电源规范经历了 ATX1.0、ATX 1.1、ATX 2.0、ATX 2.01、ATX 2.02、ATX 2.03 和 ATX 12V 等阶段，目前的电源多遵循 ATX 2.03 或更新的 ATX 12V 标准。

**1．ATX 2.0 标准**

ATX 2.0 标准对 ATX 电源内部的风路进行了调整，将原来面向机箱内送气的风扇改为向机箱外排气。对 PS-ON、PWR-OK 信号和+5VSB 电源规格进行了补充，对+3.3V 端电压变动的范围和软电源控制信号进行了重新定义。加入可选的风扇辅助电源、风扇监控、IEEE 1394 电压和 3.3V 遥控电压等标准。对电源内部配线颜色的定义进行了补充。

**2．ATX 2.01 标准**

ATX 2.01 标准对机箱和主板的 I/O 接口的定义进行了修正和补充。将+5VSB 输出电流由原来的 10mA 增加到 720mA，改善了主板唤醒设备的能力，提高了兼容性。

**3．ATX 2.02 标准**

ATX 2.02 标准针对 250～300W 以上的电源加入了新的辅助电源连接器（一种 6 芯连接器，采用类似 AT 主板上使用的电源连接器）。

ATX 2.02 标准说明了电源启动时 PS-ON、PWR-OK 与相关电压的变化关系，并明确了 IEEE 1394R 通道的电源定义。根据 Intel 关于 ATX 电压供应设计手册（0.9 版）的规定对原来技术白皮书中的两处错误进行了修正，将–5VDC 和–12VDC 的电压波动范围由原来的±5%修改为±10%。

**4．ATX 2.03 标准**

ATX 2.03 标准采用+5V 和+3.3V 电压，分别为功耗较大的处理器及显卡直接提供所需的电压。而单独的+12V 输出则主要应用在硬盘和光驱设备上。

P4 处理器推出后，由于功耗较高，ATX 2.03 标准电源的+5V 电压不能提供足够的电流。基于此，Intel 对 ATX 标准进行修订推出了 ATX 12V 规范。

**5．ATX 12V 标准**

ATX 12V 标准与 ATX 2.03 的主要差别是改用+12V 电压为 CPU 供电，为 CPU 增加了单独的 4 针（Pin）电源接口。ATX 12V 1.0 规范还对涌浪电流峰值、滤波电容的容量、保护电路等做出了相应规定，确保电源的稳定性。其主要接口如图 8-7 所示。

计算机其他基本设备

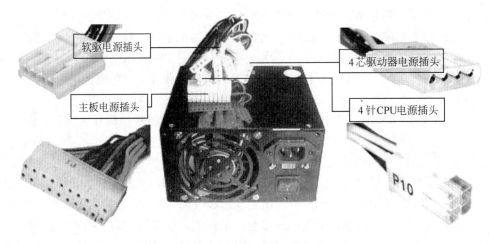

图 8-7　ATX 12V 电源接口

随着多核 CPU 的出现，计算机系统对 12V 的输出电流有了更高的要求，因此电源也从 ATX 12V 1.0 版本、ATX 12V 1.1 版本、ATX 12V 1.2 版本、ATX 12V 1.3 版本、ATX 12V 2.0 版本升级到最新的 ATX 12V 2.3 版本。其中改动较大的是 ATX 12V 1.3 版本、ATX 12V 2.0 版本、ATX 12V 2.2 版本及 ATX 12V 2.3 版本。

1）ATX 12V 1.3 版本

ATX 12V 1.3 版本主要是增强了 12V 供电，同时增加了对 SATA 硬盘的供电接口，提高了电源的转换效率。虽然+12V 单路输出完全可以做到更高，但会导致其输出线材存在较大的安全隐患，同时也会有较大的线路损耗，为此 Intel 专门限制了单路+12V 输出不得大于 240VA。此外，ATX 12V 1.3 取消了–5V 电压的供给（–5V 的电压是给 ISA 插槽使用的，随着 ISA 插槽的淘汰，–5V 电压已经不再使用了）。

在 ATX 12V 1.3 规格中，满载电源效率从 68%提高到了 70%。

2）ATX 12V 2.0 版本

随着 PCI-E 设备的出现，系统功耗再次攀升，对+12VDC 的需求继续增大。

与 ATX 12V 1.3 版本相比，ATX 12V 2.0 版本最明显的改进就是增加了一路单独的+12V 输出，即采用双路输出，一路+12V（称为+12V1）专门为 CPU 供电，另一路+12V2 为其他设备供电。2.0 版推荐的电源转换效率为 80%。

小知识：FCC（美国联邦通信委员会）规定，计算机电源的任何一路直流电压输出不允许超过 240VA，在这种技术背景下，Intel 将 ATX 12V 2.0 的+12VDC 分成了+12V1 和+12V2。

由于采用双路 12V 输出，因此主板电源接口也从原来的 20Pin 改为 24Pin，SATA 电源接口被作为强制标准，改进的 4 芯电源插头便于插拔。

ATX 12V 2.0 版本推荐了四种电源规格，分别为 ATX 12V 2.0 版 250W，ATX 12V 2.0 版 300W，ATX 12V 2.0 版 350W 和 ATX 12V 2.0 版 400W。

现有的主板并不是都支持 ATX 12V 2.0 电源，这种电源须搭配符合 ATX 12V 2.0 版本的主板，如 LGA 775 和 Socket AM2 主板。

伴随 65nm 双核心 CPU 的推出，Intel 为其双核心 CPU 制定了 ATX 12V 2.2 电源规范。

3）ATX 12V 2.2 版本

ATX 12V 2.2 相对于 ATX 12V 2.0 最突出的改进：一是在 ATX 12V 2.2 规范中加入 450W 的输出规范；二是对电源的转换效率有了更高的标准，推荐（非强制）的转换效率为 80%。

4）ATX 12V 2.3 版本

ATX 12V 2.3 版本主要针对一些高端主板或服务器主板单路+12V 输出 4 芯辅助电源接口不能满足使用需求，推出了双路 12V 输出 8 芯辅助电源接口，其主要接口如图 8-8 所示。增加了带有两组+12V 输出的 PCI-E 显卡 6 芯辅助供电接口，同时加强+12V1 的供电能力。

图 8-8　ATX 12V 2.3 电源插头

**6．准系统电源**

准系统电源主要使用在特制的外形小巧的主机中，从原理上来说属于 ATX 电源，只不过因为受机箱空间的制约，采用缩小尺寸、降低空间占用来对电源进行瘦身。各类准系统电源外形不同，内部空间的布局也不一样。准系统电源至今仍没有一个统一的标准，准系统电源的功率低，一般在 200～250W。

**7．BTX 电源规范**

BTX（Balanced Technology Extended）的中文含义是平衡技术延伸，是一种新型主板架构规范。

BTX 电源兼容 ATX 技术，输出标准与 ATX 12V 2.0 规范一样，也采用 24pin 接头。

BTX 电源在 ATX 规范的基础上衍生出 ATX 12V、CFX 12V、LFX 12V 几种电源规格。其中 ATX 12V 是既有规格，可以直接用于标准 BTX 机箱。

CFX 12V 电源于 2003 年 10 月发布，适用于系统总容量在 10～15 升的机箱；这种电源与 ATX 电源的差别主要在外形方面，采用了不规则的外形。目前定义了 220W、240W、275W 三种规格。其中，275W 的电源采用相互独立的双路+12V 输出。

LFX 12V 标准于 2004 年 4 月正式发布，适用于容量 6～9 升的机箱。目前有 180W 和 200W 两种规格。

## 8.3.2　电源性能指标

衡量电源性能优劣的指标主要有以下 7 个方面。

计算机其他基本设备

**1．输出电压**

计算机电源有多个输出端，目前主流的 ATX 12V 2.0 标准规定输出电压分别为+3.3V（橙）、+5V（红）、+12V1（黄）、+12V2（黄/黑）、+5VSB（紫）和–12V（蓝），另外还有 PS-ON 线（绿）、P.G.信号线（灰）和地线（黑）。

**2．最大输出电流**

各个输出端的最大输出电流分两种情况。一是各端单独工作时的最大输出电流，二是各端同时工作时的最大输出电流。后者一般用合并输出的最大功率表示。

**3．输出功率**

电源的输出功率分为三种：额定功率、最大功率和峰值功率。

额定功率是指环境温度在–5～50℃之间、电网电压范围在 180～264V 之间，电源能长时间稳定输出的功率。平常所说的电源功率就是指额定功率，是选择电源的最重要指标。

最大功率是指环境温度为 25℃左右，电网电压范围在 200～264V 时，电源能长时间稳定输出的功率。

峰值功率是指允许电源在瞬间达到的最大功率值。

三项指标中最能反映一个电源实际输出能力的是最大功率。

**4．输入技术指标**

输入技术指标有输入电源相数、额定输入电压，电压的变化范围、频率、输入电流等。输入电源的额定电压因各国或地区不同而异，中国为 220V。开关电源的电压范围比较宽，一般为 180～260V，一般的计算机电源都带有 115/230V 转换开关，以适应不同国家/地区的交流电压。交流输入功率为 50Hz 或 60Hz，开关电源的频率变化范围多为 47～63Hz。

开关电源最大输入电流是指输入电压为下限值和输出电压及电流为上限值的输入电流。

额定输入电流是指输入电压、输出电压和输出电流为额定值时的输入电流。

**5．电磁干扰规格**

开关电源是把交流整流为直流后，再通过开关变为高频交流，其后再整流为稳定直流的一种电源。这样就有电源的整流波形畸变产生的噪声与开关波形产生的噪声，泄漏出去会产生较强的电磁辐射，如果不加屏蔽会对其他设备造成影响。计算机中一般通过电源外面的铁盒和机箱来屏蔽电磁干扰。电源的质量不同，防电磁干扰的规格也不同。国际上有 FCC A 和 FCC B 标准，国内有国标 A 级（工业级）和国标 B 级（家用电器级）标准。选购时尽量选符合国标 B 级标准的优质电源。

电磁干扰的大小是衡量计算机电源品质的重要标准，有两方面含义：一是防止电网上电磁干扰通过电源本身产生的电磁干扰进入电网，影响主机系统正常工作；二是防止主机本身产生的电磁干扰进入电网，影响其他电器。

**6．安全保护**

由于市电供电不稳定，经常出现尖峰电压或者有时出现电压、电流不稳定的情况。不稳定的电信号如果直接通过电源输入计算机中的各个配件，会造成计算机的相关配件工作不正常或者导致整台计算机工作不稳定，严重的可能损坏计算机硬件。而电源与地之间的短路，同样会对计算机的硬件造成严重的损害，因此必须选择具有过压、过流及短路保护功能的电源产品，以便有效保护计算机中的各个配件。

### 7. PFC 电路

CCC 认证中明确要求计算机电源产品带有功率因数校正器 PFC。功率因数表示电子产品对电能的利用效率，其值越接近于 100%，电能利用率越高，电源内部损耗的电能越少。增加 PFC，可以提高电源的功率因数，减少电源对电网的谐波污染和干扰。

PFC 分为无源 PFC 和有源 PFC 两种。无源 PFC 又称被动 PFC，一般是在交流电源进线处直接串联电感。电源功率越大，电感量越大，电感体积越大。无源 PFC 成本较低，效果明显不如有源 PFC，其功率因数在 70%～80% 范围内。

有源 PFC 又称主动 PFC，电路结构复杂（包括集成电路），电路本身就相当于一个开关电源。但体积比被动式 PFC 小、重量轻，同时在直流滤波部分也可以采用较小容量的电容。因此打破了电源重就一定比较好的传统观念。有源 PFC 支持 90～270V 的宽范围输入电压（标准是 220V），功率因数在 90% 以上。

## 8.3.3 电源的选购

目前主流电源为 ATX 12V 2.0 以上版本，品质好的电源一定是稳定、高效、静音的，品质不好的电源会损坏主板、硬盘等部件，缩短电脑的正常使用寿命。一个好的电源必须符合以下标准：外观要有详尽的表述，有厂名、厂址、型号性能、合格证、各种安全认证（最重要的是中国电工安全认证委员会的长城认证），真材实料，相同功率的电源越重越好。负载稳定度，电压稳定度，效率功率因数，短路和过载保护，漏电流，耐压强度，纹波，噪声等要符合国家标准。

选购电源时还要注意以下事项。

### 1. 做工

好的电源一般比较重；质量好的电源通电启动后外壳略有麻手感。好的电源空载运行时风扇声均匀并较小，接上负载在温度略有上升的时候声音会略有增大。

### 2. 电源铭牌

通过电源铭牌可以了解电源的型号、功率、认证等基本的性能指标信息，如图 8-9 所示。一个质量合格的电源应该通过安全和电磁方面的认证，如满足 CCC/TUV/CE/UL 等标准，这些标准的认证标识应在电源的铭牌上标示出来。

图 8-9　各类电源铭牌

### 3. 外观

观察电源输出线的外观。电源输出电流较大，很小的电阻就会产生较大的压降损耗。

*计算机其他基本设备*

质量好的电源使用的电源线比较粗，当然看线材不能只看外表的粗和细，有的厂商所使用的导线很细，但包裹的塑料很粗，因此还要看线号，线上以 AVG 开头后面写着两个阿拉伯数字，这个数字就是线号。线号越小表示线芯越大，也就是 16 号线比 22 号线要好。

**4．线材和散热**

从电源外壳散热窗往里看，质量好的电源采用铝或铜散热片，而且较大、较厚。如果可能，就打开电源盒，可以看到质量好的电源用料考究，如多处用方形 CBB 电容，输入滤波电容值大于 470μF，输出滤波电容值也较大。同时内部电感、电容滤波网络电路特多，并有完善的过压、限流保护元器件。电源内部结构如图 8-10 所示。

图 8-10    电源内部线材和散热片

另外，目前有厂商提供旧版本电源加上 24pin 的主板转接头，冒充 ATX 12V 2.0 的电源，虽然在使用上问题不大，但不是正版的 ATX 12V 2.0 电源，这样的电源存在的问题是：无法改善+12V 不足的现象，不能满足新系统对+12V 输出的需求，尤其是 ATX 12V 1.3 版低功率的电源规格；转接头会造成压降，因为+12V 输出需求大，若转接线材设计不良，将出现严重的压降问题，影响供电质量。

在了解上述原则的前提下，最好选择大厂名牌的有保障的电源，像长城、顺新、百盛等。

# 8.4  机    箱

机箱的作用是放置和固定各种电脑配件，起承托和保护作用。另外，还有对电磁辐射的屏蔽作用。机箱内部放置的部件有主板、CPU、内存、显卡、网卡、光驱、硬盘、电源以及各种需要插在主板上的其他部件等。

## 8.4.1  机箱结构与分类

机箱有很多种类型。外形上机箱有立式和卧式之分，以前基本上都采用的是卧式机箱，现在通常使用的是立式机箱。立式机箱的优点是：没有高度限制，可以提供更多的驱动器槽，更利于散热。

从结构上分，机箱分为 AT 、ATX 、Micro ATX，以及 BTX 结构，目前主要以 ATX 机箱为主。各类型的机箱只能安装其支持的类型的主板，一般不能混用，而且所使用的电源也有差别。

AT 机箱的全称是 BaBy AT，主要应用在安装 AT 主板的早期机器中。

ATX 机箱是目前最常见的机箱，支持现在流行的绝大部分类型的主板。ATX 机箱与 AT 机箱的区别主要是在使用的主板和电源方面。ATX 机箱从外形上可分为立式和卧式两种。图 8-11 是一款立式 ATX 机箱外观及内部结构。机箱主要由外壳、面板和内部支架组成。外壳通常用钢板、镁铝合金和塑料结合制成，硬度高，主要起保护机箱内部元件的作用；机箱正面是前面板，一般有电源开关、复位开关等按钮，另外还有电源指示灯、硬盘工作指示灯、USB 接口等。机箱两侧的两块挡板可以拆卸，打开侧面的挡板后，可以看到机箱内部结构，内部的支架主要用于固定主板、电源和各种驱动器。

Micro ATX 机箱是在 ATX 机箱的基础之上改进而来的，比 ATX 机箱体积小一些。

BTX 结构机箱内部结构将更加紧凑；针对散热和气流的运动，对主板的线路布局进行了优化设计；主板的安装更加简便，机械性能也经过最优化设计。BTX 结构机箱分为三种，分别是标准 BTX、Micro BTX 和 Pico BTX。

图 8-11　立式 ATX 机箱及内部结构

## 8.4.2　选购机箱

质量好的机箱必须符合以下标准。

① 外形得体，即外观不能太难看。

② 结实可靠，即用料要实惠，机箱结实可以抵挡一定的外部冲击，不会和光驱、风扇等部件产生共振，可以屏蔽掉静电、磁力。

③ 结构合理，即便于使用，内部空间大，便于散热，适合安装、拆卸，有足够的驱动托架。

④ 尺寸严格、做工精细，公差小，不会出现板卡安装不上的现象。

计算机其他基本设备

⑤ 配件齐全。

⑥ 散热、防尘、防辐射设计到位。

在选择计算机机箱时，除上述标准外，还应该考虑以下方面的因素。

**1．散热性**

机箱内有 CPU、主板、驱动器等部件，运行时机箱内部发热量很大，良好的散热性是好机箱的必备条件。散热性主要表现在三个方面，一是风扇的数量和位置，二是散热通道的合理性，三是机箱材料的选材。一般来说，品牌机箱都可以做到这一点，采用的风扇直接针对 CPU、内存及磁盘进行散热，形成从前方吸风到后方排风的良好散热通道和良好的热循环系统，及时带走机箱内的大量热量，保证计算机的稳定运行。而采用导热能力较强的优质铝合金或者钢材料制作的机箱外壳，也可以有效地改善散热环境。

目前机箱基本上都采用 38℃设计标准，俗称 38 度机箱，这种机箱有三大特点。

① 机箱前端需配置一个空气进孔。

② 机箱背板装有一个 92mm 散热风扇。

③ 机箱侧板 CPU 位置必须配有导风管。

**2．设计精良，易维护**

设计精良的机箱会提供醒目的 LED 显示灯或易于维护的细节设计，便于及时了解机器的工作情况，并且方便硬件的拆卸、安装。

另外，观察机箱主板的定位孔也可以作为一个选择标准。因为定位孔的位置和多少决定着机箱所能使用主板的类型。ATX 机箱标准规格，共有 17 个主板定位孔，而 ATX 主板真正使用的只有其中的 9 个，其他孔是为了兼容其他类型的主板而设计的，如果主板定位孔不足 17 个，则尽量不要选。

**3．用料足**

好的机箱由镀锌双层钢板做成，钢板厚为 1～1.5mm，机箱较重。

# 8.5 打 印 机

打印机是显示器之外的另一种重要的输出设备，按照打印技术的不同，可以分为针式打印机、喷墨打印机、激光打印机、热升华打印机 4 类。

打印机按打印方式的不同，分为击打式打印机、非击打式打印机两大类。击打式打印机的特点是打印时接触纸张，非击打式打印机的特点是打印时不接触纸张。

针式打印机属于击打式打印机；喷墨打印机、激光打印机、热升华打印机都属于非击打式打印机。

## 8.5.1 针式打印机

针式打印机具有可打印多种类型纸张等优势，应用较为普遍。

图 8-12 为一款最常见的宽行针式打印机，因其可以打印的纸张幅面较宽（A3 幅面）而得名。针式打印机具有其他打印机不能代替的优点，可以打印多层纸，在报表处理中的应用非常普遍，使用的耗材是色带，价格低廉，后期使用成本很低。但针式打印机的打印效果比较普通，而且噪音较大，在普通家庭及办公应用中有逐渐被喷墨和激光打印机所取

代的趋势。

常用的针式打印机有 EPSON LQ-1600K、STAR CR-3240 等宽行针式打印机，EPSON LQ-100、NEC-P2000 等窄行针式打印机。宽行打印机可以打印 A3 幅面的纸，窄行打印机一般只能打印 A4 幅面以下的纸张。

图 8-12　宽行针式打印机

选购和使用打印机时，应该对打印机的性能有所了解。通常，打印机厂商在产品说明书上均给出有关的技术参数和性能指标，下面对一些主要的技术参数和性能指标进行介绍。

1）打印方式

表明针式打印机在打印过程中所采用的模式。如"双向逻辑选距"打印方式，在该打印方式下，打印机将根据每行打印内容的具体位置来控制打印头的启停位置，以用来节省时间，提高打印速度和效率；又如"可选择单双向"打印方式，在该方式下，可由用户根据打印要求，选择每次打印时打印头起始位置。单向打印是打印每一行时，打印头字车都要先回到初始位置，然后再打印，打印效率较低，但字符或图像上下衔接精度高；双向打印是打印头横向来回移动时进行打印，打印效率高。但由于机械部件精度的影响，可能会造成字符或图像上下衔接部分有一定的错位，对打印质量会带来影响。

2）打印头

在选购时注意打印头的针数，目前绝大多数打印机采用 24 针打印头。这种打印头具有打印速度快，打印质量好的特点，其性能参数主要是针的寿命，如 2 亿次/针。另外，在选择打印机时要注意打印机的打印点密度，点密度定义为在水平方向上每英寸打印的点数，用 DPI 表示。打印质量较高的打印机其点密度可以达到 360DPI。

3）字符集

字符集是打印机中字库种类的说明，通过字符集可以看出该打印机属于哪一种类型。中文打印机的字符集种类较为齐全，一般包括有 ASCII 码点阵字符集、汉字点阵字符集以及国际字符组点阵字符集等，通常上述字符集是按国家标准制定的。如 GB—5007 标准（宋体 24×24 点阵字符集）和 GB—2312—80（宋体 32×32 点阵字符集）。

4）打印速度

打印速度是打印机重要的性能指标，一般只给出打印一行西文字符或中文汉字时的打

第 8 章

*计算机其他基本设备*

印速度。标准的说明按照每英寸打印 10 个西文字符（10CPI）的方式，每秒中能打印字符的数目。速度较快的打印机打印速度一般在 200 字/秒以上。

5）行距

行距是说明输纸操作精度和性能的重要指标，尤其是最小输纸距离更能反映出其输纸组件的控制能力和精密程度。

6）接口

大多数打印机均按标准配置并行接口，其他的接口一般是作为附件而另外购置。

7）最大缓冲容量

缓冲容量大，一次输入数据就多，与计算机通信的次数就可以减少，打印效率得以提高。该指标也间接表明在打印时，对计算机主机工作效率的影响。

8）输纸方式

好的打印机应具备多种输纸方式，能够反映其设计是否合理及全面。一般情况下应有连续纸输送的链轮装置，以保证输纸的精度并避免输纸过程中的偏斜；另外是否具备单页纸和卡片纸的输送能力，以及是否具备平推进纸的能力，对票据打印十分重要。

9）纸宽及纸厚度

纸宽指标反映出打印机最大打印宽度，目前通用打印机的该项指标一般为 9 英寸（窄行）和 13.6 英寸（宽行）；纸厚度则反映出打印头的击打能力，这项指标对于需要复写拷贝的应用很重要，一般用"正本＋复写份数"表示。

### 8.5.2　喷墨打印机

喷墨打印机通过控制指令操控打印头及其喷嘴孔喷出定量墨水形成图像。具有体积小、操作简单方便、打印噪音低、图像精美等优点。喷墨打印机是目前最为常见的家用打印机，图 8-13 是一款常见的喷墨打印机。

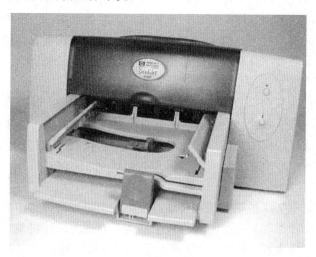

图 8-13　喷墨打印机

### 1. 结构组成

喷墨打印机主要包括机械和电路两大部分，机械部分包括墨盒和喷头、清洗部分、字车机械、输纸机构和传感器等几个部分。墨盒和喷头有两种类型，一种是二合一的一体化结构，另一种是分离式结构。两种方式各有好处。清洗系统是喷头的维护装置。字车机械用于实现打印位置定位。输纸机构提供纸张输送功能，运动时它必须和字车机械很好地配合才能完成全页的打印。传感器的功能是检查打印机各部件工作状况。

**2. 喷墨打印机的原理**

喷墨打印机按工作原理可分为固体喷墨和液体喷墨两种。固态喷墨打印机是TEKTRONIX（泰克）公司的专利技术。使用的变相墨在室温下是固态的，工作时将腊质的颜料块先加温熔化成液体。这类打印机的优点是颜料的耐水性能比较好，并且不存在打印头因墨水干涸而造成的堵塞问题。但采用固态油墨的打印机目前因生产成本比较高，产品比较少。

目前广泛使用的喷墨打印机多以液体喷墨方式为主，打印头是最为关键的部件。不同的液体喷墨打印机，其喷墨的方式不同。

根据喷墨方式的不同，可以分为热泡式（Thermal Bubble）喷墨打印机及压电式（Piezoelectric）喷墨打印机两种。HP（惠普）、Canon（佳能）和 Lexmark（利盟）公司采用的是热泡式技术。而 Epson（爱普生）使用的是压电喷墨式技术。

1）热泡式

热泡式也被称为气泡喷墨。通过极小的电阻产生热量，使墨水蒸发，从而产生气泡。当气泡膨胀时，一些墨水被挤出喷嘴，滴在纸张上。气泡的破裂（塌缩）产生一部分真空。这就使更多的墨水从墨盒吸入打印头。典型的气泡喷墨打印头有 300 或 600 个小喷嘴，所有喷嘴可以同时喷射墨滴。

用这种技术制作的喷头工艺成熟，成本低廉，但由于喷头中的电极始终受电解和腐蚀的影响，对使用寿命有影响。所以采用这种技术的打印喷头通常都与墨盒做在一起，更换墨盒的同时更新打印喷头。为降低使用成本，可以给墨盒"打针"即加注墨水：在打印头刚刚用完墨水后，立即加注专用的墨水，这样可以节约耗材费用。

热泡式打印机的缺点：由于在使用过程中要加热墨水，高温下，墨水容易发生化学变化，性质不稳定，打出的色彩真实性会受到一定程度的影响；另外，由于墨水是通过气泡喷出的，墨水微粒的方向性与体积大小很不好掌握，打印线条边缘容易参差不齐，影响打印质量。通常，热泡式打印机的打印效果不如压电技术产品。

2）压电式

压电式打印机将压电晶体放置在打印头喷嘴附近，利用压电晶体在电压作用下会发生形变的原理，适时地把电压加到压电晶体上面，压电晶体随之产生伸缩使喷嘴中的墨汁喷出，从而在输出介质表面形成图案。该技术的专利权属于爱普生公司。

用压电喷墨技术制作的喷墨打印头成本比较高，为了降低使用成本，一般都将打印喷头和墨盒做成分离的结构，更换墨水时不必更换打印头。通过控制电压可以有效调节墨滴的大小和使用方式，从而获得较高的打印精度和打印效果。高分辨率可以达到 1440DPI。但如果在使用过程中喷头堵塞，无论是疏通或更换费用都比较高。

## 8.5.3 激光打印机

激光技术出现于 20 世纪 60 年代，实际应用始于 20 世纪 70 年代初。最早的激光发射

*计算机其他基本设备*

器是充有氦-氖（He-Ne）气体的电子激光管，体积很大，20 世纪 70 年代末期，半导体技术趋向成熟。半导体激光器随之诞生，加上激光控制技术的发展，激光技术迅速成熟。美、日等国的科研人员，在静电复印机的基础上，结合激光技术与计算机技术，研制出半导体激光打印机。这种类型的打印机打印质量好、速度快、无噪音。

20 世纪 90 年代初，美国惠普公司和日本佳能公司生产的激光打印机，打印速度达到每分钟 8 页，打印精度为 600 DPI。其中惠普公司的分辨率增强技术（Resolution Enhancement Technology）及 PCL 打印机语言，已成为世界标准。

激光打印机按打印速度可分为三类：即低速激光打印机（每分钟输出 10～30 页）；中速激光打印机（每分钟输出 40～120 页）；高速激光打印机（每分钟输出 130～300 页）。现在激光打印机仍是惠普、佳能、爱普生占据主要市场。此外，还有利盟（Lexmark）、施乐、松下、理光等系列。近年来中国的联想公司和方正公司也相继生产出了激光打印机。

激光打印机由激光扫描系统、电子照相系统和控制系统三大部分组成，其中激光扫描系统包括激光器、偏转调制器、扫描器和光路系统。作用是利用激光束的扫描形成静电潜像。电子照相系统由光导鼓、高压发生器、显影定影装置和输纸机构组成。作用是将静电潜像变成可见的输出。

激光打印机的印刷原理类似于静电复印，所不同的是静电复印是采用对原稿进行可见光扫描形成潜像，而激光打印机是用计算机输出的信息经过调制后的激光束扫描形成潜像。

大多数商用激光打印机都是单色打印机（在白纸上打印黑色内容）。但是彩色激光打印机也常见，本质上，彩色打印机的工作方式与单色打印机完全相同，只是它需要进行四次打印才能完成整个打印过程——青色（蓝色）、洋红色（红色）、黄色和黑色各打印一次。按照不同比例来混合这四种颜色，就可以产生光谱中所包含的所有颜色。

### 8.5.4  打印机的安装

要使用打印机，首先必须安装打印机。打印机的安装包括硬件的连接及驱动程序的安装，只有正确连接打印机硬件，并安装了相应的打印机驱动程序之后，打印机才能正常工作。

**1. 硬件连接**

实现打印机硬件连接的方法是：首先，通过数据线将打印机与计算机相连，计算机端常见的连接端口有 USB、LPT 或 COM 端口；然后连接电源线，将电源线的 D 形头插入打印机的电源插口中，另一端插入电源插座插口。

**2. 打印机驱动程序安装**

通常，连接好打印机后，打开打印机电源开关，启动计算机，操作系统会自动检测到新硬件，然后打开一个安装向导对话框，根据其中的提示，便可进行驱动程序的安装。也可通过安装光盘，按照弹出的自动运行提示，进行安装。

# 8.6  手 写 板

手写板也叫手写仪，是一种使用较为方便的输入设备，能够完成编辑相片、图片、制作电子签名、绘制图表或流程图等任务，手写板外观如图 8-14 所示。

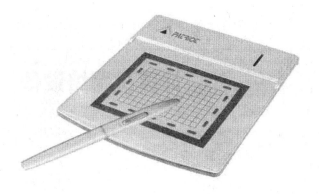

图 8-14　手写板

　　手写板有的集成在键盘上，有的是单独使用，单独使用的手写板一般使用 USB 口或者串口与计算机相连。手写板种类很多，有兼具手写输入汉字和光标定位功能的，也有专用于屏幕光标精确定位以完成各种绘图功能的。购买时首先要明确购买手写板的用途。另外，手写板在价格上的差异也很大，从百多元到几千元都有产品，可根据需要和经济情况作相应选择。

　　手写板的出现解决了适应键盘输入与中文字之间的矛盾，只要能写字，就能轻松完成文字录入。除此之外手写板大多提供绘画、网上交流、即时翻译等功能。

# 8.7　本章小结

　　鼠标、键盘、机箱、电源是计算机必备的部件，打印机、手写板是计算机目前常用的输出和输入设备。本章主要介绍了这些部件的分类、工作原理以及主要的性能指标。其中机箱、电源的选购、激光打印机的主要性能指标及其安装使用是本章重点。

# 习　题　8

**1．填空**

（1）按键盘按键工作原理常规的键盘有_____按键和_____按键两种。

（2）鼠标按其工作原理的不同可以分为机械鼠标、_____和_____。

（3）激光打印机的打印质量好、速度快、无噪音，所以很快得到了广泛应用，其主要工作原理是利用_____。

（4）如果想要直接在计算机上进行绘制图片或输入问题，_____是一种使用较为方便的输入设备。

**2．简答题**

（1）如何选购机箱？

（2）简述激光打印机工作原理。

计算机其他基本设备

# 第9章 计算机网络设备

**本章学习目标**

- 了解双绞线的定义、组成、分类；
- 了解网卡的分类与工作原理；
- 掌握网卡选购时应注意的问题；
- 了解交换机的分类与工作原理；
- 了解无线 AP、无线路由和无线网卡。

随着计算机网络的发展和宽带接入的普及，计算机网络已渗透到日常工作和生活中，计算机网络设备是计算机网络中的重要组成部分，其主要功能是传递数据和存储数据，本章主要介绍常用的网络设备：双绞线、网卡、交换机、宽带路由器和无线网络设备。

## 9.1 双 绞 线

双绞线（Twisted Pairwire，TP）是布线工程中最常用的一种传输介质。双绞线是相互按一定扭矩绞合在一起的类似于电话线的传输媒体，每根线加绝缘层并由色标来标记，如图 9-1 所示，左图为示意图，右图为实物图。成对线的扭绞目的是使电磁辐射和外部电磁干扰减到最小。

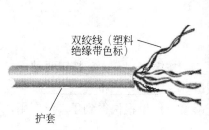
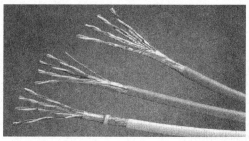

双绞线（塑料绝缘带色标）

护套

图 9-1　双绞线

### 9.1.1　双绞线的组成及分类

双绞线由两根具有绝缘保护层的铜导线组成。把两根绝缘的铜导线按一定密度互相绞在一起，可降低信号干扰的程度，每一根导线在传输中辐射的电波会被另一根线上发出的电波抵消。双绞线一般由两根 22～26 号绝缘铜导线相互缠绕而成。如果把一对或多对双绞线放在一个绝缘套管中便成了双绞线电缆。

双绞线分为非屏蔽双绞线（Unshilded Twisted Pair，UTP）和屏蔽双绞线（Shielded Twisted Pair，STP），比较常见的是 UTP。

**1．屏蔽双绞线**

屏蔽双绞线是指在电缆中增加屏蔽层的双绞线。屏蔽双绞线的屏蔽层由金属箔、金属丝或金属网几种材料构成，根据屏蔽层上噪声电流与双绞线上的噪声电流相位相反的原理，将两种电流相互抵消，从而提高了电缆的物理性能和电器特性，减少电缆信号传输中的电磁干扰。

根据屏蔽双绞线屏蔽方式的不同，屏蔽双绞线又分为两类，即 STP（Shielded Twisted Pair）和 FTP（Foil Twisted Pair）。STP 是指每条线都有各自屏蔽层的屏蔽双绞线，FTP 则是采用整体屏蔽的屏蔽双绞线。

**2．非屏蔽双绞线**

非屏蔽双绞线（Unshielded Twisted pair，UTP）无金属屏蔽材料，只有一层绝缘胶皮包裹，价格相对便宜，非屏蔽双绞线电缆具有以下优点：

- 无屏蔽外套，直径小，节省空间。
- 重量轻，易弯曲，易安装。
- 将串扰减至最小或加以消除。
- 具有阻燃性。
- 具有独立性和灵活性，适用于结构化综合布线。

除某些特殊场合（如受电磁辐射严重、对传输质量要求较高等）在布线中使用 STP 外，一般情况下都采用非屏蔽双绞线。

## 9.1.2　双绞线的规格型号及特点

随着网络技术的发展，双绞线的标准也在不断提高。从最初的 1、2 类线，发展到如今的 7 类线。

**1．1 类双绞线（Cat 1）**

线缆最高频率带宽 750kHz，用于报警系统，也适用于语音系统。

**2．2 类双绞线（Cat 2）**

线缆最高频率带宽 1MHz，用于语音传输、EIA-232 系统。

**3．3 类双绞线（Cat 3）**

频率带宽最高 16MHz，最高传输速率 10Mbps，主要应用于语音系统、10Mbps 以太网和 4Mbps 令牌环，最大网段长 100m，目前已很少见。是 ANSI 和 EIA/TIA568 标准中指定的线缆规范。

**4．4 类双绞线 CAT4**

线缆最高频率带宽 20MHz，最高数据传输速率 20Mbps，主要应用于语音系统、10Mbps 的以太网和 16Mbps 令牌环，最大网段长为 100m，其未被广泛采用。

**5．5 类双绞线 CAT5**

缆线最高频率带宽为 100MHz，最高传输速率为 100Mbps，主要应用于语音系统、100Mbps 的快速以太网，最大网段长度为 100m，采用 RJ 形式的连接器。线缆增加了绕线密度，外套为高质量的绝缘材料。图 9-2 为线缆与 RJ-45 水晶头的连接方式。

铜片被压下，接触导线

压线卡压下，卡住导线外皮

RJ-45 水晶头　　　　　　　　　　　RJ-45 水晶头与线缆的连接

图 9-2　水晶头与线缆的连接

在双绞线缆内，不同线对具有不同的绞距长度。一般地，4 对双绞线距周期在 38.1mm 长度内，按逆时针方向扭绞，一对线对的扭绞长度在 12.7mm 以内。

**6．超 5 类双绞线（Enhanced Cat 5e）**

线缆最高频率带宽为 100MHz，最高能达到 1000Mbps（4 对全用）的传输速率。可用于千兆以太网中的 1000BASE-T 的组网，又称做增强型 5 类双绞线。它将五类非屏蔽双绞线的性能加以改善，如近端串扰（NEXT），衰减串扰比（ACR）等指标。

**7．6 类双绞线（Cat 6）**

线缆频率带宽在 250MHz 以上，是一个新级别的电缆，除了各项性能指标有较大提高之外，能够提供 2 倍于超五类的带宽，可用于千兆以太网中的 1000BASE-TX 的组网。由 4 对线（8 根）组成，有非屏蔽、单屏蔽、双屏蔽三种。其中双屏蔽除了有一层箔绝缘体屏蔽所有电线对（8 根）外，另外还有一层箔绝缘体屏蔽每一对绞线（2 根）。

六类非屏蔽双绞线价格较高，但与超五类线有良好的兼容性。

**8．7 类屏蔽双绞线 CAT7**

线缆频率带宽在 600MHz 以上，是一种全新的线缆规范，虽然性能优异，但价格昂贵。

### 9.1.3　双绞线与设备之间的连接

要通过双绞线与网卡，集线器，交换机，路由器等网络设备互连，还需要将线缆与 RJ-45 接头（俗称水晶头）连接。图 9-2 左图为水晶头外观，图 9-2 右图为 RJ-45 水晶头与线缆的连接的样式。

双绞线连接水晶头时，根据连接方式的不同，分为直通双绞线和交叉双绞线两种。如果通过双绞线直接连接的两台设备的设备口相同，则应该使用交叉双绞线，反之使用直通双绞线。

美国电子工业协会（EIA）和电信工业协会（TIA）共同制订了 EIA/TIA-568 网络布线标准，该标准规定了两种 RJ-45 连接头连接标准，分别是 EIA/TIA-568A 和 EIA/ TIA-568B。直通双绞线的两端连接头采用 EIA/TIA-568B 标准（也可以采用 EIA/TIA-568A 标准），而交叉双绞线的一端采用 EIA/TIA-568B（T568B）标准，另一端采用 EIA/TIA-568A（T568A）标准，T568A 和 T568B 的接线标准如图 9-3 所示。

直通电缆的线序如图 9-4 所示，交叉电缆的线序如图 9-5 所示，这两种连接方式的使用场合如表 9-1 所示。

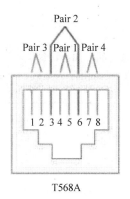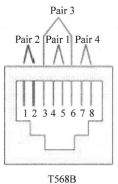

图 9-3　T568A、T568B 标准

直通电缆（Straight Througugh Cable）

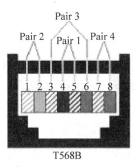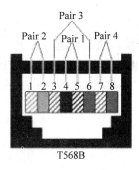

图 9-4　直通电缆的线序

交叉电缆（Cross Connect or Cross-Over Cable）

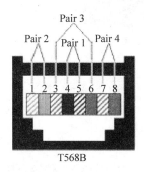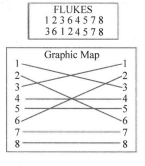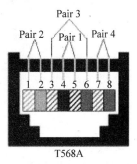

图 9-5　交叉电缆的线序

表 9-1　直通缆、交叉缆的排列线序和使用场合

| 线序 | 连接方式 | 使 用 场 合 |
|---|---|---|
| 直通缆 | T568B—T568B<br>T568A—T568A | 在异种设备之间，如：计算机－集线器　计算机－交换机　路由器－集线器　路由器－交换机　集线器－集线器（UPLink 口）　交换机－交换机（UPLink 口） |

| 线序 | 连接方式 | 使 用 场 合 |
|---|---|---|
| 交叉缆 | T568B—T568A | 在同种设备之间，如：计算机－计算机　路由器－路由器　计算机－路由器　集线器－集线器　交换机－交换机 |

# 9.2　网　　卡

网卡是计算机连接网络的接口，也称网络接口卡，是一种插在主板扩展槽中的卡。计算机只有安装了网卡，才能同网络上其他的计算机通信。目前，许多主板上集成了网卡的功能。

## 9.2.1　网卡分类

网卡可以按以下几种方法分类。

### 1．按网络接口进行分类

根据网络接口的不同，可以将网卡分为 AUI 接口的网卡、BNC 接口的网卡、RJ-45 接口网卡、ATM 接口网卡、FDDI 接口网卡，图 9-6 是最常见的 RJ-45 接口网卡。

图 9-6　RJ-45 接口网卡

1）RJ-45 接口网卡

RJ-45 接口网卡是最为常见的一种网卡。RJ-45 接口网卡使用双绞线为传输介质，它的接口类似于电话接口 RJ-11，但 RJ-45 是 8 芯线，而电话线的接口是 4 芯。在网卡上还自带两个状态指示灯，通过这两个指示灯的颜色可判断网卡的工作状态。

2）BNC 接口网卡

这种接口的网卡用于以细同轴电缆为传输介质的以太网或领牌网中，目前这种接口类型的网卡较少见。

3）AUI 接口网卡

AUI 接口类型的网卡用于以粗同轴电缆为传输介质的以太网或令牌网中，这种接口类型的网卡目前也很少见。

4）ATM 接口网卡

这种接口类型的网卡应用于 ATM 光纤（或双绞线）网络中。能提供的传输速率为155Mbps。

5）FDDI 接口网卡

这种接口的网卡用于 FDDI 网络中，这种网络具有 100Mbps 的带宽，使用的传输介质是光纤，FDDI 接口网卡连接的是光纤。

**2．按总线接口种类进行分类**

按总线接口来分，网卡可以分为 ISA 总线网卡、EISA 总线网卡、PCI 总线网卡、PCI-X 总线网卡、PCI-E 接口网卡、USB 接口网卡、PCMCIA 接口网卡、Mini-PCI 接口网卡。总线接口的不同，直接影响网卡的数据传输率。目前 PCI 接口网卡是主流，数据传输率最高为 133Mbps。

1）ISA 总线网卡

ISA 总线网卡是早期的接口网卡，早期计算机几乎所有内置板卡都采用 ISA 总线接口类型，但由于 ISA 接口速度慢，随着 PCI 总线技术的出现，ISA 总线网卡早已被淘汰。

2）PCI 总线网卡

PCI 总线网卡在台式计算机上使用很普遍，也是目前主流的网卡类型。它的速度比 ISA 总线型的网卡快（ISA 最高为 33Mbps，而 PCI 2.2 标准 32 位的 PCI 接口数据传输速率最高可达 133Mbps）。

主流的 PCI 规范有 PCI 2.0、PCI 2.1 和 PCI 2.2 三种，网卡外观一样。服务器上用的 64 位 PCI 网卡外观与 32 位 PCI 网卡的差别较大。

3）PCI-X 总线网卡

PCI-X 上 PCI 总线的一种扩展规范，与 PCI 总线不同之处是：PCI 总线必须频繁地在目标设备和总线之间交换数据，而 PCI-X 则允许目标设备仅与单个 PCI-X 设备进行数据交换，同时，如果 PCI-X 设备没有传送任何数据，总线会自动将 PCI-X 设备删除，以减少 PCI 设备间的等待时间。在相同频率下，PCI-X 能提供比 PCI 高 14%～35%的性能。服务器网卡常采用此类型接口。

4）PCI-E 接口网卡

PCI Express 接口采用点对点的串行连接方式，PCI Express 接口根据总线接口对位宽的不同而有所差异，分为 PCI Express 1X（标准 250Mbps，双 500Mbps）、2X（标准 500Mbps）、4X（标准 1GBps）、8X（标准 2GBps）、16X（标准 4GBps）、32X（标准 8GBps）。采用 PCI-E 接口的网卡多为千兆网卡。

5）USB 接口网卡

USB 接口网卡也称为无线网卡，主要功能是通过无线方式连接网络。

6）PCMCIA 接口网卡

PCMCIA 接口是笔记本计算机专用接口，PCMCIA 总线分为两类，一类为 16 位的 PCMCIA，另一类为 32 位的 CardBus，CardBus 网卡的最大速率接近 90Mbps，是目前笔记本网卡的主流配置。

7）Mini-PCI 接口网卡

Mini-PCI 接口是从台式机 PCI 接口基础上扩展出的适用于笔记本电脑的接口标准，其速度和 PCI 标准相当，很多此类产品都是无线网卡。

**3．按传输方式分类**

根据数据的传输方式的不同，可以将网卡分为半双工和全双工两种。半双工网卡是指网卡可以接收数据和发送数据，但一次只能进行一个动作，接收数据时不能发送数据，发送数据时不能接收数据，即不能同时进行接收数据和发送数据两种操作。

全双工网卡是指可以同时进行发送数据和接收数据两种操作的网卡。

**4．按与主板是否集成进行分类**

集成网卡（Integrated LAN），即集成在主板上的网络解码芯片（以太网控制器），把网卡的芯片整合到主板上面，而芯片的运算功能交给 CPU 或者南桥芯片处理，网卡接口也集成在主板接口中。带宽从 2002 年的 10MB 到后来的 100MB，直到现在的 1000MB。

集成网卡的生产厂商主要有 Realtek，Marvell，Intel，Boardcom，VIA，3Com。其优点是降低成本，避免了外置网卡与其他设备的冲突，主板稳定性与兼容性有所提高。缺点是网卡芯片一旦损坏，维修比较麻烦。

### 9.2.2　网卡的工作原理

网卡的工作原理：发送数据时，计算机把要传输的数据写到网卡的缓存，网卡对要传输的数据进编码（10MB 以太网使用曼彻斯特码，100MB 以太网使用差分曼彻斯特码），串行发到传输介质上。接收数据时，则相反。

每块网卡都有一个唯一的网络节点地址，是网卡生产厂家在生产时烧入网卡的 ROM 中的，这个地址叫 MAC 地址（网卡物理地址），绝对不会重复。MAC 为 48bit，前 24bit 由 IEEE 分配，后 24bit 由网卡生产厂家自行分配。

### 9.2.3　网卡的选购

网卡是连接局域网和 Internet 不可缺少的配件，是最基础的网络设备，它对网络性能的影响是最彻底的。生产网卡的著名厂家主要有 3 家：3 Com 公司、Accton 公司、Addtron 公司等，其中 Addtron 公司生产的网卡质美价廉。

在一般的家庭网络中，网卡的影响好像并不大，但对于大型网络和服务器网卡，网卡对整个网络的性能发挥却非常重要。经常出现的网络掉线、访问速度慢、数据掉包多等现象多数是由网卡性能不良造成的。

网卡性能主要由所使用的网卡芯片技术和开发、生产厂家的工艺水平、制造水平决定。现在的计算机主板一般都集成了一块 10/100Mbps 自适应速度的快速以太网网卡，甚至是 10/100/1000Mbps 的千兆位网卡。虽然所支持的技术标准上都一样，但实际的性能水平有时相差还很大。下面是网卡选购的一些主要注意事项。

**1．技术方面**

网卡技术主要由网卡芯片技术和所采用网络标准决定。根据具体网卡的应用环境和应用需求选择。

（1）选择广泛认可的网卡芯片

生产网卡芯片的厂家比较多，如中国台湾的 Realtek（瑞昱）、VIA（威盛）、3 Com、Intel、Broadcom、Davicom 等。国内应用最广的还是基于 Realtek 公司的 RTL 系列芯片。许多品牌（如磐正、华擎、技嘉等）主板上集成的网卡芯片都是由 Realtek 公司生产的 RTL 系列芯片，如 RTL8139（A/B/C/D/8130）/810X/8139C—Plus/8169/8169S/8110S 等系列。主要是因为这个品牌的芯片性能较好，而且瑞昱公司的网卡驱动程序更新较快，有利于 Realtek 网卡提升性能。

采用 Realtek 公司 RTL 系列芯片生产的独立网卡品牌也非常多，如 TP-LINK、金浪、腾达等。常见的如 TP-LINK TF-3239D 网卡、金浪 8139D 网卡、腾达 TENDA9940 网卡（8139D，支持无盘）、帝鲨 DESHARK 10M/100M（8139D）网卡、腾鹏 TP-8139D 豪华版网卡、UGR UGR-8139D 网卡、艾迪康 8139D 网卡、D-LINK 8139D 网卡、达盟 8139D 网卡等。

VIA 也生产网卡芯片，其主流网卡芯片有 VIA VT6102/VT6103/VT6105 等。主要集成在 VIA 开发的主板芯片组中，如微星 KT4AV-L、升技 KD7-RAID 主板、映泰 M7VITB/M7VITG 主板、升技 V17 主板、UNIKA 双敏 UK400MN 主板、华擎 K7Upgrade-880 主板、华硕 A7V400-MX 主板、精英 KT600-A 主板等。在独立网卡中采用 VIA 芯片的有 D-LINK 的 DFE-530TX 网卡 TP-LINKTF-3212 网卡和技嘉 VT6105 网卡等。

（2）选择适当的网卡类型

目前主流应用的以太网网卡主要有 10/100Mbps 快速以太网网卡和 10/100/1000Mbps 千兆位网卡两种。

一般应用只需选择 32 位 PCI 接口的 10/100Mbps 自适应快速以太网网卡即可，如果需要频繁的高速网络传输，则最好选择支持光纤的 64 位 PCI，或者 PCI-X，甚至 PCI-E 接口网卡。

（3）根据应用选择相应的网卡

网卡技术包括远程唤醒、出错冗余、负载均衡和快速通道等，这些技术主要是针对一些特殊的应用而开发的。远程唤醒技术主要用于需要远程启动的计算机，通过远程启动方式，管理员无须亲临现场，就可以实现远程计算机的启动，以提高管理效率。在这类网卡上都带有 BOOTROM 芯片（启动芯片），并具有防病毒功能。

AFT（Adapter Fault Tolerance，出错冗余）技术是一种在服务器和交换机之间建立冗余连接的技术。在服务器上安装两块网卡，一块为主网卡，另一块为备用网卡，用两根网线将两块网卡都连到交换机上。这种技术主要应用于服务器所用的高档网卡上。

AFT 技术的基本工作原理是，当主网卡工作时，智能软件通过备用网卡对主网卡及连接状态进行监测，发送特殊设计的"试探包"。若连接失效，"试探包"将无法送达主网卡，智能软件立即将工作移交给备用网卡。

ALB（Adapter Load Balancing，负载均衡）技术是一种通过聚合多条链路，以实现通道带宽增加，让服务器更多、更快传输数据的技术。该技术通过在多块网卡之间平衡数据流量来增加吞吐量，因为每增加一块网卡，就能增加相应的网络带宽。

另外，ALB 还具有与 AFT 同样的容错功能，当服务器网卡成为网络瓶颈时，ALB 技术无须划分网段，网络管理员只需在服务器上安装两块具有 ALB 功能的网卡，并把它们配置成 ALB 状态，便可迅速、简便地解决通道瓶颈问题。

FEC（Fast Ether Channel，快速通道）技术是针对 Web 浏览及 Intranet 等对吞吐量要求较大的应用而开发的一种增大带宽的新技术。可为应用系统提供高可靠性和高带宽，主要用于应用型服务器和需要高性能数据交换的计算机。

FEC 具有 AFT 和 ALB 的全部功能。在服务器上，FEC 与 ALB 相似，在几块网卡间可实现容错和负载平衡。与具备 FEC 特性的交换机连接，服务器可实现多块网卡双向平衡通信。

**2．制造方面的选择**

以上是技术方面关于网卡的一般选择原则，下面从网卡的制造方面介绍网卡选购的注意事项。

1）看材料

优质的网卡采用喷锡板，劣质的网卡一般采用非喷锡板材，又叫画金板，即直接进行清洗的铜板，颜色为黄色。画金板会影响焊接的质量，造成虚焊、脱焊等，影响网卡的使用。可以通过肉眼来识别：喷锡板的裸露部分为白色，而画金板的裸露部分为黄色。

2）看工艺

优质网卡的电路板焊点大小均匀，焊接口干净。劣质网卡的焊点不均匀，有时可以看到细小的气眼，出现堆焊或者虚焊的现象。良好的焊接质量可以保证数据的稳定传输。

3）看布线

优质网卡应该遵循信号线和地之间回路面积最小这一原则，以减少信号之间串扰的可能性。信号线转弯处应走 45 度角，节点处应为圆弧形设计。劣质网卡多数走线凌乱，不按照标准进行设计，这样容易造成信号传输波动较大，影响系统的稳定，造成计算机工作频率的波动，严重的会造成计算机的损坏。

4）看晶振的选材

优质网卡应选用优质的晶振来保证高精度的时钟频率，并且在线路的设计上使晶振尽可能地接近主芯片，以缩短信号线的长度，增加传输的稳定性。劣质的网卡常省掉晶振或者使用劣质的晶振，从而使数据传输速度减慢或者造成数据的丢失。

5）看元件的选择

优质的网卡除了电解电容和高压瓷片电容以外，其他的阻容器件一般都选择 SMT 贴片元件，因为贴片元件比插件的可靠性高出许多，并且可以减小电路体积，增强散热的效果。贴片元件采用贴片机波峰焊接，焊点的质量可靠。

6）看金手指的工艺

金手指是指网卡和主板的接触部分，优质网卡应选择镀钛金工艺。而劣质的网卡则选择镀铜工艺，容易掉色或生锈，造成网卡插入主板时接触不良。

**3．考虑兼容性**

网络设备的兼容性一般都较差。在选购时，一定要注意网卡的兼容性问题，最简单的方法是先试用一下。

# 9.3 交　换　机

交换机是一种连接各类计算机并负责它们之间数据接收和转发的设备,是一种基于MAC地址识别,能完成封装转发数据包功能的网络设备。

主流的交换机厂商以国外的Cisco、安奈特为代表,国内主要有华为、D-LINK等。

## 9.3.1　交换机与集线器的区别

交换机起源于集线器。集线器也就是HUB。它的作用可以简单地理解为将一些计算机连接起来组成一个局域网。而交换机(又名交换式集线器)的作用与集线器大体相同。但是两者在性能上有区别:集线器采用的是共享带宽的工作方式,而交换机是独享带宽。

交换机与传统集线器的主要区别如下。

**1. 工作层次不同**

交换机和集线器在OSI/RM开放体系模型中对应的层次不一样,集线器同时工作在第1层(物理层)和第2层(数据链路层),而交换机至少工作在第2层,更高级的交换机可以工作在第3层(网络层)和第4层(传输层)。

**2. 数据传输方式不同**

集线器的数据传输方式广播(Broadcast)方式,而交换机的数据传输方式是有目的的,数据只对目的节点发送,只是在自己的MAC地址表中找不到的情况下第一次使用广播方式发送,然后因为交换机具有MAC地址学习功能,以后就不再是广播发送了,而是有目的地发送。这样可以提高数据传输效率,不会出现广播风暴,在安全性方面也不会出现被其他节点侦听的现象。

**3. 带宽占用方面**

集线器所有端口共享集线器的总带宽,而交换机的每个端口都具有自己的带宽。这样,交换机实际上每个端口的带宽比集线器端口可用带宽要高许多,也就决定了交换机的传输速率比集线器要快很多。

**4. 传输模式不同**

集线器只能采用半双工方式进行传输,在同一时刻只能接收或者发送数据。交换机采用全双工方式传输数据,在同一时刻可以同时进行数据的接收和发送工作,整个系统的吞吐量比集线器至少快一倍以上。

## 9.3.2　交换机的接口类型

交换机的接口主要有RJ-45接口、光纤接口、AUI接口与BNC以及Console端口。

**1. 双绞线RJ-45接口**

这是应用最广的一种接口类型,属于双绞线以太网接口类型。不仅在最基本的10Base-T以太网网络中使用,还在100Base-TX快速以太网和1000Base-TX千兆以太网中使用。虽然所使用的传输介质都是双绞线类型,但是它们各自采用不同规格的双绞线,从最初10Base-T使用的3类线到支持100Base-TX千兆速率的6类线,100Base-TX则使用5类、超5类线或者6类线。

### 2．光纤接口

光纤这种传输介质在 100Base 时代开始采用，为了与普通使用的百兆双绞线以太网 100Base-TX区别，称之为100Base-FX，其中F就是光纤Fiber的第一个字母。光纤在100Mbps 时代没有得到广泛应用，从 1000Base 技术正式实施以来得以全面应用，在这种速率下，虽然也有双绞线介质方案，但性能远不如光纤好，且光纤在连接距离等方面具有非常明显的优势，非常适合城域网和广域网使用。

### 3．AUI 接口与 BNC

AUI 接口专门用来连接粗同轴电缆，这种网络在局域网中不多见，但在一些大型企业网络中，仍可能有一些遗留下来的粗同轴电缆令牌网络设备，所以有些交换机也保留了少数 AUI 接口，可以更大限度地满足不同用户需求。AUI 接口是一个 15 针 D 形接口，类似于显示器接口。

BNC 专门用来与细同轴电缆连接的接口，目前提供这种接口的交换机比较少见。但在一些 RJ-45 以太网交换机和集线器中还提供少数 BNC 接口，专门用来与细同轴电缆作为传输介质的令牌网络连接。

### 4．Console 端口

可进行网络管理的交换机上一般都有一个 Console 端口，是专门用来对交换机进行配置和管理的端口。通过 Console 端口连接并配置交换机，是配置和管理交换机必须经过的步骤。

不同类型交换机的 Console 端口所处的位置不同，通常模块化交换机的 Console 端口大多位于前面板，而固定配置交换机则大多位于后面板。在该端口的上方或侧方都会有类似 Console 的标识。

# 9.4　无线网络设备

## 9.4.1　无线 AP

无线 AP（Access Point）即无线接入点，是用于无线网络的无线交换机，也是无线网络的核心。无线网络是利用无线电波作为信息传输媒介的无线局域网（WLAN），与有线网络的用途类似，最大的不同在于传输媒介，利用无线电技术取代网线，可以和有线网络互为备份，只是速度较慢。

无线 AP 是移动计算机进入有线网络的接入点，主要用于宽带家庭、大楼内部以及园区内部，典型距离覆盖几十米至上百米，目前主要技术为 802.11 系列。大多数无线 AP 还带有接入点客户端模式（AP client），可以和其他 AP 进行无线连接，延展网络的覆盖范围。

另外，无线 AP 实际上是一个包含很广的名称，它不仅包含单纯性无线接入点（无线 AP），也同样是无线路由器（含无线网关、无线网桥）等类设备的统称。

随着无线路由器的普及，一般还是只将无线 AP 理解为单纯性无线接入点，简称无线 AP，以和无线路由器加以区分。它主要是提供无线计算机对有线局域网和从有线局域网对无线计算机的访问，在访问接入点覆盖范围内的无线计算机可以通过它进行相互通信。

单纯性无线 AP 就是一个无线的交换机，提供无线信号发射接收的功能。

单纯性无线 AP 的工作原理是：将网络信号通过双绞线传送过来，经过 AP 产品的编译，将电信号转换成为无线电讯号发送出来，形成无线网的覆盖。根据不同的功率，其可以实现不同程度、不同范围的网络覆盖，一般无线 AP 的最大覆盖距离可达 300m。

多数单纯性无线 AP 本身不具备路由功能，包括 DNS、DHCP、Firewall 在内的服务器功能都必须由独立的路由或是计算机来完成。目前大多数的无线 AP 都支持多用户（30～100 台计算机）接入，数据加密，多速率发送等功能。在家庭、办公室内，一个无线 AP 便可实现所有计算机的无线接入。单纯性无线 AP 可对装有无线网卡的计算机进行控制和管理。单纯性无线 AP 可以通过 10BASE-T（WAN）端口与内置路由功能的 ADSL MODEM 或 CABLE MODEM（CM）直接相连，也可以通过交换机/集线器、宽带路由器接入有线网络。无线 AP 跟无线路由器类似，按照协议标准本身来说 IEEE 802.11b 和 IEEE 802.11g 的覆盖范围是室内 100m、室外 300m。这个数值仅是理论值，在实际应用中，会碰到各种障碍物，玻璃、木板、石膏墙对无线信号的影响最小，混凝土墙壁和铁对无线信号的屏蔽最大。通常实际使用范围是：室内 30m、室外 100m（没有障碍物）。因此，作为无线网络中重要的环节无线接入点，无线网关也就是无线 AP 的作用类似于有线网络中的集线器。

## 9.4.2　无线网卡

无线网卡是无线网络的终端设备，是无线局域网在无线覆盖下通过无线连接上网使用的终端设备。无线网卡就是使计算机利用无线来上网的一个装置，但是有了无线网卡也还需要一个可以连接的无线网络，如果周围被无线路由器或者无线 AP 覆盖，就可以通过无线网卡以无线的方式连接到网络上。图 9-7 是一款无线网卡。

图 9-7　edge 无线网卡

## 9.4.3　家用无线路由器

### 1．无线路由器介绍

无线路由是带有无线覆盖功能的路由器，它主要应用于多用户通过无线方式共享上网和提供无线覆盖功能。

无线路由器与无线 AP 在功能上的区别在于：无线 AP 是无线网和有线网之间连接的桥梁。无线 AP 的覆盖范围是一个向外扩散的圆形区域，一般无线 AP 放置在无线网络的中心位置，各无线网络连入无线网络的计算机与无线 AP 的直线距离一般不超过 30m。无线路由器是单纯型 AP 与宽带路由器的一种结合体，借助于路由器功能，可实现无线网络中的 Internet 连接共享、ADSL 和小区宽带的无线共享接入。另外，无线路由器可以把通过它进行无线和有线连接的计算机都分配到一个子网，这样子网内的计算机之间交换数据非常方便。

### 2．无线路由器选择

目前家用无线路由器采用 802.11g 标准，能够在短距离内提供 54Mbps 以上的带宽。TP-Link、D-Link、网件、Linksys 是无线路由器四大品牌。符合 IEEE 802.11n 草案 1.0 的无线路由器也已经出现，其最大无线宽带为 300Mbps，并且改善了 802.11g 无线网络上若有 802.11b 网络卡联机，整体速度被迫下降的缺陷。

无线路由器的选择，最主要的是价格和性能，下面介绍几款路由器产品。

1）TP-Link TL-WR641G+

TP-Link TL-WR641G+无线路由器外观如图 9-8 所示，主要技术参数如下。

图 9-8　TP-Link TL-WR641G+无线路由器

- 网络标准：IEEE 802.11b/g、IEEE 802.3/u/x。
- 数据传输率：108MB。
- 频率范围：2.4～2.4835GHz。
- 网络接口：4 个 LAN 口、1 个 WAN 口。
- 有效工作距离：室内 200m/室外 830m。

2）D-Link DI-624

D-Link DI-624 无线路由器外观如图 9-9 所示，主要技术参数如下。

图 9-9　D-Link DI-624 无线路由器

- 网络标准：IEEE 802.11b/g、IEEE 802.3/u。
- 数据传输率：108MB。
- 频率范围：2.4～2.462GHz。

- 网络接口：4 个 LAN 口、1 个 WAN 口。
- 有效工作距离：室内 100m/室外 300m。

3）Netgear WGT624

Netgear WGT624 无线路由器外观如图 9-10 所示，主要技术参数如下。

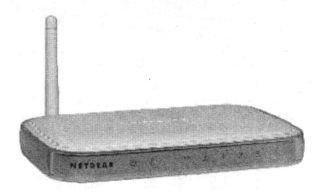

图 9-10　Netgear WGT624 无线路由器

- 网络标准：IEEE 802.11a/b/g。
- 数据传输率：108MB。
- 频率范围：2.4～2.4835 GHz。
- 网络接口：4 个 LAN 口、1 个 WAN 口。
- 有效工作距离：室内 300m。

**3．无线路由器的安装**

连接无线路由器的具体方法可以参照产品附带的说明书。这里简单介绍常规操作的线路连接方式。

为了避免设定过程中的干扰，建议先采用有线的方式进行设定。将 ADSL 调制解调器上的网线与无线路由器的 WAN 接口连接。如图 9-11 所示。再将无线路由器内附的网线一端插在无线路由器的 LAN 接口，另一端则连接到计算机的网络端口。如图 9-12 所示。

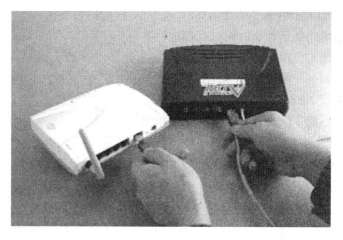

图 9-11　连接调制解调器与无线路由器的 WAN 接口

图 9-12　连接计算机与无线路由器的 LAN 接口

## 9.5　本章小结

本章介绍与计算机相关的网络设备，主要包括网卡、交换机、无线路由器等。双绞线是计算机网络的连接介质，具有不同的种类；网卡是计算机上网必备的设备，提供计算机主机与网络通信传输系统之间的接口，实现主机系统总线信号与网络环境的匹配和通信连接，接收主机传来的各种控制命令，并且加以解释执行；交换机的主要功能包括物理编址、实现网络拓扑结构、错误校验、帧序列以及流量控制；路由器是一种连接多个网络或网段的网络设备，从而构成一个更大的网络，主要应用于不同网段或不同网络之间。无线网络设备有无线 AP、无线路由器和无线网卡等，主要实现无线网络的传输，其中无线路由器目前较为常见，用于笔记本电脑与台式计算机共享上网。

## 习 题 9

1. 非屏蔽双绞线有几类？各有什么特点？
2. 写出 EIA/TIA568B 和 EIA/TIA568A 标准的线序排列。
3. 网卡的基本功能是什么？网卡有哪些种类？
4. 解释集线器与交换机的区别与联系。
5. 解释路由器与交换机的区别与联系。
6. 什么是无线 AP？
7. 无线路由器的作用是什么？如何配置和使用它？

# 第 10 章　计算机的组装与 CMOS 设置

**本章学习目标**
- 了解计算机组装的步骤与注意事项;
- 掌握计算机的组装流程;
- 掌握 BIOS 设置。

本章主要介绍计算机的组装全过程以及设置 BIOS 和 CMOS 的具体方法,最后介绍 BIOS 的升级方法。掌握组装计算机的具体方法对于维修计算机来说是十分必要的。通过对 BIOS 和 CMOS 的合理设置,可以使计算机充分发挥应有的性能。

## 10.1　组装前的准备工作

### 1. 计算机组装常用工具

在组装和维修计算机的过程中,经常要使用的工具有螺丝刀、尖嘴钳、万用表等。

螺丝刀是组装和维修计算机的过程中使用最频繁的工具,主要用来拧紧螺丝,如固定主板、驱动器等的螺丝。螺丝刀有平口(一字形)和十字口两种,这两种螺丝刀的外观如图 10-1 所示。

尖嘴钳主要用来拔一些小元件,如跳线帽或主板的支撑架等。尖嘴钳的外观如图 10-2 所示。

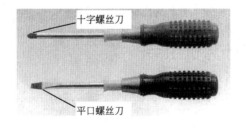

图 10-1　螺丝刀

图 10-2　尖嘴钳

万用表用来检测计算机中的配件是否工作正常,如测量配件的电阻和电流以判断配件是否出现故障等。万用表的外观如图 10-3 所示。

还有一些工具在组装和维修计算机时也常使用。
- 镊子:设置跳线时,镊子可用来夹跳线帽,镊子的外观如图 10-4 所示。
- 吹气球、软毛刷和硬毛刷:当计算机中灰尘过多时,使用这些工具可方便地进行除尘。其外形分别如图 10-5、图 10-6 和图 10-7 所示。

（a）指针式万用表　　　　　　（b）数字式万用表

图 10-3　万用表

   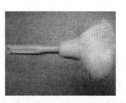 

图 10-4　镊子　　　图 10-5　吹气球　　　图 10-6　软毛刷　　　图 10-7　硬毛刷

**2．计算机的主要部件**

计算机的主要硬件包括主机箱、显示器、键盘、鼠标等。其中主机箱内的主要部件包括主板、CPU、内存、硬盘、光驱、显卡、声卡、网卡和机箱电源等。

**3．装机注意事项**

组装计算机过程中，除了要注意人身安全、避免损坏硬件之外，还要注意以下几点。

① 认真阅读说明书。

② 防静电。

③ 各电源插头不要插反。

④ 安装板卡时不要用力过度，以免损坏板卡和主板。

⑤ 通电之前要全面检查数据线、电源、各种指示灯的连接是否正确。

# 10.2　计算机组装

计算机组装的基本流程见 1.5 节。下面介绍各个部件的具体安装方法。

## 10.2.1　CPU 的安装

以桌子为工作台，还要准备一块绝缘的泡沫或海绵垫用来放主板。

在 CPU 的一个角上有个小点，小点对应着 CPU 缺针的地方，如图 10-8 所示。主板上 Socket 插座手柄边上的角要比其他角少两个针孔，与 CPU 缺少的针脚相对应，如图 10-9 所示。

安装 CPU 时先拉起插座的手柄，然后将 CPU 放入插座中，注意要放到底，但不必用力给 CPU 施压，然后把手柄按下，CPU 就被固定在主板上了。

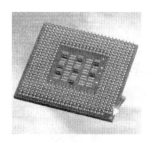

图 10-8　CPU　　　　　　　　　　图 10-9　Socket 插座

安装好 CPU 后，还要安装 CPU 风扇，不同的 CPU 风扇的安装方法不同。安装风扇之前，需要在 CPU 表面均匀涂抹一层散热硅脂，以增强 CPU 的散热效果。注意：涂抹时不要覆盖 CPU 表面的散热孔。安装风扇时，将风扇的中心位置对准 CPU，将风扇固定好，然后将风扇扣具上的压杆分别向两个方向用力下压，将风扇上的电源接头插到标有 CPU FAN 字样的三针插槽上。

## 10.2.2　内存条的安装

在主板上安装内存条的插槽有三种。目前最常用的是 DIMM（双列直插式内存模块）槽，有 168、184、240 线等多种规格，分别对应的是 SDRAM、DDR、DDR2 内存，较早的主板同时提供 168、184 线两种插槽。新型主板的插槽为 240 线。

DIMM 内存条上有一个凹槽，对应 DIMM 内存插槽上的一个凸棱，方向容易确定，如图 10-10 所示。

安装内存时，把内存条对准插槽，均匀用力插到底，同时插槽两端的卡子自动卡住内存条。

取下时，只要用力按下插槽两端的卡子，内存就会被推出插槽。

安装内存时要注意，两种规格不同的内存不能同时安装在一起，因为它们的工作速度是不相同的，如果把它们安装在一起，系统会不稳定，甚至无法启动。

图 10-10　内存的安装

计算机的组装与 CMOS 设置

### 10.2.3　安装主板

完成 CPU 和内存条的安装后，就可以把主板装入机箱。机箱内部如图 10-11 所示。

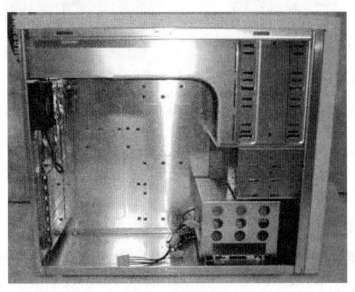

图 10-11　机箱

**1．主板的安装步骤**

① 查看机箱底板上螺丝定位孔的位置，以便安装螺丝。

② 打开机箱的后挡板，安装螺丝的底座。定位金属螺柱和塑料定位卡是在机箱底板上固定主板的紧固件，各种定位金属螺柱、塑料定位卡和螺丝钉由机箱供应商与机箱配套提供。原则上来说，最好的方式是使用定位金属螺柱来固定主板，只有在无法使用定位金属螺柱时才使用塑料定位卡来固定主板。仔细查看主板就可以发现其上有许多固定金属螺柱来固定主板。如果孔对准但是只有凹槽，表示只能使用塑料定位卡来固定主板。

③ 依照主板的螺丝孔位置，安装 4～6 个螺丝底座。

④ 将主板放入主板底座中，注意主板的外设接口要与机箱后对应的挡板孔位对齐。

⑤ 用螺丝固定好主板。

**2．主板安装注意事项**

① 有些主板上的定位圆孔周围未镀金属接地层或绝缘层，此类定位孔最好使用塑料定位卡；如果使用金属螺柱，需要注意的是不要使主板上的印刷电路与金属螺柱、螺丝接触而产生短路，否则会对主板造成损坏。因此，必须用纸质绝缘垫圈加以绝缘后，再用螺丝固定主板。

② 应尽量使用与本机箱配套的金属螺柱和塑料定位卡，不同机箱的金属螺柱和塑料定位卡的高度不一定相同，若使用不同高度的金属螺柱和塑料定位卡，安装后的主板表面不平会导致很多故障，如内存条、显卡与其插槽接触不良，主板变形等问题。此外金属螺柱和塑料定位卡的高度与本机不合适，还会造成安装困难。

③ 主板和机箱底板之间的固定点只有几个金属螺柱和塑料定位卡。主板下面的支撑

点太少，在主板上插拔板卡和内存条时，会造成主板变形。经常插拔板卡的用户，最好在主板和底板之间垫一些小块的硬泡沫，以便减少压强。可用小刀把硬泡沫的厚度削得与主板和底板之间的空间高度相等。小块的泡沫要分散一些，但不要垫在 CPU 和北桥等发热量大的器件下面，以免影响散热。

④ 在安装之前，要释放身上的静电，可先洗手或双手触摸一下接地的金属。以免损坏计算机器件。

## 10.2.4　机箱面板与主板的线路连接

安装主板时，难点不是将主板放入机箱中，而是机箱内部的连接线与主板该如何连接。下面介绍机箱连接线。

① PC 喇叭的四芯插头，实际上只有 1、4 两根线，①线通常为红色，它接在主板 Speaker 插针上。这在主板上有标记，通常为 Speaker。在连接时，注意红线对应 1 的位置（注：红线对应 1 的位置——有的主板将正极标为"1"，有的标为"+"，视情况而定）。

② RESET 接头连着机箱的 RESET 键，它要接到主板上 RESET 插针上。主板上 RESET 针的作用是这样的：当它们短路时，计算机就重新启动。RESET 键是一个开关，按下它时产生短路，手松开时又恢复开路，瞬间的短路就使计算机重新启动。偶尔会有这样的情况，当你按一下 RESET 键并松开，但它并没有弹起，一直保持着短路状态，计算机就不停地重新启动。

③ ATX 结构的机箱上有一个总电源的开关接线，是个两芯的插头。它和 RESET 的接头一样，按下时短路，松开时开路，按一下，计算机的总电源就被接通，再按一下就关闭，但是可以在 BIOS 里设置为开机时必须按电源开关四秒钟以上才会关机，或者根本就不能按开关来关机而只能靠软件关机。

图 10-12　电源指示灯

④ 三芯插头是电源指示灯的接线，使用 1、3 位，1 线通常为绿色。在主板上，插针通常标记为 Power，连接时注意绿色线对应于第一针（+），如图 10-12 所示。当它连接好后，计算机一打开，电源灯就一直亮着，说明指示电源已经打开。

⑤ 硬盘指示灯的两芯接头，一线为红色。主板上，这样的插针通常标着 IDE LED 或 HD LED 的字样，连接时要红线对一。这条线接好后，在计算机读写硬盘时，机箱上的硬盘指示灯会亮。这个指示灯只能指示 IDE 硬盘，对 SCSI 硬盘无效。

接下来还需将机箱上的电源，硬盘，喇叭，复位等控制连接端子线插入主板上的相应插针上。连接这些指示灯线和开关线是比较繁琐的，因为不同的主板在插针的定义上是不同的，究竟哪几根是用来插接指示灯的，哪几根是用来插接开关的都需要查阅主板说明书才能清楚，所以建议最好在将主板放入机箱前就将这些线连接好。另外主板的电源开关、RESET（复位开关）这几种设备是不分方向的，只要弄清插针就可以插好。而 HDD LED（硬盘灯）、POWER LED（电源指示灯）等，由于使用的是发光二极管，所以插反是不能闪亮的，一定要仔细核对说明书上对该插针正负极的定义。图 10-13 为连好后的前面板线。

⑥ USB 接口线的连接。

机箱前置 USB 的连接一定要小心，一旦接线出错，轻则无法使用 USB 设备，重则烧毁 USB 设备或主板。要正确地连接前置 USB 接口线，首先要了解一下机箱上前置 USB 各个接线的定义。红线：电源正极（接线上的标识为：+5V 或 VCC）、白线：负电压数据线（标识为：Data–或 USB Port–）、绿线：正电压数据线（标识为：Data+或 USB Port +）、黑线：接地（标识为：Ground）。

图 10-13　前面板连线

各品牌主板的 USB 针脚定义各不相同，主要有以下几大类型。

第一类：8 针型

该类型的针脚多为 1999 年以前生产的主板所用，目前少数 P4 级（低档）主板也有采用这种类型的针脚。通常接线方法：将红线插入 USB 针脚 1 与针脚 2，余下接线按 Data–、Port +、Ground 顺序分别插入余下 USB 针脚，如图 10-14（a）所示。第二种接线方式是第二组 USB 接线与第一组接线正好相反，如图 10-14（b）所示。

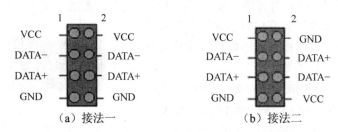

图 10-14　8 针型 USB 针脚

第二类：9 针型

该类型的 USB 针脚多见于支持 Pentium 4 或 Athlon XP 芯片组的主板（如 i845D、i845E、i845D、SiS 650 等），尤其是支持 USB 2.0 的主板。该类型的 USB 针脚接线较为统一，可通用于大多数主板，如图 10-15 所示。

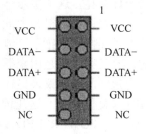

图 10-15　9 针型 USB 针脚

第三类：10 针型

采用该针脚类型的产品多为采用 i815、i815E、i815EP、KT133 等芯片组的主板，接法较为复杂，大致有五种，如图 10-16 所示。

以上三种类型中只有第二类针脚可直接安装，一般情况下不会有错。第一、三类情况较麻烦，采用这两种针脚类型的主板有相当一部分说明书中并没有详细标明接线方法，因此最好还是询问一下主板厂商。也可用万用表测量一下，搞清针脚+5V 电源与接地后再接线。一般来说针脚 1 就是第一组 USB 的电源正极，分辨针脚 1 的方法就是看其主板上的标识，有的直接标"1"，有的则是黑色三角或用白粗线条表示。接线接好之后，最好用 USB 鼠标试一下是否可正常使用。

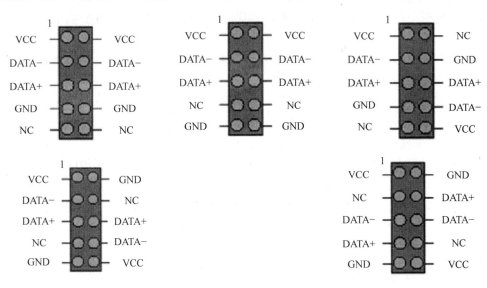

图 10-16　10 针型 USB 针脚

## 10.2.5　显卡及其他扩展卡的安装

显卡容易受到静电影响而损伤，在安装前应做好以下准备：
- 将计算机的电源关闭，并且拔除电源插头。
- 拿取显示卡时，尽量避免碰金属接线部分，最好能够戴上防静电手套。
- 当将主板中的 ATX 电源插座上的插头拔除时，确认电源的开关是关闭状态。

### 1. 安装显卡具体步骤

（1）从机箱后壳上拆除对应 AGP 插槽上的扩充挡板及螺丝。

（2）将显卡对准 AGP 插槽并确保完全插入 AGP 插槽中。注意：务必确认显卡上金手指的金属触点确实与 AGP 插槽接触。

（3）用螺丝刀将螺丝拧上，使显卡牢固地固定在机箱壳上，如图 10-17 所示。

图 10-17　安装显卡

计算机的组装与 CMOS 设置

（4）将显示器上的 15-pin VGA 线插头插在显卡的 VGA 输出插座上。

（5）确认无误后，即完成显卡的硬件安装。

**2．安装声卡具体步骤**

（1）在主板上找一个空的 PCI 插槽，并从机箱后壳上拆除对应 PCI 插槽上的挡板及螺丝。

（2）将声卡小心地对准 PCI 插槽，垂直插入 PCI 插槽中。注意：务必确认声卡上金手指的金属触点确实与 PCI 插槽接触在一起。

（3）用螺丝将声卡固定在机箱壳上。

（4）确认无误后，即完成声卡的硬件安装。

**3．安装网卡具体步骤**

（1）确认机箱电源在关闭状态，将网卡插入机箱的某个空闲的扩展槽中，插的时候注意要对准插槽。

（2）用两只手的大拇指把网卡插入插槽内，一定要把网卡插紧，上好螺钉，并拧紧。

（3）将做好的网线上的水晶头连接到网卡的 RJ-45 接口上。

其他扩展卡的安装与网卡安装相似，如 MODEM（调制解调器）、电视卡等。

## 10.2.6 外部存储设备的安装

外部存储设备包含硬盘、光驱（CD-ROM、DVD-ROM、CDRW）、软驱等，下面分别介绍它们的安装方法。

SATA 硬盘的连线比较简单，这里不做介绍。下面以老式 IDE 硬盘为例介绍硬盘的安装方法。

硬盘安装注意事项：

● 每个 IDE 口都有一个 Master（主盘，用于引导系统）盘。

● 当两个 IDE 口上都连接有 Master 盘时，老主板通常总是尝试从第一个 IDE 口上的"主"盘启动。而新主板，可以通过 CMOS 设置，指定哪一个 IDE 口上的硬盘是启动盘。

● ATX 电源在关机状态时仍保持 5V 电压，所以在进行零配件安装、拆卸及外部电缆线插、拔时必须关闭电源接线板开关或拔下机箱电源线。

● 有些机箱的驱动器托架安排得过于紧凑，而且与机箱电源的位置非常靠近，安装多个驱动器时比较费劲。建议先在机箱中安装好所有驱动器，然后再进行线路连接工作，以免先安装的驱动器连线挡住安装下一个驱动器所需的空间。

● 为了避免因驱动器的震动造成的存取失败或驱动器损坏，建议在安装驱动器时在托架上安装并固定所有的螺丝。

● 为了方便安装及避免机箱内的连接线过于杂乱无章，在机箱上安装硬盘、光驱时，连接同一 IDE 口的设备应该相邻。

● 电源线的安装是有方向的，插错了安装不上。

● 考虑到以后可能需要安装多个硬盘或光驱，装机前最好准备两条 IDE 设备数据线（俗称"排线"），每条带 3 个接口（一个连接主板 IDE 端口，另外两个用来连接硬盘或光驱）。为了避免机箱内的连接线杂乱无章，"排线"上用于连接硬盘/光驱的接口应尽量靠近，一般 3 个接口之间的"排线"长度应为 2∶1，如图 10-18 所示。

● 在同一个排线 IDE 口上连接两个设备时，一般的原则是传输速度相近的安装在一起，硬盘和光驱应尽量避免安装在同一个 IDE 口上，如图 10-19 所示。

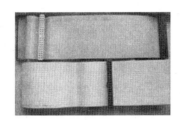

图 10-18　IDE 设备数据线　　　　　　　　图 10-19　IDE 接口插座

### 1. 单硬盘的安装

（1）单手捏住硬盘，对准安装插槽后，轻轻地将硬盘往里推，直到硬盘的四个螺丝孔与机箱上的螺丝孔对齐为止。操作过程中，应特别注意手指不要接触硬盘底部的电路板，以防止身上的静电损坏硬盘。

（2）硬盘到位后，上螺丝固定。注意，硬盘在工作时其内部的磁头会高速旋转，因此必须保证硬盘安装到位，确保固定。硬盘的两边各有两个螺丝孔，最好上四个螺丝，在上螺丝时，四个螺丝的松紧度要均衡。如果某个螺丝或某一边的螺丝拧得过紧的话，硬盘可能会因受力不对称，影响数据的安全。

（3）先将 IDE 连线在硬盘上的 IDE 口上插好；然后将其插在主板 IDE 接口插座中；再将 ATX 电源上的扁平电源线插头连接到硬盘的电源接口上。

IDE 接口插座上，一般都有一个缺口和 IDE 硬盘线上的防插反凸块对应，以防止插反。如果 IDE 线无防插反凸块，在安装 IDE 线时应本着以 IDE 线上有"红线一端对电源接口"的原则来进行安装。

### 2. 双外部存储设备的安装

大部分情况下，需要在一根 IDE 数据线上连接两个存储设备，如两个硬盘、两个光驱或一个硬盘一个光驱，这时安装方法如下。

（1）确定机箱电源能满足新增外部存储设备电源需求。

一般机箱中的电源输出功率都在 200W 以上，理论上，添加一块硬盘应该没问题。但如果已使用了耗电量大的显卡，又加装了 DVD 等，那就要考虑电源是否还能再提供 12W 左右的功率去支持一块硬盘。

（2）确定尚有空闲的 IDE 接口插座和数据线。

一般主板都提供 2 个 IDE 接口，可接两根数据线，挂 4 块 IDE 兼容设备。按一般的配置两根电缆可接四块诸如硬盘、光驱或 ZIP 高密软驱等 IDE 设备。

（3）具备上述基本条件后，就可进行主、从状态设置和安装。

首先，进行主、从盘设置。所有的 IDE 设备包括硬盘都使用一组跳线来确定安装后的主、从状态。硬盘跳线器大多设置在电源连接插座和数据线连接插座之间的地方，通常由

计算机的组装与 CMOS 设置

3 组（6 或 7）针或 4 组（8 或 9）针再加一个或两个跳线帽组成。另外在硬盘或光驱正面或反面一定还印有主盘（Master）、从盘（Slave）以及由电缆选择（cable select）的跳线方法。

其次，在主、从盘设置好后，按单硬盘安装方法完成第二个外部存储设备的安装。

需要强调的是：双外部存储设备安装前，必须进行主、从盘设置，这样安装后才能被系统接纳正常使用。

（4）安装时需注意的问题。

如果新增加的硬盘与光驱等设备一起接在第二数据线上时，要注意光驱等设备的主、从盘设置不与新加硬盘相冲突，否则会出现主板检测不到新增硬盘，或者找不到原光驱的问题。一般情况下硬盘和光驱可以按在机箱中的安装位置就近连接，但考虑不同型号、规格的硬盘以及硬盘与光驱之间的数据传输率不同，所以可根据具体 IDE 设备的实际情况连接。

**3．光驱的安装**

（1）光驱的跳线：光驱的跳线非常重要，特别是当光驱与硬盘共用一条数据线的时候，如果设置不正确就会无法识别光驱。一般安装一个光驱时，只需要将它设置为主盘即可。

（2）将光驱装入机箱：先拆掉机箱前方的一个 5 寸固定架面板，然后把光驱从机箱前方插入机箱，插入时要注意光驱的方向，现在的机箱大多数只需要将光驱平推入机箱就行。但是有些机箱内有轨道，那么在安装光驱的时候就需要安装滑轨。安装滑轨时应注意开孔的位置，并且螺钉要拧紧，滑轨上有前后两组共 8 个孔位，大多数情况，靠近弹簧片的一对与光驱的前两个孔对齐，当滑轨的弹簧片卡到机箱里，听到"咔"的一声响，光驱安装完毕。

（3）固定光驱：在固定光驱时，要用细纹螺钉固定，每个螺钉不要一次拧紧，要留一定的活动空间。如果在上第一颗螺钉的时候就固定死，那么当上其他 3 颗螺钉的时候，有可能因为光驱有微小位移而导致光驱上的固定孔和框架上的开孔之间错位，导致螺钉拧不进去，而且容易滑丝。正确的方法是把 4 颗螺钉都旋入固定位置后，调整一下，最后再拧紧螺钉，如图 10-20 所示。

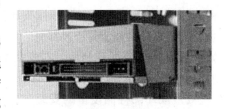

图 10-20　固定光驱

（4）安装连接线：依次安装好 IDE 数据线和电源线。

## 10.2.7　电源安装

一般情况下，在购买机箱时，可以选择已装好电源的机箱。不过，有时机箱自带的电源品质太差，或者不能满足特定要求，这就需要更换电源。由于计算机中的各个配件基本上都已模块化，因此更换起来很容易，电源也不例外。电源安装步骤如下：

（1）将电源放进机箱上的电源位置，并将电源上的螺丝固定孔与机箱上的固定孔对正。

（2）先拧上一颗螺钉固定住电源（不要拧紧），然后将其余 3 颗螺钉孔对正位置，分别拧上螺钉。安装螺钉时，应遵循对角安装，逐步拧紧的原则，不要一次把螺钉拧得过紧。

（3）将电源插头插到主板上相应的接口插座，如图 10-21 所示。

需要注意的是：有些电源有两个风扇，或者有一个排风口，其中一个风扇或排风口应对着主板。在将电源放入机箱过程中，要注意电源放入的方向，放入后稍稍调整，让电源上的 4 个螺钉和机箱上的固定孔分别对齐，如图 10-22 所示。

图 10-21　电源插座安装

图 10-22　电源安装

## 10.2.8　外设安装

### 1．安装 CRT 显示器

（1）把显示器侧放。在搬动显示器时，应先观察显示器，一般在显示器的两侧会有一个方便手拿的扣槽，扣这个扣槽就可以方便地搬动显示器。

（2）观察显示器底部卡口。在显示器的底部有许多小孔，其中就有安装底座的安装孔。此外，还可看到显示器的底座上有几个突起的塑料弯钩，这些塑料弯钩就是用来固定显示器底座的。

（3）安装底座。第一步是将底座上突出的塑料弯钩与显示器底部的小孔对准，要注意插入的方向。第二步是将显示器底座按正确的方向插入显示器底部的插孔内。第三步是用力推动底座。第四步是听见"咔"的一声响，显示器就已固定在显示器底座上。

（4）连接显示器的信号线。把显示器后部的信号线与机箱后面的显卡输出端相连接，显卡的输出端是一个 15 孔的三排插座，只要将显示器信号线的插头插到上面就行。插的时候要注意方向，厂商在设计插头的时候为了防止插反，将插头的外框设计为梯形，因此一般情况下是不容易插反的。如果使用的显卡是主板集成的，那么一般情况下显示器的输出插孔位置是在串口的下方，如果不能确定，那么请按照说明书上的说明进行安装。

（5）连接显示器的电源。将显示器电源连接线插到电源插座上，显示器就可正常工作。

### 2．连接键盘、鼠标

PS/2 接口的键盘和鼠标接口的插头是一样的，但颜色不同，一般紫色插座为键盘插座，绿色插座为鼠标插座。在主板上可以找到同样颜色的插口，将插头对准主板插口缺口方向，插入即可。

USB 接口的键盘鼠标可以随意插在主板上任意 USB 接口中。

## 10.2.9　加电测试与整理

### 1．加电测试

完成上述步骤之后，计算机硬件系统基本就安装完成。进一步检查连线无误之后，可

计算机的组装与 CMOS 设置

以通电进行测试。连接主机电源，若一切正常，系统将进行自检并报告显示卡型号、CPU型号、内存数量和系统初始情况等。如果开机之后不能正常显示、死机，说明基本系统不能正常工作，不能进行下一步安装。应根据故障现象查找故障原因。

（1）电源风扇不转，电源指示灯不亮，可能是电源开关未打开或电源线未接通。

（2）电源指示灯亮，但是无声无显示，说明主板电源接通，自检初始化未通过。需检查各连线是否连接正确，显示卡、内存条是否接触良好。

（3）电源指示灯亮，喇叭鸣声，可能出现的故障有键盘错误、显示卡错误、内存错误、主板错误等，若有显示可根据提示处理，若无显示则主要检查内存和显示卡。

（4）电源风扇一转即停，说明机内有短路现象，应立即关闭电源，拔去电源插头。可能造成的原因有：

① 主板电源插接错误。

② 主板与机箱短路。

③ 主板、内存质量不佳。

④ 显示卡安装不当等。

此类故障属严重故障，一定要小心、仔细地检查，查到故障原因并排除后方能继续通电，否则会损坏设备。

**2．整理工作**

装机结束后，需要进行一些整理工作。

1）机箱内部的整理

用线卡将电源线、面板开关、指示灯和驱动器信号排线等分别捆扎好，做到机箱内部线路整洁、美观、牢靠，这样有利于主机箱内的散热。

2）装上机箱外壳和面板盖

用螺丝固定机箱的外壳，再盖上面板。

到此，计算机的硬件组装全部完成，初步调试成功后，就可以进行软件方面的操作。

# 10.3 BIOS 设 置

## 10.3.1 BIOS 和 CMOS 的基本概念

BIOS（Basic Input Output System）是基本输入输出系统，是一组固化到主板上一个ROM 芯片上的程序，保存着计算机最重要的基本输入输出程序、系统设置信息、开机上电自检程序和系统启动自举程序。其主要功能是为计算机提供最底层的、最直接的硬件设置和控制。BIOS 设置程序储存在 BIOS 芯片中，只有在开机时才可以进行设置。

CMOS（Complementary Metal Oxide Semiconductor）是计算机主板上的一块可读写的RAM芯片，用来保存当前系统的硬件配置和用户对某些参数的设定。CMOS 可由主板的电池供电，即使系统断电，信息也不会丢失。CMOS 本身只是一块存储器，只有数据保存功能，对 CMOS 中各项参数的设定要通过专门的程序。

CMOS RAM 是系统参数存放的地方，而 BIOS 系统设置程序是完成参数设置的手段。平常所说的 CMOS 设置和 BIOS 设置是其简化说法，准确的说法应是通过 BIOS 设置程序对 CMOS 参数进行设置。

## 10.3.2 BIOS 的功能

BIOS 的主要作用包括以下几个方面。

### 1. BIOS 中断调用

BIOS 中断调用即 BIOS 中断服务程序。是计算机系统软、硬件之间的一个可编程接口，用于程序软件功能与计算机硬件之间的衔接。DOS/Windows 操作系统对软、硬盘、光驱、键盘、显示器等外围设备的管理即建立在系统 BIOS 的基础上。程序员也可以通过对 INT5、INT13 等中断的访问直接调用 BIOS 中断例程。

### 2. BIOS 系统设置程序

BIOS 系统设置程序主要保存着系统的基本情况、CPU 特性、软硬盘驱动器等部件的信息。在 BIOS ROM 芯片中装有"系统设置程序"，主要来设置 CMOS RAM 中的各项参数。在系统引导后，根据屏幕提示，一般按 Delete 键，即可启动设置程序，进入设置状态。

### 3. POST 上电自检

接通电源，系统将执行一个自我检查的例行程序。这是 BIOS 功能的一部分，通常称为 POST（Power On Self Test，上电自检）。完整的 POST 自检包括对 CPU、系统主板、内存、系统 BIOS 的测试；CMOS 中系统配置的校验；初始化视频控制器，测试视频内存、检验视频信号和同步信号，对 CRT 接口进行测试；对键盘、软盘、硬盘及 CD-ROM 子系统作检查；对并行口（打印机）和串行口（RS232）进行检查。自检中如发现有错误，将按两种情况处理：对于严重故障（致命性故障）则停机，此时由于各种初始化操作还没有完成，不能给出任何提示或信号；对于非严重故障则给出提示或声音报警信号。

### 4. BIOS 系统启动自主程序

系统完成 POST 自检后，ROM BIOS 就首先按照系统 CMOS 设置中保存的启动顺序搜索软硬盘驱动器及 CD-ROM、网络服务器等有效的启动驱动器，将操作系统引导记录读入内存，然后将系统控制权交给引导记录，由引导记录完成系统的启动。

## 10.3.3 常见的 CMOS 设置方法

开机后，按照屏幕提示按一下 Delete 键，就进到图 10-23 所示的 CMOS 设置主菜单。（有些计算机是按 Ctrl+Alt+Esc 组合键、有些是按 F10 键，具体要看开机时屏幕上的提示）。

界面各项的含义如下。

- STANDARD CMOS SETUP（标准 CMOS 设定）：用来设定日期、时间、软硬盘规格、工作类型以及显示器类型。
- BIOS FEATURES SETUP（BIOS 功能设定）：用来设定 BIOS 的特殊功能，例如病毒警告、开机启动顺序等。
- CHIPSET FEATURES SETUP（芯片组特性设定）：用来设定 CPU 工作相关参数。
- POWER MANAGEMENT SETUP（省电功能设定）：用来设定 CPU、硬盘、显示器等设备的省电功能。
- PNP/PCI CONFIGURATION（即插即用设备与 PCI 组态设定）：用来设置 ISA 以及其他即插即用设备的中断以及其他差数。

191

第
10
章

计算机的组装与 CMOS 设置

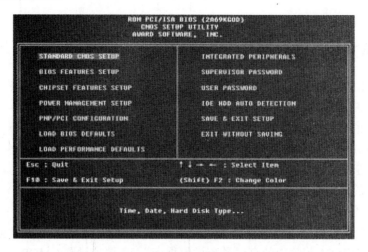

图 10-23　CMOS 设置主菜单界面

● LOAD BIOS DEFAULTS（载入 BIOS 预设值）：此选项用来载入 BIOS 初始设置值。

● LOAD OPRIMUM SETTINGS（载入主板 BIOS 出厂设置）：这是 BIOS 的最基本设置，用来确定故障范围。

● INTEGRATED PERIPHERALS（内建整合设备设定）：对主板集成的设备进行设置。

● SUPERVISOR PASSWORD（管理者密码）：计算机管理员设置进入 BIOS 修改设置密码。

● USER PASSWORD（用户密码）：设置开机密码。

● IDE HDD AUTO DETECTION（自动检测 IDE 硬盘类型）：用来自动检测硬盘容量、类型。

● SAVE&EXIT SETUP（储存并退出设置）：保存已经更改的设置并退出 BIOS 设置。

● EXIT WITHOUT SAVE（沿用原有设置并退出 BIOS 设置）：不保存已经修改的设置，并退出设置。

一般只需要进行几个必要的设置。

**1. 标准 CMOS 设置**

STANDARD CMOS SETUP 标准 CMOS 设置，它包含硬件的基本设置情况，把光标移到 STANDARD CMOS SETUP 项，按 Enter 键，出现图 10-24 所示画面。

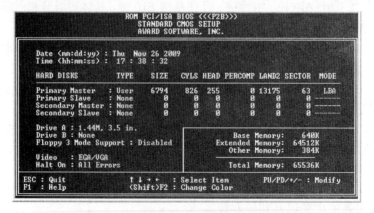

图 10-24　STANDARD CMOS SETUP 菜单项界面

主要设置项目如下。

• Date（mm：dd：yy）：设置日期，格式为月：日：年，把光标移到需要修改的位置，用 Page Up 或 Page Down 键在各个选项之间选择。

• Time（hh：mm：ss）：设置时间，格式为小时：分：秒，修改方法和日期的设置是一样的。

• HARD DISKS：一般主板提供两个 IDE 接口，最多可使用 4 个 IDE 设备，即 Primary Master（第一个 IDE 接口主设备，一般接主硬盘）、Primary Slave（第一个 IDE 接口从设备）、Secondary Master（第二个 IDE 接口主设备）、Secondary Slave（第二个 IDE 接口从设备）。

• Drive A 或 Drive B：设置物理 A 驱和 B 驱，这里将 A 驱设置为：1.44M，3.5in。

• Video：设置显示卡类型，默认的是 EGA/VGA 方式。

这些设置完成后，按 Esc 键，回到 CMOS 设置主菜单。

**2．硬盘参数检测**

IDE HDD Auto Detection 项能自动检测硬盘的参数及容量，选中该项回车后，开始检测硬盘信息，如图 10-25 所示。

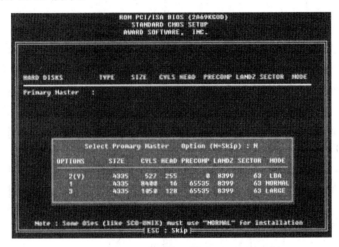

图 10-25　自动检测硬盘参数界面

检测过程从 Primary Master（第一主硬盘）开始，然后分别是 Primary Slave（第一从硬盘）、Secondary Master（第二主硬盘）和 Secondary Slave（第二从硬盘）。检测每块硬盘都要输入"Y"确认，如果不想检测其中的某一个盘，可以输入"N"。

SIZE 为硬盘容量，单位是 MB。

MODE 为硬盘类型，如果硬盘小于 540MB 属于 NORMAIL，如果大于 540MB 又小于 2.0GB 属于 LARGE，如果大于 2.0GB 属于 LBA。

按 Esc 键回到设置主菜单。硬盘的信息会被自动写入 STANDARD CMOS SETUP 中。

**3．启动顺序设置**

设置系统的启动顺序是一个很重要的内容，尤其是对新计算机。

通过 BIOS FEATURES SETUP 中的 Boot Sequence 项可设置启动时引导磁盘的顺序。选择主菜单的 BIOS FEATURES SETUP 项，出现如图 10-26 所示的设置界面。

*计算机的组装与 CMOS 设置*

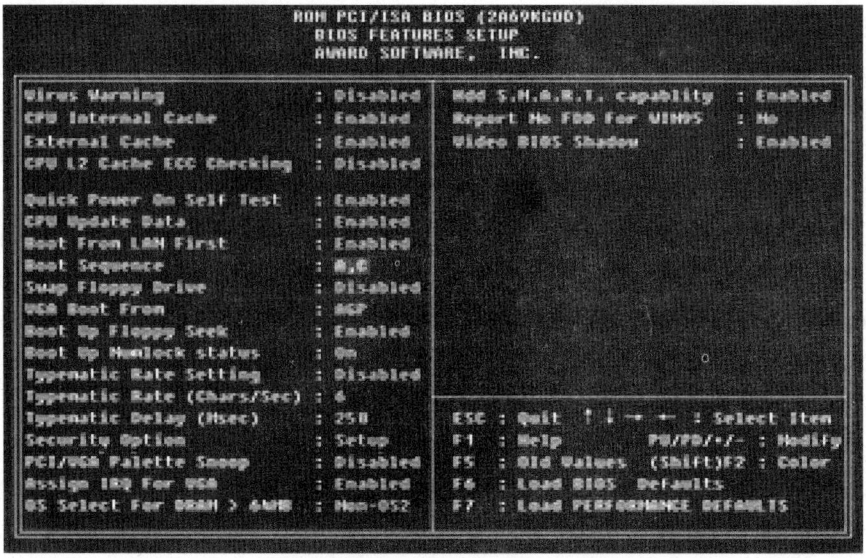

图 10-26　设置启动顺序界面

把光标移到 Boot Sequence 项，此时的设置内容为"A，C"。用 Page Up 或 Page Down 键把它修改为"C，A"。

Boot Sequence 决定计算机的启动顺序。计算机可以从软盘、硬盘甚至 CD-ROM 启动。

如果 Boot Sequence 设为"CDROM，C，A"，则计算机启动时，先检查光驱里是否装有光盘，若没有，则从硬盘启动。若光驱里有光盘，会出现两种情况：当光盘含有启动系统时，则从光盘启动；若不含启动系统，则提示插入正确的光盘，也可以把光盘取出，按任意键从硬盘启动。

一个新硬盘，要经过分区和格式化，然后才能安装软件。在第一次使用时，需要对硬盘进行分区。一个未分区的硬盘 DOS 是不能把它认作 C 盘的；完成分区后，系统重新启动以使分区生效，此时系统中已有 C 盘，但它是不含启动系统的。若光驱里没有启动盘或者计算机的启动顺序为"C，A"，则出现启动失败，这时候就需要设置 Boot Sequence 为"CDROM，C，A"，并在光驱中插入系统启动盘。

设置完成后按 Esc 键回到主菜单。新的设置需存储后才能生效，选择 SAVE & EXIT SETUP 或直接按 F10 键，出现 SAVE TO CMOS and EXIT（Y/N）？N 的提示。

按 Y 键，保存刚才的设置，并回车，就完成了 CMOS 的设置。

如果觉得刚才设置有误，可以不保存，按 N 键，并回车即可。

### 10.3.4　BIOS 的升级

BIOS 中的程序决定了系统对硬件的支持、协调能力。当给计算机添加最新的硬件产品时，计算机本身可能不支持新硬件所提供的功能，通过更新 BIOS 程序可以使计算机获得新功能。有时升级 BIOS 可以解决某些特殊的计算机故障，或者修正以前 BIOS 版本中的缺陷。

计算机主板的 BIOS 采用 Flash BIOS 芯片，使用相应的升级软件可以升级 BIOS。

**1. 升级的途径**

BIOS 的升级需要两个软件。一个是 BIOS 刷新程序，另一个是新版本 BIOS 的数据文件（一般可以从 Internet 上下载）。常见的 BIOS 刷新软件有以下几种。

（1）AWDFLASH：Award BIOS 专用的 BIOS 刷新程序。

（2）AMIFLASH：AMI BIOS 专用的 BIOS 刷新程序。

（3）AFLASH：华硕主板专用的 BIOS 刷新程序。

（4）PHLASH：Phoenix 主板 BIOS 刷新程序。

（5）Winflash：Award 推出的 Windows 环境下刷新程序。

主板包装盒内提供的应用程序中有 BIOS 升级工具。升级 BIOS 的最好途径是与主板制造商或销售商联系，取得他们提供的升级版本；或通过 Internet 得到最佳的 BIOS 升级版本。

**2. 升级的步骤**

常规的 BIOS 刷新程序必须在纯 DOS 模式下运行，并且运行时要求系统不能加载其他的内存驻留程序，以免升级时提示内存不足。由于有些 WINDOWS 操作系统（如 WINDOWS 2000 和 WINDOWS ME）已取消了 MS-DOS 方式，在这种情况下，采取传统的升级方式将极为不便。技嘉的@BIOS Flasher 程序能在 Windows 下对技嘉主板的 BIOS 升级，借助它也可以实现对其他主板 BIOS 的升级。

@BIOS Flasher 程序运行后的界面如图 10-27 所示，它能自动侦测出主板的 BIOS 芯片类型、电压、容量和版本号。在 BIOS 信息的左下方是默认的执行操作，共有四项，除第一项 Internet Update（网络在线升级）外，其余均不可更改。选项右边有个按钮，从上到下依次为：Update New BIOS（升级新的 BIOS）、Save Current BIOS（保存现有的 BIOS）、About this program（关于这个程序）、Exit（退出）。

@BIOS Flasher 不支持非技嘉主板在线升级，所以要刷新非技嘉主板的 BIOS，还得先到主板厂商站点下载主板最新的 BIOS 文件，把主板上防 BIOS 写入的跳线打开，以及在 BIOS 设置程序中将防 BIOS 写入的选项设为 Disable。单击图中的 Update New BIOS 按钮，并在弹出的窗口中选择要刷新的 BIOS 文件，然后在弹出的消息框上单击按钮，便会自动更新 BIOS。

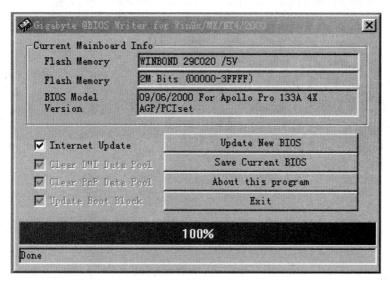

图 10-27　@BIOS Flasher 程序运行界面

*计算机的组装与 CMOS 设置*

整个操作在 WINDOWS 下进行，持续的时间在 10s 左右，更新结束后程序会弹出消息框，提示升级成功，并出现重启计算机的提示信息，如图 10-28 所示。

BIOS 升级完成后，计算机重启自检时，可以看到 BIOS 已更新为新版本。

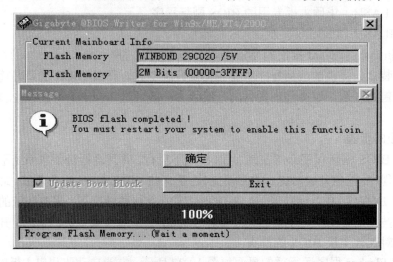

图 10-28　@BIOS Flasher 程序完成升级界面

## 10.4　本　章　小　结

本章主要介绍计算机各个部件的组装过程，以及 BIOS 的设置方法。计算机组装是维修计算机的必备技能，为了熟练掌握具体的计算机组装方法，建议找一台报废或者临时不用的计算机，进行拆装练习。为了使计算机发挥实际性能，掌握 BIOS 的基本设置是必需的；升级 BIOS 的场合是：当前使用的主板 BIOS 自身有缺陷，或者新添加的硬件当前 BIOS 不支持，在升级 BIOS 的过程中电源不能中断，否则将导致主板报废。

## 习　题　10

1．组装计算机需要哪些工具？应注意哪些事项？

2．计算机主机箱内部有哪些部件？常用的计算机外部设备有哪些？

3．简述计算机主机内部配件的安装顺序。

4．试述 CMOS 和 BIOS 的区别。

5．写出 BIOS 的刷新步骤。

# 第2篇　维　护　篇

# 第 11 章　系统软件的安装

**本章学习目标**
- 掌握硬盘的分区和格式化方法;
- 掌握 Windows XP 的安装过程;
- 掌握常用软件的安装以及驱动程序的安装;
- 熟练掌握利用 Ghost 对操作系统的备份和恢复。

硬盘在使用之前必须先分区和格式化。计算机系统的硬件资源和软件资源都是由操作系统按一定的策略分配和调度的,只有安装操作系统,才能够安装驱动程序和应用软件。整个系统以及应用软件安装完毕后,可以用 Ghost 等工具把整个系统备份,以便系统出现故障时能够快速恢复到正常工作状态。本章内容按照上述软件的安装顺序进行介绍。

## 11.1　硬盘的分区与格式化

硬盘的初始化包括分区和格式化,格式化包括低级格式化和高级格式化。

硬盘出厂后,要经过 3 个过程才可以使用:低级格式化—分区—高级格式化。目前大多数硬盘的低级格式化工作都是在出厂时进行的。

### 11.1.1　硬盘的分区

#### 1. 分区的基础知识

分区的目的是便于各种数据的管理。分区分为主分区和扩展分区。主分区只能分 4 个,可以用来安装不同的操作系统,如 Windows、Linux 等。

扩展分区是为了突破 4 个主分区的限制提出的,当有 1 个扩展分区时,主分区只能创建 3 个,而在扩展分区中,又可划分出多个逻辑分区,一般如无特殊必要,建议只创建一个主分区。主分区之外的硬盘空间就是扩展分区,而逻辑分区是对扩展分区再进行划分得到的。扩展分区可以分成多个逻辑分区,如 D、E 等平时所使用的盘符。

硬盘分区从表面上看是对硬盘进行有效的划分,以提高硬盘的利用率和实现资源有效的管理,实质上,创建硬盘分区是设置硬盘的各项物理参数,指定硬盘的主引导记录,即 MBR(Master Boot Record)和引导记录备份的存放位置。主引导记录被存放在主分区中,只有主分区中主引导记录的存在,才可以正常引导硬盘启动。当主引导记录丢失时,硬盘将无法启动。

不同的操作系统使用的文件系统格式不同,不同的文件系统格式在记录文件的方法和占用磁盘空间方面不同。

Windows 操作系统常用的文件系统格式有 FAT16、FAT32 和 NTFS。

（1）FAT16：支持每个分区最大容量为 2GB，每簇的大小为 32KB，也就是说如果某个文件只有一个字节，它也要占用 32KB 的磁盘空间，比较浪费。

（2）FAT32：支持每个分区最大容量为 32GB，每簇大小在 4～32KB 范围内，随着分区的大小而变动。如果分区小于 8GB，每簇大小为 4KB，比 FAT16 节约磁盘空间，从而提高磁盘空间的利用率。而且 FAT32 完全兼容 FAT16 的应用程序，因此，大容量硬盘一般都使用 FAT32 格式，不但可以增大单个分区的容量，还可以提高空间利用率，节约磁盘空间。

（3）NTFS：是一个安全性的文件系统，采用独特的文件系统结构保护文件，并且可以节约存储资源，减少磁盘占用，只适用于 Windows NT 以后版本的操作系统，如 Windows NT/2000/XP/2003 等。NTFS 可以支持高达 2TB 的分区，支持的单个文件大小达到 64GB，远远大于 FAT32 的 4GB，还支持长文件名。NTFS 对磁盘的利用率更高，当分区在 2GB 以下时，簇的大小比相应的 FAT32 簇小；当分区的大小在 2GB 以上时，簇的大小为 4KB，因此比 FAT32 能更有效地管理磁盘空间。

**2．使用 FDISK 进行分区**

分区的方法很多，主要的分区工具有 FDISK 和魔术分区大师 PartitionMagic。

这里先介绍用 FDISK 分区的具体步骤。

（1）首先需要通过光盘启动盘启动计算机，进入 DOS 状态，输入"fdisk"命令，如图 11-1 所示。

图 11-1　输入"fdisk"命令

（2）然后按 Enter 键，屏幕出现如图 11-2 所示的画面。

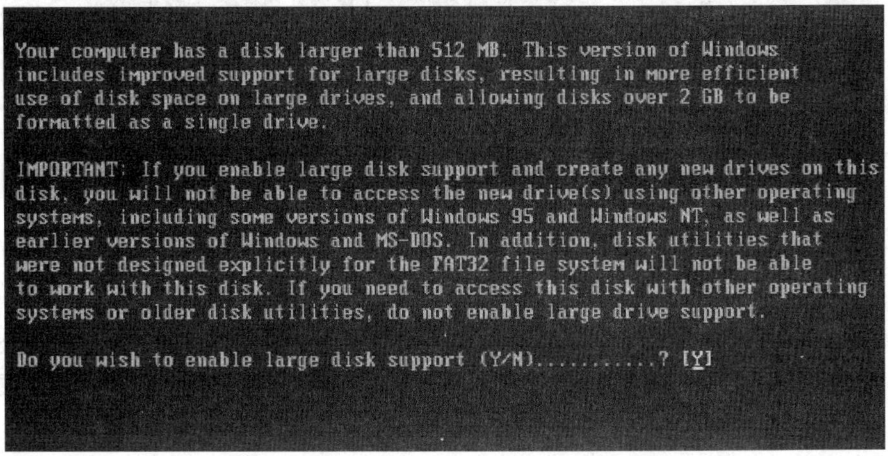

图 11-2　询问是否使用 FAT32 文件系统界面

系统软件的安装

图 11-2 的含义是磁盘容量已超过 512MB，为了充分发挥磁盘的性能，建议选用 FAT32 文件系统，输入"Y"后按 Enter 键。出现如图 11-3 所示的画面。

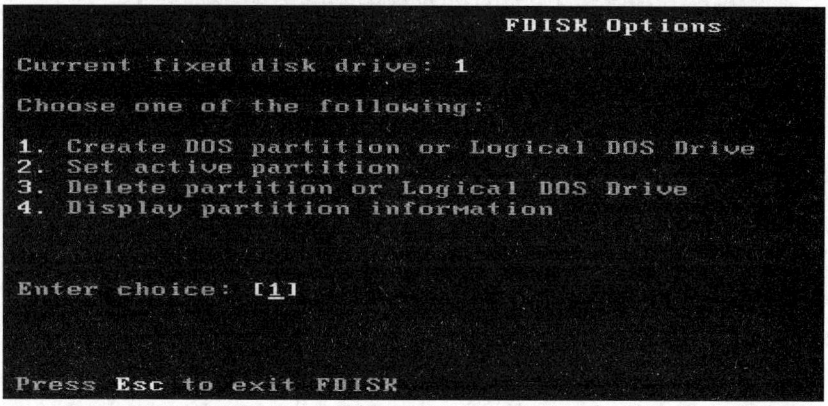

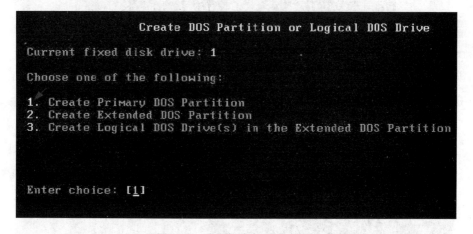

图 11-3　开始进入分区方式

图 11-3 表明当前的驱动盘为 1，选择下面的选项。

① 创建 DOS 分区或逻辑驱动器；

② 设置活动分区；

③ 删除分区或逻辑驱动器；

④ 显示分区信息。

（3）输入"1"后，按 Enter 键，出现如图 11-4 所示画面。

图 11-4　选择创建主 DOS 分区

硬盘分区遵循主分区→扩展分区→逻辑分区的次序，删除分区则与之相反。

一个硬盘可以划分多个主分区（最多 4 个），一般没必要划分多个，但如果要安装两种不同类型的操作系统，则需要建立两个主分区。主分区之外的硬盘空间就是扩展分区，而逻辑分区是对扩展分区再划分得到的。

（4）输入"1"后按 Enter 键，fdisk 开始检测硬盘，如图 11-5 所示。

（5）检测硬盘完成后，系统询问：是否希望将整个硬盘空间作为主分区并激活？主分区就是 C 盘，显然不能把硬盘只分一个区，在图 11-6 中输入"N"并按 Enter 键。

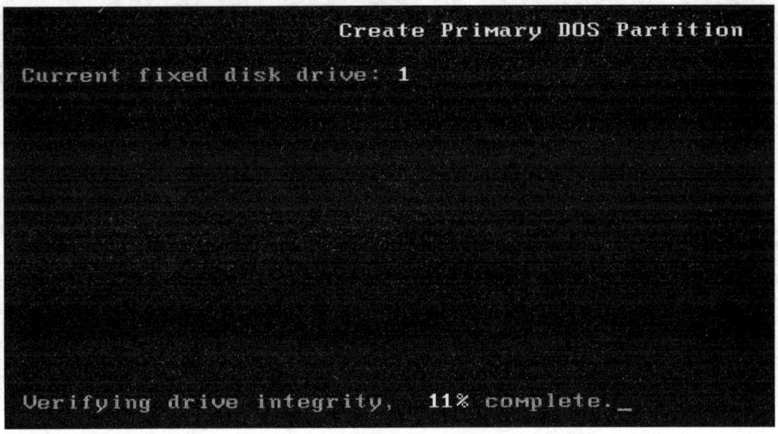

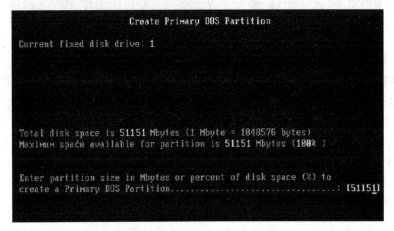

图 11-5　创建主 DOS 分区 FDISK 检测硬盘

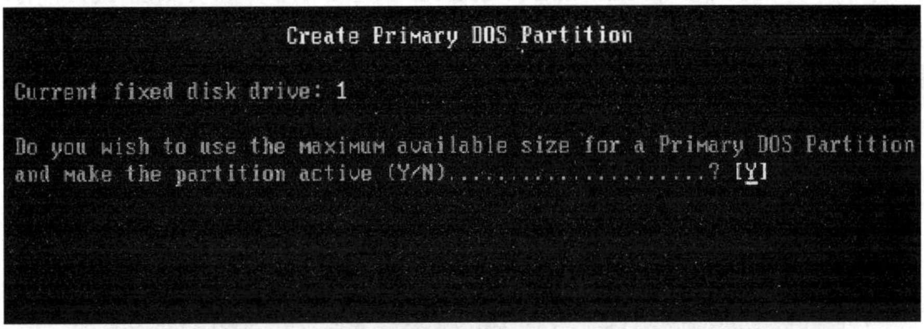

图 11-6　询问是否把整个硬盘作为主 DOS 分区

（6）这时屏幕出现如图 11-7 所示的画面，设置主 DOS 分区的容量，可直接输入分区大小（以 MB 为单位）或分区所占硬盘容量的百分比（%），之后按 Enter 键确认。

图 11-7　设置主 DOS 分区的容量

（7）这时屏幕出现如图 11-8 所示的画面，表示主 DOS 分区 C 盘已经创建，按 Esc 键。

系统软件的安装

202

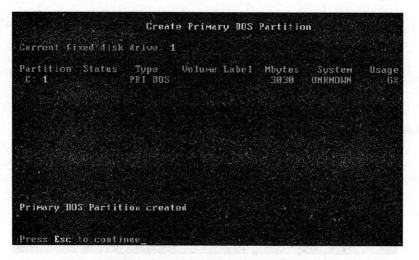

图 11-8　创建主 DOS 分区的完成

（8）这时出现 Create DOS Partition or Logical DOS Drive 界面（如图 11-4 所示）画面，下面可以创建扩展分区。输入"2"并按 Enter 键，就进入到如图 11-9 所示的创建扩展 DOS 分区界面。

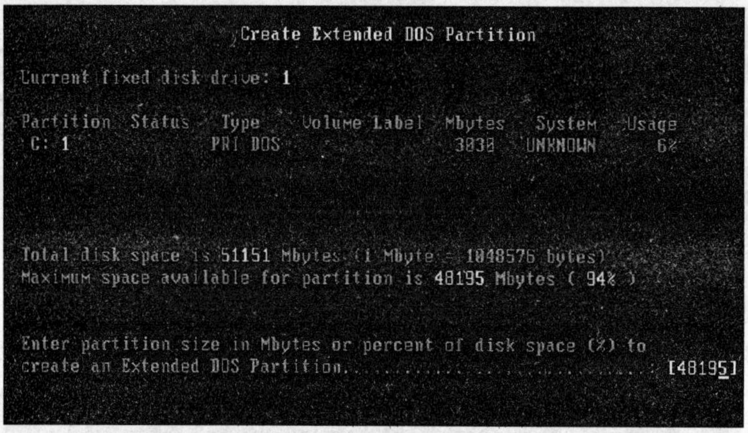

图 11-9　询问是否把剩余的空间全部划分为扩展分区

**注意**：一般将除主 DOS 分区之外的所有空间划为扩展分区，直接按 Enter 键即可。当然，如果想安装微软之外的操作系统，则可根据需要输入扩展分区的空间大小或百分比。

（9）按 Enter 键后，就可以看见创建的扩展 DOS 分区，如图 11-10 所示。

（10）创建逻辑分区。按 Esc 键，返回到 Create DOS Partition or Logical DOS Drive 界面，输入"3"并按 Enter 键，出现画面提示没有任何逻辑分区，如图 11-11 所示。前面已经提示逻辑分区在扩展分区中划分，在此输入第一个逻辑分区的大小或百分比，最高不超过扩展分区的大小。

**注意**：在图 11-11 中的"[ ]"中输入第一个逻辑驱动器的大小，就是 D 盘的大小，如果想把剩下的空间全部划分给 D 盘的话，可以直接按 Enter 键，否则要输入具体的大小和百分比。

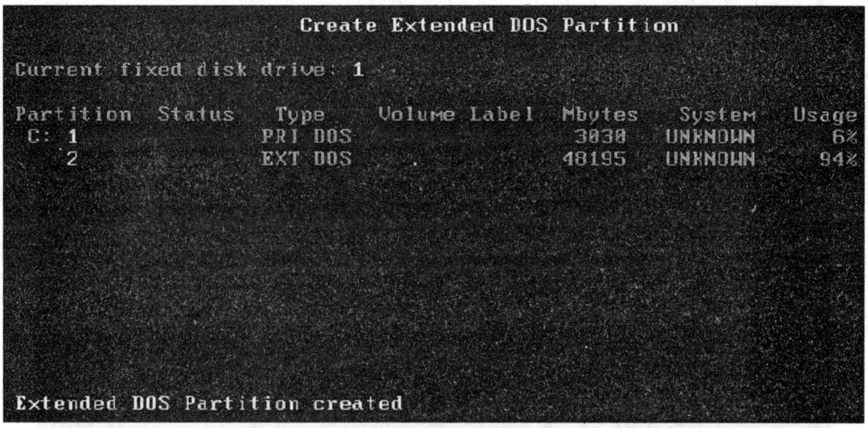

图 11-10　创建扩展 DOS 分区完成

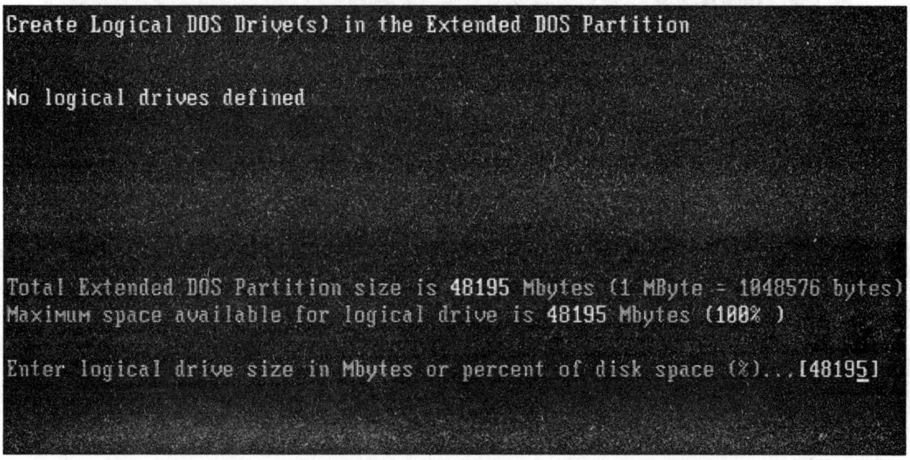

图 11-11　输入第一个逻辑驱动器大小的界面

（11）最后得到如图 11-12 所示的创建好的逻辑分区。

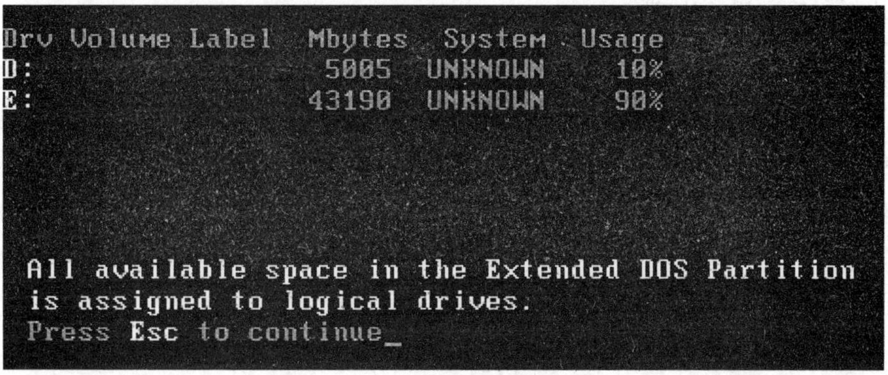

图 11-12　设置完成逻辑分区

（12）设置活动分区。返回到 Fdisk Options 界面（如图 11-3 所示），输入"2"并按

系统软件的安装

Enter 键进入活动分区设置，再输入“1”并按 Enter 键，这时屏幕已经设置好活动分区信息，在“Status”项目下的 C 区栏多了一个“A”，意思是 C 区为活动（Active）分区，也就是主引导分区，如图 11-13 所示。

Set Active Partition
Current fixed disk drive: 1
Partition Status Type Volume Label Mbytes System Usage
C: 1 A PRI DOS 3004 UNKNOWN 6%
2 EXT DOS 48195 UNKNOWN 94%
Total disk space is 51199 Mbytes (1 Mbyte = 1048576 bytes)
Partition 1 made active

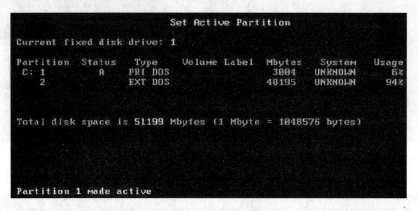

图 11-13 设置活动分区

（13）C 盘已经成为活动分区，按 Esc 键回到 FDISK 主菜单。至此完成硬盘分区的全部工作，按两次 Esc 键，按照提示重新启动计算机，以便使上面的硬盘分区设置生效。如图 11-14 所示。

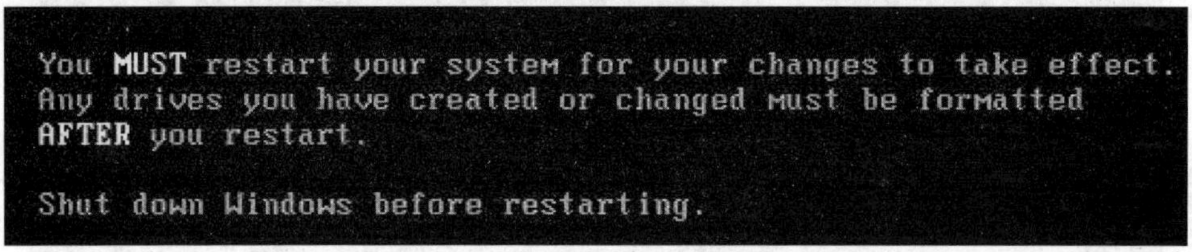

You MUST restart your system for your changes to take effect.
Any drives you have created or changed must be formatted
AFTER you restart.
Shut down Windows before restarting.

图 11-14 提示用户重启计算机

**注意：** 必须重新启动计算机，这样分区才能够生效；重启后必须格式化硬盘的每个分区，这样分区才能够使用。

（14）删除分区和逻辑驱动器。完成硬盘分区后，如果对分区状况不满意，还可以重新分区，但在重新分区之前必须删除原有的分区。删除硬盘分区的顺序是：删除非 DOS 分区—删除逻辑 DOS 分区—删除扩展 DOS 分区—删除主 DOS 分区。

删除分区时，可以通过在 FDISK 主界面中（如图 11-3 所示）输入“3”，按 Enter 键后出现如图 11-15 所示的界面，用户根据具体的需要进行选择，按照上述顺序进行删除分区的操作。删除完成后再按照前面所讲的方法重新建立分区。

**注意：** 在图 11-15 中的“[ ]”中输入不同的数字（具体为 1、2、3、4）来达到重新分区的目的，具体操作步骤是按照从下到上（4、3、2、1）的顺序依次删除旧分区。其中，“4”代表非 DOS 分区；“3”代表逻辑 DOS 分区；“2”代表扩展分区；“1”代表主 DOS 分区。

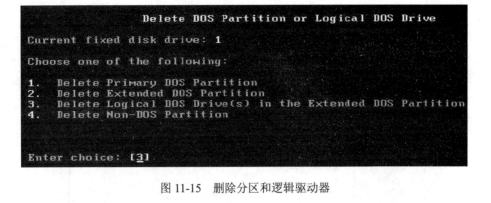

图 11-15　删除分区和逻辑驱动器

### 3．使用魔术分区大师 PartitionMagic 分区硬盘

PartitionMagic（PM）是一款常用的硬盘分区工具。可以在不破坏硬盘数据的情况下重新改变分区大小；支持 FAT16、FAT32 和 NTFS 等系统格式并相互转换；可以隐藏现有分区；支持多操作系统启动。

1）创建一个新分区

（1）首先点击主界面右侧"选择一个任务"栏中的"创建一个新分区"链接，如图 11-16 所示。

图 11-16　点击"创建一个新分区"链接

（2）打开"创建新的分区"对话框，然后单击"下一步"按钮，如图 11-17 所示。

（3）在"新分区的位置"列表框中，选择新分区的位置，如图 11-18 所示，然后单击"下一步"按钮。

*系统软件的安装*

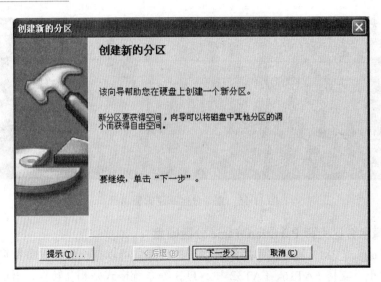

图 11-17 "创建新的分区"对话框

**注意**：图片上标志着之前、之后的，表示新分区的位置，一般选择"在 G: 之后（推荐）"，就可以分出一个新的分区。

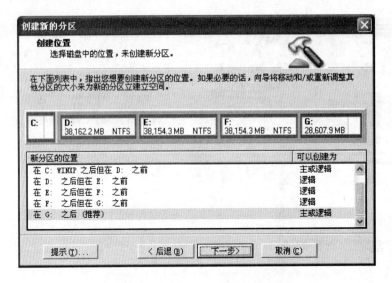

图 11-18 创建新的分区的位置

（4）在下面的列表框中，选中所需减少空间到新分区的原有分区的复选框，如图 11-19 所示，然后单击"下一步"按钮。

**注意**：新分区的大小可以按照实际需求来选择，卷标可以随意命名。

（5）设置新分区的属性，例如大小、卷标、文件系统类型等，如图 11-20 所示。设置完毕后，单击"下一步"按钮。

（6）确认之前的操作是否正确，如图 11-21 所示。若无误，则单击"完成"按钮。

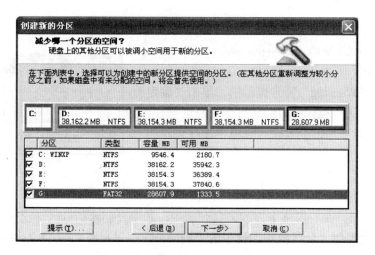

图 11-19　设置减少哪一个分区的空间

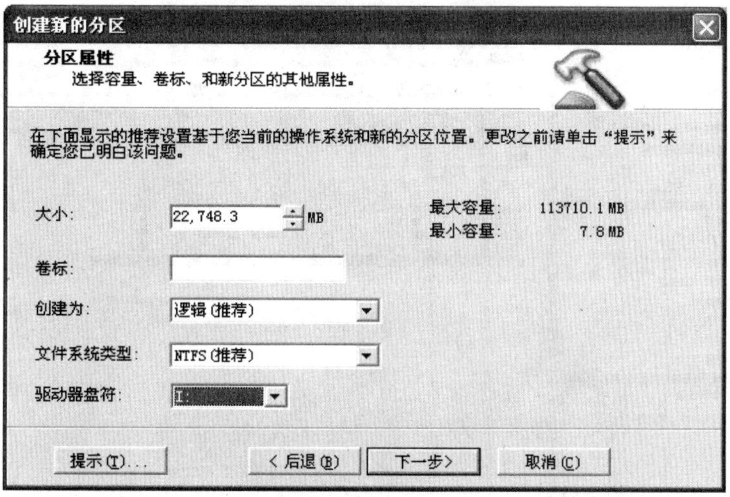

图 11-20　设置新分区属性

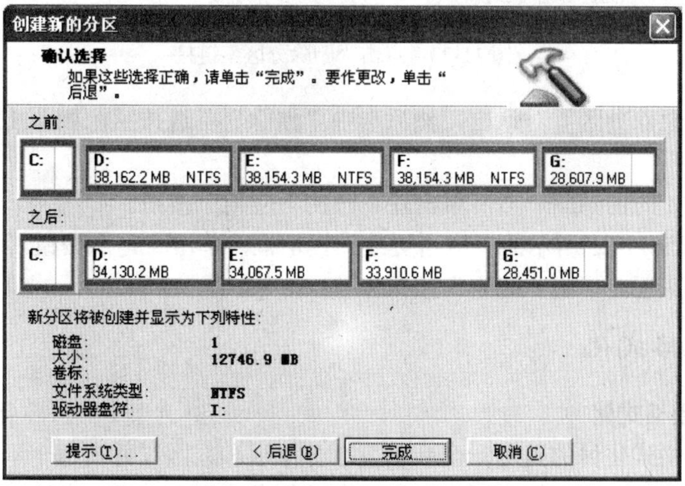

图 11-21　确认选择

系统软件的安装

（7）返回 PM 的主界面，单击左下角的"应用"按钮。

（8）弹出"应用更改"提示框，如图 11-22 所示，单击"是"按钮。

（9）弹出"Warning"警告提示框，单击"确定"按钮，重新启动计算机，并自动进行创建分区操作。

（10）创建结束后，会发现计算机中出现创建的新分区。

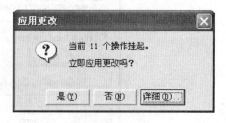

图 11-22　应用更改

2）删除分区

PM 还可以删除分区，具体操作方法如下。

（1）打开 PM，在右窗格下方的磁盘列表中，选中要删除的分区（这里以 I 盘为例），然后点击主界面左侧"分区操作"栏中的"删除分区"链接，如图 11-23 所示。

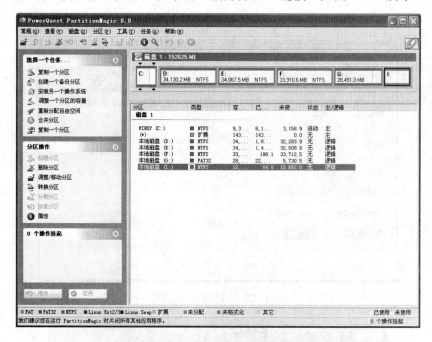

图 11-23　点击"删除分区"链接

（2）打开"删除分区"对话框，然后选中"删除"单选按钮，如图 11-24 所示，再单击"确定"按钮。

（3）返回 PM 的主界面，然后单击左下角的"应用"按钮。

（4）打开如图 11-25 所示的"应用更改"提示框，单击"是"按钮。

（5）删除结束后，单击"确定"按钮。

## 11.1.2　硬盘格式化

### 1. 硬盘低级格式化

硬盘的低级格式化目的是对一个新硬盘划分磁道和扇区，并在每个扇区的地址域上记录地址信息。初始化工作一般由硬盘生产厂家在硬盘出厂前完成，当硬盘受到破坏或更改系统时，也需要进行硬盘低级格式化。该工作由专门的程序完成。

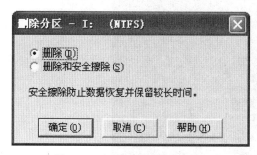

图 11-24 "删除分区"对话框

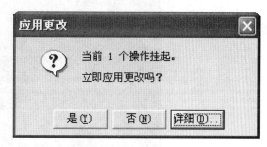

图 11-25 应用更改

**2．硬盘高级格式化**

硬盘建立分区后，使用前必须对每一个分区进行高级格式化，格式化后的硬盘才能使用。高级格式化的主要作用有两点：一是装入操作系统，使硬盘兼有系统启动盘的作用；二是对指定的硬盘分区进行初始化，建立文件分配表以便系统按指定的格式存储文件。硬盘格式化是由格式化命令完成的，如 DOS 下的 FORMAT 命令。

注意：格式化操作会清除硬盘中原有的全部信息，所以在对硬盘进行格式化操作之前一定要做好备份工作。

# 11.2　系统软件的安装

硬盘分区和格式化之后，就可以安装操作系统。这里介绍 Windows XP 的安装。虽然 Windows Vista 是 Windows XP 的替代者，但自身有许多问题，使用极为不便，建议不要安装。2009 年 11 月微软公司推出 Windows 7 来替代 Windows Vista，其实际表现还需要观察。

**1．用光盘启动系统**

通过 BIOS 设置把光驱设为第一启动设备。将 XP 安装光盘放入光驱，重新启动计算机。刚启动时，当屏幕出现如图 11-26 所示画面时，快速按下 Enter 键。

图 11-26 选择从光盘启动

**2．安装 Windows XP Professional**

光盘自启动后，可见到如图 11-27 所示的安装界面。

选中"要现在安装 Windows XP，请按 ENTER"，按 Enter 键，出现如图 11-28 所示的界面。按"F8"键，出现如图 11-29 所示的界面。

用向下或向上方向键选择安装系统所用的分区，一般选择 C 分区，之后按 Enter 键。

系统软件的安装

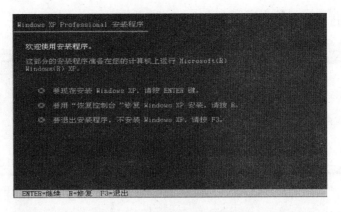

图 11-27　欢迎使用安装程序

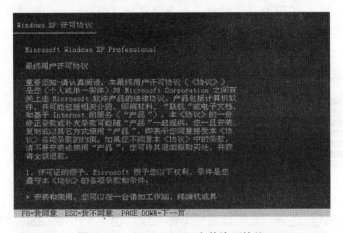

图 11-28　Windows XP 安装许可协议

### 3. 安装过程

在如图 11-30 所示的界面中对所选分区进行格式化，并转换文件系统格式，或保存现有文件系统，有多种选择的余地。这里选择"用 FAT 文件系统格式化磁盘分区（块）"，按 Enter 键，出现如图 11-31 所示的界面。

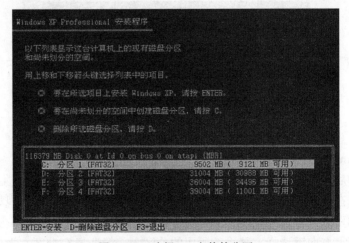

图 11-29　选择 XP 安装的分区

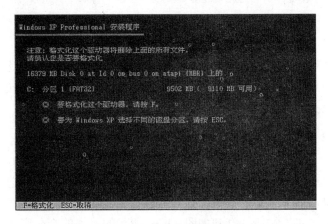

图 11-30　选择分区格式

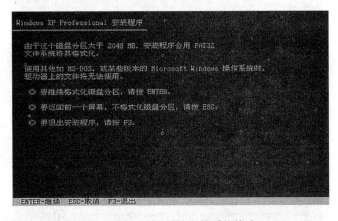

图 11-31　格式化 C 盘警告

格式化 C 盘的警告，按 F 键将准备格式化 C 盘，出现如图 11-32 所示的界面。

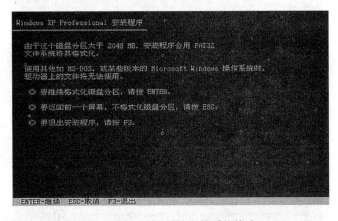

图 11-32　用 FAT32 文件系统格式

由于所选分区 C 的空间大于 2048MB（即 2GB），FAT 文件系统不支持大于 2048MB 的磁盘分区，所以安装程序会用 FAT32 文件系统格式对 C 盘进行格式化，按 Enter 键，出

系统软件的安装

现如图 11-33 所示的界面。

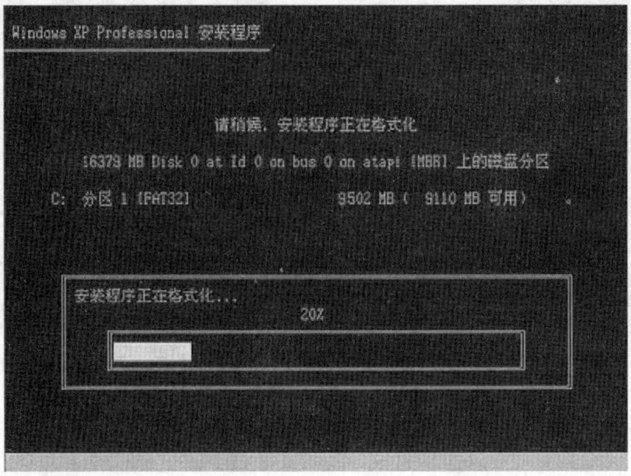

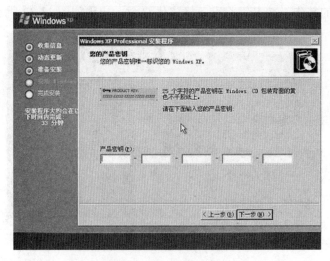

图 11-33　格式化 C 分区

**注意：**只有用光盘启动或安装启动软盘启动 XP 安装程序,才能在安装过程中提供格式化分区选项；如果用 MS-DOS 启动盘启动进入 DOS，运行 i386\winnt 安装 XP，安装时没有格式化分区选项。

之后安装程序开始复制文件。文件复制完后，安装程序开始初始化 Windows 配置，然后系统将会自动在 15 秒后重新启动。如果不想等待系统自动重新启动，可以直接按 Enter 键，计算机重新启动后进入开始安装设备的界面，设备安装后，接着选择区域和语言，一般使用默认值，单击“下一步”按钮。打开“自定义软件”对话框，然后输入姓名和单位名称，再单击“下一步”按钮，打开如图 11-34 所示的“您的产品密钥”对话框，输入产品密钥。

图 11-34　输入产品密钥

单击“下一步”按钮。打开“计算机名和系统管理员密码”对话框，输入计算机名和系统管理员密码（也可以不输入），如图 11-35 所示。

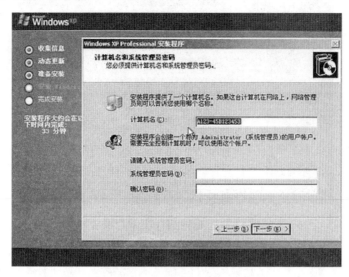

图 11-35　输入计算机名和系统管理员密码

单击"下一步"按钮，打开"日期和时间设置"对话框。

单击"下一步"按钮，打开"网络设置"对话框，选中"典型设置"单选按钮，如图
11-36 所示。

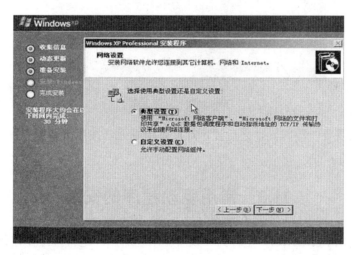

图 11-36　网络设置

单击"下一步"按钮，打开"工作组或计算机域"对话框，选中"不，此计算机不在
网络上……"单选按钮，如图 11-37 所示。

单击"下一步"按钮，接着是复制文件和安装各种功能模块，之后还要注册组件和保
存设置，如图 11-38 所示。

注意：继续安装，之后不需要用户参与，安装程序会自动完成这些过程。安装完成后自动
　　　重新启动计算机。

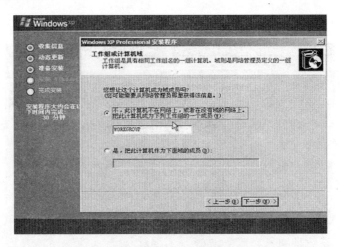

图 11-37　工作组名和计算机域名

图 11-38　完成安装

第一次启动需要一段时间，之后显示欢迎使用画面，按照屏幕提示操作后即可完成后续的系统设置工作。

## 11.3　常用驱动程序的安装

驱动程序（Device Driver）全称为"设备驱动程序"，是直接工作在各种硬件设备上的软件。不同的硬件设备需要不同的驱动程序，通过相应的驱动程序，硬件设备才能正常运行，达到既定的工作效果。

一般情况下，在 Windows 操作系统的安装过程中，已经为主要的硬件设备安装了驱动程序，例如硬盘、显示器、光驱、键盘、鼠标等就不需要再安装驱动程序，而为了发挥计算机硬件设备的实际性能，操作系统安装完毕后，最好重新安装主板、显卡、声卡、扫描仪、摄像头、Modem 等硬件自带的驱动程序。

不同版本的操作系统对硬件设备的支持也不同，一般情况下版本越高所支持的硬件设备也越多，需要独立安装的驱动程序就越少。例如，安装 Windows XP 后有可能一个驱动程序也不用安装，而 Windows 7 更是支持目前主流笔记本中的所有设备。

## 11.3.1 显卡驱动的安装

安装独立显卡驱动的方法如下。

**1．检查显卡驱动**

（1）首先检查显卡与主板、显示器与主机的连接是否正常，有无松动。

（2）右击"我的电脑"图标，选择"属性"命令，打开"系统属性"对话框，打开"硬件"选项卡，单击"设备管理器"按钮，打开如图 11-39 所示的"设备管理器"窗口，再展开硬件列表中的"显示卡"项，查看显卡前面有没有黄色的"？"。如果有，说明没装驱动；没有，说明已经装了驱动，但是不能正常使用，右击"显示卡"项下的显卡，选择"卸载"命令，将原驱动卸载。

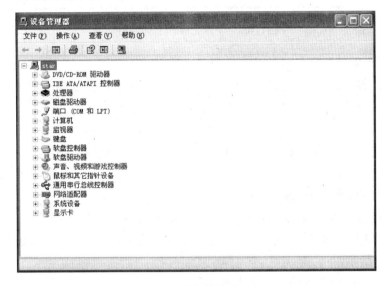

图 11-39 "设备管理器"窗口

（3）如果不知道显卡型号，打开"设备管理器"窗口，再展开硬件列表中的"显示卡"项，其下的一串字母和数字，就是计算机中的显卡型号。

**2．从光盘安装显卡驱动**

（1）将显卡驱动光盘放入光驱。

（2）打开"设备管理器"窗口，然后右击"显示卡"项的"？"号选项，选择"更新驱动程序"命令，打开"硬件更新向导"对话框，如图 11-40 所示。按照屏幕提示操作即可。

## 11.3.2 声卡驱动的安装

计算机只有装了声卡驱动程序后，才能发出声音，集成声卡驱动程序一般是操作系统自动安装的。

单独安装声卡驱动的方法如下。

*系统软件的安装*

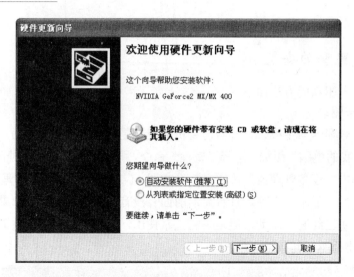

图 11-40 "硬件更新向导"对话框

**1. 通过设备管理器来安装**

（1）打开"设备管理器"窗口，展开"声音、视频和游戏控制器"项，查看其下各项前面有没有出现黄色的"？"。

（2）如果有，先将其卸载，再放入系统驱动盘，重新安装这个设备的驱动程序；如果没有，就查找声卡（包括集成声卡），型号一定要准确，在确认找到声卡后，再放入系统驱动盘，安装声卡驱动程序。

**2. 通过添加新硬件来安装**

（1）首先检查声卡、连接线，以及音箱等设备连接是否正常。

（2）打开"控制面板"窗口，双击"添加新硬件"图标，打开"添加硬件向导"对话框，如图 11-41 所示。

（3）单击"下一步"按钮，按照提示操作即可。

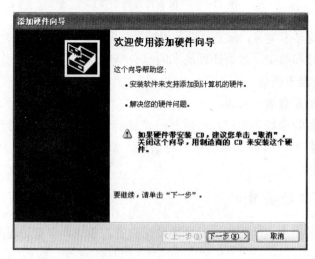

图 11-41 "添加硬件向导"对话框

### 11.3.3 网卡驱动的安装

目前，大多数装有 Windows 的计算机都支持即插即用（PNP），而且几乎所有的网卡都使用软件来自动设置中断号（IRQ）及内存的 I/O 地址。用户在购买网卡时，随网卡会附有一张驱动盘，里面包含该网卡的驱动程序。确认机箱电源在关闭的状态下，将网卡插入机箱的某个空闲的扩展槽中，然后把机箱盖合上，再把网线插入网卡的 RJ-45 接口中。网卡驱动程序的快速安装步骤如下。

（1）打开机箱电源，启动 Windows 系统，屏幕上会出现类似"发现了新的硬件"的提示，这是 Windows 的即插即用功能在起作用。

（2）把随网卡自带的驱动盘放入计算机的驱动器中。

（3）当屏幕上出现提示"请选择网卡驱动程序的位置"时，指定驱动程序的位置，然后单击"确定"按钮。

（4）系统会自动到驱动器中去寻找相应的文件，并把它们安装到硬盘中特定的目录下。

（5）安装结束后，会提示重新启动计算机，单击"确定"按钮。重新启动计算机后，新安装的网卡才能起作用。

# 11.4 操作系统的备份与恢复

系统备份对于系统和数据的安全十分重要，通过备份，当系统出现软件故障时可以迅速将系统恢复到故障前的正常工作状态，省去重新安装软件的麻烦。对于系统的备份可以利用 Windows 本身所带的备份工具，也可以使用 Ghost 软件备份和恢复。

### 11.4.1 备份操作系统

Windows 系统本身带有系统备份工具，具体操作方法如下。

（1）选择"开始"→"所有程序"→"附件"→"系统工具"→"备份"命令，如图 11-42 所示。

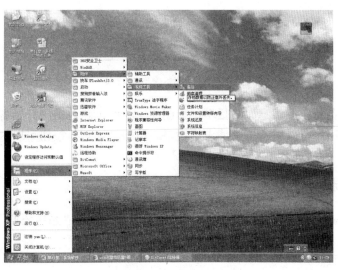

图 11-42 "备份"命令

系统软件的安装

（2）打开"备份工具"窗口，如图 11-43 所示。在"欢迎"选项卡中，可以选择"备份向导"选项，根据向导的提示，一步步完成备份。

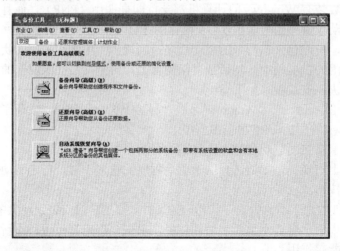

图 11-43 "备份工具"窗口

（3）打开"备份"选项卡，如图 11-44 所示。选择要备份的驱动器、文件夹和文件。设置备份文件的地址及文件名，然后单击"开始备份"按钮。

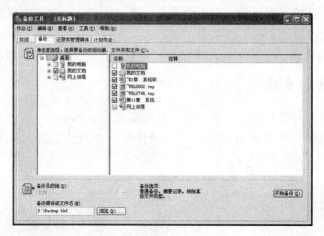

图 11-44 "备份"选项卡

（4）弹出"备份作业信息"对话框，如图 11-45 所示。单击"开始备份"按钮即可。单击"高级"按钮，可以对备份类型进行设置。单击"计划"按钮可以把此备份作业设置为计划作业。

## 11.4.2　还原操作系统

使用 Windows 的自带工具来还原系统是最方便的办法。"系统还原"是 Windows XP 中的一个组件。

### 1．创建还原点

如果要还原系统，首先要创建还原点，具体方法如下。

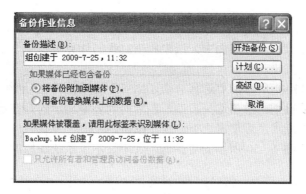

图 11-45　"备份作业信息"对话框

（1）选择"开始"→"所有程序"→"附件"→"系统工具"→"系统还原"命令。在"系统还原"欢迎界面中，选中"创建一个还原点"单选按钮，单击"下一步"按钮，如图 11-46 所示。

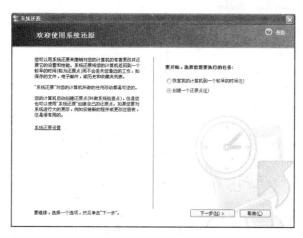

图 11-46　"系统还原"欢迎界面

（2）在"创建一个还原点"对话框中的"还原点描述"文本框中，输入对这个还原点的描述，单击"创建"按钮，如图 11-47 所示。

（3）此时出现"还原点已创建"对话框，如图 11-48 所示。单击"关闭"按钮即可。

图 11-47　创建一个还原点

图 11-48　还原点已创建

*系统软件的安装*

**2．还原系统**

（1）在"系统还原"欢迎界面中，选中"恢复我的计算机到一个较早的时间"单选按钮，单击"下一步"按钮。

（2）打开如图 11-49 所示的"选择一个还原点"对话框。在日历中，以黑体显示的日期是有可用还原点的日期。单击选择日期，在后面列表中显示的是在选择的日期可用的还原点。单击选择还原点，然后单击"下一步"按钮。

（3）此时打开如图 11-50 所示的对话框，其中显示了系统还原的注意事项。单击"下一步"按钮。

（4）系统会自动重新启动计算机，这样就完成了系统还原工作。

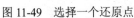

图 11-49　选择一个还原点

图 11-50　确认还原点选择

### 11.4.3　克隆软件的使用

**1．Ghost 简介**

Ghost 是赛门铁克公司推出的一个用于系统数据备份与恢复的工具，其最新版本是 Ghost V11.5。

Ghost 系列分为两个版本，Ghost（在 DOS 下运行）和 Ghost32（在 Windows 下运行），两者有统一的界面，功能相同，但在 Windows 系统下运行的 Ghost 的很多版本不能恢复 Windows 操作系统所在的分区，这种情况下需要使用 DOS 版。

Ghost V11.5 的 ghost32.exe 支持在 Windows 下对系统分区进行备份，下面介绍 Ghost V11.5 的使用。

**2．Ghost 的启动**

启动 Ghost V11.5 之后，出现如图 11-51 所示的界面。

单击 OK 按钮，可以看到如图 11-52 所示的 Ghost 主菜单。在主菜单中有以下几项。

Local：本地操作，对本地计算机上的硬盘进行操作。

Peer to peer：通过点对点模式对网络计算机上的硬盘进行操作。

GhostCast：通过单播/多播或者广播方式对网络计算机上的硬盘进行操作。

Options：使用 Ghost 时的一些选项，一般使用默认设置即可。

Help：帮助。

Quit：退出 Ghost。

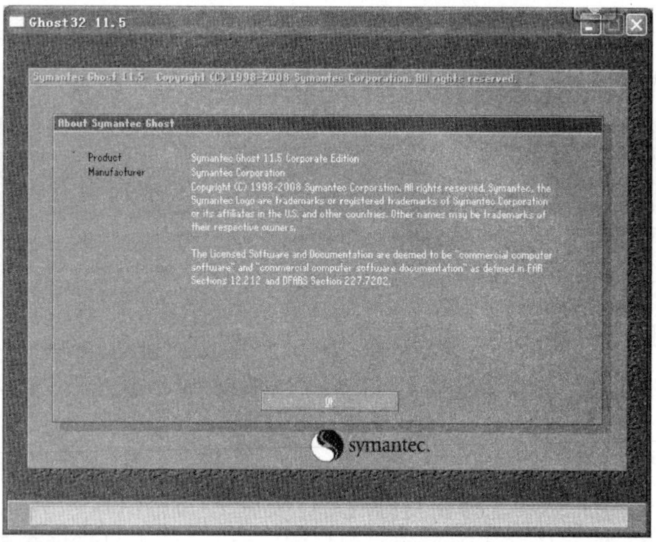

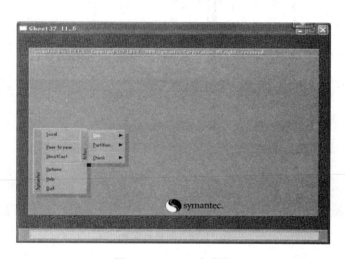

图 11-51  Ghost 主界面

图 11-52  Ghost 主菜单

**注意:** 当计算机上没有安装网络协议的驱动时, Peer to peer 和 Ghost Cast 选项将不可用(在 DOS 下一般都没有安装)。

**3. Ghost 的使用**

在系统备份前,需要整理好目标盘和源盘,最好将硬盘上无用的文件删除,以减少 Ghost 文件的大小,加快备份速度。通常无用的文件有 Windows 的临时文件夹、Windows 的内存交换文件、IE 临时文件夹等。

1)用源硬盘克隆(备份)目标硬盘

(1)如果一台计算机安装了两个硬盘,那么就可以实现硬盘备份。

(2)首先用 DOS 启动盘启动计算机到 DOS 模式下,执行 Ghost.exe 软件,出现如图 11-51 和图 11-52 所示的界面。

*系统软件的安装*

（3）在主菜单中，使用鼠标或键盘方向键选择 Local→Disk 1→To Disk 命令，在弹出的窗口中选择源硬盘 1，如图 11-53 所示。

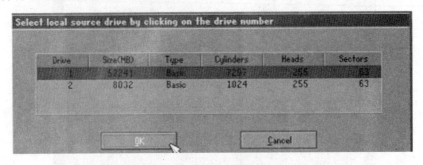

图 11-53　选择源盘

（4）单击 OK 按钮，然后选择要复制的目标硬盘 2，如图 11-54 所示。

单击 OK 按钮，即开始两块硬盘的互相复制。Ghost 能将目标硬盘复制得与源硬盘几乎完全一样，并实现分区、格式化、复制系统和文件一步完成。

**注意：**　目标硬盘不能太小，必须能将源硬盘的数据内容装下，如果两块硬盘的容量不同，理论上只能从小硬盘复制到大硬盘，而不能将大硬盘复制到小硬盘。

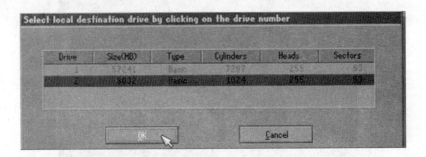

图 11-54　选择目标盘

2）将整个硬盘的数据文件备份成一个镜像文件

如果在安装完系统和相关的各种驱动、软件后，再把系统盘克隆成一个镜像文件，以后要重新安装系统时，可以把克隆好的镜像文件还原到系统盘上，这样可以得到一个完好干净的系统，而且时间很短。

（1）选择 Local→Disk 1→To Image 命令，在弹出的窗口中使用键盘上下键选择要备份的源硬盘，单击 OK 按钮。

（2）在图 11-55 所示的 File name 文本框中输入镜像文件名称，如 DISK_BAK 或 DISK_BAK.GHO，然后单击 save 按钮。

3）由镜像文件恢复整个硬盘

（1）选择 Local→Disk 1→From Image 命令后，在弹出的窗口中把文件选择框中的目录切换到之前已备份好的镜像文件 DISK_BAK.GHO 所在的目录，如图 11-56 所示。

（2）选择该文件后单击 Open 按钮，出现如图 11-57 所示的界面，选择要恢复的硬盘

（这里假设选择硬盘 1）。

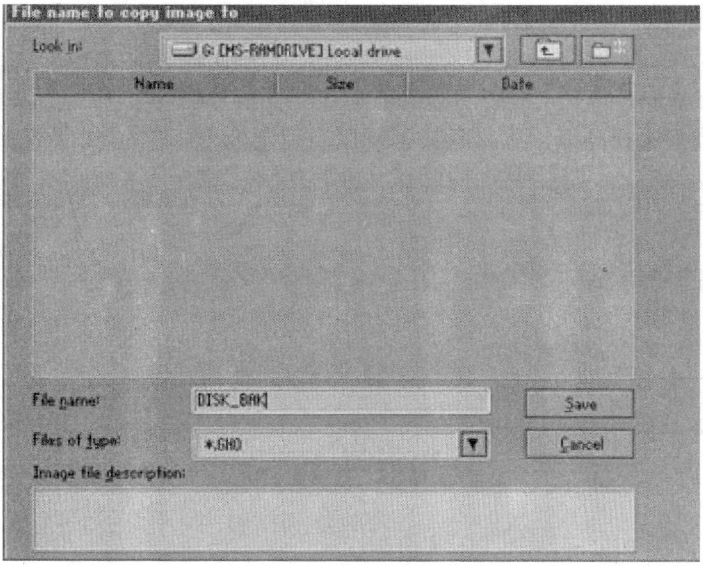

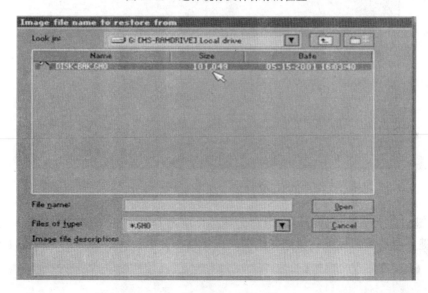

图 11-55　选择镜像文件保存的位置

图 11-56　选择镜像文件

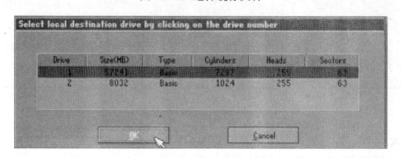

图 11-57　选择要恢复的硬盘

*系统软件的安装*

（3）单击 OK 按钮，显示当前要覆盖的硬盘上的信息。单击 OK 按钮，再次提醒是否要恢复所选硬盘，单击 YES 按钮后，即可由镜像文件恢复所选硬盘。

4）分区对分区的克隆

在 Ghost 主界面，选择 Local→Partion→To Partion 命令。

屏幕显示硬盘选择画面，选择源分区所在的硬盘 1，如图 11-58 所示。

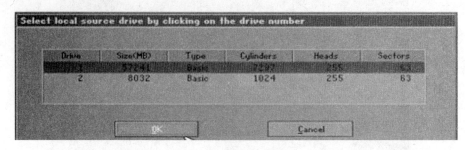

图 11-58　选择源硬盘

选择硬盘上的源分区，如图 11-59 所示。

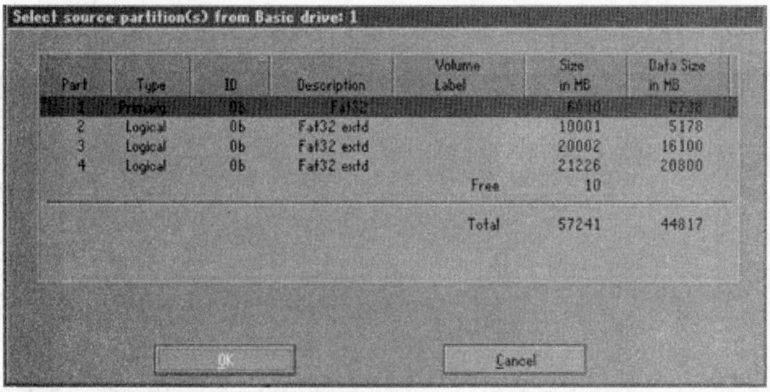

| Part | Type | ID | Description | Volume Label | Size in MB | Data Size in MB |
|------|------|-----|-------------|--------------|------------|------------------|
| 1 | Primary | 0b | Fat32 | | 16010 | 6238 |
| 2 | Logical | 0b | Fat32 extd | | 10001 | 5178 |
| 3 | Logical | 0b | Fat32 extd | | 20002 | 16100 |
| 4 | Logical | 0b | Fat32 extd | | 21226 | 20800 |
| | | | | Free | 10 | |
| | | | | Total | 57241 | 44817 |

图 11-59　选择源分区

使用键盘的上下键选择分区（即 C 分区），单击 OK 按钮或按 Tab 键选中 OK 按钮后按 Enter 键。屏幕显示目标硬盘选择画面，选择目标分区所在的硬盘 2，如图 11-60 所示。

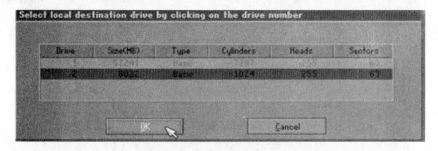

图 11-60　选择目标硬盘

单击 OK 按钮，在目标硬盘上选择目标分区。确认源盘和目标盘无误后，单击 YES 按钮开始硬盘分区对分区的克隆。

5）将分区备份成一个镜像文件

这里讲的分区的备份，也就是系统主分区的备份，对 Windows XP 系统的备份。

（1）在 Ghost 主界面，选择 Local→Partion→To Image 命令，屏幕显示出硬盘选择画面，选择源分区所在的硬盘 1，如图 11-61 所示。

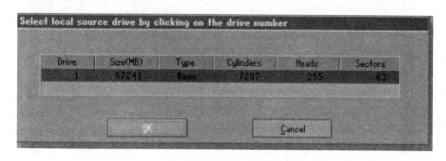

图 11-61　选择源硬盘

（2）单击 OK 按钮或按 Tab 键选中 OK 按钮后按 Enter 键，如图 11-62 所示，选择要制作镜像文件的分区（即源分区），这里选择分区 1（即 C 分区），然后单击 OK 按钮。

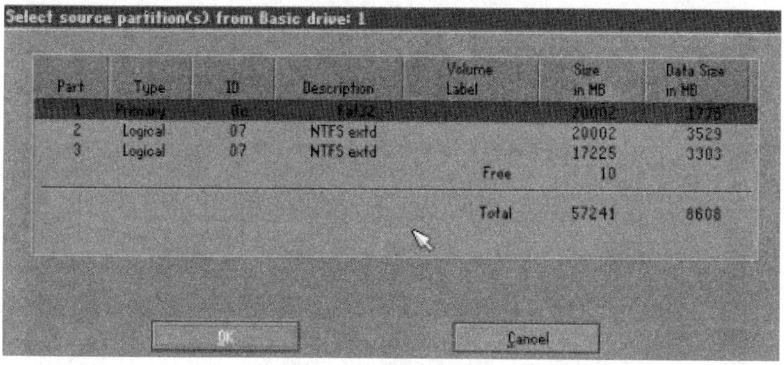

图 11-62　正确选择源分区

（3）如图 11-63 所示，选择镜像文件的保存位置（要特别注意不能选择需要备份的分区 C），这里选择 D 盘，再在 File name 文本框中输入镜像文件的名称，如 C_DISK 或 C_BAK.GHO，然后按 Enter 键即可。

（4）接下来 Ghost 会询问是否需要压缩镜像文件，如图 11-64 所示，NO 表示不做任何压缩；Fast 的意思是进行小比例压缩，备份工作的执行速度较快；High 的意思是采用较高的压缩比，但是备份速度相对较慢。通过单击或按 Tab 键选中后按 Enter 键，选择 Fast 或 High，Ghost 就在 D 盘生成一个名为 C_DISK 的镜像文件。为了避免误删文件，最好把该镜像文件属性设定为只读的。

（5）如果 D 盘上有镜像文件，接下来 Ghost 会询问是否继续创建分区影像，单击 Yes 按钮，如图 11-65 所示。

系统软件的安装

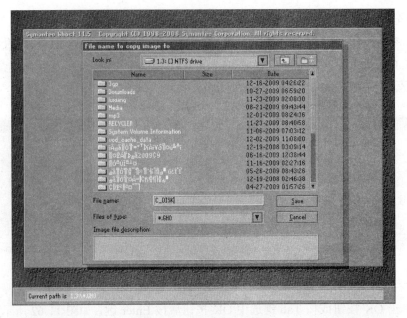

图 11-63　为镜像文件命名

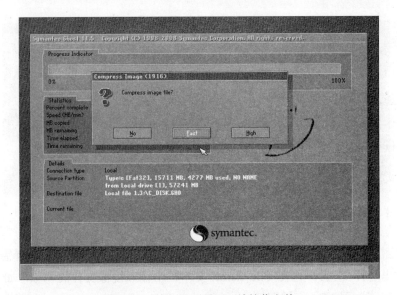

图 11-64　询问是否需要压缩镜像文件

图 11-65　询问是否继续创建分区镜像

（6）接下来 Ghost 开始制作分区镜像，如图 11-66 所示。

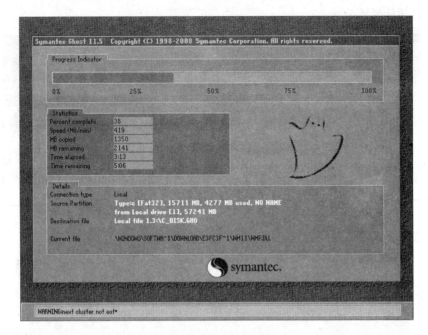

图 11-66　开始制作分区镜像

6）恢复主分区镜像

如果在 D 盘已经备份了一个名为 C_DISK 的系统盘 C 盘的镜像文件，在 C 盘遭到破坏时，可用下面的步骤快速恢复 C 盘。

（1）运行 Ghost，在主菜单中选择 Local→Partion→From Image 命令，从 D 盘中选择主分区镜像文件 C_DISK，如图 11-67 所示。

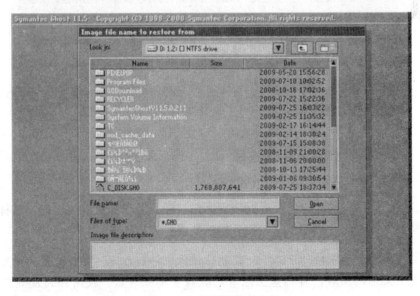

图 11-67　选择源镜像文件

*系统软件的安装*

（2）从镜像文件中选择需要恢复的分区，如图 11-68 所示。这里只有一个 C 分区的镜像，因此直接选择该分区。

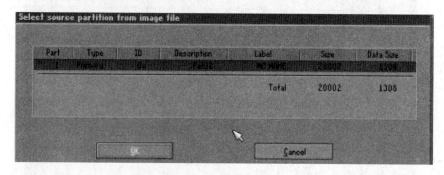

图 11-68　选择源分区

（3）选择要恢复镜像的目标硬盘，如图 11-69 所示。

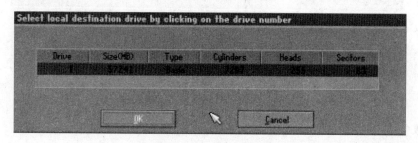

图 11-69　选择目标硬盘

（4）选择要恢复镜像的目标硬盘中的目标分区 C，如图 11-70 所示，注意目标分区一定不能选错。

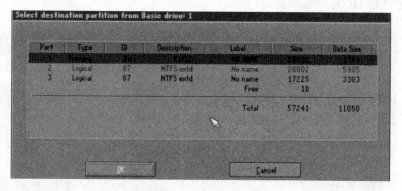

图 11-70　选择目标分区

（5）Ghost 会再一次询问是否进行恢复操作，并且警告如果继续进行，目标分区上的所有数据将会全部消失，单击 Yes 按钮开始恢复操作，如图 11-71 所示。

注意：镜像文件应尽量保持"干净"。在制作镜像文件前，不要安装过多的应用软件。恢复镜像文件的同时，目标盘上原有的数据全部被覆盖，使用任何反删除法都无法恢复。

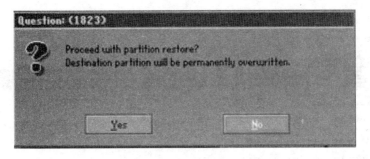

图 11-71 "恢复操作"的警告

## 11.5 本章小结

本章主要介绍了硬盘分区、系统软件安装以及系统备份和恢复的方法。新硬盘在使用前，首先要进行分区和格式化，格式化分为低级格式化和高级格式化。大多数硬盘的低级格式化工作是在出厂时进行的，不需要再次进行，而且低级格式化次数过多对硬盘的使用寿命有影响；通过对硬盘分区可以有效地管理硬盘空间，硬盘最多可以划分为 4 个主分区，不同的主分区可以安装不同的操作系统，主分区的盘符为 C，主分区之外的硬盘空间是扩展分区，在扩展分区中可以划分多个逻辑分区，逻辑分区就是平常所说的 D、E、F 盘。操作系统安装完毕后，还应当安装各种硬件的驱动程序，最主要的驱动程序是主板驱动和显卡驱动，驱动程序的作用是使相应的硬件充分发挥其应有的性能；之后可以进行常用软件的安装；所有软件安装完毕后，为了防范意外的软件故障，便于快速恢复所有正常安装的软件，可以进行系统备份，备份可以使用操作系统自带的工具，也可以使用专用的备份工具软件如 Ghost。

## 习 题 11

1．制作一个 Windows 启动盘，然后用它启动计算机。

2．在安装了某个 Windows 系统的机器上再安装一个 Windows XP 系统，实现双系统的安装。

3．用光盘安装 Windows 7 系统，并进行硬盘重新分区。

4．练习自定义安装 Office 2007 的各个组成软件。

5．使用两种不同的方法练习系统的备份和恢复。

*系统软件的安装*

# 第 12 章　计算机系统的维护和常见故障处理

**本章学习目标**

- 了解计算机的基本日常维护及安全操作的注意事项；
- 了解计算机故障处理的基本原则及产生的原因；
- 掌握计算机硬件及软件故障的检测及处理。

计算机维护是计算机用户日常进行的工作。本章首先介绍常用的计算机基本维护方法，然后介绍计算机系统常见故障的检测与排除方法，包括硬件故障和软件故障的排除，另外还附带介绍一些计算机其他故障的排除方法，以及基于 BIOS 的故障诊断处理方法和常见的网络故障处理等。

## 12.1　计算机维护基础

### 12.1.1　计算机基本日常维护

环境对计算机寿命的影响是不可忽视的。概括起来，计算机的使用环境主要包括温度、湿度、防静电，防振动、远离磁场、防尘，防雷击等。

计算机理想的工作温度是 10℃～35℃，太高或太低都会影响计算机配件的寿命。计算机工作时的相对湿度为 30%～75%，湿度太高会影响 CPU、显卡等配件的性能发挥，甚至引起一些配件的短路；湿度太低（过于干燥）则易产生静电，同样对配件的使用不利。如南方梅雨季节时，计算机每周至少要开机 2 小时，以保持计算机内部的干燥，这和其他电器的保养是一样的。而过分干燥则容易产生静电，诱发错误信息，甚至造成元器件的损坏。因此在干燥的秋冬季节最好能设法使房间中的湿度达到计算机的需求。

空气中的灰尘含量对计算机的影响也较大。灰尘太多，天长日久会腐蚀各配件及芯片的电路板等，放置计算机的房间应当保持干净整洁。

良好的使用习惯对计算机的影响也很大。首先应当正确地执行开机和关机顺序。开机的顺序是：先外设（如打印机、扫描仪、UPS 电源、Modem 等），显示器电源不与主机相连的要先打开显示器电源，然后再开主机；关机顺序则相反：先关主机，再关外设。这样可以减少对主机的损害。因为在主机通电时，关闭外设的瞬间，会对主机产生较强的冲击电流。关机后一段时间内，不能频繁地开、关机，因为这样对各配件的影响很大，尤其是对硬盘的损伤更严重。一般关机后距下一次开机时间至少应为 10s。特别注意当计算机工作时，应避免进行关机操作。如：计算机正在读写数据时突然关机，很可能会损坏驱动器（硬盘、软驱等）；更不能在机器正常工作时搬动机器。关机时，应先关闭所有应用程序，再退出 Windows 操作系统，再按正常关机顺序退出，否则有可能损坏应用程序。即使机器未工作时，也应尽量避免搬动计算机，因为过大的震动会对硬盘、主板等配件造成损坏。

为了确保计算机能够有效工作，用户需要对计算机进行基本日常维护，主要包括以下几个方面。

**1. 做好文件的收集和备份**

保留计算机系统的原始资料和对重要文件进行备份，是对计算机进行预防性维护的重要保证，主要有以下几点。

（1）保管好和计算机一起买来的各种资料、软盘、光盘等，其中芯片、板卡、声卡、光驱等的资料和说明书，对出现故障后进行故障排除有很大的帮助；

（2）请销售商帮助做好系统急救盘，以备在发生故障时可以利用系统急救盘对系统进行引导和快速恢复一些重要信息；

（3）对自己建立的文档、处理的文件在每次关机前都要做好备份，做到有备无患。

计算机中存储数据的部件（如硬盘和软盘）容易出现故障。特别是 C 盘的数据容易受病毒感染，硬盘自身故障容易导致数据丢失等。应将重要数据定期备份到其他存储空间，并将机器上的数据存放在 C 盘以外的盘上，并将"我的文档"路径改为非 C 盘；右击"我的文档"选择"属性"，将目标文件夹改为其他路径即可。

当硬盘开始出现下异常时，应及时将数据转移。

- 硬盘工作过程中经常出现怪异的声音，如不规则的"哒……哒"的声音；
- 系统频繁但是无规律地崩溃，特别是在启动操作系统的过程中；
- 在对文件进行操作过程中，出现异常情况或弹出一些错误信息；
- 对文件和文件夹进行操作速度非常缓慢，或文件内容出现乱码等。

**2. 防治计算机病毒**

只要使用计算机，就有感染上计算机病毒的可能，防止感染病毒，要尽量做到以下几点。

（1）使用软件时，尽量使用正版软件，不要轻易使用盗版软件。

（2）不要随意复制不明来源的软盘、U 盘、光盘中的内容。

（3）不要使用可能有病毒的软盘、U 盘、光盘。

（4）上网之前一定要安装杀毒软件。

（5）使用软盘、光盘或 U 盘前，一定要先杀毒；软件安装完成后也要再查一遍毒，因为一些杀毒软件对压缩文件里的病毒无能为力。

表 12-1 是 IT 资讯网站 TopTenREVIEWS 给出的 2009 年世界顶级杀毒软件前 20 名的排名情况。

表 12-1 TopTenREVIEWS 给出的 2009 年世界顶级杀毒软件前 20 名

| 排名 | 名　称 | 说　明 |
| --- | --- | --- |
| 1 | BitDefender（比特梵德） | 罗马尼亚的杀毒软件，连续三年位居第一 |
| 2 | Kaspersky（卡巴斯基） | 源于俄罗斯，世界上最优秀、最顶级的杀毒软件之一，查杀病毒性能远高于其他同类产品 |

**232**

| 排名 | 名　　称 | 说　　明 |
|---|---|---|
| 3 | Webroot Antivirus | 2009 年初首次上榜 |
| 4 | ESET NOD32 | 2009 年初还位居第 5 |
| 5 | F-Secure Anti-Virus | 来自芬兰，整合四个杀毒引擎，包括卡巴斯基杀毒内核 |
| 6 | AVG Anti-Virus | 是一款采用卡巴斯基和 BitDefender 的双引擎杀毒软件 |
| 7 | McAfee VirusScan | |
| 8 | G DATA AntiVirus | 2009 年初还位居第 4 |
| 9 | Norton AntiVirus | |
| 10 | Trend Micro AntiVirus | |
| 11 | Vipre Antivirus + Antispyware | |
| 12 | CA Antivirus | |
| 13 | AVAST! | 来自捷克，已有 17 年的历史 |
| 14 | CyberDefender Early Detection Center | |
| 15 | ParetoLogic Anti-Virus PLUS | |
| 16 | PC Tools AntiVirus | |
| 17 | Panda Antivirus Pro（熊猫卫士） | |
| 18 | Norman Antivirus and Antispyware | |
| 19 | F-Prot | |
| 20 | ViRobot | |

在选择杀毒软件时上述表格内的软件可供参考。从表中可以看出，国产杀毒软件与国际水平差距明显。

**3．按规范步骤操作计算机**

使用计算机时，按照正确的步骤进行操作，可以极大地减少计算机发生故障的可能，延长计算机的使用寿命。

（1）不要频繁开关机。每次开机，电源都会产生一个高电压，这个高电压对计算机的每个元器件都会造成很大的冲激，会减少元器件的使用寿命。两次开机之间应相隔至少 10s 以上的时间。开机时，不要移动主机和显示器。

（2）系统挂起时（死机），应尽量用热启动或 RESET 键启动。

（3）严禁带电插拔。例如：开机后，发现显示器的信号线未与主机连接，这时应先关机，然后再连接。当主机与外设都处于开机状态时，不要插或拔它们之间的连接线。不要在开机状态下，插或拔它的部件，包括软驱、光驱、硬盘等。

（4）搬动计算机时，要先把计算机关闭，然后拔下电源插头。

（5）不要在计算机附近吸烟。光驱在工作时磁片高速旋转，激光头与盘片距离很小，即使香烟的微小颗粒也会污染激光头及光盘表面，造成数据存取错误。

（6）不要将茶水及其他液体放在计算机旁。如果将茶水或其他液体放在计算机旁，可能会流入计算机内部，造成线路的短路。如果不小心将水流入主机，应立即将计算机断电，打开机壳，放置在阳光下晒干，待干燥后，开机测试，若有较严重的问题，需送修。

（7）发现计算机有异味、冒烟等现象时应立即切断电源，在没有排除故障前，千万不要再启动计算机；当发现计算机有异常响声、过热等现象时，应立即关闭电源，并设法查找原因。

#### 4．使用可靠的电源

电压不稳也会导致计算机运行不稳定。电压过低会使计算机自动关机或死机，过高危害更大，会熔断保险丝甚至烧毁电源。如果电源电压总是偏高或偏低，则应购买一台稳压电源。

影响电源正常工作的因素包括电压瞬变、停电、电压不足或电压过高等，因此，在附近有空调、电冰箱等大功率电器设备正在使用时，最好不要使用计算机。当有磁场时，也最好不要使用计算机。

计算机所使用的电源应与照明电源分开，计算机最好使用单独的插座。尤其注意避免与强电器、加热装置或大功率的电器使用同一条供电线路或共用一个插座，因为这些电器设备使用时可能会改变电流和电压的大小，会对计算机的电路板造成损害。有条件的用户，应配备稳压电源或不间断电源 UPS。在拔插计算机各部分的配件时，都应先断电，以免烧坏接口。

#### 5．防静电

一般比较干燥的地方或没有安装地线的地方，容易产生静电。静电如果达到 1 000V 以上就会毁坏芯片。人可以感觉到静电的存在，这时静电至少在 3 000V 以上。在拔插计算机中的板卡前，最好先触摸一下与地相连接的物体，放掉身上的静电或在接触板卡时带上专门防静电的手套。

防静电的方法：室内空气应当有一定的湿度；电源最好有地线；室内最好不要铺地毯，如果铺地毯最好是铺防静电的，应定期除尘。

#### 6．正确放置计算机系统

如果计算机系统放置的不正确，可能给计算机的损坏埋下隐患，在计算机系统的放置中应注意以下几点。

（1）计算机不要放在不稳定的地方；

（2）计算机应尽可能地避开热源，如直射的阳光等；

（3）计算机应尽可能放置在远离强磁强电、高温高湿的地方；

（4）计算机应放在通风的地方，离墙壁应有 20cm 的距离。

#### 7．硬盘的日常维护

在使用计算机时应当注意以下几点。

（1）硬盘正在进行读、写操作时不可突然断电。因为硬盘在进行读、写操作时转速很高，通常为 5400 转/分或 7200 转/分。当硬盘工作时，处于高速旋转状态，若突然断电，可能会使磁头与盘片之间猛烈摩擦而损坏硬盘。如果硬盘指示灯闪烁不止，说明硬盘的读、写操作还没有完成，此时不宜强行关闭电源，只有当硬盘指示灯停止闪烁，硬盘完成读、写操作后方可关机或重启。在野外工作时一定要配备质量可靠的不间断电源作保障。

（2）硬盘的防震。当计算机正在运行时最好不要移动它。另外，硬盘在移动或运输时最好用泡沫或海绵包装保护，尽量减少震动。

（3）直接接触硬盘时需要注意的问题。硬盘拿在手上时不要磕碰，同时还要注意防止静电，尤其在气候干燥时极易产生静电，若不小心用手触摸硬盘背面的电路板，静电就有可能伤害到硬盘的电子元件，导致硬盘无法正常运行。正确的用手拿硬盘的方法应该是用手抓住硬盘的两侧，并避免与其背面的电路板直接接触。

（4）定期进行磁盘碎片整理。磁盘碎片的产生是由于文件被分散保存到整个磁盘的不同地方，而不是连续地保存在磁盘连续的簇中。频繁的安装、删除软件，在浏览网页时生成的临时文件和各种软件临时文件的设置等也是磁盘碎片产生的原因。

磁盘碎片一般不会对系统造成损坏，但是碎片过多的话，系统在读文件时来回进行寻找，会引起系统性能的下降，有可能导致存储的文件丢失，严重的还会缩短硬盘的寿命。因此，对于计算机中的磁盘碎片也是不容忽视的，要定期对磁盘碎片进行整理，以保证系统正常稳定地进行。

可以用系统自带的"磁盘碎片整理程序"来整理磁盘碎片。具体操作步骤为：选择"开始"→"程序"→"附件"→"系统工具"→"磁盘碎片整理程序"命令，然后根据提示，选择相应的盘符进行操作即可。

需要注意的是，在进行磁盘碎片整理过程中尽量不要进行其他的操作，否则影响整理的速度，并且对磁盘的正常工作有影响。

**8. 计算机除尘**

为了能让计算机长期地正常工作，还应当定期打开机箱进行计算机硬件维护。一些品牌机的说明书中如果申明不得随意拆封机箱，就不要打开机箱，否则可能不予保修。

进行硬件维护时，要用到以下工具：十字螺丝刀，镜头拭纸，吹气球（皮老虎），回形针，一架小型台扇。

具体除尘与散热操作如下。

（1）切断电源，将主机与外设之间的连线拔掉，用十字螺丝刀打开机箱，将电源盒拆下。板卡上的灰尘，可以用吹气球或者皮老虎吹拭。对面板进风口的附件和电源盒（排风口）的附近，以及板卡的插接部位进行除尘时，应同时用台扇吹风，以便将被吹气球吹起来的灰尘和机箱内壁上的灰尘带走。

（2）将电源拆下，计算机的通风主要靠电源风扇，因此电源盒里的灰尘最多，可以用吹气球仔细清理干净。另外还需注意电风扇的扇叶有无，特别是经过夏季的高温，塑料扇叶会老化，计算机的噪音变大，很可能就是这方面的原因。 机箱内其他风扇也可以按照此方法清理。保持风扇清洁也可以延长风扇寿命。

（3）将回形针展开，插入光驱前面板上的应急弹出孔，稍稍用力，光驱托盘就能打开。用镜头拭纸将光驱轻轻擦拭干净。注意：不要探到光驱里面去，也不要使用影碟机上的"清洁盘"进行清洁。

（4）用吹气球清除硬件表面的灰尘。

（5）如果要拆卸板卡，再次安装时要注意位置是否准确，插槽是否插牢，连线是否正确等。

（6）显示器的清洁。用镜头拭纸将显示器擦拭干净。

（7）鼠标的清洁。对于机械式鼠标，可以将鼠标的后盖拆开，取出小球，用清水洗干净，晾干。光电鼠标可以免去这个步骤，但是光电鼠标的底部四个护垫很容易粘上桌面上的灰尘和油渍，从而影响它的顺滑度。清洁时可以使用硬塑料，将附着在护垫上的污渍剥掉，使鼠标重新恢复好的手感。建议使用适当规格的鼠标垫，这样可以很大程度地延长鼠标护垫的使用寿命。

（8）键盘的清洁。用吹气球将键盘键位之间的灰尘清理干净。

还有，如果条件允许，建议每半年左右给 CPU 与散热片之间重新涂抹一次硅脂，硅脂虽然使用的是沸点较高的油脂作为介质，但在使用中难免会挥发，硅脂挥发会影响到 CPU 与散热片之间的衔接与导热。重新涂抹一次硅脂，可以让硅脂的导热能力时刻保持在最佳状态。当然，如果使用的是质地比较好的硅脂，更换硅脂的时间可以延长一些。

还可以在风扇上添加防尘网，增加机箱的通风等。

另外，如果使用计算机的环境比较恶劣，可以适当缩短维护周期，对计算机进行及时的妥善的维护。

**9．定期进行系统维护**

经常使用的计算机每三个月应当进行一次系统维护。主要包括注册表清理、垃圾文件删除、磁盘碎片整理、系统开机速度优化等。目前常用的系统维护软件有 Windows 优化大师、超级兔子等。在第 13 章中将对这些方法进行详细介绍。

**10．预防雷击**

雷击一般分为直接雷击和感应雷击，建筑物安装避雷针只能防范直接雷击，而感应雷击产生的高电压则通过外部相连的线路危害室内的家用电器，特别是计算机。因此，雷雨天注意防雷很必要。雷击放出的强电极易造成计算机硬件的损坏和通信故障，下面是基本的防雷方法。

（1）定期检查所使用的接地线。大多数计算机的外壳都是接地线，其主要目的是对人身安全起保护作用，此外，接地线还可以消除静电对设备的影响，应妥善连接。

（2）电源插座作为一个家庭和外部电流连接的第一个"关卡"，建议使用具有防雷功能的插座。（注意：插座前端的地线要保证畅通。）

（3）计算机与建筑物的外墙及柱子要保持一定距离。因为当建筑物遭雷击时，强大的雷电流将沿着建筑物的外墙及柱子流入地下。在这个过程中，由于建筑物的外墙或柱子有强大的雷电流流过，会在周围的空间产生电场和磁场，如果计算机与外墙或柱子靠得太近，则可能受到损坏。

（4）最重要的一点：在雷鸣电闪的时候，尽可能把各种与计算机相连的线路（包括电源线、网线等）拔掉。

即使周围环境没有安装专业的防雷设施，只要注意以上事项，也能最大限度地保护个人和计算机的安全，减少雷电带来的损失。雷雨天不要上网，不要使用调制解调器或 ADSL 设备，并且让它们与电话线断开。因为即使计算机有良好的接地，但雷电也很有可能沿着信号线入侵设备内部，破坏计算机主板的芯片、接口以及上网设备，造成故障，主板上的 COM 口以及 MODEM 极易被雷击损坏。

## 12.1.2　常用的系统维护工具

除了了解基本的维护常识之外，使用一些专门的计算机系统维护工具也是十分必要的。

*计算机系统的维护和常见故障处理*

比较常用的系统维护工具有 Windows 优化大师、超级兔子等，本书在第 13 章中会对这些工具的使用进行详细介绍，这里介绍一款目前极为流行的，集系统维护、安全防护等功能于一身的计算机必备的工具软件——360 安全卫士。

360 安全卫士是目前中国使用量最大的免费安全软件，也是当前功能最强、效果最好、最受欢迎的系统维护软件。其提供的杀毒软件内部使用了多款著名的杀毒软件内核，安全效果好，使用方便。如图 12-1 所示是 360 安全卫士的工作界面。

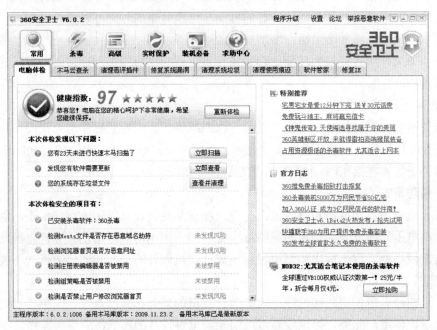

图 12-1　360 安全卫士的工作界面

360 安全卫士拥有计算机全面体检、木马查杀、恶意软件清理、漏洞补丁修复、系统垃圾清理、软件管家、修复 IE 等多种功能。目前木马威胁之大已远超病毒，360 安全卫士运用云安全技术，在杀木马、防盗号、保护网银和游戏的账号密码安全、防止计算机被黑客控制等方面表现出色，被誉为"防范木马的第一选择"。此外，360 安全卫士自身非常轻巧，同时还具备开机加速、垃圾清理等多种系统优化功能，可以加快计算机运行速度，内含的 360 软件管家还可以帮助用户轻松下载、升级和强力卸载各种应用软件。

下面介绍 360 安全卫士的主要功能。

**1．木马云查杀**

定期进行木马查杀可以有效防止木马的入侵，保护各种系统账户的安全。

在如图 12-1 所示的 360 的工作界面中单击"木马云查杀"选项卡，就可以进入如图 12-2 所示的木马云查杀界面。木马云查杀提供了系统区域位置快速扫描、全盘完整扫描、自定义区域扫描 3 种木马查杀方式。

在如图 12-2 所示的木马云查杀界面中单击"快速扫描"链接，就可以进入如图 12-3 所示的快速扫描界面，系统自动进行扫描木马的工作。扫描完成后，系统会报告扫描结果。

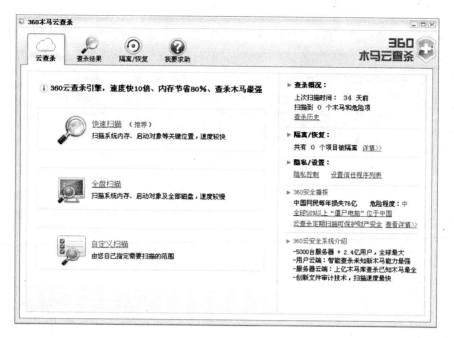

图 12-2　木马云查杀界面

图 12-3　快速扫描工作界面

## 2. 清理恶评插件

恶评插件是上网时自动安装到本地计算机的一些广告之类的小程序，这些恶评插件占用系统资源，影响机器的正常使用，通过卸载这些插件，可以有效地提升系统速度。

在如图 12-1 所示的 360 的工作界面中单击"清理恶评插件"选项卡，就可以进入如图

计算机系统的维护和常见故障处理

12-4 所示的清理恶评插件界面，单击"开始扫描"按钮，系统就可以开始清理恶评插件的工作。

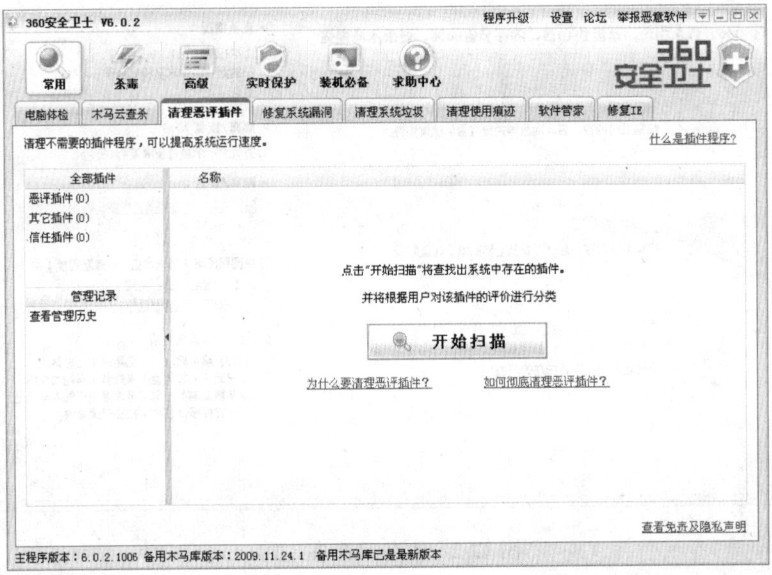

图 12-4　清理恶评插件界面

### 3．修复系统漏洞

修复系统漏洞功能能够自动检测当前系统的安全漏洞，360 提供的漏洞补丁均由微软官方获取，及时修复漏洞，能够保证系统安全。

在如图 12-1 所示的 360 的工作界面中单击"修复系统漏洞"选项卡，就可以进入修复系统漏洞界面，自动开始系统漏洞的检测，检测结束后，360 会给出具体的建议。

### 4．清理系统垃圾

清理系统垃圾功能能够自动完成当前系统中垃圾文件的清理工作。在如图 12-1 所示的 360 的工作界面中单击"清理系统垃圾"选项卡，选中需要删除的文件类型前面的复选框，之后单击"开始扫描"按钮，就可以完成系统垃圾文件的清理工作。

### 5．360 软件管家

通过 360 软件管家功能，可以安装、升级或者卸载各种软件。在如图 12-1 所示的 360 的工作界面中单击"装机必备"图标按钮或者打开"软件管家"选项卡，就可以进入如图 12-5 所示的 360 软件管家管理界面，其中有装机必备、软件宝库、软件升级、软件卸载、开机加速等功能模块。

### 6．修复 IE

通过修复 IE 功能，可以一键修复 IE 的许多问题，使 IE 迅速恢复到"健康状态"。

在如图 12-1 所示的 360 的工作界面中单击"修复 IE"选项卡，就可以进入如图 12-6 所示的修复 IE 工作界面，针对 IE 出现的问题选择相应的选项，之后单击"立即修复"按钮，就可以完成修复 IE 的工作。

### 7. 实时保护

开启 360 实时保护后，将在随时保护计算机系统的安全，及时阻击恶评插件和木马的入侵。在如图 12-1 所示的 360 的工作界面中单击"实时保护"图标按钮，就可以进入如图 12-7 所示的实时保护功能管理界面，360 提供了漏洞防火墙、系统防火墙、木马防火墙、网页防火墙以及 U 盘防火墙可供选择。

图 12-5　360 软件管家管理界面

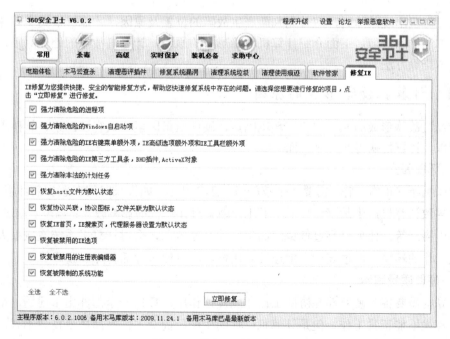

图 12-6　修复 IE 的工作界面

*计算机系统的维护和常见故障处理*

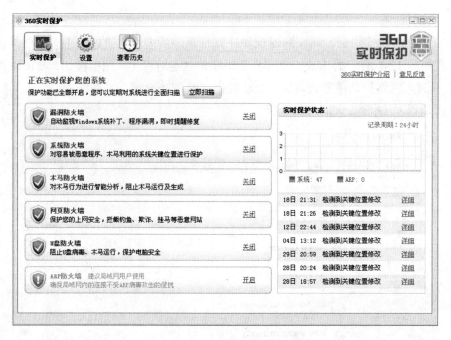

图 12-7　实时保护功能管理界面

选择需要开启的实时保护，单击"开启"按钮，系统立刻开始该项功能的保护。可以根据系统的具体情况，选择是否开启相关功能。

## 12.2　计算机故障的检测和排除

当计算机出现故障时，应首先判断产生故障的位置及原因，才能够根据实际情况采取相应的方法排除故障。下面介绍计算机故障形成的原因，计算机故障的处理原则、解决思路和基本排除方法。

### 12.2.1　计算机故障形成的原因

计算机故障形成的原因主要有环境因素、硬件质量因素、兼容性因素、软件因素、人为因素以及计算机病毒等几个方面。

**1. 环境因素**

计算机能够正常工作，需要一个较严格的工作环境。如果长时间在恶劣的环境中工作，就可能导致计算机产生故障。其中以下几种因素对计算机的影响较大：温度、湿度、灰尘、电源、电磁波等。比如过高过低或忽高忽低的交流电压，会对计算机系统造成很大危害，计算机工作的环境温度过高，会加速其老化损坏，并使芯片插脚焊点脱焊等。

**2. 硬件质量因素**

计算机需要各个硬件部件协同工作才能发挥作用，任何一个部件出了问题，都有可能导致计算机不能正常工作。但是计算机硬件的生产厂商众多，产品质量良莠不齐，尤其是组装机，很难保证每一个部件的质量。

### 3．兼容性因素

计算机是众多硬件的组成，这其中就有兼容性的问题。由于各个硬件的生产厂商不尽相同，因而出现不兼容问题的可能性比较大。计算机内部的硬件与硬件之间、硬件与操作系统之间、硬件与驱动程序之间都有可能出现不兼容的问题。这会影响计算机的正常运行，甚至造成不能开机等严重故障。比如 CMOS 设置不当，硬件设备安装设置不当，硬件设备不为系统所识别，出现设备资源冲突，造成系统不能正常运行甚至死机等。

### 4．人为因素

用户不好的使用习惯和错误操作等都有可能造成计算机故障的出现。

### 5．计算机病毒

计算机病毒危害巨大。一旦计算机感染病毒，就可能会破坏数据、改写计算机的 BIOS，造成频繁死机或者根本无法使用等故障。

### 6．软件因素

计算机中不仅安装有操作系统，还安装有大量的应用软件。一旦操作系统和应用软件方面出现问题，就会造成计算机无法正常使用，软件升级后也可能造成与系统不兼容。例如安装了微软的 Vista 操作系统的计算机有许多常用软件无法正常运行，就是 Vista 操作系统兼容性存在严重问题造成的。

## 12.2.2 计算机故障处理的基本原则

下面介绍计算机故障处理的一般原则，遵循这些原则，通常就能够找到常见故障产生的原因，以便于排除故障。

### 1．观察

通过认真观察，有利于对故障进行判断与定位，为下一步的维修提供线索。在进行故障判断时，一般应当进行一些基本的观察。

（1）首先观察计算机故障的表象，主要是发现与正常工作情况下的差别；

（2）观察计算机周围的环境情况，包括位置、电源、连接、其他设备、温度与湿度等，从而判定故障与这些因素是否有关；

（3）观察计算机的软、硬件配置，包括安装了何种硬件、使用的哪种操作系统、安装了哪些应用软件、硬件的设备驱动程序版本等。

在上述观察有了初步结论的前提下，构造一个简单的计算机工作环境，开始故障检测。使用最小系统，即仅包括基本的运行设备或软件和被怀疑的有故障的设备或软件，逐步添加软件或硬件，进行分析判断。

### 2．先软件，后硬件

许多故障现象是由于软件安装不当，或者软件兼容性不好造成的。因此在检修时应该首先从软件着手，不要盲目的拆卸硬件，以免走弯路。先排除软件方面的原因，再排除硬件问题，这是处理计算机故障的一个重要原则。

### 3．先清洁，后检修

在检查机箱内部配件时，如果发现机箱内积聚的灰尘较多、元器件上有油渍等情况，应先对硬件进行清洁，因为许多故障都是由脏污引起的，经过清洁，相当一部分故障就会消失。

**4．分清主次，先解决"主要矛盾"**

计算机出现故障时，可能有不止一个故障现象。此时应该先判断、维修主要的故障现象，修复主要的故障现象后，再维修次要的故障现象，此时可能次要的故障现象已经消失了。

### 12.2.3　计算机故障处理的基本方法

下面是一些常用的计算机故障处理的基本方法。

**1．观察法**

观察法是通过看、听、闻、摸等手段来判断故障的位置和原因的方法。观察贯穿于整个维修过程中。用户应该认真全面地观察周围的环境：硬件环境，包括连接插头、插座和插槽等；软件环境；用户的操作习惯、过程等。

**2．清除尘埃法**

有些计算机故障往往就是由于计算机内部灰尘积聚过多引起的，因此先进行除尘，往往就可以清除故障。如果不能清除，就可以排除是由于灰尘引起故障的可能。除尘一定要彻底，要小心，避免造成新的损伤。在除尘时，还应该仔细观察各个元器件是否正常等。

**3．振动敲击法**

如果怀疑故障是由于计算机部件接触不良引起的，可以通过振动和敲打特定的部件来判断。如果振动之后，发现故障排除，说明这个部件接触不良，这时一定要重新安装此部件。

**4．替换法**

替换法是检测硬件故障最简单、常用而且有效的方法。可以通过替换相同或相近型号的板卡、电源、硬盘、显示器以及外部设备等部件来判断硬件故障。当某一部件被替换后，如果故障消失，就表示被替换的部件有问题。

替换时应该注意以下问题。

（1）根据故障的现象进行替换；

（2）按先简单后复杂的顺序进行替换；

（3）先替换与被怀疑有故障的设备相连接的连接线、信号线等，然后替换被怀疑有故障的设备，再替换供电设备，最后是与之相关的其他设备；

（4）先替换故障率高的设备，再替换故障率低的设备。

**5．最小系统法**

最严重的故障是机器开机后无任何显示和报警信息，应用替换法已无法判断故障产生的原因，这时可以采取最小系统法进行诊断。最小系统是指使计算机开机或运行的最基本的硬件和软件环境，即只安装 CPU、内存、显卡、主板。如果不能正常工作，则在这四个关键部件中采用替换法查找存在故障的部件。如果计算机能正常稳定地运行，则故障应该发生在没有加载的部件上或出现了不兼容的问题。

**6．逐步添加/去除法**

逐步添加法是指以最小系统为基础，每次只向系统添加一个设备或软件，来检查故障现象是否消失或发生变化，以此来判断并定位故障部位。逐步去除法，正好与逐步添加法的操作相反。

利用最小系统法与逐步添加法结合，能较快速地定位发生在其他软件或硬件上的故障，提高维修效率。

**7．升温降温法**

升温降温法主要用于计算机在运行时，时而正常、时而不正常故障的检测。通过人为对可疑部件升温和降温，促使故障提前出现，从而找出故障的原因，证明此部件热稳定性差。

**8．程序检测法**

通过测试卡、测试程序的诊断以及其他一些方法来判断计算机故障所在。使用这种方法可以快速、准确地诊断故障，但不易掌握。程序检测法一般包括以下几个方面。

（1）操作系统方面：主要的调整内容是操作系统的启动文件、系统配置参数、组件文件、病毒等。

（2）设备驱动安装与配置方面：主要调整设备驱动程序是否与设备匹配、版本是否合适、相应的设备在驱动程序的作用下能否正常响应等。

（3）磁盘状况方面：检查磁盘上的分区是否能访问、介质是否有损坏、保存在其上的文件是否完整等。

（4）应用软件方面：主要考虑应用软件是否与操作系统或其他应用软件兼容；使用与配置是否与说明手册中所述的相符；应用软件的相关程序、数据等是否完整等。

（5）BIOS 设置。

（6）重装系统。

**9．利用"设备管理器"检查设备**

通过"设备管理器"可以修改硬件设置并进行故障诊断。设备管理器提供了有关硬件设备在计算机中安装与配置方式以及硬件设备与计算机程序交互方式的图形化信息。

访问设备管理器的操作步骤：右击"我的电脑"图标，选择"属性"→"硬件"→"设备管理器"命令，打开"设备管理器"窗口，如图 12-8 所示。

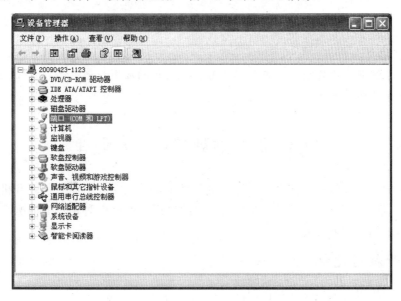

图 12-8 "设备管理器"窗口

计算机系统的维护和常见故障处理

如果某一设备不能正常工作，可以在"设备管理器"窗口中找到该设备，查看它属于下列的哪种情况。

（1）设备显示状态、结论、解决方案；

（2）所属类别正确，且设备前面没有任何特殊标记，安装正确，能正常运行；

（3）所属类别不正确，设备前面有一个红色的"X"标记，在 Windows 中被停用或在 BIOS 中没被激活，启用它或检查 BIOS 设置以激活该设备；

（4）所属类别正确，设备前面有一个带有黄色圆圈的惊叹号，表明此设备有资源冲突。可以用手工方式来重新分配该设备的资源，以解决资源冲突。

**10．通过"系统还原"恢复系统正常工作状态**

"系统还原"是 Windows 的一项用于恢复系统的工具。对于软件安装不当或者系统设置不当引起的软件故障可以通过"系统还原"功能将系统恢复到出故障前一时刻的正常系统状态。

1）认识系统还原工具

每当用户在进行重大的系统设置前，"系统还原"工具都会自动保存这些操作执行之前的系统设置状态（称为原还点）。如果系统出现问题，就可以利用"系统还原"工具重新恢复出问题前的系统设置状态，从而达到恢复系统的目的。使用"系统还原"工具，用户可以将系统还原到指定的状态。并且，在还原过程中，用户不会丢失或更改任何自己的文档，如电子邮件和用户创建的文档等。还原后，用户将重新得到一个稳定的操作系统。

2）进行系统还原

以下是使用系统还原工具还原系统的操作步骤。

（1）选择"开始"→"程序"→"附件"→"系统工具"→"系统还原"命令。在"系统还原"对话框中选中"恢复我的电脑到一个较早的时间"单选按钮；

（2）单击"下一步"按钮，在弹出的对话框中选择系统还原点，即指定系统还原到的时间。

（3）单击"下一步"按钮，在弹出的对话框中单击"下一步"按钮，开始还原系统，之后系统提示将重新启动计算机，单击"确定"按钮，完成系统的还原操作。

**注意**：进行系统还原操作前，应先关闭所有正在运行的应用程序及已打开的文档，否则可能会导致还原失败。

# 12.3　简单的死机情况及处理

死机是常见的计算机故障之一，造成死机的原因有很多。下面分别就开机时死机、启动 Windows 系统时死机以及运行 Windows 系统过程中死机 3 种常见的情况，分析死机的原因，并给出相应的处理方法。

## 12.3.1　开机时死机

开机时死机可分为以下几种情况。

**1．开机时死机，有报警声**

（1）开机后计算机显示器无任何反应，且伴随有 1 长 2 短的报警声音。这说明显卡没有插到位或是接触不良。一般打开机箱重新插好显卡，或者换一个插槽插好显卡，就可以解决。如果之后还是出现同样的现象，说明显卡出了问题，可以拿到其他计算机上再试一试。

（2）显示器出现短暂的显示信息后死机，且伴随有 1 长 1 短的报警声。一般这种情况是内存出了问题，可以打开机箱重新安装内存条。如果内存条没有问题，判断是不是扩展槽的问题。

**2．开机时死机，无报警声**

如果开机时既无声音也无显示，首先要检查计算机的连线是否正确，然后再逐一排查每个部件。一般造成这种现象的原因有以下几个。

（1）电源问题。查看电源线是否连接好，连好电源线后还无好转，可以更换电源试试。

（2）电压过低。电压过低也会导致计算机不能启动，等到电压恢复正常了再启动计算机。

（3）RESET 键没有复位。如果 RESET 键被卡住不能弹起，会导致电源指示灯亮，而其他都无反应。这时只需要让 RESET 键恢复正常即可。

（4）主板短路或主板与机箱短路。如果主板由于某种原因短路，比如掉进机箱一个螺丝钉，或者主板离机箱太近等，都无法启动计算机，可以用泡沫塑料把主板垫高来排除。

（5）硬盘和光驱的数据线插反了。这种情况在装机或者重新安装硬件后比较容易发生。

（6）CPU 没有插好或者有问题。把 CPU 拔下来，检查 CPU 的插脚是否有损坏，然后重新安装。

**3．开机时找不到键盘而死机**

检查键盘是否插好。如果还不行，就有可能是键盘或者键盘接口出故障了。

**4．硬盘检测无法通过造成的死机**

（1）首先检查 BIOS 里硬盘参数的设置。一般硬盘都是大于 512MB 的，应该设置为"LBA"模式，其他模式都会造成硬盘读、写时出错。

（2）如果自检时出现"HARD DISK FAILURE"的提示，说明硬盘出了问题。首先检查硬盘的电源线、数据线是否插好，如果硬盘还是不能识别，就说明硬盘出现了物理故障。如果断定是硬盘故障，有时即使能够暂时修复硬盘故障，但此时硬盘已经处于随时可能再次出现故障的状态，因此应当尽快更换硬盘。

**5．BIOS 升级失败后造成的死机**

找出同型号 BIOS 主板的计算机，将 BIOS 程序备份出来，利用 BIOS 刷新程序将其刷新。

**6．CMOS 设置不当造成的死机**

这种故障很常见，比如硬盘参数设置不当，内存参数设置不当等。只需将设置修正即可。

## 12.3.2 启动 Windows 系统时死机

启动 Windows 系统时出现死机，一般有以下几种原因。

*计算机系统的维护和常见故障处理*

（1）BIOS 设置问题。

（2）计算机感染病毒。有很多病毒会引起硬盘不能启动，使用杀毒软件查杀病毒即可。

（3）系统文件错误造成计算机无法启动。由于 Windows 系统启动需要 command.com、io.sys、msdos.sys 和 drvspace.bin 四个文件，如果这些文件遭到破坏或者被误删，系统就无法启动，这时可以通过系统盘启动。

（4）其他执行文件或驱动程序被破坏。系统在按顺序执行启动操作时，找不到正确的执行文件也会造成死机。此时只能重装系统，重装系统除了基本的操作系统安装方法之外，还可以使用一键恢复、Ghost 等工具软件。

### 12.3.3  运行 Windows 过程中死机

运行 Windows 过程中死机的原因有很多，最常见的有以下几个方面的原因。

（1）运行某个应用程序时出现死机。这可能是因为应用程序被病毒感染，应用程序本身存在问题，或者应用程序与操作系统之间存在冲突。

（2）资源不足造成的死机。在使用过程中打开的应用程序过多，占用了大量的系统资源，致使在使用过程中出现资源不足，因此在使用比较大型的应用软件时，最好少打开与本应用程序无关的软件。

（3）如果硬盘剩余空间太少或者碎片太多，也会造成死机。由于一些应用程序运行需要大量的内存，这样就需要虚拟内存，而虚拟内存则是由硬盘所赋予的，所以硬盘要有足够的剩余空间以满足虚拟内存的需求。因此，要养成定期定时整理硬盘的习惯。

（4）由于某些文件被覆盖而造成运行一些应用程序时死机。在安装新的应用程序时，有时没有卸载原有文件，而仅仅是覆盖原有文件，这样可能造成死机，因此在安装新的应用程序时，最好先卸载原有文件。

（5）由于删除某些文件造成死机。有时直接删除程序文件，而不是通过卸载程序来删除程序时，可能会删除一些与操作系统或其他应用程序相关的文件，造成在运行某些应用程序时因缺少某些文件而出现死机，或者使整个系统崩溃。

（6）程序运行后鼠标键盘均无反应。说明该程序没有正常结束运行，一直占用着系统资源，此时可以采用强制手段，即同时按住 Ctrl、Alt 和 Delete 键打开 Windows 任务管理器，强制结束该程序，或者按下复位键重新启动系统即可。如果采用上述方法操作后敲击键盘仍无反应，则可能是键盘故障，需要更换键盘。

（7）上网时，突然不停地出现 IE 新窗口，造成死机。用 360 安全卫士查杀恶意插件并修复浏览器即可解决问题，具体步骤：打开 360 安全卫士，选择"高级"→"修复 IE"→"全选"→"立即修复"命令。

（8）硬件超频造成运行中的死机。超频后计算机能够启动，但是由于超频后硬件产生大量的热量无法及时地散发而造成死机。因此，超频的同时也要对散热装置进行合理的改善。

（9）硬件方面原因造成的死机。各种计算机硬件配置不合理，显卡、内存、主机板兼容性不好，电源质量问题等，都可能造成在运行中死机。

造成死机的原因很多很复杂，要完全预防死机现象，需要不断地积累经验，在实践过程中摸索。

# 12.4 硬 件 故 障

计算机中任何一个部件出了故障，都会影响它的正常工作。硬件故障诊断的专业性较强，不容易处理。下面简单介绍各个部件的常见故障及其解决方法。

## 12.4.1 CPU 故障

CPU 是计算机的核心部件，一旦 CPU 出现故障，会导致计算机瘫痪。根据 CPU 故障产生的原因，CPU 故障分为散热故障、超频故障、接触不良故障和设置故障。

### 1. 散热引起的故障

散热故障现象一般表现为黑屏、重启、死机等，甚至可能造成 CPU 烧毁，引起该故障的原因一般是 CPU 的散热不良。散热不良的原因可能是灰尘过多、CPU 风扇安装不当、性能降低，甚至风扇停转等。

解决办法：检查 CPU 风扇是否安装好；选择性能好的风扇，平时要注意风扇的保养，定时清洁 CPU 和风扇的灰尘和油泥，加些润滑油，以减少风扇转动阻力。

### 2. 超频引起的故障

超频故障一般是由于对 CPU 进行了不合理的超频，从而造成 CPU 无法正常工作，以至于计算机无法启动。虽然 CPU 超频可以尽可能地发挥 CPU 的性能，但是超频也是有限度的，超过了正常的范围，会出现开机时就死机的现象。有时 CPU 在超频后，其他外部设备特别是内存却不能承受如此高的频率，会出现无法通过自检的故障。

解决方法：将 CPU 的频率降低一些，或者改回到原始频率。

### 3. 接触不良引起的故障

接触不良故障一般是由于 CPU 的针脚氧化或者断裂等造成 CPU 与主板 CPU 插槽接触不良，从而造成计算机无法启动。长期在湿度较大的环境下使用，会使 CPU 的针脚发黑、发绿，有氧化的痕迹和锈迹，从而造成接触不良。还有可能是因为主板的 CPU 插槽不合格，造成 CPU 插槽易被氧化，导致接触不良。

解决办法：清理 CPU 针脚和 CPU 的插槽，除去上面的氧化膜和锈迹。重新安装 CPU，并且安装时要小心，不要损坏 CPU 的针脚。

### 4. 设置不当引起的故障

设置不当引起的故障是对 CPU 功能的设置不当造成的。CPU 具备的一些新功能一般需要通过一些简单的设置来实现。

## 12.4.2 内存故障

启动计算机、运行操作系统或应用软件时，经常会因为内存出现异常而导致操作失败。质量较差或被打磨过的内存会影响整个计算机的性能，不同品牌、不同型号和不同容量的内存混用也会造成故障。

### 1. 由于接触不良引起的故障

内存条与主板内存插槽接触不良，可能会导致开机无显示。重新安装内存，清理内存的金手指部分和内存插槽，一般就可以解决这类故障。另外，如果是内存插槽损坏导致，需要更换主机板。

如果计算机经常出现随机性死机，也可以尝试用以上方法处理。

**2. 由于主板与内存不兼容引起的故障**

主板和内存不兼容可能会导致系统经常自动进入安全模式，可以通过主板的某些设置解决，如果不行，就只有更换内存了。

**3. 使用多种不同芯片内存条引起的故障**

由于各内存条速度不同而产生时间差，会导致随机性死机，对此可以在 CMOS 设置中降低内存速度来解决。如若不行，只能更换内存。

**4. "打磨" 内存导致计算机无法开机**

有时刚买来的新内存在本机上无法使用，插到其他计算机上却是好的。这有可能是因为内存是被打磨过的，达不到芯片上标称的工作频率。

"打磨" 一般是用砂纸之类的东西把芯片上原先的标记磨掉，再印上新的品牌标志。在内存上应用最多的就是把低频的内存条超频后打磨成高频的内存条出售。

还有一种 "打磨" 是内存采用了不知名的小厂芯片，芯片外喷了一层黑漆后又印上了知名芯片的标识。辨别方法：喷漆的条子表面有凹凸感，使劲用手抠会将漆抠掉；芯片的针脚上会有一些黑点，是喷漆时不小心喷上去的。

"打磨" 的另一种方式是在原来的内存颗粒上贴一层很硬的塑料纸来伪装成另一品牌的内存颗粒，一般现代的内存芯片被仿冒的比较多。作假使用的内存颗粒一般是一些不是很有名的芯片颗粒。由于这种造假实际不属于打磨，所以不仔细看很难发现。但是经过处理后的内存颗粒要厚一些，找来正宗内存对比一下就能看出区别。

以上是常见的内存故障现象，但是就计算机故障的表现来看，很多故障是交叉在一起出现的。因此不能仅仅通过上述现象就判断是内存故障，而应该综合判断。

### 12.4.3　主板故障

造成主板故障的因素很多，主要有环境因素、元器件质量因素、人为因素等。

（1）主板运行环境。如果主板运行环境太差，比如温度高、灰尘多、电压不稳、空气过于干燥等，都会引起主板故障。如果主板上布满灰尘，可能造成接触不良、短路故障；如果电网电压瞬间过高，就会使主板供电插头附近的芯片损坏；空气太干燥，静电太高，常常会造成主板上的芯片被击穿。

（2）主板本身的质量问题。如果主板本身存在质量问题，会出现主板工作不稳定，元器件过早老化损坏等问题。

（3）人为故障。不良的使用习惯也会损坏主板。比如许多主板故障都是热插拔引起的，这样会导致烧毁键盘口、鼠标口，严重的还会烧毁主板。在安装板卡和插头时用力不当，可能造成接口、芯片等的损坏。

下面介绍一些主板的常见故障及解决方法。

**1. CMOS 故障**

开机自检时如果总是出现 "CMOS checksum error-Defaults loaded" 的提示，而且必须按 F1 键，选择 "Load BIOS default" 才能正常开机。通常发生这种情况都是因为主板上给 CMOS 供电的电池没电了，可以更换主板上的电池。

如果没有改善，就可能是 CMOS RAM 有问题了。

**2．BIOS 设置不能保存**

这种故障一般是因主板电池电压不足造成的，更换主板电池即可。如果更换后故障还存在，则要看主板 CMOS 跳线设置是否正确。可能是将主板 CMOS 跳线设为"清除"选项，导致 BIOS 设置无法保存，将跳线重新设置即可。

如果跳线设置无问题，就要考虑主板的电路是否有问题。

**3．主板元器件及接口损坏**

主板上布满了插槽、芯片、电阻、电容等，其中任何元器件的损坏都会导致主板不能正常工作。比如北桥芯片坏了，CPU 与系统的主界面交换就会出现问题；南桥芯片出现问题，计算机就会失去磁盘控制器功能。主板接口损坏是很常见的，这主要是由于不恰当带电热拔造成的。比如键盘、鼠标、打印机等端口都是故障高发区。

**4．主板兼容性故障**

主板的兼容性故障也是经常遇到的。比如无法使用大容量硬盘、无法使用某些品牌的内存或 RAID 卡、不能识别新 CPU 等。导致这类故障的主要原因：一是主板的自身用料和做工存在问题；二是主板 BIOS 存在问题。对于前者，需要更换主板；对于后者，可以通过升级新版的 BIOS 解决。

**5．主板稳定性故障**

计算机工作时经常时好时坏，无故死机或者设备无反应。这种故障属于主板稳定性故障，一般是由于部件接触不良、元器件性能变差以及主板过热引起的。因此应当注意主板的清洁，避免积聚过多灰尘，清除针脚、插槽等氧化层，维持一个良好的计算机运行环境。

**6．芯片组与操作系统的兼容问题**

由于主板芯片组的更新换代速度越来越快，这导致很多新型主板芯片组无法被操作系统正确识别，造成了芯片能够支持的新技术不能正常使用，以及大量的兼容性问题。解决这类故障的方法是及时下载 Windows 系统升级补丁，一般在升级包中集成了芯片组的驱动程序。

## 12.4.4  硬盘故障

首先认识几个关于硬盘的常用概念。

MBR（Main Boot Record）即主引导记录区，它位于整个硬盘的 0 磁道 0 柱面 1 扇区，包括硬盘引导程序和分区表。

DBR（DOS Boot Record）即操作系统引导记录区，通常位于硬盘的 0 磁道 1 柱面 1 扇区，是操作系统可直接访问的第一个扇区，它也包括一个引导程序和一个被称为 BPB（BIOS PARAMETER BLOCK）的本分区参数记录表。每个逻辑分区都有一个 DBR。

FAT（File Allocation Table）即文件分配表，是 DOS、Windows 9X 系统的文件寻址格式，为了数据安全起见，FAT 一般做两个，第二 FAT 为第一 FAT 的备份。

硬盘是计算机最主要的存储设备，操作系统、数据库和个人资料都存储在硬盘里。一旦硬盘出现故障，就可能导致系统无法运行、数据丢失等，造成极大的损失。下面介绍一些常见的硬盘故障以及解决办法。

### 1．硬盘的常见引导错误故障

硬盘引导错误一般在启动时出现，造成这种故障的原因很多，有可能是系统本身的原因，也有可能是病毒引起的。一般根据错误提示可以判断出常见的硬盘故障原因。

显示"HDD controller failure"，很可能是硬盘已经损坏。

显示"Invalid Drive Specification"，一般是分区表被破坏了，可以通过重新给硬盘分区来解决。

显示"Error Loading Operation System"，可能是因为分区表指示的分区起始物理地址不正确，也可能是因为分区引导扇区所在磁道标志和扇区 ID 损坏，或者可能是驱动器电路故障。

显示"HD Controller Fail"，可能是控制器损坏或电缆没有接好，也有可能是硬盘参数设置错误，还有可能是零磁道上文件损坏所致。

显示"HDD controller failure Press F1 to Resume"，重点检查与硬盘有关的电源线、数据线的接口有无松动，接触是否良好，信号线是否接反等，其次还要检查硬盘的跳线是否设置错误。

显示"FDD controller fanilure HDD controller failure Press any key to Resume"，通常是连接软、硬盘的 I/O 部分接触不良或有损坏。

显示"HDD Not Detected"，没有检测到硬盘，可以检查硬盘外部数据信号线的接口是否有变形，接口焊点是否存在虚焊。如果没有问题，则可能是硬盘物理损伤。如果有重要数据，应当请专业人员修复。

显示"Drive not ready error Insert Boot Diskette in A Press any key when ready..."，可能是操作系统故障引起的，需要重新安装操作系统。

### 2．找不到硬盘

故障的症状是 BIOS 突然无法识别硬盘，或即使能识别，在操作系统里也无法找到硬盘。这种故障有两方面的原因：一是可能病毒破坏了分区表和引导表；二是可能连线断了或灰尘太多导致硬盘启动故障。此外在硬盘加电时，注意硬盘转动时是否有异响。如果出现不规则的声音并伴随死机，或者根本不运转，则表明硬盘出现了物理故障。

### 3．硬盘出现吃力的读盘声

在打开某些文件时，能听见硬盘吃力的读盘声。这可能是存储该文件的一些磁道发生了物理损伤。此时，可用 Windows 系统自带的磁盘检查工具，全面扫描硬盘。系统会找出损坏的磁道，并做标记，坏磁道将不再存储数据。

磁盘出现的坏道有两种，一种是逻辑坏道，也就是非正常关机或运行一些程序时出错导致系统将某个扇区标识出来，这样的坏道是软件因素造成的，可以通过软件方式进行修复；另一种是物理坏道，是由于硬盘盘面上有杂点或磁头将磁盘表面划伤造成的坏道，这种坏道是硬件因素造成的且不可修复。

对于硬盘的逻辑坏道，一般情况下可通过 Windows 操作系统的 Scandisk 命令修复，也可以用硬盘厂商提供的 Disk Management（DM）、PartitionMagic、SFDISK 或 Norton Utilities 等工具软件来处理，甚至可用低级格式化（低格）工具试着修复硬盘的逻辑坏道，清除引导区病毒等，但低格对硬盘的损伤极大，建议一般不要采用这种方式。

对于硬盘的物理坏道，可以通过分区软件（如 PartitionMagic）将硬盘的物理坏道分在一个区中，并将这个区域屏蔽，以防止磁头再次读写这个区域，造成坏道扩散。不过对于有物理损伤的硬盘，建议将其更换，因为硬盘出现物理损伤表明硬盘的寿命也不长了。

下面是硬盘出现物理坏道的一些迹象。

（1）读取某个文件或运行某个软件时经常出错，或者需要经过很长时间才能操作成功，其间硬盘不断读盘并发出刺耳的杂音，这种现象意味着硬盘上载有数据的某些扇区已坏。

（2）开机时系统不能通过硬盘引导，通过光盘启动后可以转到硬盘盘符，但无法进入，用 sys 命令传导系统也不能成功。这种情况很有可能是硬盘的引导扇区出了问题。

（3）正常使用计算机时频繁无故出现蓝屏。

### 4．系统启动文件被破坏，0 磁道损坏

开机自检完成后，不能进入操作系统。此时可用启动盘启动硬盘，然后修复系统启动文件。如果无效，可以考虑是否因为感染病毒引起。如果还是不能解决问题，就可能是 0 磁道被损坏，可以用修复工具引导扇区和 0 磁道。

如果计算机在启动时无法引导操作系统，系统提示"TRACK 0 BAD"（零磁道损坏），则表明是硬盘的 0 磁道损坏。由于硬盘的零磁道包含了许多信息，如果零磁道损坏，硬盘就会无法正常使用。遇到这种情况可将硬盘的零磁道变成其他的磁道来代替使用。如通过诺顿的 Norton disk doctor（NDD）来修复硬盘的零磁道，然后格式化硬盘即可正常使用。

### 5．硬盘过热引起死机

如果出现以下问题：计算机在使用的过程中突然黑屏、蓝屏并提示硬件故障，按复位键后也不能重启，要关闭电源等几分钟才恢复正常。这时就要检查一下硬盘是否过热。如果硬盘过热，就必须对硬盘采取一些降温措施。

### 6．硬盘无法读/写或不能辨认

这种故障一般是由于 CMOS 设置故障引起的。如果 CMOS 中的硬盘类型设置不正确，可能无法启动系统，即使能够启动，也会发生读/写错误。比如 CMOS 中硬盘类型小于实际的硬盘容量，则硬盘后面的扇区将无法读/写。

### 7．更换硬盘导致无法启动

如果更换硬盘，为新硬盘分好区后，再将原硬盘的数据复制到新硬盘中，这个过程一直正常，但是取下原硬盘后，新硬盘无法启动计算机，系统提示"PRESS A KEY RESTART"。

这是因为分区没有激活新硬盘的主分区，造成硬盘无法引导。可以利用 Windows 启动盘启动系统，运行 FDISK，激活新硬盘的主分区即可。

### 8．解决大容量硬盘的分区问题

将新的大硬盘连接到计算机上时，BIOS 能够检测到硬盘并正确识别硬盘的容量，但在使用 FDISK 分区时 FDISK 检测到的硬盘容量不对。

因为 FDISK 不支持大容量硬盘，而 DM 或 DISKGEN 等软件则没有这种容量限制。对于 FDISK 不能进行的分区，可使用 DM 或 DISKGEN 等软件来对硬盘进行分区。

### 9．未激活硬盘主引导区故障

在对硬盘进行分区，使用 format C：/S 命令格式化硬盘后，用硬盘启动计算机时出现"Invalid Specification"的提示。

这种情况应该是对硬盘进行分区时没有激活硬盘的主分区造成的。可以使用 DOS 系统盘启动计算机，重新运行 FDISK 命令，激活硬盘的主分区即可。

**10．解决硬盘引导区损坏的故障**

计算机无法正常启动，打开主机后硬盘指示灯为长亮状态。

首先检测硬盘：进入 BIOS，发现 BIOS 可正确检测到硬盘的参数，可以判定硬盘没有损坏，将硬盘作为从盘连接到其他计算机上后，启动计算机进入到 DOS 操作系统，如果用 dir 命令可查看故障硬盘的目录和文件，说明硬盘的分区表也没有损坏，那么就可能是硬盘的引导区遭到破坏造成的。可以用 sys 命令向故障硬盘的 C 盘传送引导文件来排除故障。

**11．进行磁盘碎片整理时出错**

在对硬盘进行磁盘碎片整理时系统提示出错。

文件存储在硬盘的位置实际上是不连续的，特别是对文件进行多次读取操作后，这样操作系统在找寻文件的时候会浪费更多时间，导致系统性能下降。而磁盘碎片整理实际上是把存储在硬盘的文件通过移动调整位置等使操作系统在找寻文件时更快速，从而提升系统的性能。如果硬盘有坏簇或坏扇区，在进行磁盘碎片整理时就会提示出错，解决方法就是在进行磁盘碎片整理之前对硬盘进行一次完整的磁盘扫描，以修复硬盘的逻辑错误或标明硬盘的坏道。

对硬盘进行磁盘碎片整理的时间不宜频繁，因为进行整理操作时，系统会频繁地读取硬盘并耗费相当长时间，如果整理次数过频，很可能导致硬盘损伤。一般以两个月左右一次为宜。

**12．Fdisk 无法读取硬盘分区**

现象：进入 DOS，输入"fdisk"命令，见不到各分区数据，紧接着是字符串"error riading fixed disk"并回到 DOS 提示符。

解决方法：可以分别按下面的几种方法来处理。

（1）从 DOS 运行"fdisk/mbr"命令对分区进行修复。

（2）利用 Norton Utilities 2000 的 DiskTools 对硬件进行修复。

（3）利用 PartitionMagic（分区魔术师）对分区进行修复。PartitionMagic 有比 FDISK 更强大的修复功能，它可以自动检查并修复一些分区已损坏的硬盘。

**13．多硬盘盘符混乱问题**

有时在安装了第二块硬盘后，老硬盘与新硬盘上的盘符会出现盘符交叉的现象，在调用文件的时候就会出现很多麻烦，甚至导致某些程序无法使用。

有以下几种解决方法。

1）屏蔽硬盘法

将两块硬盘设置好主从关系并正确连接，然后开机进入 BIOS 设置程序。在 Standard CMOS Features 选项中将从盘参数项设为"NONE"，屏蔽掉从盘。在 Advanced BIOS Features 选项中设置主盘为启动硬盘。保存设置后重新启动，则硬盘盘符就会按照主、从盘的分区顺序排列好了。这种方法的缺点是从盘只能在 Windows 下正常使用，在纯 DOS 模式下无法识别从盘。

2）重新分区法

设置好主从关系并正确连接硬盘后，使用任一款分区软件将从盘全部划为逻辑分区，则从盘的盘符就会按顺序排在主盘后面。

3）利用 PartitionMagic

PartitionMagic（分区魔术师）可以对硬盘进行重新分区、格式化、复制分区等操作，使用它修改盘符的操作方法如下。

启动 PartitionMagic，右击需要修改的盘符，在弹出的快捷菜单中选择"高级"→"修改驱动器盘符"命令，然后在弹出的"更改驱动器盘符"对话框中选择新的盘符，单击"确定"按钮，接着选择"常规"→"应用改变"命令，按照提示重新启动即可。

进入"控制面板→管理工具→计算机管理"窗口，在"计算机管理"下选择"磁盘管理"，选中相应分区，从右键菜单中选择"更改驱动器名和路径"命令，在对话框中单击"更改"按钮，然后重新指派一个驱动器号，再对其他分区重复执行该命令即可。

4）Fdisk

可以在执行 Fdisk 命令分区时，选中 Change current fixed disk drive 选项，然后选中第二块硬盘将所有分区删除，再选择"Create Extended DOS Partition"将所有空间都分配给扩展分区使用，接下来再进行分区。也就是说不创建主分区只创建扩展分区，最后格式化就行了。

**14．几种可以修复的"坏硬盘"情况**

（1）引导出错，不能正常启动。这种情况未必是"坏"，通常清除 MBR，再重新分区就可以修复。

（2）可正常分区，可格式化，但扫描发现有"B"标记，也就是通常所说的"坏道"。暂且不区分"物理坏道"或"逻辑坏道"，只要"B"的数量少（少于 100 个），通常使用通用的硬盘维修软件就可以解决。

（3）不可正常分区，或分区完后格式化不了。这种情况要用到专业维修软件。

（4）通电后硬盘不工作。这种情况一般是电路板故障，换掉电路板 IC 或整个电路板即可。

（5）自检正常，但 BIOS 认不出硬盘。这种情况有多种原因，可能是电路板接口问题，这样需对电路板进行维修；也可能是硬盘进入内部保护模式，需用硬盘工具软件修复。

## 12.4.5　电源故障

电源是计算机运行的动力，当遇到 CPU、内存、硬盘等部件出现故障时，都应该检查一下电源是否正常。因为电源发生故障时，会引起一些连锁的故障现象。下面介绍几种由于电源出现问题而引起的故障。

（1）计算机无法开机。这可能是由主板上的开机电路损坏或者计算机开机电源损坏引起的，可以根据具体的测量结果进一步做出判断。

（2）接通电源后就自动开机。可能是由电源抗干扰能力差、+5VSB 电压低，或者 PS-ON 信号质量较差导致的。

（3）主机经常莫名其妙地重新启动。有可能是由于电源的功率不够，不足以带动计算机所有设备正常工作，导致系统软件运行错误，硬盘、光驱不能读/写，内存丢失等，使得机器重新启动。

（4）硬盘电路、显示器等设备烧毁。有可能是电源故障所致。

（5）光驱读盘性能不好。光驱在读盘时声音很大。排除光驱的故障之后，就可能是电源的问题。

*计算机系统的维护和常见故障处理*

（6）显示屏上有水波纹。这种现象有可能是电源的电磁辐射外泄，受电源磁场的影响，干扰了显示器的正常显示，如果长期不注意，显示器就有可能被磁化。

当然，还有很多故障都有可能是电源故障引起的。

### 12.4.6 显示系统故障

显示系统主要由显卡和显示器组成。显卡的性能直接影响着计算机所能呈现的视觉效果。而显示器随着使用时间的增加，可能会出现问题。下面分别介绍显卡和显示器的故障。

**1．显卡故障**

1）显卡接触不良引起的故障

这种故障表现为开机无显示，而且有 1 长 2 短的警告声。一般是由于显卡与主板接触不良所致，此时需要清洁显卡及主板，然后重新安装显卡即可。

2）显卡工作不稳定

显卡升级为最新型号，结果使用时工作不稳定，导致经常出现死机现象。这是由于虽然显卡使用的技术先进，但没有解决主板和显卡之间的兼容问题。如果驱动程序不能很好地解决兼容问题，就容易产生一些故障。

如果显卡工作时不能得到充足稳定的电流，也会造成显卡工作不稳定，导致死机。

3）显示花屏的故障

如果开机显示花屏，首先应检查显卡是不是存在散热问题，其次要检查显卡插槽里是否有灰尘，显卡的金手指是否被氧化。如果是在玩游戏或做 3D 时出现花屏，就有可能是显卡驱动与应用程序不兼容或驱动存在漏洞造成的，可以更换一个版本的显卡驱动。

**2．显示器故障**

（1）图像模糊。表明显示器已经严重老化了。

（2）显示器屏幕上出现色斑。表明显示器被磁化了。显示器被磁化的表现还有在一些区域出现水波纹路和色偏。此时应首先消除磁场源，然后使用显示器的"消磁"功能来消磁。

（3）显示器色变。显示器色变有几种情况，如全屏蓝色或全屏粉红色。多数是由显示器信号线接口的指针弯曲，或者显示器信号线接口松动造成的。

（4）开机时，显示器抖动得厉害。经常在潮湿的环境中使用计算机，会出现这种情况，这是显示器内部受潮的缘故。

# 12.5 软件故障

软件故障是软件方面的原因引起的，主要包括：BIOS 错误或设置不当；操作系统或应用软件出错；系统设备的驱动程序出错；操作系统、驱动程序、应用软件与硬件设备等之间不兼容；计算机病毒引发的故障等。

### 12.5.1 操作系统的故障处理

用户的误操作、感染计算机病毒、与其他软件或设备不兼容等都会引起操作系统故障。

#### 1．打开桌面需要的时间过长

出现这种情况时，首先应当进行全面杀毒，以排除病毒原因；之后，可以关闭一些不重要的服务以及自动启动程序；然后，选择"文件夹选项"→"查看"命令，取消"自动搜索网络文件夹和打印机"选项；第四，设置固定的 IP 地址；最后，清除预取目录，进入 C：\WINDOWS\Prefetch 文件夹，将.pf 文件全部删除。

#### 2．在 Windows 中运行应用程序时提示内存不足

这也是较常见的系统故障，一般有以下 3 种原因：磁盘剩余空间不足；同时运行了多个应用程序；计算机感染了病毒。对此可以关掉一些无关的程序，进行全面杀毒，并清理磁盘空间。

#### 3．在 Windows 中运行应用程序时出现非法操作的提示

引起此类故障的原因很多，常见的有以下几种。

（1）如果是在打开一些系统自带的程序时出现提示，则说明系统文件被更改或损坏。

（2）未正确安装驱动程序。

（3）内存质量不好。

（4）软件不兼容。

系统故障还有很多，可以通过查杀病毒、进入"安全模式"、恢复先前的注册表、检查重要的系统文件、卸载有冲突的设备、快速进行覆盖安装等方法来诊断和处理系统故障。

### 12.5.2　应用软件的故障处理

使用应用软件时，也会出现各种故障，有些是由于应用软件本身存在问题引起的，有些是由于病毒或者用户的错误操作造成的。这里仅举几个例子说明一下。

#### 1．Word 文件被破坏

使用 Word 时经常会碰到这样的问题：Word 文件不能打开。可以按照下面的方法处理。

（1）在 Word 中，选择"文件"→"打开"命令，弹出"打开"对话框。

（2）在"打开"对话框中选择已经损坏的文件，从"文件类型"下拉列表中选择"从任意文件中恢复文本（*.*）"项，然后单击"打开"按钮。这样，就可以打开这个选定的被损坏的文件。

注意：要使用此恢复功能，需要安装相应的 Office 组件。

#### 2．使用 RealPlayer 播放.rm 文件时无法拖动进度条

在使用 RealPlayer 播放某些.rm 文件时，当拖动播放进度条时，程序会像死机一样没有任何反应，或者又重新开始播放。这种故障是由于.rm 文件被损坏所导致。原因是文件不完整，或者文件制作时受到损坏。可以重新下载该文件，或者尝试使用 RmFix 工具对文件进行修复。

#### 3．在快捷菜单中"使用网际快车下载"选项无法使用

如果网际快车的安装路径是中文名，会导致快捷菜单中的相关选项不起作用，有时还会导致其他的一些问题，可以改为英文名试试。

若不能排除，把 jccatch.dll 复制到 system32 下，选择"开始"→"运行"命令，在"运

计算机系统的维护和常见故障处理

行"对话框里输入"regsvr32 jccatch.dll"。进入命令提示符，然后输入：

```
cd  c:\Program Files\FlashGet
regsvr32 jccatch.dll
regsvr32 fgiebar.dll
```

最后选择"开始"→"运行"命令，在"运行"对话框里输入"regsvr32   vbscript.dll"，再单击"确定"按钮即可。

各种软件不断出现，运行环境也在不断改变，不可能罗列出所有的应用软件故障。要应对这些故障，就要在使用软件过程中不断积累经验，并善于使用帮助文档。

# 12.6  其 他 故 障

除了以上介绍的硬件故障、软件故障之外，还有一些故障也是经常遇到的，下面介绍一些其他故障的知识。

## 12.6.1  BIOS 故障处理

BIOS 是计算机系统启动和正常运行的基础。下面介绍一些常见的 BIOS 故障。

（1）显示"BIOS Rom checksum error-System halted"，是指 BIOS 信息检查时发现错误，无法开机。通常是 BIOS 错误造成的，有可能是 BIOS 芯片损坏造成的。

（2）显示"CMOS checksum error-Defaults loaded"，是指 CMOS 信息检查时发现错误，恢复到出厂默认状态。这种故障大多是因为电力供应有问题造成的，应该立刻保存 CMOS 设置，继续观察判断问题所在，如果不能解决，可以更换主板电池。如果还没有改观，就可能是 BIOS 芯片损坏。

（3）显示"Hard Disk Install Falure"，是指硬盘安装失败。这时应该检测与硬盘有关的硬件设置，包括电源线、数据线、硬盘的跳线设置，以及硬盘与主板是否兼容等。

（4）显示"CMOS battery failed"，是指没有 CMOS 电池。这时更换主板上的电池即可。

（5）显示"Hard Disk diagnosis fail"，是指硬盘安装诊断时发生错误。说明硬盘本身出现故障。

（6）显示"Memory test fail"，是指内存测试失败。应该检测每条内存，检查内存是否兼容或存在故障。

（7）显示"Override enable-Defaults loaded"，是指目前的 CMOS 设定如果无法启动系统，则载入 BIOS 预设值以启动系统。这一般是由于 BIOS 内的设定不合适导致，进入 BIOS 设定程序，把设定值改为预设值即可。

（8）显示"Missing Operation System"，这可能是由 CMOS 感染病毒或 CMOS 电池电量不足引起的。此时可以进行全面杀毒或更换主板电池。

（9）开机提示"CMOS Battery State Low"，有时可启动，但使用一段时间后死机。此提示即说明 CMOS 电池电量低，更换电池即可。若更换后不久，又出现这种情况，则就要检查主板是否漏电。

### 12.6.2 网络故障处理

下面介绍常见的网络故障处理的基本知识和方法。

**1. 网卡"连接指示灯"不亮**

这时一般考虑是否存在连接故障，即网卡自身是否正常，安装是否正确，网线、集线器是否有故障。

首先观察 RJ-45 接头是否有问题，是否存在接线故障或接触不良。例如，双线性的头是否顶到 RJ-45 接头顶端，绞线是否按照标准脚位压入接头，以及接头是否符合规格或者内部的绞线是否已经断开等。

如果没有发现问题，那么可用替换法排除网线和集线器故障。使用通信正常的网线来连接故障机，如能正常通信，说明是网线或集线器的故障；如果对应端口的集线器指示灯不亮，则说明集线器可能存在故障。

**2. 网卡"信号传输指示灯"不亮**

可能是由于网卡导致的没有信息传送造成的。首先应该检查网卡安装是否正常、IP 设置是否正确，可以尝试 ping 一下本机的 IP 地址，如果能够 ping 通，则说明网卡没有太大问题。如果不通，则可以尝试重新安装网卡驱动来解决。

**3. 网络不通**

造成网络不通的原因比较多。首先可能是网络存在问题；其次，如果一个较大网络的整个网络都不通，就很有可能是病毒所致。还有可能是网络配置不当造成的，如果网管设置错误，那么计算机只能在局域网内部访问；如果 DNS 设置错误，那么访问外部网站时不能进行解析。这时只需打开本地连接的属性窗口，打开"Internet 协议（TCP/IP）"属性对话框，然后设置正确的默认网关和 DNS 服务器地址即可。此外，组策略设置不当也会造成网络不通。

**4. ADSL 经常掉线**

造成这种故障的原因有以下几个。

（1）ADSL Modem 或分离器的质量有问题，会频繁地造成掉线故障。

（2）住宅距机房较远，或线路附近有严重的干扰源，可能会导致经常掉线。

（3）室内电磁干扰比较严重可能会导致通信故障。

（4）网卡的质量有缺陷，或者驱动程序与操作系统的版本不匹配，也会导致频繁掉线。

（5）PPPoE 软件安装不合理或软件兼容性不好也可能引起这种问题。一般来说，Windows XP 建议使用系统本身提供的 PPPoE 协议和拨号程序。

网络故障的表象很多，要及时排除故障，就要详细了解故障的现象和潜在的原因。一般网络故障的产生原因有以下几点：网卡有问题，水晶头做得不规范，网线有问题，网卡驱动或网络协议有问题等。可以逐一排查，如果能排除硬件故障，就应该把注意力放在网络配置等软件故障上。

### 12.6.3 病毒引起的故障处理

一般情况下，计算机病毒总是依附某一系统软件或用户程序进行繁殖和扩散的，病毒发作时会危及计算机的正常工作，破坏数据与程序，侵犯计算机资源。

计算机在感染病毒后，总是有一定规律地出现异常现象：屏幕显示异常，屏幕显示出不是由正常程序产生的画面或字符串，屏幕显示混乱；程序装入时间增长，文件运行速度下降；用户没有访问的设备出现工作信号；磁盘出现莫名其妙的文件和坏块，卷标发生变化；系统自行引导；丢失数据或程序，文件字节数发生变化；内存空间、磁盘空间减小；异常死机；磁盘访问时间比平时增长；系统引导时间增长等。

对于已经中毒的计算机的紧急处理有以下几种措施。

### 1. 不要重启

一般来说，当发现有异常进程、不明程序运行，或者计算机运行速度明显变慢，甚至IE经常询问是否运行某些 ActiveX 控件、调试脚本等情况。那么此时计算机可能已经中毒了。而很多人感觉中毒后，认为首先要做的第一件事就是重新启动计算机，其实这种做法是极其错误的。当计算机中毒后，如果重新启动，极有可能造成更大的损失。

### 2. 立即断开网络

病毒发作后，不仅使计算机速度变慢，而且会破坏硬盘上的数据，同时还可能向外发送你的个人信息，同时发送病毒等，使危害进一步扩大。对此，发现中毒后，首先要做的就是断开网络。断开网络的方法很多，最简单的方法就是拔下计算机后面的网线。另外，如果安装了防火墙，可以在防火墙中直接断开网络；如果没有安装防火墙，也可以右击"网上邻居"图标，在弹出的快捷菜单中选择"属性"命令，在打开的窗口中右击"本地连接"图标，在弹出的快捷菜单中选择"禁用"命令即可。如果是拨号用户，那么只需要断开拨号连接或者关闭 Modem 设备即可。

### 3. 备份重要文件

中毒后，如果计算机中保存有重要的数据、邮件、文档，那么应该在断开网络后立即将其备份到其他设备上，如移动硬盘、光盘等。尽管要备份的这些文件可能包含病毒，但这要比杀毒软件在查毒时将其删除要好得多。更何况病毒发作后，很有可能就进入不了系统了，因此中毒后及时备份重要文件是减轻损失最重要的做法之一。

### 4. 全面杀毒

上述操作完成后，就可以进行全面的病毒查杀。

### 5. 更改重要资料设定

由于病毒、木马很多时候都是以窃取用户个人资料为目的，因此在进行了全面杀毒操作之后，必须将一些重要的个人资料，例如 QQ、E-mail 账户密码等重新设置。尤其是查杀后发现有木马程序的，尤其需要进行这项工作。

### 6. 检查网上邻居

如果是局域网用户，在处理了自己计算机的病毒之后，还要检查一下网络上其他计算机是否同样被感染了病毒。因为很多病毒发作后是会向网络中其他计算机发起攻击的。自己的计算机中了病毒，极可能会传染给网络上的其他计算机。如果不及时将其清理，那么极有可能会再反向传染。

检查的方法是在每台计算机上进行全面的病毒清除，如果报告有大量的文件被改动，则系统很有可能被病毒感染。可以尝试使用病毒专杀工具，有必要的话要重装系统。

## 12.7　本　章　小　结

本章主要介绍计算机日常使用时的维护常识和常见故障的处理方法。

概括起来，计算机日常维护的主要注意事项为：正确安装系统后，首先选择安装一款杀毒软件；安装一个超级兔子或者 Windows 优化大师之类的系统优化程序；半个月左右进行一次全面杀毒，2 个月左右进行一次磁盘碎片整理；不要在系统盘（C 盘）中安装一般软件；平时注意计算机防尘、防潮工作，定期清理机箱内灰尘（注意防静电），3 个月左右检测一下风扇的工作状况；尽量避免震动计算机。

计算机故障包括软件故障和硬件故障两大类。根据故障现象，遵循一定的检测规则可以快速判定故障的原因。基本的诊断步骤和原则是：由软到硬、由大到小、由表及里、循序渐进。先电源后负载、先外部设备再主机、先静态后动态、先一般故障后特殊故障、先简单后复杂、先公共性故障后局部性故障、先主要后次要。

## 习　题　12

**1．选择题**

（1）下列（　　）不是计算机故障处理的基本原则。

    A．先主后次                 B．先清洗后检修

    C．先硬件后软件           D．从简单事情做起

（2）下列关于内存故障的说法中错误的是（　　）。

    A．注册表经常出错是症状之一    B．接触不良可能会引起开机时死机

    C．使用不同内存可能引起故障     D．使用打磨内存不能发生故障

（3）下列说法中错误的是（　　）。

    A．死机一定是硬件问题        B．硬盘过热会引起死机

    C．显示器应远离强磁场        D．热拔设备会烧毁端口

（4）下列不属于软件故障的是（　　）。

    A．BIOS 错误或设置不当       B．USB 端口损坏

    C．计算机病毒引发的故障      D．设备驱动程序出错

**2．简答题**

（1）计算机故障形成的原因主要有哪些？

（2）计算机故障处理的基本方法和原则是什么？

（3）列举出几种启动 Windows 时出现死机的原因。

**3．操作题**

（1）解决内存与主板接触不良的问题。

（2）使用修复工具修复 0 磁道损坏故障。

（3）解决计算机不能保存时间修改的故障。

（4）解决在局域网内无法 ping 到其他计算机的故障。

（5）解决 RESET 键故障引起的黑屏问题。

*计算机系统的维护和常见故障处理*

# 第 13 章  计算机系统性能测试与优化

**本章学习目标**
- 了解常用的计算机测试及系统优化软件；
- 掌握一般的系统优化方法；
- 掌握 Windows 优化大师的使用方法。

　　一台计算机的硬件性能究竟如何，单凭主观判断是不够的，可以使用专业的测试工具对计算机整体性能及各个部件的性能进行测试。在使用计算机的过程中由于频繁安装和删除各种程序，会使计算机的工作速度越来越慢，通过系统优化工具以及一些简单的系统维护操作可以改善计算机的运行速度。本章首先介绍几款常用的计算机系统测试和系统优化工具，之后介绍常用的系统优化技巧。

## 13.1　常见的系统测试工具

　　计算机系统测试软件有很多，比较著名的有 PC Booster、PC Wizard、HWMonitor、D3DGear 等。

　　PC Booster 可以对 Windows 环境下计算机的性能进行诊断，并可以调整各种硬件的实际工作性能，还可以针对个人的使用习惯与不同的使用需求，像是玩游戏、浏览网站、文字处理，作出不同的参数设定，以保障在不同用途下最大地发挥计算机的性能。

　　PC Wizard 可以准确地检测出计算机的配置。

　　HWMonitor 可以实时监测 CPU 的电压、温度、风扇转速，内存电压，主板南北桥温度、硬盘温度，显卡温度等。

　　D3DGear 是一个 Windows DirectX/OpenGL API 程序测试软件，可以用来测试 3D 游戏或 3D 软件的帧数，可以帮助游戏开发者发现程序中的错误，测试游戏的 3D 表现是否合格。

　　目前，系统测试软件 SiSoft Sandra Professional Home 2009 和超级系统检测软件 Everest 是较为常用的计算机硬件测试工具；而 Windows 优化大师和鲁大师除了具备基本的硬件检测功能外，还能够对计算机系统进行简单的维护和优化。这 4 款软件简单易用，可以在相关网站下载安装。下面介绍这 4 款软件的基本使用方法。

### 13.1.1　系统测试工具 SiSoft Sandra Professional Home 2009

　　SiSoftware Sandra 是一套功能强大的系统分析、诊断、测试和报告工具，包括众多的分析与测试模块。

其主要功能有以下几个方面。

（1）能连接到远程系统、数据库、PDA 和 SmartPhone 等数据来源进行远程分析、诊断和测试；

（2）支持（IPX/SPX，TCP/IP）网络协议/支持（ADO，OLEDB，ODBC）数据库；

（3）支持（SCSI，SATA，ATA，ATAPI）存储器和可移动存储器；

（4）支持多种桌面/服务器平台（Win32 x86，Win64 x64，Win64 IA64）；

（5）两种专用 Internet 带宽/速度基准测试（Internet/ISP Connection 和 Peerage Benchmarks）；

（6）支持 Windows XP SP2 和 Windows 2003 SP1 安全中心；

（7）为 Windows 2000、Windows XP 和 Windows 2003 设计的本地 Unicode 码应用；

（8）关键应用程序列表（地址簿、杀毒软件、邮件客户端、防火墙、即时通信软件、Java 虚拟机、媒体播放器、新闻组阅读器、网络浏览器等）；

（9）支持多线程、多核心、多处理器系统；

（10）系统应用软件和程序库完全列表，环境监视向导功能（实时监视温度、风扇转速、电压、电源和热阻）。

依据平台种类与功能的差别，SiSoftware Sandra 分为 Professional、Lite、Engineer 及 Enterprise 等多个版本，各版本的效能测试模块（Bench marking Modules）完全一致，主要区别在于不同版本支持的硬件平台有差异。目前 Sandra 的最新版本为 2009 版，能够对 AMD64、EM64T 进行测试。

SiSoft Sandra Professional Home 2009（System ANalyser，Diagnostic and Reporting Assistant）是一个基于 32 位与 64 位 Windows 平台的系统分析工具程序，包含了性能测试、测试与产生报告等模块。能够提供计算机内部详尽真实的硬件信息，提供直观的比较图，可以清晰地看出当前测试的计算机与其他高端或低端计算机的各种性能比较结果，并且所有的性能测试都针对多核处理器及超线程处理器进行了性能优化。

### 1. SiSoftware Sandra Professional Home 2009 界面

SiSoftware Sandra Professional Home 2009 界面和 SiSoftware Sandra V 2008.4.14.20 PRO 商业中文版界面基本相同，增加了"Favourites"菜单。界面如图 13-1 所示。主界面显示下列 7 个选项卡。

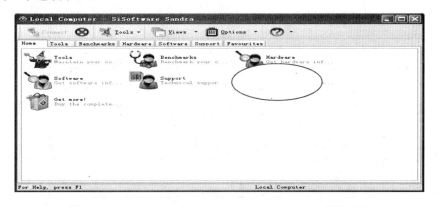

图 13-1　SiSoftwave Sandra Professional Home 2009 版主界面

计算机系统性能测试与优化

（1）Home 选项卡：显示所有 7 大模块的图标。

（2）Tools 选项卡：显示 SiSoftware Sandra 所提供的所有工具。

（3）Benchmarks 选项卡：显示 SiSoftware Sandra 所提供的关于各个组件的测试子模块。

（4）Hareware 选项卡：显示查看计算机硬件整体及各个组件信息的子模块。

（5）Software 选项卡：显示查看关于计算机软件信息的子模块。

（6）Support 选项卡：显示运行中 SiSoftware Sandra 的信息和输入报告中信息的子模块。

（7）Favourites 选项卡：显示个人喜欢的 SiSoftware Sandra 常用的工具子模块。

**2．SiSoft Sandra Professional Home 2009 工具界面**

SiSoft Sandra Professional Home 2009 工具界面如图 13-2 所示。它与早期版本 SiSoftware Sandra V 2008.4.14.20 PRO 商业中文版工具界面基本一致。

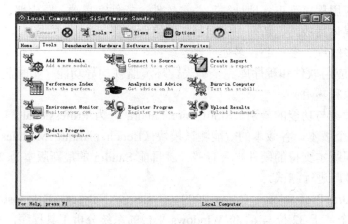

图 13-2　SiSoft Sandra Professional Home 2009 版工具界面

**3．了解系统整体情况**

打开界面中的 Hardware 选项卡，在弹出的窗口中双击左上角的 Computer Overview 图标，即可显示当前的系统摘要信息。如图 13-3 所示。

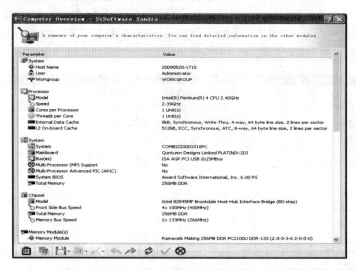

图 13-3　Computer Overview 窗口

### 4．重要的单项测试

（1）处理器信息：在主界面上打开 Hardware 选项卡，在弹出的窗口中双击 Processors 图标，即可显示计算机中的处理器（CPU）浮点处理器（FPU）、缓存及其他相关设置的信息，如图 13-4 所示。单击某一项还可了解其详细信息。

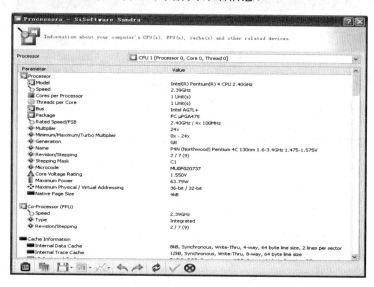

图 13-4　Processors 窗口

（2）主板信息：在主界面上打开 Hardware 选项卡，在弹出的窗口中双击 Mainboard 图标，即可显示计算机的主板、芯片组、总线、系统内存和其他相关设备信息的界面。图 13-5 显示了当前测试的计算机主板的型号为 PLATINIX-2DI，该主板不支持多处理器。

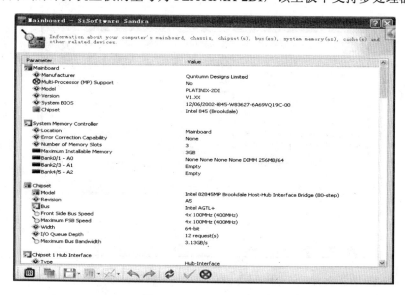

图 13-5　Mainboard 窗口

### 5．与典型系统之间的性能比较

打开主界面上的 Benchmarks 性能测试选项卡，在弹出的窗口中双击 Processor

计算机系统性能测试与优化

Arithmetic 处理器基准测试图标，在打开的窗口中可选取所需的典型系统。从图 13-6 中可以看出，当前计算机（CPU 为 Intel Pentium 4 2.4GHz）与 AMD Athlon 64 3000+相比，其速度和性能要高一些。

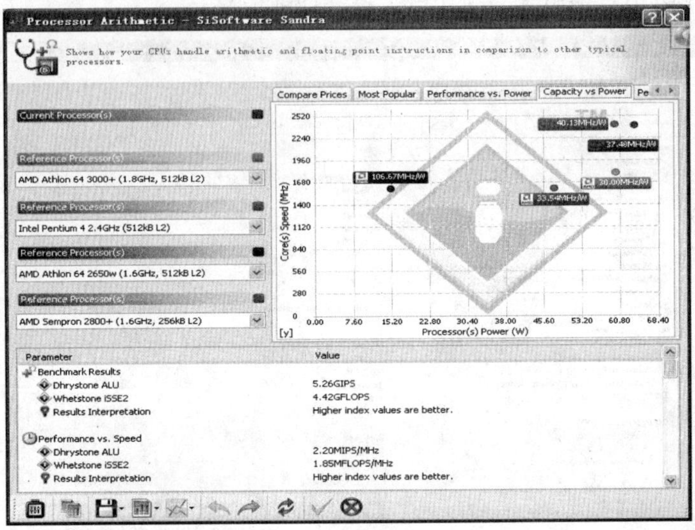

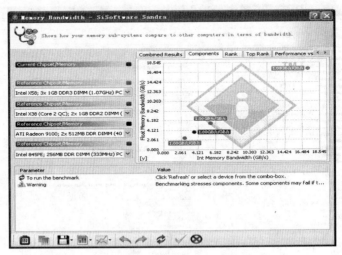

图 13-6　Processor Arithmetic 窗口

使用同样的方法可以进行文件系统基准测试和内存带宽基准测试，内存带宽基准测试是基于 CPU、芯片组和内存三者之间的搭配进行的，因此可以从下拉列表框中选择不同的芯片组类型、多种类型的内存和内存的 CL 值作为基准测试的标准，如图 13-7 所示。

图 13-7　内存带宽基准测试

## 13.1.2　超级系统检测软件 Everest

Everest 是一款全面检测各种硬、软件信息的工具软件，目前市场上能够见到的硬件它都支持。

在检测一台新组装的计算机的实际工作情况方面，Everest 也是一款非常好的测试工具，它能够把检测到的信息保存为各种形式的文件，方便以后查看。Everest 还支持在网络上远程查看其他计算机的系统信息，可以通过网络实现对用户计算机工作情况及故障的在线检测。

在计算机中安装 Everest，即可开始测试系统。Everest 的主界面如图 13-8 所示。左边窗口列出了一共 15 个监测项目，如果某个项目的说明文字是蓝色的，单击文字会出现一个窗口。根据项目的不同，会出现产品信息、驱动下载等选项。单击选项则打开相应网页，可以方便地下载驱动程序和查找产品资料。

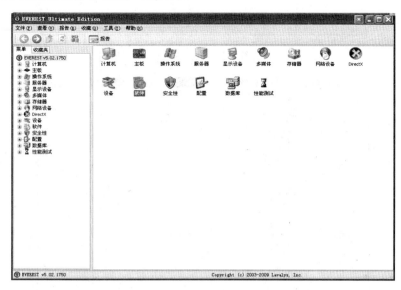

图 13-8　Everest 的主界面

下面以检测一台新计算机为例，介绍检测过程。

具体的测试步骤如下。

### 1. 选择"计算机"主测试项目进行初步检测

选择"计算机"主测试项目，在分支项目中选择"概述"信息，右边窗口即是本机各部分的简明信息。从中可以看出操作系统版本、DX 版本、CPU 型号（包括外频和倍频）、主板型号（包括芯片组和扩展槽的数量型号）、显示卡型号及显示器型号等基本信息，如图 13-9 所示。如果初步检测没有发现问题，就可以继续。

### 2. 选择"主板"主测试项目查看 CPU 的信息

选择"主板"主项目，在"CPU"中可以看到 CPU 的型号、版本号、支持指令集、晶体管数量、电压以及功耗等详细信息，如图 13-10 所示。

### 3. 查看"主板"信息

在"主板"分支中可以看到主板芯片组的封装、型号、扩展槽的数量、支持的内存频率等信息，如图 13-11 所示。

计算机系统性能测试与优化

图 13-9　选择"计算机"主测试项目查看"概述"信息

图 13-10　选择"主板"主测试项目查看"CPU"信息

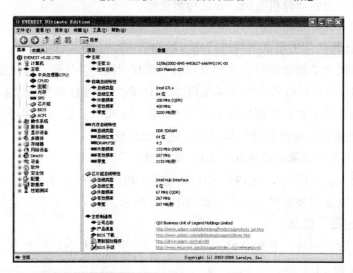

图 13-11　查看"主板"信息

### 4. 查看"操作系统"信息

在"操作系统"项目中可以看到 DirectX 版本、IE 版本等信息，如图 13-12 所示。

图 13-12　查看"操作系统"信息

其中还包括一个"运行统计"的分支，可以查看从本机第一次启动到现在的总开机时间、上一次开机及关闭的时间以及本次开机和关闭的时间，从而了解当前计算机的使用情况，如图 13-13 所示。

图 13-13　查看"运行统计"信息

## 13.1.3　Windows 优化大师

Windows 优化大师是一款最为常用的基于 Windows 系统的测试和维护软件，它具备同类软件的常见功能，主要功能包括计算机系统信息检测、磁盘缓存优化、菜单弹出速度优化、文件系统优化、网络优化、系统安全优化、整理注册表、清理文件、注册表整理、开机速度优化、机器个性化设置、日志管理、其他管理等。图 13-14 所示为系统主界面。

计算机系统性能测试与优化

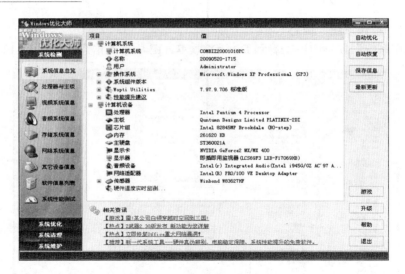

图 13-14　系统检测主界面

这里主要介绍利用 Windows 优化大师来进行系统测试的基本方法。

系统信息检测的主界面左边窗口列出了系统信息总览、处理器与主板、视频系统信息、音频系统信息、存储系统信息、网络系统信息、其他设备信息、软件信息列表及系统性能测试 9 个项目，单击项目即可得到相应的信息。

系统性能测试（如图 13-15 所示）将通过对系统的 CPU/内存速度、显卡/内存速度、硬盘性能进行测试后进行评分。为了方便用户进行比较，Windows 优化大师提供了多种配置供用户参考。用户可根据自己的需要选择"总体性能评估"，也可以选择单项测试。

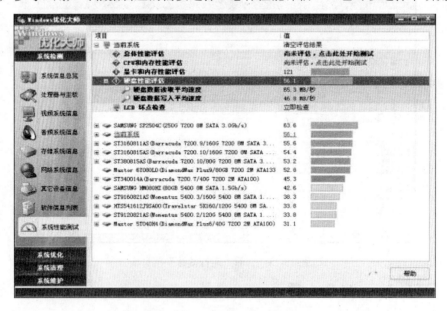

图 13-15　系统性能测试界面

## 13.1.4　鲁大师

鲁大师（原名 Z 武器）是一款系统测试与计算机性能优化软件。它能辨别各种硬件的真伪，还能够对系统软件存在的漏洞进行修复，对计算机的工作情况进行监测，还能够对当前计算机中正在使用的驱动程序进行自动升级，并且能够优化和清理系统。其主界面如图 13-16 所示。

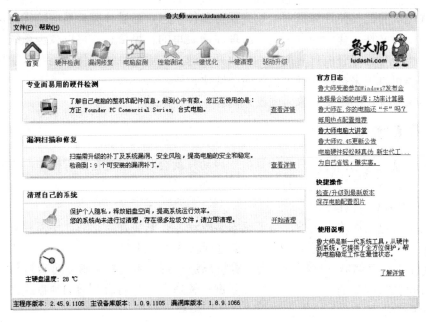

图 13-16  鲁大师主界面

单击主界面上的"硬件检测"图标按钮，该软件既可检测出处理器、主板、内存、硬盘、显示器、显卡、光驱、声卡、网卡等信息，同时还会给出未正常工作的设备信息，如图 13-17 所示。

图 13-17  鲁大师的"硬件检测"

计算机系统性能测试与优化

# 13.2 计算机系统的优化

系统优化的目的是使计算机系统始终保持最佳状态。通过计算机系统的优化可以清理各种无用的临时文件，释放硬盘空间；清理注册表里的垃圾信息，可以减少系统错误的产生，还能阻止一些程序开机自动执行，加快开机速度；通过系统优化，还可以加快上网和关机速度；也可以用来进行计算机系统的个性化设置。

计算机系统优化的主要对象为硬盘、内存、操作系统。

## 13.2.1 硬盘优化

硬盘是经常使用的部件，只要计算机一启动，就会对硬盘进行读写操作，因此，硬盘的优化很重要。下面是硬盘优化的一些基本规则。

### 1．打开 DMA 传输模式

硬盘正常高速工作的先决条件是正确安装驱动，在安装好驱动后，还需要对芯片进行正确的设置，打开 DMA 模式，这是进一步进行软件优化的前提。

DMA 即直接存储器存储模式，指计算机周边设备（主要指硬盘）可直接与内存交换数据，这样可加快硬盘的读写速度，提高数据传输速率。开启后能增加硬盘或光驱的读取速度。如果硬盘支持 DMA 模式，就应该打开该模式。

打开 DMA 模式的方法：首先确定硬盘是否支持 DMA 传输模式（即支持 UDMA 33/66 或 UDMA/100），采用 VIA 芯片组的主板需要安装 VIA 四合一驱动程序；如果支持 DMA，则可以在"设备管理器"中的"磁盘驱动器"选项中，双击需要优化的硬盘驱动器，进入"设置"选项，在"选项"中确定选中 DMA；然后回到"系统属性"对话框中，选择"性能"下的"文件系统"，打开"文件系统属性"对话框，在"硬盘"的设置中，将"此计算机的主要用途"设为"网络服务器"，再将"预读式优化"的滑块拖动到最右侧；重新启动系统，进入 BIOS 设置，确定已打开了对 DMA 的支持。这样就打开了 DMA 传输模式。

老硬盘（如 4GB 以下的硬盘）不支持 DMA 方式，打开 DMA 模式后可能出现问题，因此上述方法对于过于陈旧的硬盘不适用。

1）安装与主板芯片对应的硬盘加速软件

一些芯片组厂商为了方便用户使用，还提供了专门的硬盘加速软件，如 Intel 的 IA（Intel Application Accelerator）软件安装后，程序会自动根据硬盘的物理特性使用最佳传输模式，会使硬盘工作在应有的高度。

2）安装相应的硬盘软件

硬盘厂商也提供硬盘管理软件，通过这些软件正确设置硬盘次数也可以达到硬盘加速的效果。如 IBM 的 DFT（Drive Fitness Test）、WD 的 Data Lifeguard Tools、Maxtor 的 Power Diagnostic（Powermax）、Seagate 的 SeaTools 等。它们能够提高硬盘的抗震和抗冲击能力，并通过软、硬件结合，使硬盘具有自我监测、自我诊断与一定的自我修复能力。以 IBM 的 DFT 为例，它可以直接访问硬盘中的 DFT 微代码，检测出硬盘的完好性，找出硬盘的错误，最大限度地减小返修及保护用户的数据。

### 2．采用 FAT32 分区格式

在 Windows 98 之前，Windows 系统一般采用 FAT16 分区格式，其簇大小为 32KB，无论写入磁盘的资料有多小，都至少占据 32KB，如果磁盘中的小文件很多，浪费的空间很大。FAT32 将格式簇大小缩减为 4KB，这样可减少硬盘上空间的浪费。

如果硬盘是 FAT16 格式，用硬盘分区魔术师可以进行转化，把它转换为 FAT32 格式。对于新硬盘，可在分区时直接把它格式化成 FAT32 格式。

对于 2GB 以上的磁盘分区，最好采用 FAT32 格式。

### 3．主分区大小要适中

Windows 启动时，要从主分区查找、调用系统文件，如果主分区过大，就会延长启动时间，所以可以将主分区尽量控制在 20GB 以内，其他分区则按硬盘剩余大小平均划分为 2～3 个。在主分区中只安装 Windows 操作系统和一些必需软件，在其他分区安装常用软件、游戏等，这样便于维护和管理。

### 4．硬盘缓存的优化设置

可以用专门的软件，如用 cacheman 来设置硬盘缓存，cacheman 是 Outer 推出的硬盘缓存优化软件，内置了几套优化方案，可以根据机器情况，选择最为接近的方案进行优化设置。

### 5．优化虚拟内存

由于物理内存有限，Windows 执行的进程越多，物理内存的消耗就越多，有可能内存会消耗殆尽。为了解决这类问题，Windows 使用了虚拟内存（即交换文件），用硬盘来充当内存使用，不过由此而来的是速度要慢多了，因为硬盘存取速度比内存要慢得多，所以合理设置虚拟内存，可以为系统提速。

方法是：打开 Windows 的"控制面板"窗口，双击"系统"图标，在弹出的"系统属性"对话框中打开"高级"选项卡，单击"性能"选项区域中的"设置"按钮，在弹出的"性能选项"对话框中打开"高级"选项卡，单击"虚拟内存"选项区域中的"更改"按钮，调整虚拟内存的设定值，决定虚拟内存的位置（在哪一个硬盘分区上），容量的大小建议选择让 Windows 自行管理，这样 Windows 会根据内存的使用情况自动改变交换文件的大小。

注意：交换文件分区必须有足够的剩余空间，越多越好，至少需要 200MB 以上的剩余硬盘空间，否则 Windows 容易出现内存不足的错误；其次，如果机器有两个以上的硬盘，交换文件要设置在速度较快的硬盘上（例如 7200 转的硬盘），这样可以提高虚拟内存的存取速度；最后要经常整理虚拟内存所在的分区，如果该分区有太多的碎片，会影响虚拟内存的速度。

### 6．磁盘碎片整理

硬盘上的文件不是顺序存放的，同一个文件可能存在几个不连续的位置上，删除文件时，就会在硬盘上留下许多大小不等的空白区域，久而久之则产生很多的碎片，影响磁盘存取效率。

要消除碎片，需要使用专门的工具软件，如 Vopt99、Norton 等，Windows 本身也内置了"磁盘碎片整理"工具。可以每隔一段时间（3 个月左右），用上述工具整理一下硬盘。

计算机系统性能测试与优化

### 7．删除硬盘垃圾文件

在 Windows 安装和使用过程中会产生很多无用的垃圾文件，包括临时文件（如*.tmp、*._mp）、日志文件（*.log）、临时帮助文件（*.gid）、磁盘检查文件（*.chk）、临时备份文件（如*.old、*.bak）以及其他临时文件。特别是如果一段时间不清理 IE 的临时文件夹 "Temporary Internet Files"，其中的缓存文件有时会占用上百 MB 的磁盘空间。这些文件不仅浪费磁盘空间，还会使系统运行速度变慢。

可以采用一个简洁的方法完成上述无用文件的删除工作。

（1）选择"开始"→"程序"→"附件"→"记事本"命令，打开记事本；

（2）把下面的文字复制进去：

```
@echo off
echo 正在清除系统垃圾文件，请稍等......
del /f /s /q %systemdrive%\*.tmp
del /f /s /q %systemdrive%\*._mp
del /f /s /q %systemdrive%\*.log
del /f /s /q %systemdrive%\*.gid
del /f /s /q %systemdrive%\*.chk
del /f /s /q %systemdrive%\*.old
del /f /s /q %systemdrive%\recycled\*.*
del /f /s /q %windir%\*.bak
del /f /s /q %windir%\prefetch\*.*
rd /s /q %windir%\temp & md %windir%\temp
del /f /q %userprofile%\cookies\*.*
del /f /q %userprofile%\recent\*.*
del /f /s /q "%userprofile%\Local Settings\Temporary Internet Files\*.*"
del /f /s /q "%userprofile%\Local Settings\Temp\*.*"
del /f /s /q "%userprofile%\recent\*.*"
echo 完成清除系统垃圾清理!
echo. & pause
```

（3）单击"另存为"按钮，路径选择"桌面"，保存类型为"所有文件"，文件名命名为"清除系统垃圾.bat"，单击"保存"按钮，就完成了一个清理垃圾文件的制作。

（4）以后，在桌面上双击"清除系统垃圾.bat"文件，就能很快地完成清理垃圾文件的操作。

### 8．注册表清理

删除注册表中无用的注册项，这些是软件安装时留在注册表中的，如果软件卸载后不删除这些信息，就会使注册表过于庞大，占用磁盘空间，影响系统速度，具体方法是：

（1）选择"开始"→"运行"命令，在弹出的"运行"对话框中输入"regedit"命令，编辑注册表。

（2）在"HKET_LOCAL_MACHINESoftware"和"HKET_CURRENT_USERSoftware"主键下找到那些已被删除的程序名称，并将其删除。

（3）将 HKET_LOCAL_MACHINE→Software→Microsoft→Windows ·CurrentVersion

→Explorer→Tips 下的子键全部删除。

（4）删除多余的时区信息：在 HKET_LOCAL_MACHINE→Software→Microsoft→Windows→CurrentVersion→TimeZone 下，删除多余的时区，只保留北京时区。

（5）删除不用的输入法：在 HKET_LOCAL_MACHINE→System→CurrentControlSet→Control→Keyboardlayouts 中删除不用的输入法。

**9．调整回收站**

回收站默认所有分区都用相同的配置，而且容量为总容量的 10%，可以根据需要分别配置每个分区，将回收站最大空间设置为分区的 1%。对于非主分区还可以选择直接将文件删除、不将其转存在回收站中。

**10．使用硬盘加速软件**

优化硬盘性能也可以通过常用的工具软件来进行，如 windows 优化大师、超级兔子、SuperFassst 等。使用 Windows 优化大师对磁盘系统的性能进行优化，主要是通过磁盘系统缓存优化和文件系统优化来实现。

## 13.2.2 操作系统优化

**1．系统加速**

1）使 ZIP 文档读取能力失效

Windows 系统在默认情况下对 ZIP 文件是支持的，但要占用一定的系统资源，可选择"开始"→"运行"命令，在"运行"对话框中输入"regsvr32 /u zipfldr.dll"命令，按 Enter 键确认即可取消 XP 对 ZIP 解压缩的支持，从而节省系统资源。

2）在关机时清空页面文件

打开"控制面板"窗口，双击"管理工具"图标，在打开的窗口中双击"本地安全策略"图标，选择"本地策略"选项中的"安全选项"，双击其中"关机：清理虚拟内存页面文件"选项，选中弹出的对话框中的"已启用"单选按钮，单击"确定"按钮即可。

3）使用朴素界面

Windows XP 默认的外观方案虽然漂亮，但占用系统资源较多，可将其改为经典外观以获得更好的性能。

在桌面空白位置右击，从弹出的快捷菜单中选择"属性"命令，打开"显示属性"对话框，打开"主题"选项卡，选择"主题"为"Windows 经典"，即可将外观修改为更为Windows 经典外观。

4）启用 DMA 传输模式

所谓 DMA，即直接存储器存储模式，指计算机周边设备（主要指硬盘）可直接与内存交换数据，这样可加快硬盘读写速度，提高速据传输速率。

右击"我的电脑"图标，在弹出的快捷菜单中选择"属性"命令，打开"系统属性"对话框，单击"硬件"选项卡中的"设备管理器"按钮，打开"设备管理器"窗口，在设备列表中展开"IDE ATA/ATAPI 控制器"，双击"主要 IDE 通道"或"次要 IDE 通道"选项，在其属性对话框的"高级设置"选项卡中检查 DMA 模式是否已启动，一般来说如果设备支持 DMA，系统就会自动打开 DMA 功能，如果没有打开可将"传输模式"设为"DMA（若可用）"。

5）减少开机磁盘扫描等待时间

当 Windows 日志中记录有非正常关机、死机引起的重新启动，系统就会自动在启动的时候运行磁盘扫描程序。默认情况下，扫描每个分区前都会等待 10s，如果每个分区都要等上 10s 才能开始进行扫描，再加上扫描本身需要的时间，会耗费相当长的时间才能完成启动过程。对于这种情况，可以设置取消磁盘扫描的等待时间，甚至禁止对某个磁盘分区进行扫描。

选择"开始"→"运行"命令，在"运行"对话框中输入"chkntfs /t:0"命令，即可将磁盘扫描等待时间设置为 0；如果要在计算机启动时忽略扫描某个分区，比如 C 盘，可以输入"chkntfs /x c:"命令；如果要恢复对 C 盘的扫描，可使用"chkntfs /d c:"命令，即可还原所有 chkntfs 默认设置，除了自动文件检查的倒计时之外。

6）改变视觉效果

Windows XP 在默认情况下启用几乎所有的视觉效果，如淡入淡出、在菜单下显示阴影。这些视觉效果虽然漂亮，但对系统性能会有一定的影响，有时甚至造成应用软件在运行时出现停顿。一般情况下建议少用或者取消这些视觉效果。

右击"我的电脑"图标，在弹出的快捷菜单中选择"属性"命令，打开"系统属性"对话框。打开"高级"选项卡，在其中的"性能"选项区域中单击"设置"按钮，在弹出的"性能选项"对话框中，选中"调整为最佳性能"单选按钮来关闭所有的视觉效果。

也可选中"自定义"单选按钮，然后选择需要的视觉效果：打开"系统属性"对话框，打开"高级"选项卡，在其中的"性能"选项区域中单击"设置"按钮，在弹出的"性能选项"对话框中的"视觉效果"选项卡里面选中"自定义"单选按钮，只选中下面的"平滑屏幕字体边缘"、"为每种文件夹类型使用一种背景图片"、"显示半透明的选择长方形"、"在窗口和按钮上使用视觉效果"、"在鼠标指针下显示阴影"、"在文件夹中使用常见任务"和"在桌面上为图标标签使用阴影"几个复选框，其余的全部不选，设置完成以后单击"确定"按钮退出。

7）关掉不用的设备

Windows 系统总是尽可能地为电脑的所有设备安装驱动程序并进行管理，这不仅会减慢系统启动的速度，同时也造成了系统资源的大量占用。可在设备管理器中，将 PCMCIA 卡、调制解调器、红外线设备、打印机端口（LPT1）或者串口（COM1）等不常用的设备停用，方法是双击要停用的设备，在其弹出的属性对话框中的"常规"选项卡中的"设备用法"下拉列表框选择"不要使用这个设备（停用）"选项。重新启动设置即可生效，当需要使用这些设备时再从设备管理器中启用它们。

8）关闭错误报告

当应用程序出错时，会弹出发送错误报告的窗口，这样的错误报告对普通用户没有任何意义，可以关闭。

在"系统属性"对话框中打开"高级"选项卡，单击"错误报告"按钮，在弹出的"错误汇报"对话框中，选中"禁用错误汇报"单选按钮，最后单击"确定"按钮即可。

另外，也可以从组策略中关闭错误报告：在"运行"对话框中输入"gpedit.msc"命令，运行"组策略"编辑器，展开"计算机配置"→"管理模板"→"系统"→"错误报告功能"选项，双击右边设置栏中的"配置错误报告"，在弹出的"属性"对话框中选中"已禁用"单选按钮即可将"错误报告功能"禁用。

9）清除预读文件

Windows 系统的预读设置虽然可以提高系统速度，但是使用一段时间后，预读文件夹里的文件数量会变得相当庞大，导致系统搜索花费的时间变长。而且有些应用程序会产生死链接文件，更加重了系统搜索的负担。应定期删除这些预读文件。预计文件存放在Windows 系统文件夹的 Prefetch 文件夹中，该文件夹下的所有文件均可删除。

10）关闭自动播放功能

在 Windows 系统中，当在光驱中放入光盘或将 USB 硬盘接上电脑时，系统都会自动将光驱或 USB 硬盘扫描一遍，同时提示是否播放里面的图片、视频、音乐等文件，如果是拥有多个分区的大容量的 USB 硬盘，扫描会耗费很长的时间，而且得手动关闭提示窗口，非常麻烦，可以将 Windows XP 的自动播放功能关闭。

运行"组策略"程序，在组策略窗口左边栏中，打开"计算机配置"→"管理模板"→"系统"选项，然后在右边的配置栏中找到"关闭自动播放"并双击，会弹出"关闭自动播放属性"对话框，在其中的"设置"选项卡中选中"已启用"单选按钮，在"关闭自动播放"下拉列表中选择"所有驱动器"选项。这样就取消了 Windows 的自动播放功能。

## 2．Windows 系统瘦身

1）删除系统文件备份

在系统文件中的"system32dllcache"目录里，有近 250MB 的文件，是 Windows 系统文件的备份。当 Windows 的系统文件被替换、删除或修改时，Windows 系统可以自动从中提取出相应的系统文件还原，从而保证系统的稳定性。

该文件夹不能直接删除，可以在命令提示符下输入"sfc.exe /purgecache"命令清除。

2）关闭休眠支持

休眠功能会占用不少的硬盘空间，如果使用得少，不妨将其关闭，关闭的方法：打开"控制面板"窗口，双击"电源选项"图标，在弹出的"电源选项属性"对话框中打开"休眠"选项卡，取消选中"启用休眠"复选框。

3）清除临时文件

（1）清除系统临时文件。系统的临时文件一般存放在两个位置中：一个是 Windows安装目录下的 Temp 文件夹；另一个是 X：\Documents and Settings\"用户名"\Local Settings\Temp 文件夹（X：是系统所在的分区）。这两个位置的文件均可以直接删除。

（2）清除 Internet 临时文件。长时间上网会产生大量的 Internet 临时文件，定期删除这些文件，可以节省大量的硬盘空间：打开 IE 浏览器，选择"工具"→"Internet 选项"命令，在弹出的对话框中打开"常规"选项卡，在"Internet 临时文件"选项区域中单击"删除文件"按钮，并在弹出的"删除文件"对话框中选中"删除所有脱机内容"复选框，单击"确定"按钮。

也可以将 Internet 临时文件占用的磁盘设置在一个可以接收的范围：在"Internet 临时文件"选项区域中单击"设置"按钮，然后在"设置"对话框中设置临时文件所占用的磁盘空间，也可将 Internet 临时文件的文件夹移至另一个分区，以减少对系统分区磁盘的占用量。

4）NTFS 分区中的文件压缩

Windows 系统对 NTFS 分区的文件提供文件压缩属性，可有效地节省磁盘空间。

在 NTFS 分区中，选择要压缩的文件或文件夹，右击，在弹出的快捷菜单中选择"属性"命令，然后在"属性"对话框的"常规"选项卡中单击"高级"按钮，在弹出的对话框中"压缩或加密属性"选项区域中选中"压缩内容以便节省磁盘空间"复选框，单击"确定"按钮后就会发现文件所占用的磁盘空间大大减少。

**3．网络优化**

1）释放 QoS Packet 所占用的 20%网络带宽

Windows 系统内部的 QoS Packet 需要占用 20%的网络带宽，可以将这一部分带宽释放。打开"组策略"窗口，在左边栏中展开"计算机配置"→"管理模板"→"网络"→"QoS 数据包计划程序"，然后在右边窗口中双击"限制可保留带宽"选项，在其属性对话框中的"设置"选项卡中将"限制可保留带宽"设置为"已启用"，然后在下方的"带宽限制"微调框中将"带宽限制"设置为 0。

2）快速浏览局域网络的共享

通常情况下，Windows XP 在连接其他计算机时，会全面检查对方计算机上所有预定的任务，这个检查会等待 30s 或更多时间。删除这种检查的方法是：从注册表中查找 HKEY_LOCAL_MACHINE→Software→Microsoft→Windows→CurrentVersion→Explorer→RemoteComputer→NameSpace。在此键值下，会有如 {D6277990-4C6A-11CF-87-00AA0060 F5BF}之类的键值，把它删掉，重新启动计算机，Windows 就不再执行检查任务。

## 13.2.3　注册表的优化

除了以上方法优化系统外，还可以通过修改注册表来优化 Windows 系统。

**1．加快开机及关机速度**

选择"开始"→"运行"命令，在打开的"运行"对话框中输入"Regedit"命令，在打开的注册表中依次展开 HKEY_CURRENT_USER→Control Panel→Desktop，将字符串值 HungAppTimeout 的数值数据更改为 200；将字符串值 WaitToKillAppTimeout 的数值数据更改为 1000。

另外在 HKEY_LOCAL_MACHINE→System→CurrentControlSet→Control 中将字符串值 HungAppTimeout 的数值数据更改为 200，将字符串值 WaitToKillServiceTimeout 的数值数据更改为 1000。

**2．自动关闭停止响应程序**

选择"开始"→"运行"命令，在打开的"运行"对话框中输入"Regedit"命令，在打开的注册表中依次展开 HKEY_CURRENT_USER→Panel→Desktop，将字符串值 AutoEndTasks 的数值数据更改为 1，重新启动。

**3．加快菜单显示速度**

选择"开始"→"运行"命令，在打开的"运行"对话框中输入"Regedit"命令，在打开的注册表中依次展开 HKEY_CURRENT_USER→ControlPanel→Desktop，将字符串值 MenuShowDelay 的数值数据更改为 0，调整后如觉得菜单显示速度太快而不适应者可将 MenuShowDelay 的数值数据更改为 200，重新启动即可。

#### 4．加快自动刷新率

选择"开始"→"运行"命令，在打开的"运行"对话框中输入"Regedit"命令，在打开的注册表中依次展开 HKEY_LOCAL_MACHINE→System→CurrentControlSet→Control→Update，将 UpdateMode 的数值数据更改为 0，重新启动即可。

#### 5．加快预读能力改善开机速度

Windows 系统预读设定可提高系统速度，加快开机速度。如下修改可进一步善用 CPU 的效率：选择"开始"→"运行"命令，在打开的"运行"对话框中输入"Regedit"命令，在打开的注册表中展开 HKEY_LOCAL_MACHINE→SYSTEM→CurrentControlSet→Control→SessionManager→MemoryManagement，在 PrefeTchParameters 的右边窗口中将 EnablePrefetcher 的数值数据进行更改，使用 P4 CPU 以上的将数值数据更改为 4 或 5，否则保留数值数据为默认值即 3。

#### 6．利用 CPU 的 L2 cache 加快整体效能

选择"开始"→"运行"命令，在打开的"运行"对话框中输入"Regedit"命令，在打开的注册表中依次展开 HKEY_LOCAL_MACHINE→SYSTEM→CurrentControlSet→Control→SessionManager，在 MemoryManagement 的右边窗口中将 SecondLevelDatacache 的数值数据更改为与 CPU L2 cache 相同的十进制数值，如 P4 1.6G A 的 L2 cache 为 512KB，数值数据更改为十进制数值 512。

#### 7．屏蔽系统中的热键

选择"开始"→"运行"命令，在打开的"运行"对话框中输入"Regedit"命令，打开注册表编辑器。依次展开到 HKEY_CURRENT_USER→Software→Microsoft→Windows→CurrentVersion→Policies→Explorer，新建一个双字节值，键名为 NoWindows Keys，键值为 1，这样就可以禁止用户利用系统热键来执行一些禁用的命令。如果要恢复，只需将键值设为 0 或是将此键删除即可。

#### 8．自动关闭停止响应的程序

在 Windows 系统中，还可以通过修改注册表，使 Windows 诊测到某个应用程序已经停止响应时就自动关闭它：选择"开始"→"运行"命令，在打开的"运行"对话框中输入"Regedit"命令，打开注册表编辑器，依次展开 HKEY_CURRENT_USER→Control Panel→Desktop→Auto End Tasks，将其键值改为 1 即可。

### 13.2.4 优化工具

Windows 优化大师和超级兔子是两款常用的系统优化软件。

#### 1．Windows 优化大师的使用

Windows 优化大师是一款优秀的系统优化软件，可以对 Windows 系统进行全面、有效、安全的检测、优化、清理和维护。它的界面简单直观，操作起来非常方便。13.1.3 节中已经介绍了 Windows 优化大师检测系统的方法，这里简单介绍一下它是如何优化系统的。

1）系统优化

（1）选择"系统优化"模块，第一项即为"磁盘缓存优化"，如图 13-18 所示。

Windows 系统的磁盘缓存对系统的运行速度起着重要作用。一般情况下，Windows 系统会自动设置使用最大容量的内存作为磁盘缓存。不过为了避免 Windows 系统将所有的内

存作为磁盘缓存，有必要对磁盘缓存空间进行设置，从而保证其他程序对内存的使用请求。

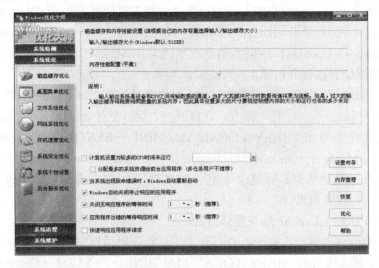

图 13-18　磁盘缓存优化

在"磁盘缓存和内存性能"选项区域中，可以拖动滚动条来设置"输入/输出缓存大小"和"内存性能配置"。下面的有关磁盘缓存的选项，选择可以设置的资源的分配情况，关闭一些占据系统资源的服务。根据需要，单击对应的复选框来选择。操作完毕后，单击"优化"按钮。

此外，单击"内存整理"按钮可以启动"内存整理"程序，来释放和整理内存。

（2）单击"桌面菜单优化"按钮，如图 13-19 所示。在这一页面中，可以拖动滚动条来设置"开始菜单速度"、"菜单运行速度"和"桌面图标缓存"。下面的有关于桌面菜单优化的选项，可以减少桌面管理对系统资源的消耗，根据需要，单击对应的复选框来选择。

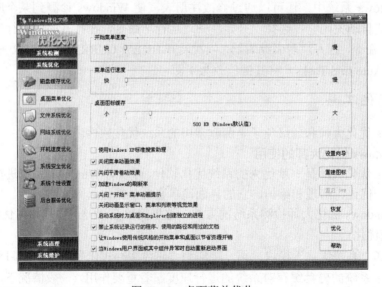

图 13-19　桌面菜单优化

（3）单击"文件系统优化"按钮，如图 13-20 所示。同样可以拖动滚动条来设置"二级数据高级缓存"的大小和"CD/DVD-ROM 优化选择"的优化。而选择下面的关于系统文件优化的选项，可以加快 Windows 操作系统读写文件的速度，根据需要，单击对应的复选框来选择。选中"需要时允许 Windows 自动优化启动分区"复选框，可以加快开机速度。选中"优化 NTFS 性能，禁止更新最近访问日期标记"复选框，可以减少后台工作。选中"优化 NTFS 性能，禁止创建与 MS-DOS 兼容的 8.3 文件名"复选框，可以提高磁盘的访问效率。

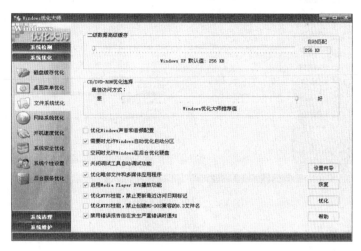

图 13-20　文件系统优化

操作完毕后，单击"优化"按钮。

（4）单击"网络系统优化"按钮，如图 13-21 所示。首先选择上网方式，选中相应的单选按钮，这时软件针对不同的上网方式提供相应最合适的优化方案，然后根据需要，选择下面关于网络系统优化的选项，可以对互联网和局域网等项目进行优化。操作完毕后，单击"优化"按钮。单击"IE 及其他"按钮可以对 IE 浏览器及相关进行设置。

图 13-21　网络系统优化

计算机系统性能测试与优化

（5）单击"开机速度优化"按钮，如图 13-22 所示。在本页面中可以拖动滚动条来设置"启动信息停留时间"，设置"预读方式"，选择是否在异常时启动磁盘错误检查及等待时间，选择开机时自动运行的项目。操作完毕后，单击"优化"按钮。

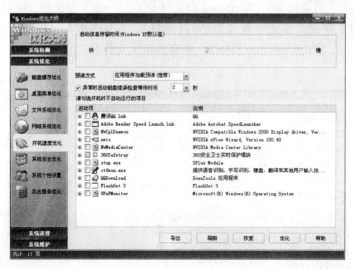

图 13-22　开机速度优化

（6）单击"系统安全优化"按钮，如图 13-23 所示。在"分析及处理选项"列表框中选择相应的项目，单击"分析处理"按钮，开始分析系统感染病毒及防毒情况，并启动加强防护的相应措施。然后根据需要选择下面关于优化的选项，来加强系统安全措施。操作完毕后，单击"优化"按钮。

**注意：** "应用程序"按钮是用于隐藏"开始"→"所用程序"中的项目。"控制面板"按钮则是为了避免别人修改系统设置，而把一些系统工具或程序隐藏起来。

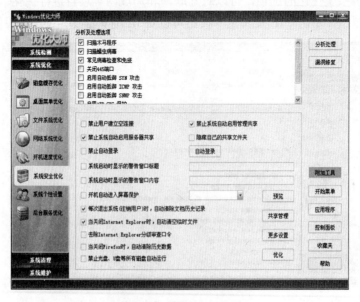

图 13-23　系统安全优化

（7）单击"后台服务优化"按钮，如图 13-24 所示，显示出系统提供的所有服务，并可以启动或停止服务。

图 13-24　后台服务优化

2）系统清理

（1）选择"系统清理"模块，单击"注册信息管理"按钮，如图 13-25 所示。单击"扫描"按钮，开始对注册表中的冗余信息及错误信息进行扫描，然后根据扫描结果，删除这些冗余和错误信息。

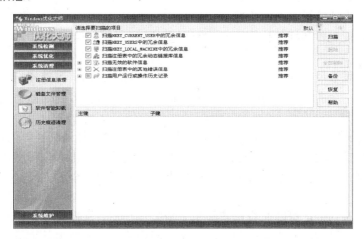

图 13-25　注册表信息管理

（2）单击"磁盘文件管理"按钮，如图 13-26 所示。可以对磁盘文件进行扫描，查找出垃圾文件，并删除。还可以对扫描选项、删除方式等进行设置，以及对目录进行统计。优化大师还将对删除的文件备份，发现删除不当时可以恢复。

类似地，还可以进行软件智能卸载，清理各种历史（上网、使用记录、用户名等）痕迹等。

*计算机系统性能测试与优化*

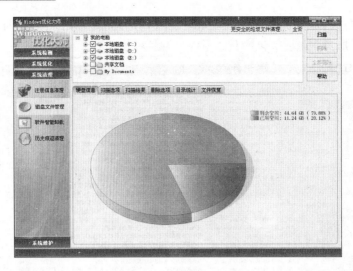

图 13-26 磁盘文件管理

3）系统维护

系统维护功能可以进行磁盘逻辑故障修复、磁盘碎片整理等硬件维护操作，操作方法同上。

**2．使用超级兔子进行优化**

超级兔子也是常用的系统优化软件。这款软件完全免费，功能也非常强大，可以对系统进行全方位的优化和维护。超级兔子 9.0 是目前的最新版，与以前版本的超级兔子相比较，它升级的功能如下。

（1）全新的系统评测。全方位地对计算机系统进行深度检测，同时采用全新的评分机制，更直观地展现计算机系统的情况。

（2）增强可疑文件和插件检测。新增可疑文件库，全面查找系统中存在的可疑文件，保护系统安全。

（3）全新的垃圾清理和注册表清理功能。清理项目更全面，可清理指定扩展名文件，灵活地清理选项，全面清理注册表无效、冗余的文件，释放更多的磁盘空间，提升电脑系统的性能。

（4）全新的操作界面。界面全面优化，布局更合理，可更加清晰快捷的使用各种功能。

（5）网页防护功能。网页防护功能能够拦截可疑网页，防止木马和恶意入侵。

（6）支持 Windows 7。为 Windows 7 提供更好更全面的安全防护，支持 Windows 7 漏洞修复。

（7）手动升级功能。可随时查询超级兔子新版本，及时掌握软件更新动态。

（8）优化升级机制。提供统一的超级兔子升级模式，一键单击就可以完成所有功能的升级，提升效率。

具体操作方法与 Windows 优化大师相似，这里不再详细介绍。

## 13.3　本　章　小　结

本章主要介绍了计算机系统测试和优化的几款软件，包括 SiSoft Sandra Professional

Home 2009、超级系统检测软件 Everest、鲁大师和 Windows 优化大师等，并介绍了专门针对硬盘、操作系统、注册表优化的具体方法，熟练使用上述工具软件和基本的系统维护方法对于检测硬件故障、提高计算机系统的工作效率、降低故障的发生都有帮助。

# 习　题　13

1. 使用 Sisoftware Sandra 进行硬盘性能测试。
2. 使用 Everest 查看显示设备的信息，并生成报告。
3. 使用鲁大师检测硬件温度信息。
4. 使用 Windows 优化大师进行驱动智能备份。
5. 自己动手制作一个清理系统垃圾文件的小工具软件。

*计算机系统性能测试与优化*

# 第 14 章　笔记本电脑

**本章学习目标**
- 了解笔记本电脑的分类；
- 掌握笔记本电脑选购时应注意的问题；
- 掌握笔记本电脑日常维护的方法；
- 掌握笔记本电脑故障处理的方法。

笔记本电脑（notebook computer），又称手提（portable）电脑或膝上型（laptop）电脑，是一种小型、可携带的个人计算机，通常重 1～6kg。与台式机计算机相比，其基本构成相同（均包括显示器、键盘、鼠标、CPU、内存和硬盘）。便携性是笔记本相对于台式机计算机最大的优势，不论是外出工作还是外出旅游，都可以随身携带，非常方便。笔记本电脑的发展趋势是体积越来越小，重量越来越轻，而功能却越发强大。本章介绍笔记本电脑的分类、选购方法、日常维护、使用技巧以及常见故障的处理。

## 14.1　笔记本电脑的分类

笔记本电脑基本上分三大类：上网本、商务笔记本和家用笔记本。

### 14.1.1　上网本

上网本（NETBOOK）是以上网、影音欣赏、文档处理等最基本的应用为主的小尺寸笔记本。Intel 关于"上网本"的描述是："上网本是采用 Intel Atom 处理器的无线上网设备，具备上网、收发邮件以及即时信息等功能，并可以流畅播放流媒体和音乐。"

上网本最大特点是：小巧、便携、续航时间长、轻巧。配备 Intel Atom（凌动处理器），性能相当于赛扬系列处理器，功耗低，通常采用集成显卡，图像处理能力与游戏性能不足，屏幕尺寸以 9、10 英寸为主，重量在 1kg 左右，便携性好，待机时间较长。性能比一般笔记本低一点，体积小一点。除比较适合出差之外，也适合经常需要收发邮件的人员以及中小学生使用。上网本移动性最强，价格价廉。

### 14.1.2　商务笔记本

商务笔记本因主要应用于商务领域而得名。在商务应用领域，要求笔记本电脑性能绝对稳定、安全，因此很多最新的技术都在此类产品上率先采用，例如最先进的指纹识别技术、最强大的硬盘数据保护技术、最优秀的静音散热系统，基本都最先出现在商务笔记本上。商务笔记本由于面对特定的人群和用途，外观设计上比较单调，不是很时尚，给人的感觉稳重、大方。

总体上，商用笔记本注重的是机器性能的稳定、可靠，具有丰富的接口以及多种安全功能的设计，且不能太重。移动性强、电池续航时间长是商务型笔记本电脑的一般特征。

### 14.1.3  家用笔记本

家用笔记本用于替代传统的娱乐家用台式计算机，外观靓丽，通常具有大尺寸的屏幕，倾向于娱乐设计。通常采用 16：9 屏幕设计，屏幕亮度高且可视角度大，在音响设计方面最少集成 2.1 声道音响系统，将低音单元集成在笔记本电脑的底部，以实现低音炮的效果，有的机型还可以模拟 4.1 声道的环绕音效，甚至直接拥有 4.1 声道扬声器。采用独立显卡，性能与台式计算机相当。有的家用笔记本还带有 TV 功能，能够接收电视画面，还有的家用笔记本附带视频编辑软件，可以实现定时录像、视频抓图等操作。通常体积比商务笔记本稍大，便携性不如商务笔记本。

除了上述三种常见的笔记本电脑外，还有一类特殊用途的笔记本电脑，主要应用于特殊场合，比如可以在酷暑、严寒、低气压、战争等恶劣环境下使用，这类笔记本外形通常比较笨重。

笔记本电脑的更新换代速度虽然没有台式计算机快，但一般每隔半年主流配置也会发生变化，比如 2009 年 6 月主流笔记本配置如下。

CPU：Intel  酷睿 2 P7350
内存：2GB DDRIII
显卡：Nvidia Geforce 9600GS
主板芯片：Intel PM45+ICH9
硬盘：SATAII 接口，320GB
显示器：16：9 宽屏 LED

而到 2009 年 11 月，主流笔记本的大体配置为：采用迅驰 4 代技术平台，2.6～3.0GB的酷睿双核 CPU，2～4GB 内存，320～500GB 硬盘，256MB/512MB 独立显卡。电池待机一般达到 6 小时左右，重量在 2kg 左右。可以看出，CPU 的主频、内存、硬盘容量均有所提升。

## 14.2  笔记本电脑的主要部件

CPU、内存、硬盘、显示屏、电池、外壳是笔记本电脑的主要部件。

### 14.2.1  移动版 CPU

处理器是笔记本电脑最核心的部件，一方面它通常可以代表笔记本的整体性能，另一方面它也是笔记本电脑成本最高的部件之一（通常占整机成本的 20%）。笔记本电脑用的CPU 英文名称为 Mobile CPU（移动 CPU），它除了要求高性能外，也要求低热量和低耗电量，最早的笔记本电脑直接使用台式机的 CPU，随着 CPU 主频的提高，笔记本电脑狭窄的空间不能迅速散发 CPU 产生的热量，同时笔记本电脑的电池也无法负担这种 CPU 庞大的耗电量，于是开始出现专门为笔记本设计的 Mobile CPU，它的制造工艺比同档次台式机的 CPU 更加先进，Mobile CPU 中集成了台式机 CPU 中不具备的电源管理技术。

生产 Mobile CPU 的厂商主要是 Intel 和 AMD 公司。

### 1. Intel 移动 CPU

在了解 Intel 移动 CPU 之前，首先介绍一下迅驰技术。迅驰技术是省电、高能的无线上网平台。

迅驰技术是 Intel 于 2003 年 3 月 12 日面向笔记本电脑推出的无线移动计算技术的品牌名称。迅驰（Centrino）是 Centre（中心）与 Neutrino（中微子）两个单词的缩写。它由三部分组成：移动式处理器（CPU）、相关芯片组以及 802.11 无线网络功能模块。迅驰品牌是 Intel 首次将一系列技术用一个名字来命名。

迅驰从发布以来一直都由三大硬件构成。迅驰一代由 Pentium M CPU（Banias 核心）、855 系列芯片组、Intel Wireless/Pro 2100 3B 无线网卡（支持 802.11b）构成；Sonoma 是迅驰二代移动技术平台的名称，包括三大硬件：Dothan 核心 Pentium M CPU、915 系列芯片组、Intel PRO/Wireless 2200BG & 2915ABG 无线网卡；Napa 是迅驰三代移动技术平台的名称，它由 Intel 945 系列芯片组、Yonah Pentium M 处理器、Intel 3945ABG 无线网卡构成，相对于第二代迅驰，Sonoma 平台最大的技术提升是：系统总线速率提升到 667MHz，Yonah Pentium M 处理器推出单、双核版本，并且采用 65nm 制造工艺，IntelPro/Wireless 3945ABG 无线模块兼容 802.11a/b/g 三种网络环境。

**注意：** 有些商家会为了牟取利益而误导消费者，本来笔记本并不具备迅驰技术，只是拥有迅驰技术三大模块当中某一两个模块就说是迅驰笔记本，所以在购买时候要特别注意。具备迅驰技术的笔记本会有如图 14-1 所示的图标。

Santa Rosa 是 Intel 最新的第四代迅驰移动平台，相比之前的迅驰平台，最大的优势在于更好的多任务处理能力，清晰的视频播放能力，更好的可管理性和安全性，由采用酷睿微架构的 Merom 核心处理器、965 系列芯片组以及 Intel Pro/Wireless 4965AGN 无线网卡构成。

Merom 核心处理器具有高能低耗的特性，前端总线频率为 800MHz，使 CPU 和芯片组之间数据传输速度提高，还引入了 Intel 动态加速技术，使单线程应用性能提升；965 系列芯片组，搭配 ICH8M 南桥，支持 800MHz/667MHz 前端总线的 Merom 双核处

图 14-1　具备迅驰技术的
笔记本的图标

理器、双通道 DDR2 667MHz/533MHz 内存、SATA 3.0Gbps 磁盘数据传输带宽，支持 Intel 快速数据恢复技术、Intel 主动管理技术、Intel 清晰视频技术；Intel Pro/Wireless 4965AGN 无线网卡，除了 802.11a/bps 标准，还支持 802.11n 标准。802.11n 采用三种技术使得网络接入性能更出色，且覆盖范围更广。这三种无线网络技术之一是 MIMO，也就是多入多出技术，采用多天线同时收发多个无线信道提升数据传输率，此外 MIMO 还能有效缓解多径效应，而多径效应是影响无线网性能的主要原因。另一种技术是信道捆绑，将两个 20MHz 信道捆绑用于传输双倍数据。第三种技术是负载优化，可以实现每次传输更多数据的功能。

目前 Intel 移动 CPU 主要采用 Core 架构处理器。Core 架构处理器中文名为酷睿处理器，

是 Intel 于 2006 年 1 月初发布的 CPU 产品,包括双核心的 Core Duo 处理器和单核心的 Core Solo 处理器。酷睿处理器不仅分为单、双核,还分为标准电压（型号以 T 开头）、低电压（型号以 L 开头）和超低电压（型号以 U 开头）3 种,分别针对不同应用需求。标准电压版处理器应用于主流的笔记本电脑,产品多采用 14 英寸甚至更大的屏幕,偏重于计算性能。低电压版处理器常用于 12 英寸屏幕的产品,追求性能与功耗的平衡。超低电压版的处理器,用于追求超高移动便携特性的产品,屏幕尺寸较小,电池寿命长。

Core 架构的处理器具有出色的性能和功耗控制水平,是 Intel 近几年发展的重心,Intel 的台式机、服务器处理器也都采用此架构,代号为 Conroe 的台式机处理器命名为 Core 2 Duo,于 2006 年 7 月 23 日发布。

### 2．AMD 移动 CPU

目前 AMD 主流的移动处理器为 Athlon XP-M。与同档次的台式处理器相比,Athlon XP-M 处理器采用低电压设计,并用更小巧的 μPGA 封装,适用于外形特别轻巧纤薄的笔记本。移动式 AMD Athlon XP-M 处理器可与 AMD 的 Socket A 结构兼容。

移动式 AMD Athlon XP-M 处理器包括两项 AMD 的重要技术：QuantiSpeed 技术和 PowerNow!技术。QuantiSpeed 是为了实现更高的处理器应用性能而设计出的处理器性能提升架构。它通过一个较为平衡的方式去实现处理器性能的提升：一方面提升每一个时钟周期的工作量,另一方面提高处理器的时钟频率。这样就可以使处理器不仅可以以更高的频率运行,而且还可以在每个周期执行更多的指令。QuantiSpeed 架构每次可发出九个指令,能够确保应用程序指令通过多条信道传送到核心内进行处理,让处理器可以在一个时钟周期内完成更多工作。PowerNow!技术是一种将软硬件结合的电源优化管理技术,这种技术可以让处理器在不同频率和不同电压下工作。PowerNow!技术下的工作模式分为三种：自动模式、高性能模式、省电模式。

Mobile Athlon 64 位处理器是 AMD 推出的世界上第一款移动 64 位处理器,采用多种全新的处理器设计技术,如超级传输技术（HyperTransport）,内置内存控制器等。这些新技术既可缓解输入输出的瓶颈,又可提高系统的带宽,减少延迟时间,能明显提升系统的整体性能。

## 14.2.2　内存

由于笔记本电脑整合性高,设计精密,对内存的要求比较高,所以笔记本内存必须符合小巧的特点,必须采用优质的元件和先进的工艺。笔记本电脑的内存具有体积小、容量大、速度快、耗电低、散热好等特性。

与台式机类似,笔记本内存的发展,大体上也经历了 EDO、SDRAM、DDR 三个阶段。目前主流笔记本采用 DDR2 或者 DDR3 内存。相对于 EDO 和 SDRAM,DDR 内存更加省电（工作电压仅为 2.25V）、单条容量更大（已经可以达到 2GB）。

## 14.2.3　笔记本硬盘

笔记本电脑使用的硬盘一般是 2.5 英寸,2.5 英寸硬盘只使用一个或两个磁盘片工作,而 3.5 英寸的台式机硬盘最多可以装配五个磁盘片。笔记本电脑硬盘是笔记本电脑中为数不多的通用部件之一,基本上所有笔记本电脑硬盘都可以通用。

笔记本电脑硬盘有个台式机硬盘没有的参数，就是厚度，标准的笔记本电脑硬盘有 9.5mm、12.5mm、17.5mm 三种厚度。9.5mm 的硬盘主要用于超轻超薄机型，12.5mm 的硬盘主要用于厚度较大的机型，17.5mm 硬盘是以前单碟容量较小时的产物，已经淘汰。

笔记本硬盘广泛应用 Serial ATA 接口技术，该技术可使接口驱动电路体积变得更加简洁，高达 150Mbps 的传输速度使硬盘厂商能更容易地制造出对处理器依赖性更小的微型高速笔记本硬盘。

对于笔记本电脑的硬盘来说，不但要求其容量大，还要求其体积小。为解决这个矛盾，笔记本电脑的硬盘普遍采用了磁阻磁头（MR）技术或扩展磁阻磁头（MRX）技术，MR 磁头以极高的密度记录数据，增加了磁盘容量、提高了数据吞吐率，同时还能减少磁头数目和磁盘空间，提高磁盘的可靠性和抗干扰、震动性能。另外笔记本硬盘还采用了诸如增强型自适应电池寿命扩展器、PRML 数字通道、新型平滑磁头加载/卸载等新技术。

## 14.2.4　显示屏

显示屏是笔记本的关键硬件之一，约占成本的 1/4。自从 1985 年世界第一台笔记本电脑诞生以来，LCD 液晶显示屏就一直是笔记本电脑的标准显示设备。笔记本电脑先后采用了无源矩阵显示器中的双扫描无源阵列彩显 DSTN-LCD（俗称伪彩显）和有源矩阵显示器中的薄膜晶体管有源阵列彩显 TFT-LCD（俗称真彩显）两种 LCD。

DSTN（Dual-Layer Super Twist Nematic）是通过双扫描方式来扫描扭曲向列型液晶显示屏来达到显示的目的。DSTN-LCD 不是真正的彩色显示器，只能显示一定的颜色深度，与 CRT 的颜色显示特性相距较远，因而也叫伪彩显。DSTN-LCD 的对比度和亮度较差，屏幕观察范围较小，色彩不丰富，反应速度慢，不适于高速全动图像、视频播放等应用，一般只用于文字、表格和静态图像处理，现在已基本绝迹。只有在部分二手笔记本上可以看到。

TFT（Thin Film Transistor）LCD 的屏幕由薄膜晶体管组成，每个液晶像素点都是由集成在像素点后面的薄膜晶体管来驱动，显示屏上每个像素点后面都有四个（一个黑色、三个 RGB 彩色）相互独立的薄膜晶体管驱动像素点发出彩色光，可显示 24 位色深的真彩色，可以做到高速度、高亮度、高对比度的显示屏幕信息。TFT-LCD 是目前最好的 LCD 彩色显示设备之一，其显示效果接近 CRT 显示器，是笔记本电脑和台式机上的主流显示设备。

### 1．屏幕尺寸

同台式计算机显示器一样，笔记本屏幕尺寸是指对角线的尺寸，一般用英寸来表示。

屏幕的尺寸从一定程度上决定了笔记本电脑的重量。超轻薄机型，大都采用 12.1 英寸以下的液晶屏，这部分屏幕尺寸包括 6.4 英寸、8.9 英寸、11.3 英寸、10.4 英寸、10.6 英寸、12.1 英寸、13.3 英寸；而 14.1 英寸和 15 英寸则是一些同时注重性能与便携性的机型最常见的屏幕尺寸，定位为台式机替代品的大型笔记本电脑最常用的屏幕尺寸是 15、16.1 英寸，甚至是 17 英寸的屏幕。

### 2．屏幕比例

屏幕比例是指屏幕画面纵向和横向的比例，屏幕宽高比可以用两个整数的比来表示，也可以用一个小数来表示，如 4：3 或 1.33。电影及 DVD 和高清晰度电视的宽高比是 16：9 或 1.78。当输入源图像的宽高比与显示设备支持的宽高比不一样时，就会有画面变形和缺失的情况出现。16：9 的图像在 4：3 屏幕上显示时有 3 种方式：第一种是变形（Anemographic）方式，在水平充满的情况下，垂直拉长，直到充满屏幕，这样图像看起来比原来瘦；第二种方式是字符框-A（Letterbox-A）方式，16：9 的图像保持其不失真，但在屏幕上下各留下一条黑条；第三种方式是-B（Letterbox-B）方式，是前两种方式的折中，水平方向两侧各超出屏幕一部分，垂直上下黑条也比第二种窄一些，图像的宽高比为 14：9。

家用笔记本为了迎合家庭娱乐的需求，通常屏幕宽高比为 16：9 或 16：10。

宽屏在能带来更大显示面积的同时，不显著加大机身和屏幕的面积，由此减轻了整机的重量，另外同样对角线长度的宽屏，其面积比起普通 4：3 屏幕要更小些，可以减低生产成本。由于灯管较长而屏幕的相对面积较小，宽屏的亮度和对比度在平均水准上要比普通的 4：3 屏幕好。

**3．屏幕参数**

笔记本显示屏通常有 XGA、WXGA 以及 UXGA 等规格，这里简单介绍一下各种屏幕的具体含义。

VGA：全称是 Video Graphics Array，这种屏幕现在已经基本绝迹，是早期笔记本使用的屏幕，支持最大分辨率为 640×480，现在仍有一些小的便携设备还在使用这种屏幕。

SVGA：全称 Super Video Graphics Array，属于 VGA 屏幕的替代品，最大支持 800×600 分辨率，屏幕大小为 12.1 英寸，像素较低，目前也基本绝迹。

XGA：全称 Extended Graphics Array，是一种目前笔记本普遍采用的一种 LCD 屏幕。支持最大 1024×768 分辨率，屏幕大小从 10.4 英寸、12.1 英寸、13.3 英寸到 14.1 英寸、15.1 英寸都有。

SXGA+：全称 Super Extended Graphics Array，作为 SXGA 的一种扩展，SXGA+是一种专门为笔记本设计的屏幕。显示分辨率为 1400×1050。由于笔记本 LCD 屏幕的水平与垂直点距不同于普通桌面 LCD，所以其显示的精度要比普通 17 英寸的桌面 LCD 高出不少。

UVGA：全称 Ultra Video Graphics Array，这种屏幕应用在 15 英寸屏幕的笔记本上，支持最大 1600×1200 分辨率。由于对制造工艺要求较高，价格比较昂贵。目前只有少部分高端的笔记本配备了这一类型的屏幕。

WXGA（Wide Extended Graphics Array）：作为普通 XGA 屏幕的宽屏版本，WXGA 采用 16：10 的横宽比例来扩大屏幕的尺寸，最大显示分辨率为 1280×800。由于其水平像素只有 800，所以除了一般 15 英寸的笔记本之外，许多 12.1 英寸的笔记本也采用这种类型的屏幕。

WXGA+（Wide Extended Graphics Array）：是一种 WXGA 的扩展，其最大显示分辨率为 1280×854。由于其横宽比例为 15：10 而非标准宽屏的 16：10。所以只有少部分屏幕尺寸在 15.2 英寸的笔记本采用这种产品。

WSXGA+（Wide Super Extended Graphics Array）：显示分辨率为 1680×1050，除了大多数 15 英寸以上的宽屏笔记本以外，目前较为流行的大尺寸 LCD-TV 也都采用了这种类型的产品。

WUXGA（Wide Ultra Video Graphics Array）：和 UXGA 一样，WUXGA 屏幕非常少见，其显示分辨率可以达到 1920×1200。但售价太高，所以很少有笔记本厂商采用这种屏幕。

### 14.2.5 外部端口

对于内部空间狭窄的笔记本电脑，内部能够实现的扩充非常有限，而且各个笔记本电脑厂商采用自己专用的内部接口和部件，内部扩充部件的通用性进一步减低，因此外部端口在笔记本电脑中就具有比台式机更加重要的地位。这些接口包括并口，串口，PS2 接口、红外线接口、特殊的扩展端口、复制器端口，还有 VGA 输出和 PC 卡插槽。

VGA 输出用于外接显示器或者投影仪。

PC 卡插槽相当于台式机的 PCI 插槽，不同之处在于 PC 卡插槽是即插即用的，允许在操作系统运行中停止 PC 卡设备，与 PC 卡插槽配合的扩展卡称为 PC 卡，按照外形来分有 Type Ⅰ/Ⅱ/Ⅲ三种，3 者的长宽度均为 85.6mm×54mm，厚度不同：Type Ⅰ是 3.3mm，Type Ⅱ是 5.0mm，Type Ⅲ是 10.5mm，它们的接口完全相同，都是 68 针，只要 PC 卡插槽的厚度允许，三种规格的卡可以通用。

PC 卡插槽与 VGA 输出端口一样是笔记本电脑的标准装备，PC 卡属于工业标准（PCMCIA 规范），在许多数码设备和工业控制设备上广泛应用。

在 USB 和 IEEE 1394 端口出现之前，PC 卡插槽是笔记本电脑上唯一真正支持即插即用的端口，PCMCIA 规范获得广泛的支持，市场上 PC 卡产品可谓多不胜数，为笔记本电脑提供了种类繁多的扩充选择。

### 14.2.6 笔记本电池

使用可充电电池是笔记本电脑相对台式机的优势之一，它可以极大地方便在各种环境下笔记本电脑的使用。笔记本电脑最早使用的是镍镉电池（NiCd），这种电池具有"记忆效应"，每次充电前必须放电，使用起来很不方便，不久就被镍氢电池（NiMH）所取代，NiMH 不仅没有"记忆效应"，而且每单位重量可多提供 10% 的电量。目前最常用的电池是锂离子电池（Li-Ion），它也没有"记忆效应"，与 NiMH 相比，每单位重量可获得更多的电量，但价格比 NiMH 高一倍。

锂离子电池重量轻，使用寿命长，可以随时充电，在过度充电的情况下也不会过热，充电次数在 950～1200 次之间。许多配备了锂离子电池的笔记本电脑宣称有 5 小时的电池续航时间，但是这个时间与电脑使用方式有密切关系。由于硬盘驱动器、其他磁盘驱动器和 LCD 显示器都会消耗大量电池电量，通过无线方式连接到互联网也会消耗电池电量。因此许多笔记本电脑安装了电源管理软件，以延长电池使用时间。

### 14.2.7 机壳材料

笔记本电脑的外壳既是保护机体的最直接的方式，也是影响其散热效果、重量、美观度的重要因素。笔记本电脑常见的外壳用料有塑料、铝镁合金、钛合金等，其中塑料外壳有碳纤维、PC-GF（聚碳酸酯 PC）和 ABS 工程塑料。

ABS 工程塑料：即 PC＋ABS（工程塑料合金），在化工业的中文名字叫塑料合金，之所以命名为 PC＋ABS，是因为这种材料既具有 PC 树脂的优良耐热耐候性、尺寸稳定性和耐冲击性能，又具有 ABS 树脂优良的加工流动性。ABS 工程塑料最大的缺点是质量重、导热性能欠佳。但 ABS 工程塑料由于成本低，被大多数笔记本电脑厂商采用，目前多数的塑料外壳笔记本电脑都采用 ABS 工程塑料做原料。

PC-GF（聚碳酸酯 PC）：是笔记本电脑外壳采用的一种材料，它的原料是石油，经聚酯切片加工后成为聚酯切片颗粒物，再经塑料厂加工就成了成品，其散热性能比 ABS 塑料好，热量分散比较均匀。它的最大缺点是比较脆，一跌就破，常见的光盘就是用这种材料制成的。FUJITSU 在很多型号笔记本中都用这种材料，而且是全外壳采用。不管从表面还是从触摸的感觉上，PC-GF 材料感觉都像是金属。如果笔记本电脑内没有标识的话，单从外表面看不仔细去观察，可能会以为是合金物。

铝镁合金：铝镁合金主要元素是铝，再掺入少量的镁或是其他的金属材料来加强其硬度。因本身就是金属，其导热性能和强度尤为突出。铝镁合金质量轻、密度低、散热性较好、抗压性较强，能充分满足笔记本高度集成化、轻薄化、微型化、抗摔撞及电磁屏蔽和散热的要求。其硬度是传统塑料机壳的数倍，但重量仅为后者的三分之一，通常被用于中高档超薄型或尺寸较小的笔记本的外壳。而且，银白色的镁铝合金外壳可使产品更豪华、美观，并且易于上色，可以通过表面处理工艺变成个性化的粉蓝色和粉红色，这是工程塑料以及碳纤维所无法比拟的。因而铝镁合金成了便携型笔记本电脑的首选外壳材料，目前大部分的笔记本电脑均采用铝镁合金材料。但镁铝合金并不是很坚固耐磨，成本较高，而且成型比 ABS 困难（需要用冲压或者压铸工艺），所以笔记本电脑一般只把铝镁合金使用在顶盖上，很少有机型用铝镁合金来制造整个机壳。

钛合金：钛合金材质的可以说是铝镁合金的加强版，钛合金与镁合金除了掺入的金属不同外，最大的分别之处是还掺入碳纤维材料，无论散热，强度还是表面质感都优于铝镁合金材质，而且加工性能更好，外形比铝镁合金更加的复杂多变。其关键性的突破是强韧性更强，而且变得更薄。钛合金的强韧性是镁合金的三至四倍。强韧性越高，能承受的压力越大，也越能够支持大尺寸的显示器。因此，钛合金机种即使配备 15 英寸的显示屏，也不用在面板四周预留太宽的框架。钛合金厚度只有 0.5mm，是镁合金的一半，厚度减半可以让笔记本电脑体积更小。钛合金的缺点是必须通过焊接等复杂的加工程序，才能做出结构复杂的笔记本电脑外壳。目前，钛合金及其他钛复合材料依然是 IBM 笔记本专用的材料，这也是 IBM 笔记本电脑比较贵的原因之一。

碳纤维：碳纤维是一种导电材质，可以起到类似金属的屏蔽作用（ABS 外壳需要另外镀一层金属膜来屏蔽），碳纤维材质既拥有铝镁合金高雅坚固的特性，又有 ABS 工程塑料的高可塑性。它的外观类似塑料，但是强度和导热能力优于普通的 ABS 塑料，碳纤维强韧性是铝镁合金的两倍，而且散热效果最好。1998 年 4 月 IBM 公司率先推出采用碳纤维外壳的笔记本电脑，若使用时间相同，碳纤维机种的外壳摸起来最不烫手。碳纤维的缺点是成本较高，着色也比较难，如果接地不好，会有轻微的漏电感，因此 IBM 在其碳纤维机壳上覆盖了一层绝缘涂层。

## 14.3  笔记本电脑选购

笔记本电脑价格相对昂贵，在选购时首先应该关注笔记本的品牌，品牌决定了质量和服务。这里提供一组数据作为参考，2008 年根据 IDC 和 Gartner 的数据，笔记本品牌的排名为：戴尔、惠普、联想、宏基、东芝、富士通、西门子、苹果，而根据美国质量学会（ASQ）、美国 FCC 标准/UL 标准、美国消费者安全委员会、美国联邦贸易委员会的相关数据，将 2008 年的笔记本质量排名分了三个级别（按先后顺序，同级不分先后），第一级：联想 ThinkPad、苹果、富士通、联想（全免检）；第二级：惠普、戴尔、东芝、索尼；第三级：印度本土厂商 HCL Infosystems、PB、松下、宏基、华硕、明基。

### 14.3.1　购买笔记本电脑的基本步骤

购买笔记本电脑一般要遵循三个基本步骤：购买前的准备、开机前检查以及开机检查。

#### 1．购买前的准备

在购买笔记本之前首先要做一下需求分析，明白购买笔记本主要是用来做什么，对笔记本重量有什么要求，是需要轻薄一点的好方便经常携带，还是偶尔带着出门，或者只是作为台式机的替代品。对笔记本性能方面有什么要求，是用来满足一般的学习和办公应用，还是想用笔记本玩游戏，对购买笔记本的预算是多少，尽量花少的价钱买到合适的笔记本。

明确这一切后，就确定了应该关注的笔记本的大致范围。通过网上的笔记本论坛查找准备购买的型号笔记本的大体情况和价格，从而筛选出几款比较中意的笔记本。通过一些比较，基本上可以就确定购买笔记本的款式和型号。

确定型号后，到相关笔记本的官方主页参考所购笔记本机型详细配置，通常笔记本的一个型号可能有多个配置，因此要把主要的配置记下来；因为下一步，至少找 3 家以上该型号笔记本销售商，询问价格；对比各经销商报价及赠品，是否能开正规发票，并与网上了解到的价格比较，选价格较低，信誉较好的经销商。

**注意**：为了保证售后服务，一定要求经销商提供发票。

#### 2．开机前检查

在经销商主动拆箱前（不要自己拆），仔细检查外包装箱封口处是否有开启痕迹，尤其是包装箱底部。检查箱子上的出产编号与三包卡上的出产编号是否一致。

打开箱子后，首先看一下里面东西是否齐全，一般都会有电源适配器，相关配件，产品说明书、联保凭证（号码与笔记本编号相同）、保修证记录卡等。

为了保证购买的笔记本不是返修机或者样机，拿出机子的时候首先检查机身是否有划伤，笔记本底部的脚垫是否磨损或脏，散热口是否有灰尘，防盗锁孔是否有使用痕迹，键盘缝隙有无灰尘或几个常用的按键是否发亮，笔记本四周螺丝有无被动过的迹象。如果以上都没有什么问题的话，接下来看看笔记本的序列号，认真检查一下笔记本电脑外包装箱上的序列号是否与机器机身上的序列号相符合。机身上的序列号一般都在笔记本电脑机身的底座上，在查序列号的同时，还要检查其是否有被涂改、被重贴过的痕迹。

#### 3．开机检查

开机时首先要进入笔记本电脑的主板 BIOS 里，检查一下 BIOS 中的序列号和机身的序列号是否一致。

不同笔记本电脑 BIOS 的进入方法如下。

IBM：冷开机按 F1。

HP：启动和重新启动时按 F2。

SONY：启动和重新启动时按 F2。

Dell：启动和重新启动时按 F2。

Acer： 启动和重新启动时按 F2。

Toshiba：冷开机时按 Esc 键然后按 F1。

Compaq：开机等右上角出现闪动光标时按 F10，或开机时按 F10。

Fujitsu： 启动和重新启动时按 F2。

绝大多数国产品牌：启动和重新启动时按 F2；或者按 Ctrl+Alt+S 组合键。

接着检查机器内预装的系统是否处于未解包状态；再检测产品接口是否正常使用（包括读卡器），插 U 盘就可以检验 USB 接口；检测键盘各个按键是否工作正常，打一遍键盘上的所有按键即可；笔记本的液晶屏是笔记本最重要的部分，液晶屏出现坏点会影响屏幕的观看效果。所以在购买笔记本时，对液晶屏进行坏点检测很有必要，如果手头没有检测软件，可以把屏幕的背景设成白色和黑色等颜色，然后仔细观察屏幕的情况。一般情况下，液晶屏上只要超过三个坏点，就可以要求调换。如果确认都没有问题，可以再多试试操作系统，看看运行是否出现异常；多媒体播放音效、影像是否正常；MODEM/LAN 上网是否正常；散热风扇工作是否正常；笔记本鼠标定位是否正常；变压器是否正常；风扇噪音是否可以接受等等。另外，Sony、IBM 的电池管理软件还能看出来电池已经充过几次电。

还可以使用各种硬件检测软件对笔记本硬件进行检测。如 DisplayX 软件检测屏幕坏点，CPU-Z 软件检测处理器，主板，内存信息，通过 HD-Tune 检测硬盘加电时间，运行 BatteryMon 检测电池容量与充电次数，通过运行 Everest 检测整机配置。运行视频或 3D 游戏，检查风扇噪音是否正常，使用 Nero InfoTool 检查光驱读盘或刻盘能力。

## 14.3.2　水货和行货笔记本的鉴别

笔记本造假很难，一般只有水货与行货之分。行货笔记本是通过正规渠道生产销售的，售后服务有保障；水货笔记本是指走私过来，没有缴纳正常关税的，售后服务无法保障，因为走私渠道大多通过海上运输，因此称为水货。绝大部分水货与行货出自同一条生产线，与行货没有实际意义上的区别，比较麻烦的是保修问题。

鉴别笔记本是不是水货一般有以下方法：

①　首先看产品的外包装。行货笔记本的外包装箱上为简体中文标识，而水货笔记本电脑一般为英文或繁体中文标识。另外，看笔记本电脑的外包装箱、质保书、机器底部的机器序列号是否相同，如果不一致，肯定有问题。

②　其次看产品的随机资料，如说明书或其他配件。行货配件都很全，如果配件不全，则有可能是水货。

③　看机器的操作系统。行货笔记本使用的均为微软的简体中文版，水货笔记本使用的是非简体中文版本，即使有的水货笔记本安装了简体中文版本，但使用起来还是有隐患。

④　也可以通过键盘上的印刷字符来鉴别行货还是水货。行货笔记本的键盘一般都是简体中文键盘或英文键盘，而部分来自日本或香港的水货笔记本键盘为日文或繁体中文。

⑤　行货笔记本电脑在机身背面上都会有一个"3C"标志，这是国家对进口产品通过质量等方面的严格检查后才出具的，水货没有。

⑥　最具权威的方法是到厂商的官方网站，通过输入机器序列号来查询机器的身份是否合法。

### 14.3.3 笔记本电脑常用验机软件

下面介绍常用的笔记本电脑检测工具。

**1. 屏幕检测**

DisplayX 为验机必备软件，是一个显示器测试工具，用于检测屏幕坏点，可以评测显示器的显示能力，尤其适合测试液晶屏。可以运行在 Win9X/NT/2K/XP 操作系统中。其主要功能：查找 LCD 坏点、检查 LCD 的响应时间、屏幕功能基本测试。其运行主界面如图14-2 所示。此软件体积不大，可以放在优盘里。

图 14-2　DisplayX 显示器测试工具主界面

**2. CPU 检测**

Cpu-Z 是一款常用的 CPU 检测软件，支持各种 CPU 的检测，软件的启动速度及检测速度都很快。另外，它还能检测主板和内存的相关信息。当然，对于 CPU 的鉴别还是最好使用原厂软件。图 14-3 为中文版的 Cpu-Z 主界面。

**3. 硬盘检测**

HDDlife Pro 是一款专业的硬盘监控工具，与一般的硬盘监控软件不同之处是，它所监控的不是硬盘的容量变化，而是硬盘的健康状态。它通过硬盘的 S.M.A.R.T.技术，即时反馈硬盘的健康状况以及温度等信息，使户能够确实掌握硬盘的实时状态，从而决定硬盘中数据的备份和硬盘更换计划，避免因硬盘损坏而造成的资料损失。HDDlife Pro 以托盘方式将监控信息直接显示于各个硬盘图标上，同时 HDDlife Pro 还提供通过网络和电子邮件通知用户的远程管理功能，使管理监控工作更加方便。图 14-4 为中文版的 HDDlife Pro 主界面。

hd tune 是一款小巧易用的硬盘工具软件，其主要功能有硬盘传输速率检测，健康状态检测，温度检测及磁盘表面扫描等。另外，还能检测出硬盘的版本、序列号、容量、缓存大小以及当前的 ultra dma 模式等。虽然这些功能其他软件也有，但此软件把所有这些功能集于一身，非常小巧，速度又快，而且是免费软件，可自由使用。图 14-5 是 hd tune v 2.52 的工作界面。

图 14-3　中文版的 Cpu-Z 主界面

图 14-4　HDDlife Pro 硬盘监控工具

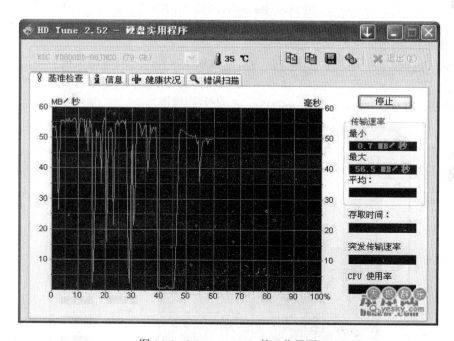

图 14-5　hd tune v 2.52 的工作界面

## 4．电池检测

BatteryMon 是最常用的验机软件之一，其对笔记本电池的探测能力出色，目前还没有任何一款类似的软件可以与其媲美，BatteryMon 软件以图形化的方式，可以直观地看到电池的各种性能参数。装入笔记本电池断开外接电源后，运行 BatteryMon 后单击"开始"按钮，可以看到电池电量的下降曲线。以及电池的各项工作指标。图 14-6 是 BatteryMon 的工作界面。

图 14-6　BatteryMon 的工作界面

### 5.光驱检测

NeroCDSpeed 是一款综合的光盘驱动器性能测试软件，它能够测试很多关于光盘和光盘驱动器的重要数据。比如光驱的传输率、搜索时间、CPU 的占用率以及盘片的材质、最高支持速度、容量。图 14-7 是 NeroCDSpeed 的工作界面。

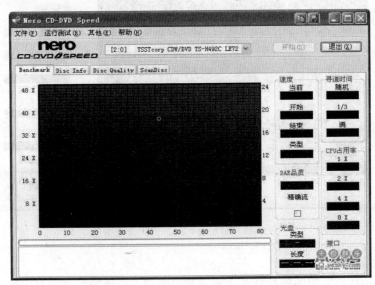

图 14-7　NeroCDSpeed 的工作界面

### 6.显卡检测

自 1998 年发布第一款 3DMARK 图形测试软件至今，3DMARK 已经逐渐成为一款最为普及的 3D 图形卡性能基准测试软件。

**7. 综合硬件检测**

Everest ultimate（原名 AIDA32）是一个测试软硬件系统信息的工具，它可以详细地显示出计算机各个方面的信息。能够检测上千种主板，上百种显卡，支持对并口/串口/USB设备的检测，支持对各种处理器的检测。Everest 的另一个用途是可以用来检测液晶面板的型号，图 14-8 是 Everest ultimate 的工作界面。

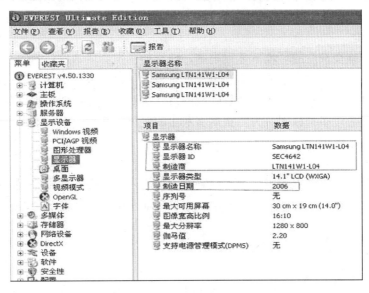

图 14-8　Everest ultimate 的工作界面

# 14.4　笔记本电脑的日常维护

笔记本电脑能否长期保持良好的工作状态，与使用环境及使用习惯有很大关系，适当的使用环境和良好的使用习惯能减少笔记本故障的发生，并且能最大限度地发挥笔记本电脑的工作性能。

## 14.4.1　导致笔记本电脑损坏的因素

导致笔记本电脑损坏的因素主要有震动、电磁干扰、潮湿、烟雾灰尘、温度、散热、强光照射等。

**1. 震动**

笔记本最忌讳的就是冲击，不要进行大幅度的拍打，敲击，使用时要避免表面上的颠簸震动，这些情况很容易造成外壳、硬盘和屏幕的损坏；平时携带笔记本时，应该尽量避免在飞机，汽车中使用，因为突然出现的强烈震动可损坏笔记本的磁头和光驱的激光头。

**2. 电磁干扰**

强烈的电磁干扰也会造成对笔记本电脑的损害，例如电信机房、强功率的发射站以及发电厂机房等场合。在电厂这类强电磁环境中容易出现死机频繁的情况。另外，为了笔记本能够安全稳定工作，不要将有磁性的东西放在其上，如磁盘，磁卡，信用卡等，因为长期处于磁场中，笔记本的部件有可能被磁化损坏。

### 3．潮湿

在潮湿的环境下，笔记本电脑内部的电子元件遭受腐蚀，加速氧化，从而加快电脑的损坏。一般情况，相对湿度最大不能超过 70%。另外，如果将笔记本从低温移到高温区，为避免结露现象，一定要将其关机，静置 20～30 分钟，待机器内的结露蒸发后，才能开机使用。

### 4．烟雾灰尘

保持在尽可能少灰尘的环境下使用电脑，严重的灰尘会堵塞电脑的散热系统，造成散热能力下降，灰尘严重时会造成短路甚至卡死风扇，从而导致笔记本内部设备加速老化，使电脑的使用性能下降甚至损坏。而且光驱的激光头对灰尘也特别敏感，有时光驱识盘率下降就是因为灰尘过多的原因。为防止烟雾灰尘的侵袭，在携带笔记本出行时一定要将其装入专业的笔记本包中。

### 5．温度

在过冷和过热的温度下使用笔记本电脑都会加速内部元件的老化过程，温度过低甚至会导致系统无法开机，还会造成笔记本电脑的屏幕显示不正常；过热会造成笔记本电脑散热不畅而死机。

温度在 5～35℃的室内环境最适合笔记本工作。

### 6．散热

笔记本电脑通过风扇、散热导管（Heat Pipe）、大型散热片、散热孔等方式来降低使用中所产生的高温。为节省电力并避免噪音，笔记本电脑的风扇并非一直运转的，而是当 CPU到达一定温度时，风扇才会启动。如果将笔记本电脑放置在柔软的物品上，如：床上、沙发上，有可能会堵住散热孔，从而影响散热效果进而降低笔记本工作效能，甚至死机。

### 7．顶盖不要压重物

笔记本的顶盖设计可以承受很大的压力（经测试约 50kg），但液晶显示器有几层构造，依次是：垂直线性偏光器、玻璃薄片、透明 X 电极、校准层、液态晶体流、校准层、透明Y 电极、玻璃薄片、水平线性编光器。这些材料易破损，一旦外界对其施力超过顶盖最大保护范围便会对液晶屏造成难以修复的损坏。

### 8．正确地开关上盖

大多数笔记本的顶盖和机身的连接轴是合金材质，如果开关时用力不均或过大，容易造成连接轴断裂松动脱离，液晶屏的显示及供电排线是通过连接轴内的通道连入主机的，很可能也会遭到损伤。

正确的开关方法是：在顶盖前缘正中开合，注意用力均匀、尽量轻柔。

### 9．强光照射

CRT 显示器的显像管荧光粉在强烈光照下会老化，降低发光效率，液晶屏也会因为强光照射加快老化。为了避免造成这样的结果，应该把液晶屏摆放在日光照射较弱或者没有光照的地方；在光线较强的房间，可以挂上深色的窗帘减小光照强度。

## 14.4.2　具体的维护技巧

在日常的维护上，首先要注意防尘和防水，清洁笔记本电脑时千万要小心，因为一小滴水也可能要了它的命，因此在进行内部清洁时要注意布的干燥性。注意：无论清洁什么部件，一定要在关机的情况下进行。

### 1．外壳的维护

笔记本电脑的外壳通常比较光滑，通常只需用一块棉布擦拭即可。要注意的是，在移动的过程中，一定要使用独立的皮包或是布包将笔记本电脑装好，免得在途中划损外壳，在工作时，不要将笔记本电脑放到粗糙的桌面上，以免划伤外壳。

### 2．屏幕的维护

屏幕是笔记本电脑中最容易受到损坏的部件，超薄的笔记本屏幕如果受到挤压很容易损坏。因此，不要将任何物品放在笔记本电脑之上。

由于电脑的液晶屏由许多层的反光板，滤光板及保护膜组成，只要它们任何一个出现问题都会直接影响屏幕的显示效果，可能出现花屏的现象。所以一定要注意笔记本正确的开、合方法，避免顶、压等用力过猛的情况。

除了防止受挤压之外，屏幕还要进行日常的清洁，清洁液晶屏幕最好用蘸了清水（或纯净水）不会掉绒的软布或者质量好的眼镜布，清水略微浸湿、拧干，有规则地从上到下、从左到右轻轻擦拭屏幕，之后使用软卫生纸将水痕轻轻擦干即可。如果使用粗糙的抹布或卫生纸，笔记本显示屏容易出现划痕或坏点。如果污渍用清水无法擦除，可以用眼镜布加点液晶屏专用清洁剂进行擦拭，绝对不可以使用酒精一类的溶剂。不可以用力按着擦，否则容易给屏幕造成坏点。

通常液晶屏专用清洁剂都有详细的使用说明。不要为了省钱而购买不知名的清洁剂，低价清洁剂可能添加含有腐蚀性的化学物质，多次使用容易损伤屏幕。

为了保持屏幕的干净还可以为屏幕贴膜。

液晶屏显示越亮，所消耗的电力越多，同时也影响屏幕的使用寿命。因此，应避免将屏幕亮度设定过高。暂时不使用笔记本电脑却不想关机时，可以将液晶显示屏幕光源关闭，将可省下最多的电量。

另外，通过软件运行全黑屏幕保护，也有利于延长屏幕的寿命。

### 3．键盘

键盘是使用得最多的输入设备，按键时要注意力量的控制，不要用力过猛。

清洁键盘时，应先用真空吸尘器加上带最小最软刷子的吸嘴，将各键缝隙间的灰尘吸净，再用稍稍蘸湿的软布擦拭键帽，擦完一个以后立刻用一块干布抹干。

不要在键盘上面吃零食，喝饮料。据统计，洒向键盘的水滴是笔记本电脑最危险的杀手。

### 4．光驱

光驱是笔记本电脑中最易衰老的部件。为了尽可能延长光驱的使用寿命，首先应当使用质量较好的光盘，另外需要使用光盘清洁片，定期进行激光头的清洗。

光盘不用时要将光盘从光驱中取出。因为即使不对光盘操作每次开机系统还是会检测光驱，而光驱的激光头的使用寿命是有限的。为了延长光驱使用寿命，可以把经常使用的光盘做成虚拟光盘放在硬盘上。

**注意：** 在携带笔记本电脑出门之前，应当将光驱中的光盘取出来，否则在发生坠地或碰撞时，盘片与磁头或激光头碰撞，会损坏盘中的数据或者光驱。

为了确保光驱的正常工作应当注意光盘的保养：

① 拿盘时应只接触盘片中心或外部边缘，不要用手指去碰闪亮的盘片表面。

② 不使用的光盘要放在光盘盒内。从盒内取出时不要弯曲盘片。把光盘放入光盘盒或光驱内时要注意不要划损盘片。

③ 关闭光驱盒时要确定光盘已经放置妥当。

④ 光盘要远离辐射体或发热体，避免阳光直射。

**5. 硬盘**

尽管笔记本电脑硬盘拥有非常好的防震系数，但是震荡对于笔记本电脑硬件的危险还是相当大的。在笔记本电脑工作时，应当尽量避免震动，尽量在平稳的状况下使用，避免在容易晃动的地点操作计算机。

对硬盘定期进行数据整理与备份也是必要的。平均每月执行一次磁盘扫描和磁盘整理，以增进磁盘存取效率。

尽量避免重复的开关机，而且关机后等待十秒左右，再移动笔记本电脑。

在操作系统中的电源管理中，设置硬盘在一段时间内无操作时自动关闭，减少硬盘的不必要损耗。

硬盘本身发热量较大，要避免在高温不通风的环境中工作。

**6. 电源**

新笔记本在第一次开机时电池应带有 3% 的电量（这是厂商通用的做法。如果第一次打开购买的笔记本，发现电池已经充满，肯定是被人用过了）。此时，先不使用外接电源，把电池里的余电用尽，直至关机，然后再用外接电源充电，充电时间一定要超过 12 小时，如此反复冲放电三次，以便激活电池，这样才能为今后电池的使用打下良好基础。

锂电池的充放电次数有限，每充一次电，就缩短一次的寿命。建议尽量使用外接电源，使用外接电源时应将电池取下。如果笔记本电脑装有电池，在使用中多次插拔电源，这样做对电池的损坏更大，因为每次外接电源接入就相当于给电池充电一次。

电量用尽后再充电，避免充电时间过长。一定要将电量用尽后再充（电量低于 1%），与手机电池的充电方法相同，给笔记本电池充电时，尽量避免时间过长，一般控制在 12 小时以内。

如果长时间（3 周以上）不使用或发现电池充放电时间变短，应使电池完全放电后再充电，一般每个月至少完整地充放电 1 次。

充电时最好关闭笔记本电脑，使电池能完全充满电，不要在充电中途拔掉电源。关机充电比开机充电缩短 30% 以上的充电时间，而且能延长电池的使用寿命。IBM 笔记本电脑的说明书中就注明：电池充电时不要执行其他操作。

最好在充电完毕 30 分钟后再使用电池。

另外，还要防止电池曝晒、受潮、化学液体侵蚀、避免电池与金属物接触发生短路等情况。不要将电池置于低温环境中，这样会影响电池的活性。

**7. 笔记本电脑进水的处理方法**

简单来说，就是：关、拆、倒、擦、送。关：立刻拔掉外接电源关闭计算机；拆：立刻拆掉电池；倒：将溅水面向下倒放；擦：将表面的水渍擦干净；送：在当前状态下放置四到五天自然风干绝对禁止自行开机，然后将电脑送到维修部门检测。

**8．基本维护规则**

可以将日常维护概括为如下几条。

① 要使用潮湿的软布清洁，不伤害液晶屏。

② 要适当调整屏幕亮度，获得舒适的观看效果。

③ 要调整电源管理设置，达到节电和延长使用寿命的目的。

④ 要定期执行磁盘检查，清理和碎片整理。

⑤ 要经常调校电池，以延长电池使用期限。

⑥ 要确保笔记本电脑时刻远离磁场。

⑦ 要定期备份数据，避免发生意外故障导致数据丢失。

⑧ 要安装防病毒软件，并且经常更新。

⑨ 要经常更新 Windows，以确保 Windows 的稳定和安全。

⑩ 在包装或运输前要拔掉所有外接设备。

⑪ 不要将任何液体滴洒到笔记本电脑上。

⑫ 不要让液晶屏接触不洁物。

⑬ 不要触摸光驱的镜头。

⑭ 不要在温度过高或过低的环境中使用。

⑮ 不要让液晶屏正面或背面承受压力。

⑯ 不要把笔记本电脑与尖锐物品放置在一起。

⑰ 不要让笔记本电脑承受突然震动或强烈撞击。

⑱ 不要堵塞笔记本电脑散热口。

⑲ 不要在非授权的机构修理笔记本电脑。

# 14.5　笔记本电脑常见故障及处理

与台式计算机相比，笔记本电脑维修方法在很多方面有所不同。

首先对笔记本常见故障的现象进行归类。

① 开机不亮的故障判断：主板BIOS 出现故障、CPU 出现故障、信号输出端口出现故障、主板显卡控制芯片出现故障、显卡出现故障、内存出现故障。

② 笔记本电池充不进电的故障判断：电源适配器出现故障、电池出现故障、主板电源控制芯片出现故障、主板其他线路出现故障。

③ 不认外设故障判断：外设硬件出现故障、BIOS 出现故障设置出错、外设相关接口出现故障。

④ 笔记本主板出现故障会引发如下现象：开机后不认硬盘、不认笔记本光驱、电池不充电、定时或不定时关机、键盘不灵、开机时有时会断电、定时死机。

⑤ 笔记本电源适配器引起的故障现象：开机不亮、间断性死机、电源适配器发热、容易死机或断电、运行大行程序容易死机或断电。

**1．笔记本电脑重启、死机故障**

1）硬件原因

硬件是电脑的基础，良好的硬件兼容性和性能是电脑稳定运行的前提。硬件有问题的笔记本电脑很难维修，因为笔记本电脑无法或者很难像普通台式机那样，可以采用最小系统法、硬件替换法等方法进行硬件故障定位。

电源问题引起的重启、死机故障，比如电压不稳。解决的办法为装上电池，尤其是在电源不是很稳定的地区。不要把笔记本电脑的电池和大功率电器接在同一个电源插座上，尤其是空调等大功率电器。

接口松动引起的重启、死机故障，主要有两种情况，一是 CPU 插座松动造成重启和死机故障，这种情况在维修过程中特别常见，把 CPU 焊接在主板上的笔记本电脑很少见。如果有一台笔记本电脑死机或者重启，而这台笔记本电脑又恰恰被从高处摔下过或者严重碰撞过，就可以优先考虑插槽松动的情况。解决的办法是重新插拔，必要时修复断针。二是硬盘、光驱等接口松动。解决的办法是更换接口，必要时更换主板、光驱接口、硬盘接口等。

硬件质量不良引起的重启、死机故障，一些劣质内存往往造成蓝屏。解决的办法是更换优质部件。

内存出现问题，系统将无法启动。一般发生内存故障时主板会发出报警声，多为或长或短的"嘀"声。以下是一些常见的故障排除方法。

① 金手指接触不良问题：只需将内存拔出，用橡皮擦轻轻擦拭金手指，然后插回上权即可。

② 内存的兼容性问题：某些品牌的笔记本电脑对内存要求很高，普通的笔记本电脑内存插上之后根本不起作用，因此必须购买适合这种机型的专用内存。在购买的时候最好测试一下，看能不能启动，系统是否运行正常，必要时可以使用专门的内存测试软件进行测试。

③ 不能识别正常的内存容量：这与笔记本电脑的 BIOS 设置以及主板芯片组有关，如果它们对内存限制了最大容量，则不能识别超过最大容量的部分。

2）软件故障

操作系统本身的不稳定性引起的重启、死机故障，大多是因为操作系统不稳定。解决办法是在硬件条件许可的前提下，升级操作系统。

病毒引起的重启、死机故障，解决办法是购买正版杀毒软件，并不断更新病毒库。上网前，都应先升级杀毒软件。

软件间的冲突引起的重启和死机故障，其解决办法为尽量避免使用测试软件，删除容易引起问题的软件，比如 Direct X 可能引起的重启和死机故障，解决办法为重新安装或者更新驱动程序，或取消 Direct X 对设备的检测。

加装系统优化软件，如优化大师等，定期对系统进行维护，也可以减少软件导致的死机。

3）散热不良

散热不良容易导致系统频繁死机和重启，还会引起一系列连锁问题，比如部件加速老化等。解决的办法是保持笔记本电脑充分散热。

**2. 键盘常见故障**

笔记本电脑的键盘遇到的最常见问题是：键帽脱落装不回去、支架断裂、不慎泼水和太脏需要清理。

键帽脱落装不回去的处理方法，以最难装的 COMPAQ 键帽为例进行讲解。

首先，确保支架已正确安装，可以用手指甲轻轻挑一下支架，如果它能正常上下运动就没问题，否则应当先把支架装好，在安装不正确的支架上强行装入键帽一定会造成损坏。

如果支架已经装好，注意键帽中心部位有一个凸起，这个凸起和支架中心的弹性橡胶中间的下凹部分必须对应。安装方法是先轻轻地把键帽放在支架上，缓缓地前后左右移动，直到键帽背面的凸起对应了弹性橡胶中间的下凹部位，正确对准后会感觉移动键帽的时候受到弹性橡胶的阻力，这时才可以把键帽压下，键帽上的卡子会自动夹紧支架，发出到位的咯嗒声，在键帽的四角用力按一下，确保 4 个卡子都已经正确地咬上支架。

支架断裂的情况比较麻烦，可以看看断掉的支架是否还能够勉强使用，如果可以，就先装上，以后小心使用。如果支架已经断裂到无法再使用，可以考虑把其他最少用到的键的支架换过来，这样可以应急不至于影响工作。键帽支架是很细小脆弱的部件，一定要小心操作。

假如是不慎将水泼入键盘，应该在第一时间把机器倒转过来以免水流入主板造成灾难性的后果，然后拔掉电源与电池强行关机。只是单纯按电源开关强行关机是不够的，因为主电池仍然可能短路，所以一定要取下电池和断开电源适配器。随后用干布吸干键盘表面的水，尝试拆下键盘擦干背面的水，再阴干（最好不要用热风吹），同时主机内部也最好用冷风吹一天，否则会造成严重后果。水干了之后，如果发现有部分的按键失灵，请再次检查键盘积水是否已经干透，重点检查键盘引出接线的位置。一般来说现在的笔记本电脑键盘都不会因为一次沾水就彻底损坏，只要清洁得当还是有很大希望挽回的。

**3．光驱常见故障**

笔记本电脑光驱常见故障主要有 3 类：操作故障、偶然性故障和必然性故障。

操作故障：驱动出错或安装不正确造成在 Wndows 中找不到光驱；笔记本电脑光驱连接线或跳线错误使笔记本电脑光驱不能使用；CD 线没连接好无法听 CD；笔记本电脑光驱未正确放置在托盘上造成光驱不读盘；光盘变形或脏污造成画面不清晰或停顿或马赛克现象严重；拆卸不当造成光驱内部各种连线断裂或松脱而引起故障等。

偶然性故障：笔记本电脑光驱随机发生的故障，如机内集成电路、电容、电阻、晶体管等元器件早期失效或突然性损坏，一些运动频繁的机械零部件突然损坏，这类故障虽不多见，但必须经过维修及更换才能将故障排除，所以偶然性故障又被称为"真"故障。

必然性故障：笔记本电脑光驱在使用一段时间后必然发生的故障，比如激光二极管老化，读碟时间变长甚至不能读碟；激光头组件中光学镜头脏污/性能变差等，造成音频/视频失真或死机；机械传动机构因磨损、变形、松脱而引起故障。必然性故障的维修率不仅取决于产品的质量，而且还取决于用户的人为操作、保养及使用频率与环境。

光驱无法读盘，此类故障的原因有多种：光盘放错面或盘片灰尘较多、划痕严重，质量不好的盗版光盘，都可能导致光驱读出数据。盘片表面的污物和划损会引起数据出错。

如果光盘出现问题，可以作简单的清洗工作。

① 不要使用强有力的清洗物，如有溶解性、酸性物质。

② 使用柔软的布轻轻地沿半径方向擦拭（即从盘片中心到边缘的一条直线）。由于盘片上的数据以螺旋形放置，擦拭时所形成的微小划损会跳过更多的纠错块，不容易引起不可恢复的数据错误。

③ 对于难以去除的污物或黏性物，可加点水，或稍加肥皂的水，或是酒精擦拭。还有个办法是用花生油浸泡一分钟过后再擦拭掉。

④ 专门用于清洗光盘的产品能清洗盘片，保护盘片不受灰尘、指印、划损的影响。

⑤ 如果清洗盘片后依然有问题，就得试图修复划损处。有时即便是细如发丝的划损也会引起出错，因为可能这个划损正好经过整个纠错码 ECC 块。检查盘片，记住激光是从下面读取盘片的。有两种方法修复划损：用光学物质填充划损和磨光划损。有些现成的产品能完成以上功能，也可以购买磨光物或牙膏自己修复。技巧在于磨去划损而不产生新的划损。磨光形成的许多小划损，比一个面积大的划损更有害处。

光盘无法取出，可从以下几方面考虑。

（1）光驱使用时出现死机，光盘无法取出。这种情况可能是使用的光盘较差引起的。这时如果光驱的读盘指示灯一直亮着，光驱一直在试图读盘，由于占用大量的系统资源会导致死机，强行按出盒键也无效，如果按 Ctrl＋Alt＋Del 组合键也无法结束当前任务，那只有重新启动机器。

（2）按光驱出盒键，听见里面有响声，感觉有出盒动作，但托盘未出，有时即使从光驱的紧急出盒孔也无法把光驱打开，出现这种情况的原因有多种。

① 出盒电机本身有故障（一般是使用时间较长的光驱），出盒电机由于磨损，转矩减小，只有更换电机才能解决。

② 使用光驱时，不是按光驱面板的进出键，而是用手去推托盘，由于推的角度偏差，导致光驱传动部件变形、卡死，这时只有拆开光驱，将卡住部分校正才行。

③ 有些光驱的主轴电机上托盘（中间有超强磁铁）与上压盘组件吸合比较紧密也会导致不出盒。此时可以在上压盘组件的圆铁片下面贴上两层纸或胶布来减小主轴电机上托盘与上压盘组件间的吸合力就可以解决问题。

④ 有些采用塑料机芯的高速光驱，光头支架的前端两侧容易断裂，导致托盘被卡住，这时只有将光驱拆开，将断裂处用胶水粘上，另外还要用一点塑料适当加固断裂处才比较牢固。

**4．电源故障**

电池充满电后使用的时间变短了，造成这种情况的原因主要有两方面：第一，电池在使用了很长一段时间之后内阻就会变大，在充电时两端电压上升比较快，这样就被充电控制线路误认为已经充满电，自然电量就会下降。再者，由于内阻升高，放电时电量释放的速度也会加快，从而形成了一个恶性循环，电池的使用寿命就会大大缩短。这时就需要更换电池了。第二，电池长期不使用也可能导致这种现象，解决的办法就是将电池彻底放电，然后再充满电，反复多次即可。

**5．显示屏故障**

显示故障的现象有很多，以下是一些常见的故障分析以及排除方法。

① 检查电脑周边是否存在电磁干扰源，如果有，则远离这些干扰源。

② 在"设备管理器"中检查是否存在和显卡发生资源冲突的硬件设备，如果有冲突设备，则调整资源分配消除冲突；如果没有，则检查显卡驱动程序是否正确。

③ 由于 LCD 显示器的显示原理与 CRT 显示器完全不同，其屏幕分辨率不能随意设定，只有在某个分辨率下才能达到最佳显示效果；而 CRT 显示器所支持的分辨率较有弹性，其

值在一个范围之间都可以变动。因此,可以尝试调节 LCD 显示器的屏幕分辨率来排除故障。此外,LCD 显示器的刷新率设置与画面质量也有一定的关系,设置适合的刷新率才能发挥 LCD 显示器的最佳显示效果。

④ 显示器出现水波纹,用前面介绍的方法不能排除故障,则需要送修。

**6. 视频接口故障**

对于视频接口故障,可以使用以下方法进行排除。

① 首先检查视频应用软件采用信号制式设定是否正确,即应该与信号源、信号终端采用相同的制式。

② 在"设备管理器"中检查是否存在和视频接口发生资源冲突的硬件设备,如果有冲突设备,则调整资源分配消除冲突;如果没有,则检查驱动程序是否正确,必要时,可通过卸载驱动再重新安装或进行驱动升级。

③ 检查有无第三方的软件,干扰视频功能的正常使用。

④ 错误的屏幕分辨率和颜色质量设置也会引起视频接口故障。

⑤ 检查 DirectX 的版本,如果版本比较低则升级到最新版本。

⑥ 病毒破坏也会造成接口故障,用杀毒软件全面查杀病毒。

**7. 硬盘故障**

硬盘故障的现象及处理参见 12.4.4 节。

# 14.6　本　章　小　结

本章主要介绍笔记本电脑的分类、组成、选购、日常维护与常见故障的处理。了解笔记本电脑的分类和组成是为了选购做准备,掌握笔记本电脑的基本维护常识,能够避免或者延缓各种常见故障的发生概率,延长笔记本电脑的使用时间,提高工作效率。

# 习　题　14

1. 笔记本电脑主要有哪些类型?分别说明其用途。

2. 归纳笔记本电脑日常维护的注意事项。

3. 笔记本电脑电池在使用过程中需要注意哪些问题?

4. 列举不同笔记本电脑进入 BIOS 的方法。

5. 购买笔记本电脑需要注意哪些问题?

6. 上网查找两款笔记本电脑硬件检测软件,进行试用。

实　验

## 实验 1　微机硬件市场调查

**1. 实验目的**

（1）了解微机硬件市场各主要部件的市场行情。

（2）熟悉微机硬件价目单各项指标的含义。

（3）了解微机部件的最新发展趋势。

（4）锻炼自己动手购机装机能力。

**2. 实验准备**

（1）每人一支笔，一个笔记本。

（2）对学校所在地的电脑市场分布有一个初步了解。

**3. 实验时间安排**

（1）建议本次实验以实地调研和网络调研相结合。

（2）实验时长为 4 学时。

**4. 注意事项**

（1）调查了解时边看边听边记。

（2）所有记录必须真实。

**5. 实验步骤**

（1）依据对本市电脑市场的初步了解，拟出市场调查计划。

（2）实施市场调查计划，并认真进行记录。

（3）掌握当前市场主流硬件产品的型号及主要技术指标。

（4）整理记录，完成实验报告。

**6. 实验报告**

实验结束，完成《实验报告 1》。

## 实验 2　计算机硬件系统组成与常见设备的认识

**1. 实验目的**

认识计算机硬件系统的总体结构，正确识别各部件，重点是主机箱里各板卡的名称、功能及连线方式（包括信号线和电源线）。

**2. 实验内容及试验步骤**

（1）主机与显示器、打印机、键盘、鼠标、音箱等外设的信号线连接方式与电源插接。

（2）认识机箱、电源、CPU、主机板、内存、硬盘、软盘、光驱等硬件设备，并进行显示器屏幕亮度、对比度、色彩、位置等的调节。

（3）了解上述硬件的作用、结构、型号及连接情况。

（4）认识显示卡、声卡、网卡、内置解调器等部件。

（5）常用外设的认识，包括显示器、鼠标键盘、打印机、外置解调器等。重点认识它们的作用、型号、分类、接口标准及其与主机的连接方式等方面。

**3．实验要求**

（1）各部件应是目前市场的主流产品，或者具有代表性的产品。

（2）针对主机与外设的连接，实验指导教师应做演示，并讲解注意事项。在通电前指导教师应仔细检查连接情况。

**4．实验建议**

（1）安装，插、拔连线及各类板卡时，一定要断电操作，并注意释放静电。

（2）各小组进行，每人都能独立完成主机与外设的连接、电源线的插拔。

**5．实验报告**

实验结束，完成《实验报告 2》。

# 实验 3　计算机 CPU、内存调研

**1．实验目的**

（1）了解当前主流计算机 CPU 及内存的技术参数。

（2）掌握当前 CPU 及内存技术的发展趋势。

**2．实验准备**

（1）每人一支笔，一个笔记本。

（2）通过互联网对计算机 CPU 及内存调研。

**3．实验时间安排**

（1）建议本次实验以网络调研和实地考察相结合。

（2）实验时长为 2 学时。

**4．注意事项**

所有记录必须真实，代表当前主流的方向。

**5．实验步骤**

（1）依据对网络上主流计算机 CPU 及内存的介绍，掌握主流计算机 CPU 及内存的各类技术参数。

（2）通过对主流计算机 CPU 及内存的技术指标进行分析，总结 CPU 及内存技术发展趋势。

（3）整理记录，完成实验报告。

**6．实验报告**

实验结束，完成《实验报告 3》。

# 实验 4　硬盘分区与格式化

**1．实验目的**

（1）熟练硬盘分区与格式化。

（2）掌握常见的磁盘工具的使用方法。

（3）学会使用 DOS 启动系统。

**2．实验准备**

（1）每小组一台可正常运行的微机（有光驱）。

（2）每小组一张包含 DOS 引导程序的光驱启动盘（其中含有 FDISK.EXE、Format.EXE 和 SYS.EXE 三个文件）。

**3．实验时间安排**

（1）建议本次实验安排在学习第 5 章之后。

（2）实验时长为 2 学时。

**4．实验注意事项**

（1）实验前复习常用的 DOS 命令。

（2）不得多次格式化硬盘，以延长硬盘寿命。

**5．实验步骤**

（1）进入 BIOS 设置程序，将开机顺序设置为：光驱→硬盘。退出 BIOS 设置程序。

（2）用 DOS 启动系统。

① 将 DOS 启动盘插入光驱。

② 重新开机，等待启动系统。

③ 用 DIR 命令查看 DOS 系统盘中的文件。

（3）启动 FDISK，了解其功能。

① 输入 FDISK 并回车，启动 FDISK。

② 仔细观察界面，了解各项目的功能。

③ 尝试选择项目和退出项目的方法。

（4）观察硬盘的现有分区。

① 选择相应选项。

② 观察本机硬盘的分区情况，并做好记录。

（5）删除现有硬盘分区。

① 选择相应选项。

② 逐一删除本机硬盘中的所有分区。

（6）建立分区。

① 拟出分区方案。

② 按方案分区。

③ 设置活动分区。

（7）重新启动计算机，使分区生效。

① 确认 DOS 系统盘仍在光驱中，仍然用该盘启动系统。

② 关机并重新开机，等待系统启动。

③ 再次启动 FDISK，并查看分区是否生效。

（8）格式化硬盘。

① 在 DOS 提示字符后输入：Format C：，即用 Format 命令格式化 C 区。

② 按提示输入 Y 并回车。

③ 等待格式化，并在格式化结束时认真阅读格式化信息。

④ 用同样的方法格式化其他分区。

（9）为硬盘安装 DOS 系统。

① 使用 SYS：C 命令，在硬盘的 C 区中安装 DOS 系统。

② 用 DIR C：/A 命令，查看 C 区中的文件。

（10）以硬盘启动系统。

① 将启动盘取出，确保光驱中无光盘。

② 重新关机并开机。

③ 等待系统从 C 盘启动。

**6．实验报告**

实验过程中记录有关数据，实验结束后完成《实验报告 4》。

# 实验 5   计算机主板 BIOS 设置

**1．实验目的**

（1）熟悉 BIOS 的设置方法。

（2）了解 BIOS 的主要功能。

（3）熟练设置 BIOS 常用功能。

**2．实验准备**

（1）每小组一台可运行的计算机。

（2）本教材或相关参考书每生一本。

**3．实验时间安排**

（1）建议本次实验安排在学习第 10 章之后。

（2）实验时长为 2 学时。

**4．实验注意事项**

（1）设置密码时，一定要记住密码，否则可能造成无法开机。在结束实验时，取消所设置密码，以便后续其他实验能顺利进行。

（2）先理解项目的含义再予以设置，否则可能造成系统无法正常启动或影响计算机正常工作。

（3）实验结束时，将所有设置恢复到开始实验前的状态。

**5．实验步骤**

（1）进入 BIOS 设置界面。

① 开机，观察屏幕上相关提示。

② 按屏幕提示，按 DEL 键或 F2 键，启动 BIOS 设置程序，进入 BIOS 设置界面。

③ 观察所启动的 BIOS 设置程序属于哪一种。

（2）尝试用键盘选择项目。

① 观察 BIOS 主界面相关按键使用的提示。

② 依照提示，分别按左右上下光标键，观察光条的移动。

③ 按 Enter 键，进入子界面。再按 Esc 键返回主界面。

④ 尝试主界面提示的其他按键，并理解相关按键的含义。

（3）逐一理解主界面上各项目的功能。

① 选择第一个项目，按 Enter 键进入该项目的子界面。

② 仔细观察子菜单。

③ 了解该项目的功能。

④ 依次了解其他项目的功能。

（4）CMOS 设置。

① 进入标准 CMOS 设置子界面。

② 设置日期和时间。

③ 观察硬盘参数。

④ 退出子界面，保存设置。

（5）设置启动顺序。

① 进入启动顺序设置子界面。

② 改变现有启动顺序。

③ 退出子界面，保存设置。

（6）设置密码。

① 选择密码设置选项。

② 输入密码（两次），并用笔记下密码。

③ 退出子界面，保存设置。

④ 退出 BIOS 设置程序，并重新开机，观察新设置密码是否生效。

⑤ 取消所设置密码。

（7）载入 BIOS 默认设置。

（8）加载出厂设置。

（9）尝试不保存设置而退出主界面。

（10）比照本教材或相关参考书，尝试其他项目的设置。

**6. 实验报告**

实验结束，完成《实验报告 5》。

# 计算机发展历史

1614 年，苏格兰人 John Napier（1550—1617）发表了一篇论文，其中提到他发明了一种可以计算四则运算和方根运算的精巧装置。

1623 年，Wilhelm Schickard（1592—1635）制作了一个能进行六位以内数加减法，并能通过铃声输出答案的"计算钟"。通过转动齿轮来进行操作。

1625 年，William Oughtred（1575—1660）发明计算尺。

1642 至 1643 年，巴斯卡（Blaise Pascal）发明了一个用齿轮运作的加法器，叫 Pascalene，这是第一部机械加法器。

1666 年，英国 Samuel Morland 发明了一部可以计算加数及减数的机械计数机。

1673 年，Gottfried Leibniz 制造了一部踏式（stepped）圆柱形转轮的计数机，叫 Stepped Reckoner，这部计算器可以把重复的数字相乘，并自动地加入加数器里。

1694 年，德国数学家 Gottfried Leibniz，把巴斯卡的 Pascalene 改良，制造了一部可以计算乘数的机器，用齿轮及刻度盘操作。

1773 年，Philipp-Matthaus 制造并卖出了少量精确至 12 位的计算机器。

1775 年，The third Earl of Stanhope 发明了一部与 Leibniz 相似的乘法计算器。

1786 年，J.H.Mueller 设计了一部差分机。

1801 年，Joseph-Marie Jacquard 的织布机用连接有序的打孔卡控制编织的样式。

1847 年，计算机先驱、英国数学家 Charles Babbages 开始设计机械式差分机。设计耗时近 2 年，这台机器可以完成 31 位精度的运算并将结果打印到纸上，被普遍认为是世界上第一台机械式计算机。

但由于设计过于复杂且改动过于频繁，Charles Babbages 直到去世也没有把自己的设计变成现实。直到 2008 年 3 月，人们才把 Charles Babbages 的差分机造出来，这台机器有 8000 个零件，重 5 吨，目前放置在美国加利福尼亚州硅谷的计算机历史博物馆。

1854 年，George Boole 出版 An Investigation of the Laws of Thought，讲述符号及逻辑理由，它后来成为计算机设计的基本概念。

1889 年，Herman Hollerith 的电动制表机被用于 1890 中的人口调查。Herman Hollerith 采用了 Jacquard 织布机的概念用来计算，这台机器使本来需要十年时间才能得到的人口调查结果，在六星期内做到。

1893 年，第一部四功能计算器发明。

1896 年，Hollerith 成立制表机器公司（Tabulating Machine Company）。

1901 年，打孔键出现。

1904 年，John A.Fleming 取得真空二极管的专利权，为无线电通信建立基础。

1906 年，Lee de Foredt 加了一个第三活门在 Felming 的二极管，创制了三电极真空管。

1911 年，Hollerith 的表机公司与其他两间公司合并，组成 Computer Tabulating Recording Company（C-T-R），制表及录制公司。在 1924 年，改名为 International Business Machine Corporation（IBM）。

1931 年，Vannever Bush 发明了一部可以解决差分程序的计数机，可以解决一些令数学家，科学家头痛的复杂差分程序。

1935 年，IBM（International Business Machine Corporation）引入 IBM 601，它是一部有算术部件并可在 1s 内计算乘数的穿孔机器。对科学及商业的计算起到很大的作用，共制造了 1500 部。

1937 年，Alan Turing 想出了"通用机器（Universal Machine）"的概念，可以执行任何的算法，形成了一个"可计算（computability）"的基本概念。Turing 的概念比其他同类型的发明要好，因为他用了符号处理（Symbol Orocessing）的概念。

1939 年 11 月，John Vincent Atannsoff 与 John Berry 制造了一部 16 位加数器。它是第一部用真空管计算的机器。

1939 年，Zuse 与 Schreyer 开始制造 V2（后来叫 Z2），这种机器沿用 Z1 的机械储存器，加上一个用断电器逻辑（Relay Logic）的新算术部件。

1939—1940 年，Schreyer 完成了用真空管的 10 位加数器，以及用氖气灯（霓虹灯）的存储器。

1940 年 1 月，在 Bell Labs，Samuel Williams 及 Stibitz 完成了一部可以计算复杂数字的机器，叫"复杂数字计数机（Complex Number Calculator）"，后来改称为"断电器计数机型号 I（Model I Relay Calculator）"。它用电话开关部分做逻辑部件：145 个断电器，10 个横杠开关。数字用 Plus 3BCD 代表。在同年 9 月，电传打字 etype 安装在一个数学会议室里，由 New Hampshire 连接至纽约。

1940 年，Zuse 完成 Z2，比 V2 运行得更好，但不是太可靠。

1941 年 2 月，Zuse 完成 V3（后来叫 Z3），是第一部操作中可编写程序的计数机。它用浮点操作，有 7 位指数，14 位尾数，以及一个正负号。存储器可以储存 64 个字，需要 1400 个断电器。它有多于 1200 个的算术及控制部件，而程序编写，输入，输出与 Z1 相同。1943 年 1 月 Howard H. Aiken 完成 ASCC Mark I（自动按序控制计算器 Mark I，Automatic Sequence-Controlled Calculator Mark I），亦称 Haward Mark I。这部机器有 51 尺长，重 5 吨，由 750 000 部分合并而成。它有 72 个累加器，每一个有自己的算术部件，及 23 位数的寄存器。

1941 年夏季，Atanasoff 及 Berry 完成了一部专为解决联立线性方程系统（system of simultaneous linear equations）的计算器，后来叫做 ABC（Atanasoff-Berry Computer），它有 60 个 50 位的存储器，以电容器（capacitories）的形式安装在 2 个旋转的鼓上，时钟速度是 60Hz。

1943 年 12 月，Tommy Flowers 与他的团队，完成第一部 Colossus，它用 2400 个真空管用作逻辑部件，5 个纸带圈读取器（reader），每秒可以写 5000 字符。

1943 年，在 John Brainered 领导下，ENIAC 开始研究。

1946 年，ENIAC 在美国建造完成。

1947 年，美国计算机协会（ACM）成立。

1947 年，英国完成了第一个存储真空管。

1949 年，英国建造完成"延迟存储电子自动计算器"（EDSAC）。

1951 年，美国麻省理工学院制成磁心。

1952 年，第一台"储存程序计算器"诞生。

1952 年，第一台大型计算机系统 IBM701 建造完成。

1952 年，第一台符号语言翻译机发明成功。

1954 年，第一台半导体计算机由贝尔电话公司研制成功。

1954 年，第一台通用数据处理机 IBM650 诞生。

1955 年，第一台利用磁芯存储的大型计算机 IBM705 建造完成。

1956 年，IBM 公司推出科学 704 计算机。

1957 年，程序设计语言 FORTRAN 问世。

1959 年，第一台小型科学计算器 IBM620 研制成功。

1960 年，数据处理系统 IBM1401 研制成功。

1961 年，程序设计语言 COBOL 问世。

1961 年，第一台分系统计算机由麻省理工学院设计完成。

1963 年，BASIC 语言问世。

1964 年，第三代计算机 IBM360 系列制成。

1965 年，美国数字设备公司推出第一台小型机 PDP-8。

1969 年，IBM 公司研制成功 90 列卡片机和系统-3 计算机系统。

1970 年，IBM 系统 1370 计算机系列制成。

1971 年，伊利诺大学设计完成伊利阿克 IV 巨型计算机。

1971 年，第一台微处理机 4004 由 Intel 公司研制成功。

1972 年，微处理机基片开始大量生产销售。

1973 年，第一片软磁盘由 IBM 公司研制成功。

1975 年，ATARI-8800 微电脑问世。

1977 年，柯莫道尔公司宣称全组合微电脑 PET-2001 研制成功。

1977 年，TRS-80 微电脑诞生。

1977 年，苹果-Ⅱ型微电脑诞生。

1978 年，超大规模集成电路开始应用。

1978 年，磁泡存储器第二次用于商用计算机。

1979 年，夏普公司宣布制成第一台手提式微电脑。

1982 年，微电脑开始普及，大量进入学校和家庭。

1984 年，日本计算机产业着手研制"第五代计算机"——具有人工智能的计算机。

1984 年，DNS（Domain Name Server）域名服务器发布，当时互联网上有 1000 多台主机运行。

1984 年，Hewlett-Packard（HP）发明激光打印机，HP 同时也在喷墨打印机上保持领先技术。

1984 年 1 月，Apple 的 Macintosh 发布基于 Motorola 68000 微处理器，可以寻址 16MB。

计算机发展历史

1984 年 8 月，MS-DOS 3.0、PC-DOS 3.0、IBM AT 发布，采用 ISA 标准，支持大硬盘和 1.2MB 高密软驱。

1984 年 9 月，Apple 发布了有 512KB 内存的 Macintosh。

1984 年底，Compaq 开始开发 IDE 接口，可以以更快的速度传输数据，并被许多同行采纳，后来进一步推出了 EIDE，可以支持到 528MB 的驱动器，数据传输也更快。

1985 年，Philips 和 Sony 合作推出 CD-ROM 驱动器。

1985 年，EGA 标准推出。

1985 年 3 月，MS-DOS 3.1、PC-DOS 3.1 推出，这是第一个提供部分网络功能支持的 DOS 版本。

1985 年 10 月 17 日，80386 DX 推出，时钟频率到达 33MHz，可寻址 1GB 内存。拥有比 286 处理器更多的指令。每秒 6 百万条指令，集成 275 000 个晶体管。

1985 年 11 月，Microsoft Windows 发布。在其 3.0 版本之内没有得到广泛的应用，需要 DOS 的支持，类似苹果机的操作界面，被苹果控告，诉讼到 1997 年 8 月终止。

1985 年 12 月，MS-DOS 3.2、PC-DOS 3.2 推出，这是第一个支持 3.5 英寸磁盘的系统，支持软盘容量 720KB。到 3.3 版本时可支持 1.44MB。

1986 年 1 月，Apple 发布较高性能的 Macintosh，有 4MB 内存和 SCSI 适配器。

1986 年 9 月，Amstrad Announced 发布便宜且功能强大的计算机 Amstrad PC 1512，具有 CGA 图形适配器、512KB 内存、8086 处理器 204MB 硬盘驱动器。采用了鼠标和图形用户界面，面向家庭设计。

1987 年，Connection Machine 超级计算机发布。采用并行处理，每秒钟 2 亿次运算。

1987 年，Microsoft Windows 2.0 发布，比第一版要成功，但并没有多大提高。

1987 年，英国数学家 Michael F. Barnsley 找到图形压缩的方法。

1987 年，Macintosh Ⅱ 发布，基于 Motorola 68020 处理器。时钟 16MHz，每秒 260 万条指令。有一个 SCSI 适配器和一个彩色适配器。

1987 年 4 月 2 日，IBM 推出 PS/2 系统。最初基于 8086 处理器和老的 XT 总线，后来过渡到 80386，开始使用 3.5 英寸 1.44MB 软盘驱动器。引进了微通道技术，这一系列机型取得了巨大成功。

1987 年，IBM 发布 VGA 技术。

1987 年，IBM 发布自己设计的微处理器 8514/A。

1987 年 4 月，MS-DOS 3.3、PC-DOS 3.3。随 IBM PS/2 一起发布，支持 1.44MB 驱动器和硬盘分区，可为硬盘分出多个逻辑驱动器。

1987 年 4 月，Microsoft 和 IBM 发布 S/2Warp 操作系统，但并未取得多大成功。

1987 年 8 月，AD-LIB 声卡发布。

1987 年 10 月，Compaq DOS（CPQ-DOS）V3.31 发布。支持的硬盘分区大于 32MB。

1988 年，光计算机投入开发，用光子代替电子，可以提高计算机的处理速度。

1988 年，XMS 标准建立。

1988 年，EISA 标准建立。

1988 年 6 月 6 日，80386 SX 为了迎合低价电脑的需求而发布。

1988 年 7 月到 8 月，PC-DOS 4.0 推出，MS-DOS 4.0。支持 EMS 内存。但因为存在

BUG，后来又陆续推出 4.01a。

1988 年 9 月，IBM PS/20 286 发布，基于 80286 处理器，没有使用其微通道总线。但其他机器继续使用这一总线。

1988 年 10 月，Macintosh Iix 发布。基于 Motorola 68030 处理器，使用 16 MHz 主频，每秒 390 万条指令，支持 128MB RAM。

1988 年 11 月，MS-DOS 4.01、PC-DOS 4.01 发布。

1989 年，工作于欧洲物理粒子研究所的 Tim Berners-Lee 创立 World Wide Web 雏形。通过超文本链接，可以轻松上网浏览，大大促进了 Internet 的发展。

1989 年，Phillips 和 Sony 发布 CD-I 标准。

1989 年 1 月，Macintosh SE/30 发布，基于 68030 处理器。

1989 年 3 月，E-IDE 标准确立，可以支持超过 528MB 的硬盘容量。可达到 33.3MBps 的传输速度，并被许多 CD-ROM 所采用。

1989 年 4 月 10 日，80486 DX 发布，集成 120 万个晶体管，其后继型号时钟频率达到 100MHz。

1989 年 11 月，Sound Blaster Card（声卡）发布。

1990 年，SVGA 标准确立。

1990 年 3 月，Macintosh Iifx 发布，基于 68030CPU，主频 40MHz，使用了更快的 SCSI 接口。

1990 年 5 月 22 日，微软发布 Windows 3.0，兼容 MS-DOS 模式。

1990 年 10 月，Macintosh Classic 发布，有支持到 256 色的显示适配器。

1990 年 11 月，第一代 MPC（多媒体个人电脑标准）发布：处理器至少为 80286/12MHz，后来增加到 80386SX/16 MHz ，一个光驱至少 150 KBps 的传输率。

1991 年，发布 ISA 标准。

1991 年 5 月，Sound Blaster Pro 发布。

1991 年 6 月，MS-DOS 5.0、PC-DOS 5.0 推出。该版本突破了 640KB 的基本内存限制，也标志着微软与 IBM 在 DOS 上的合作的终结。

1992 年，Windows NT 发布，可寻址 2GB RAM。

1992 年 4 月，Windows 3.1 发布。

1992 年 6 月，Sound Blaster 16 ASP 发布。

1993 年，Internet 开始商业化运行。

1993 年，经典游戏 Doom 发布。

1993 年，Novell 并购 Digital Research，DR-DOS 成为 Novell DOS。

1993 年 3 月 22 日，Pentium 发布，集成了 300 多万个晶体管。初期工作频率 60～66MHz，每秒钟执行 1 亿条指令。

1993 年 5 月，MPC 标准 2 发布。CD-ROM 传输率要求 300KBps，在 320×240 的窗口中每秒播放 15 帧图像。

1993 年 12 月，MS-DOS6.0 发布，包括一个硬盘压缩程序 DoubleSpace，但一家小公司声称，微软剽窃了其部分技术。于是在后来的 DOS6.2 中，微软将其改名为：DriveSpace。后来 WIN95 中的 DOS 称为 DOS7.0，WIN95OSR2 中称为 DOS7.10。

1994 年 3 月 7 日，Intel 发布 90～100 MHz Pentium 处理器。

1994 年 9 月，PC-DOS 6.3 发布。

1994 年 10 月 10 日，Intel 发布 75 MHz Pentium 处理器。

1994 年，Doom Ⅱ发布，开辟了 PC 游戏的广阔市场。

1994 年，Netscape 1.0 浏览器发布。

1994 年，Comm&Conquer（命令与征服）发布。

1995 年 3 月 27 日，Intel 发布 120 MHz 的 Pentium 处理器。

1995 年 6 月 1 日，Intel 发布 133 MHz 的 Pentium 处理器。

1995 年 8 月 23 日，Windows '95 发布，不同于其以前的版本，完全脱离 MS-DOS，但照顾用户习惯还保留了 DOS 形式。是纯 32 位的多任务操作系统。该版本取得了巨大的成功。

1995 年 11 月 1 日，Pentium Pro 发布，主频可达 200 MHz，每秒钟完成 4.4 亿条指令，集成了 550 万个晶体管。

1995 年 12 月，Netscape 发布 JavaScript。

1996 年，Quake、Civilization 2、Command& Conquer - Red Alert 等一系列的著名游戏发布。

1996 年 1 月，Netscape Navigator 2.0 发布，这是第一个支持 JavaScript 的浏览器。

1996 年 1 月 4 日，Intel 发布 150～166MHz 的 Pentium 处理器，集成了 330 万个晶体管。

1996 年，Windows '95 OSR2 发布，修复了部分 BUG，扩充了部分功能。

1997 年，Gr 和 Theft Auto、Quake 2、Blade Runner 等著名游戏发布，3D 图形加速卡大行其道。

1997 年 1 月 8 日，Intel 发布 Pentium MMX，对游戏和多媒体功能进行了增强。

1997 年 4 月，IBM 的深蓝（Deep Blue）计算机，战胜人类国际象棋世界冠军卡斯帕罗夫。

1997 年 5 月 7 日，Intel 发布 Pentium Ⅱ，增加了更多的指令和更多 cache。

1997 年 6 月 2 日，Intel 发布 233 MHz Pentium MMX。

1997 年 16 日，Apple 遇到严重的财务危机，微软伸出援助之手，注资 1.5 亿美元。条件是 Apple 撤销其控诉：微软模仿其视窗界面的起诉，并指出 Apple 也模仿了 Xerox 的设计。

1998 年 2 月，Intel 发布 333 MHz Pentium Ⅱ处理器，采用 0.25μm 技术，速度提高，发热量减少。

1998 年 6 月 25 日，Microsoft 发布 Windows '98，一些人企图肢解微软，微软回击说这会伤害美国的国家利益。

1999 年 1 月 25 日，Linux Kernel 2.2.0 发布。

1999 年 2 月 22 日，AMD 公司发布 K6-Ⅲ 400MHz，集成 2300 万个晶体管、Socket 7 结构，测试说明其性能超过 Intel P-Ⅲ。

1999 年 2 月 26 日，Intel 公司推出了 Pentium Ⅲ处理器，PentiumⅢ采用和 Pentium Ⅱ相同的 Slot1 架构，增加了拥有 70 条全新指令的 SSE 指令集，以增强 3D 和多媒体的处理能力，最初时钟频率在 450MHz 以上，总线速度在 100MHz 以上，采用 0.25μm 工艺制造，集成有 512KB 或以上的二级缓存。

1999 年 4 月 26 日，台湾学生陈盈豪编写的 CIH 病毒在全球范围内爆发，100 万台左右的计算机软硬件遭到不同程度的破坏，直接经济损失达数十亿美元。

1999 年 5 月 10 日，id Soft 推出了 QuakeⅢ的第一个测试版本，此后 QuakeⅢ逐渐确立了 FPS 游戏竞技标准，并成为了计算机硬件性能的测试标准之一。

1999 年 6 月 23 日，AMD 公司推出采用全新架构，名为 Athlon 的处理器，并且在 CPU 频率上第一次超越了 Intel 公司。

1999 年 9 月 1 日，Nvidia 公司推出了 GeForce256 显示芯片，并提出了 GPU 的全新概念。

1999 年 10 月 25 日，代号为 Coppermine（铜矿）的 PentiumⅢ处理器发布。采用 0.18μm 工艺，内部集成了 256KB 全速 L2cache，有 2800 万个晶体管。

2000 年 1 月 1 日，千年虫并没有爆发。2 月 17 日，微软公司正式发布 Windows 2000。

2000 年 3 月 16 日，AMD 公司正式推出了主频达到 1GHz 的 Athlon 处理器，掀开了 GHz 处理器大战。

2000 年 3 月 18 日，Intel 公司推出 1GHz Pentium3 处理器。

2000 年 4 月 27 日，AMD 公司发布"毒龙"（Duron）处理器，开始在低端市场向 Intel 发起冲击。

2000 年 5 月 14 日，名为 I LOVE YOU（爱虫）的病毒在全球范围内发作，仅用三天的时间就造成全世界近 4500 万台电脑感染，经济损失高达 26 亿美元。

2000 年 9 月 14 日，微软正式推出了面向家庭用户的 Windows 千禧年版本 Windows Me，同时这也是微软最后一个基于 9X 内核的操作系统。

2000 年 11 月 12 日，微软宣布推出薄型个人电脑 Tablet PC。

2000 年 11 月 20 日，Intel 正式推出了 Pentium 4 处理器。该处理器采用全新的 Netburst 架构，总线频率达到了 400MHz，并且另外增加了 144 条全新指令，用于提高视频，音频等多媒体及 3D 图形处理能力。

2000 年 12 月 14 日，3dfx 宣布将全部资产出售给竞争对手 Nvidia，从而结束了自己传奇般的历史。

2001 年 2 月 1 日，世嘉宣布退出游戏硬件市场。

2001 年 3 月 26 日，苹果公司发布 Mac OS X 操作系统，这是苹果操作系统自 1984 年诞生以来首个重大的修正版本。

2001 年 6 月 19 日，Intel 推出采用 Tualatin（图拉丁）内核的 P3 和赛扬处理器，这是 Intel 首次采用 0.13 μm 工艺。

2001 年 10 月 8 日，AMD 宣布推出 Athlon XP 系列处理器，新处理器采用了全新的核心，专业 3D Now! 指令集和 OPGA（有机管脚阵列）封装，而且采用了"相对性能标示"（PR 标称值）的命名规范，同时该处理器极为优异的性价比使得 Intel 压力倍增。

2001 年 10 月 25 日，微软推出 Windows XP 操作系统，比尔·盖茨宣布"DOS 时代到此结束"。Windows XP 的发布，推动了身处低潮的全球 PC 硬件市场的发展。

2002 年 2 月 5 日，Nvidia 发布 GeForce 4 系列图形处理芯片，该系列共分为 Ti 和 Mx

两个系列，其中的 GeForce4 Ti 4200 和 GeForce 4 MX 440 两款产品更是成为市场中生命力极强的典范。

2002 年 5 月 13 日，沉寂多时的老牌显示芯片制造厂商 Matrox 正式发布了 Parhelia-512（中文名：幻日）显示芯片，这是世界上首款 512bit GPU。

2002 年 7 月 17 日，ATI 发布了 Radeon 9700 显卡，采用了代号为 R300 的显示核心，并第一次将 Nvidia 赶下了 3D 性能霸主的宝座。

2002 年 11 月 18 日，Nvidia 发布了代号为 NV30 的 GeForce FX 显卡，并在该产品上首次使用了 0.13 μm 制造工艺，由于采用多项超前技术，该显卡被称为一款划时代的产品。

2003 年 1 月 7 日，Intel 发布全新移动处理规范"迅驰"。

2003 年 2 月 10 日，AMD 发布了 Barton 核心的 Athlon XP 处理器，凭借超高的性价比和优异的超频能力，创造出了一个让所有 DIY 无限怀念的 Barton 时代。

2003 年 2 月 12 日，FutureMark 正式发布 3Dmark 03，由此却引发了一场测试软件的信任危机。

2004 年，Intel 全面转向 PCI-Express。

2005 年，Intel 开始推广双核 CPU。

2006 年，Intel 开始推广四核 CPU。

2007 年，Intel 在 IDF 大会推出震惊世界的 2 万亿次 80 核 CPU。

2007 年 1 月，Microsoft 发布 Windows Vista（Windows 6）。

2009 年 11 月，Microsoft 发布 Windows 7。

### 计算机在中国

在人类文明发展的历史上中国曾经在早期计算工具的发明创造方面写过光辉的一页。远在商代，中国就创造了十进制计数方法，领先于世界千余年。到了周代，发明了当时最先进的计算工具——算筹。这是一种用竹、木或骨制成的颜色不同的小棍。计算每一个数学问题时，通常编出一套歌诀形式的算法，一边计算，一边不断地重新布棍。中国古代数学家祖冲之，就是用算筹计算出圆周率在 3.1415926 和 3.1415927 之间。这一结果比西方早一千年。

珠算盘是中国的又一独创，也是计算工具发展史上的第一项重大发明。这种轻巧灵活、携带方便、与人民生活关系密切的计算工具，最初大约出现于汉朝，到元朝时渐趋成熟。珠算盘不仅对中国经济的发展起过有益的作用，而且传到日本、朝鲜、东南亚等地区，经受了历史的考验，至今仍在使用。

中国发明创造指南车、水运浑象仪、记里鼓车、提花机等，不仅对自动控制机械的发展有卓越的贡献，而且对计算工具的演进产生了直接或间接的影响。例如，张衡制作的水运浑象仪，可以自动地与地球运转同步，后经唐、宋两代的改进，遂成为世界上最早的天文钟。

记里鼓车则是世界上最早的自动计数装置。提花机原理对计算机程序控制的发展有间接的影响。中国古代用阳、阴两爻构成八卦，也对计算技术的发展有过直接的影响。莱布尼兹写过研究八卦的论文，系统地提出了二进制算术运算法则。他认为，世界上最早的二进制表示法就是中国的八卦。

1958 年和 1959 年，中国先后制成第一台小型和大型电子管计算机。20 世纪 60 年代中期，中国研制成功一批晶体管计算机，并配制了 ALGOL 等语言的编译程序和其他系统软件。20 世纪 60 年代后期，中国开始研究集成电路计算机。20 世纪 70 年代，中国已批量生产小型集成电路计算机。20 世纪 80 年代以后，中国开始重点研制微型计算机系统并推广应用。

1956 年，夏培肃完成了第一台电子计算机运算器和控制器的设计工作，同时编写了中国第一本电子计算机原理讲义。

1957 年，哈尔滨工业大学研制成功中国第一台模拟式电子计算机。

1958 年，中国第一台计算机——103 型通用数字电子计算机研制成功，运行速度每秒1500 次。

1959 年，中国研制成功 104 型电子计算机，运算速度每秒 1 万次。

1960 年，中国第一台大型通用电子计算机——107 型通用电子数字计算机研制成功。

1963 年，中国第一台大型晶体管电子计算机——109 机研制成功。

1964 年，441B 全晶体管计算机研制成功。

1965 年，中国第一台百万次集成电路计算机 DJS-Ⅱ型操作系统编制完成。

1967 年，新型晶体管大型通用数字计算机诞生。

1969 年，北京大学承接研制百万次集成电路数字电子计算机——150 机。

1970 年，中国第一台具有多道程序分时操作系统和标准汇编语言的计算机——441B-Ⅲ型全晶体管计算机研制成功。

1972 年，每秒运算 11 万次的大型集成电路通用数字电子计算机研制成功。

1973 年，中国第一台百万次集成电路电子计算机研制成功。

1974 年，DJS-130、131、132、135、140、152、153 等 13 个机型先后研制成功。

1976 年，DJS-183、184、185、186、1804 机研制成功。

1977 年，中国第一台微型计算机 DJS-050 机研制成功。

1979 年，中国研制成功每秒运算 500 万次的集成电路计算机——HDS-9，王选用中国第一台激光照排机排出样书。

1981 年，中国研制成功的 260 机平均运算速度达到每秒 100 万次。

1983 年，"银河Ⅰ号"巨型计算机研制成功，运算速度达每秒 1 亿次。它填补了国内巨型计算机的空白，标志着中国进入了世界研制巨型计算机的行列。

1984 年，联想集团的前身——新技术发展公司成立，中国出现第一次微机热。

1985 年，华光Ⅱ型汉字激光照排系统投入生产性使用。

1986 年，中华学习机投入生产。

1987 年，第一台国产的 286 微机——长城 286 正式推出。

1988 年，第一台国产 386 微机——长城 386 推出，中国发现首例计算机病毒。

1990 年，中国首台高智能计算机——EST/IS4260 智能工作站诞生，长城 486 计算机问世。

1991 年，新华社、科技日报、经济日报正式启用汉字激光照排系统。

1992 年，中国最大的汉字字符集——6 万电脑汉字字库正式建立。

1994 年，银河计算机 II 型在国家气象局投入正式运行，用于天气中期预报。

1995 年，曙光 1000 大型机通过鉴定，其峰值可达每秒 25 亿次。

1997 年，银河 III 百亿次并行巨型计算机研制成功。

1999 年，银河 IV 巨型机研制成功。

2000 年，高性能计算机"神威 I"，其主要技术指标和性能达到国际先进水平。

2007 年，银河 V 巨型机研制成功。

# 参 考 文 献

[1] 白中英. 计算机组成原理. 北京: 科学出版社, 2007.

[2] 单学红. 计算机组装与维护. 北京: 清华大学出版社, 2009.

[3] 徐新艳, 等. 计算机组装维护与维修. 北京: 电子工业出版社, 2008.

[4] 王战伟, 等. 计算机组成与维护. 北京: 电子工业出版社, 2007.

[5] 陈国先. 计算机组装与维护. 3 版. 北京: 电子工业出版社, 2006.

[6] 褚建立, 等. 计算机组装与维护实用技术. 北京: 清华大学出版社, 2005.

[7] 张博竣. 图片讲解电脑组装与维护. 北京: 电子工业出版社, 2005.

[8] 赵兵. 计算机维护与维修教程. 北京: 人民邮电出版社, 2002.

[9] 吴权威, 等. 电脑组装与维护应用基础教程. 北京: 中国铁道出版社, 2004.

[10] 成昊. 新概念电脑组装与维护教程. 北京: 北京科海电子出版社, 2003.

[11] 艾德才, 等. 计算机硬件技术基础. 2 版. 北京: 中国水利水电出版社, 2003.

[12] 陈浩, 等. 计算机组装与维护. 北京: 人民邮电出版社, 2006.

[13] 李红艳, 胡红宇. 计算机组装与维护宝典. 北京: 中国铁道出版社, 2007.

[14] 吴学毅. 计算机组装与维护. 北京: 机械工业出版社, 2006.

[15] 仇伟明. 计算机组装与维护基础教程. 北京: 中国科学技术出版社, 2007.

[16] 褚建立. 计算机组装与维护情境实训. 北京: 电子工业出版社, 2009.

[17] 王坤. 计算机组装与维护. 北京: 中国铁道出版社, 2008.

[18] 张明. 计算机组装与维护教程. 北京: 机械工业出版社, 2009.

[19] 王璞. 计算机组装与维护教程. 陕西: 西北工业大学出版社, 2007.

[20] 刘博. 计算机组装与维护. 北京: 清华大学出版社, 2008.

[21] 雅虎知识堂. http://ks.cn.yahoo.com.

[22] 中关村在线. http://product.zol.com.cn/products/param_index.php.

[23] IT168. http://detail.it168.com.

[24] 博闻网. http://computer.bowenwang.com.cn.

[25] WordPress 中文文档. http://codex.wordpress.org.cn.

# 读者意见反馈

亲爱的读者：

感谢您一直以来对清华版计算机教材的支持和爱护。为了今后为您提供更优秀的教材，请您抽出宝贵的时间来填写下面的意见反馈表，以便我们更好地对本教材做进一步改进。同时如果您在使用本教材的过程中遇到了什么问题，或者有什么好的建议，也请您来信告诉我们。

地址：北京市海淀区双清路学研大厦 A 座 602 室　计算机与信息分社营销室　收
邮编：100084　　　　　　　　　　　电子邮件：jsjjc@tup.tsinghua.edu.cn
电话：010-62770175-4608/4409　　　邮购电话：010-62786544

---

教材名称：计算机组装与系统维护技术
ISBN：978-7-302-21660-5
**个人资料**
姓名：＿＿＿＿＿＿＿年龄：＿＿＿＿所在院校/专业：＿＿＿＿＿＿＿＿＿＿
文化程度：＿＿＿＿＿通信地址：＿＿＿＿＿＿＿＿＿＿＿＿＿＿＿＿＿
联系电话：＿＿＿＿＿电子信箱：＿＿＿＿＿＿＿＿＿＿＿＿＿＿＿＿＿
**您使用本书是作为：**□指定教材　□选用教材　□辅导教材　□自学教材
**您对本书封面设计的满意度：**
□很满意　□满意　□一般　□不满意　改进建议＿＿＿＿＿＿＿＿＿＿＿
**您对本书印刷质量的满意度：**
□很满意　□满意　□一般　□不满意　改进建议＿＿＿＿＿＿＿＿＿＿＿
**您对本书的总体满意度：**
从语言质量角度看　□很满意　□满意　□一般　□不满意
从科技含量角度看　□很满意　□满意　□一般　□不满意
**本书最令您满意的是：**
□指导明确　□内容充实　□讲解详尽　□实例丰富
**您认为本书在哪些地方应进行修改？（可附页）**
＿＿＿＿＿＿＿＿＿＿＿＿＿＿＿＿＿＿＿＿＿＿＿＿＿＿＿＿＿＿＿＿＿
＿＿＿＿＿＿＿＿＿＿＿＿＿＿＿＿＿＿＿＿＿＿＿＿＿＿＿＿＿＿＿＿＿
**您希望本书在哪些方面进行改进？（可附页）**
＿＿＿＿＿＿＿＿＿＿＿＿＿＿＿＿＿＿＿＿＿＿＿＿＿＿＿＿＿＿＿＿＿
＿＿＿＿＿＿＿＿＿＿＿＿＿＿＿＿＿＿＿＿＿＿＿＿＿＿＿＿＿＿＿＿＿
＿＿＿＿＿＿＿＿＿＿＿＿＿＿＿＿＿＿＿＿＿＿＿＿＿＿＿＿＿＿＿＿＿

---

# 电子教案支持

敬爱的教师：

为了配合本课程的教学需要，本教材配有配套的电子教案（素材），有需求的教师可以与我们联系，我们将向使用本教材进行教学的教师免费赠送电子教案（素材），希望有助于教学活动的开展。相关信息请拨打电话 010-62776969 或发送电子邮件至 jsjjc@tup.tsinghua.edu.cn 咨询，也可以到清华大学出版社主页（http://www.tup.com.cn 或 http://www.tup.tsinghua.edu.cn）上查询。

# "21 世纪高等学校计算机教育实用规划教材"系列书目

| 书　名 | 作　者 | ISBN 号 |
|---|---|---|
| 32 位微型计算机原理·接口技术及其应用（第 2 版） | 史新福等 | 9787302134039 |
| AutoCAD 实用教程（配光盘） | 张强华等 | 9787302127260 |
| Internet 实用教程——技术基础及实践 | 田力 | 9787302110668 |
| Java 程序设计实践教程 | 张思民 | 9787302132585 |
| Java 程序设计实用教程 | 胡伏湘等 | 9787302109600 |
| Java 语言程序设计 | 张思民 | 9787302144113 |
| Visual Basic 程序设计基础 | 李书琴等 | 9787302132684 |
| Visual C++程序设计与应用教程 | 马石安等 | 9787302155027 |
| XML 实用技术教程 | 顾兵 | 9787302142867 |
| 大学计算机公共基础 | 阮文江 | 9787302143307 |
| 大学计算机网络公共基础教程 | 徐祥征等 | 9787302130161 |
| 大学计算机基础 | 刘腾红 | 9787302155812 |
| 大学计算机基础实验指导 | 刘腾红 | 9787302155522 |
| 大学计算机基础应用教程 | 黄强 | 9787302152163 |
| 多媒体技术教程——案例训练与课程设计 | 胡伏湘等 | 9787302126201 |
| 多媒体课件制作——Authorware 实例教程 | 唐前军等 | 9787302156000 |
| 多媒体技术与应用 | 李飞等 | 9787302161653 |
| 汇编语言程序设计教程与实验 | 徐爱芸 | 9787302143413 |
| 计算机操作系统 | 颜彬等 | 9787302141471 |
| 计算机网络实用教程——技术基础与实践 | 刘四清等 | 9787302104513 |
| 计算机网络应用技术教程 | 孙践知 | 9787302118893 |
| 计算机网络与 Internet 实用教程——技术基础与实践 | 徐祥征等 | 9787302106593 |
| 计算机网络应用与实验教程 | 徐小明等 | 9787302158813 |
| 计算机硬件技术基础 | 张钧良 | 9787302160564 |
| 实用软件工程 | 陆惠恩 | 9787302125594 |
| 软件测试技术基础 | 陈汶滨等 | 9787302174936 |
| 软件工程技术与应用 | 顾春华等 | 9787302161318 |
| 软件开发技术与应用 | 李昌武等 | 9787302161257 |
| 数据库及其应用系统开发（Access 2003） | 张迎新 | 9787302128281 |
| 数据库技术与应用——SQL Server | 刘卫国等 | 9787302143673 |
| 数据库技术与应用实践教程——SQL Server | 严晖等 | 9787302142317 |
| 数据库应用案例教程（Access） | 周安宁等 | 9787302146056 |
| 数据库技术与应用 | 史令等 | 9787302161608 |
| 数据库原理及开发应用 | 周屹 | 9787302156802 |
| 数据库原理与 DB2 应用教程 | 杨鑫华等 | 9787302155546 |
| 数字图像处理实训教程 | 何金国 | |
| 网络技术应用教程 | 梁维娜等 | 9787302134848 |
| 网页制作教程 | 夏宏等 | 9787302105916 |
| 微型计算机原理及应用导教·导学·导考(第 2 版) | 史新福等 | 9787302133995 |
| 程序设计语言——C | 王珊珊等 | 9787302158035 |
| PHP Web 程序设计教程与实验 | 徐辉等 | 9787302155508 |
| 面向对象程序设计教程（C++语言描述） | 马石安等 | 9787302150534 |